千劫眉6·一桃之战

殉道者也
当求仁得仁

苍萍

QIANJIEMEI ◆ YITAOZHIZHAN

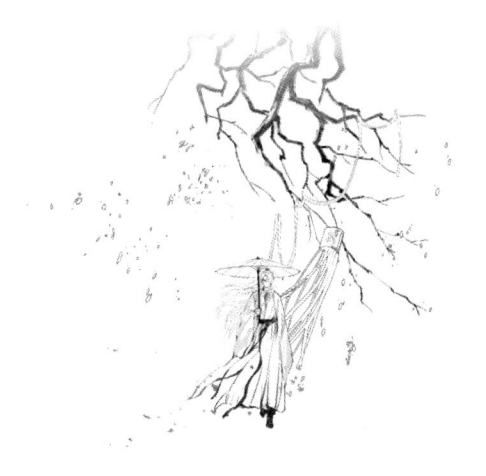

有爱的青春陪伴者

江湖险恶,人心善变,刀剑无眼,生死一念。

她尽力了,不后悔。

千劫眉

大结局

QIAN JIE MEI

6 一洮之戓

藤萍 / 著

江苏凤凰文艺出版社
JIANGSU PHOENIX LITERATURE AND ART PUBLISHING

图书在版编目（CIP）数据

千劫眉. 6，一桃之战 / 藤萍著. -- 南京：江苏凤凰文艺出版社，2025.7. -- ISBN 978-7-5594-9709-3

Ⅰ. I247.5

中国国家版本馆CIP数据核字第202538PU40号

千劫眉. 6，一桃之战
藤萍 著

责任编辑	王昕宁	
特约编辑	廖 妍 文佳慧	
责任印制	杨 丹	
出版发行	江苏凤凰文艺出版社	
	南京市中央路165号，邮编：210009	
网　　址	http://www.jswenyi.com	
印　　刷	长沙鸿发印务实业有限公司	
开　　本	880mm×1230mm 1/32	
印　　张	9	
字　　数	277千字	
版　　次	2025年7月第1版	
印　　次	2025年7月第1次印刷	
书　　号	ISBN 978-7-5594-9709-3	
定　　价	49.80元	

江苏凤凰文艺版图书凡印刷、装订错误，可向出版社调换，联系电话025-83280257

◆ 目 录 ◆

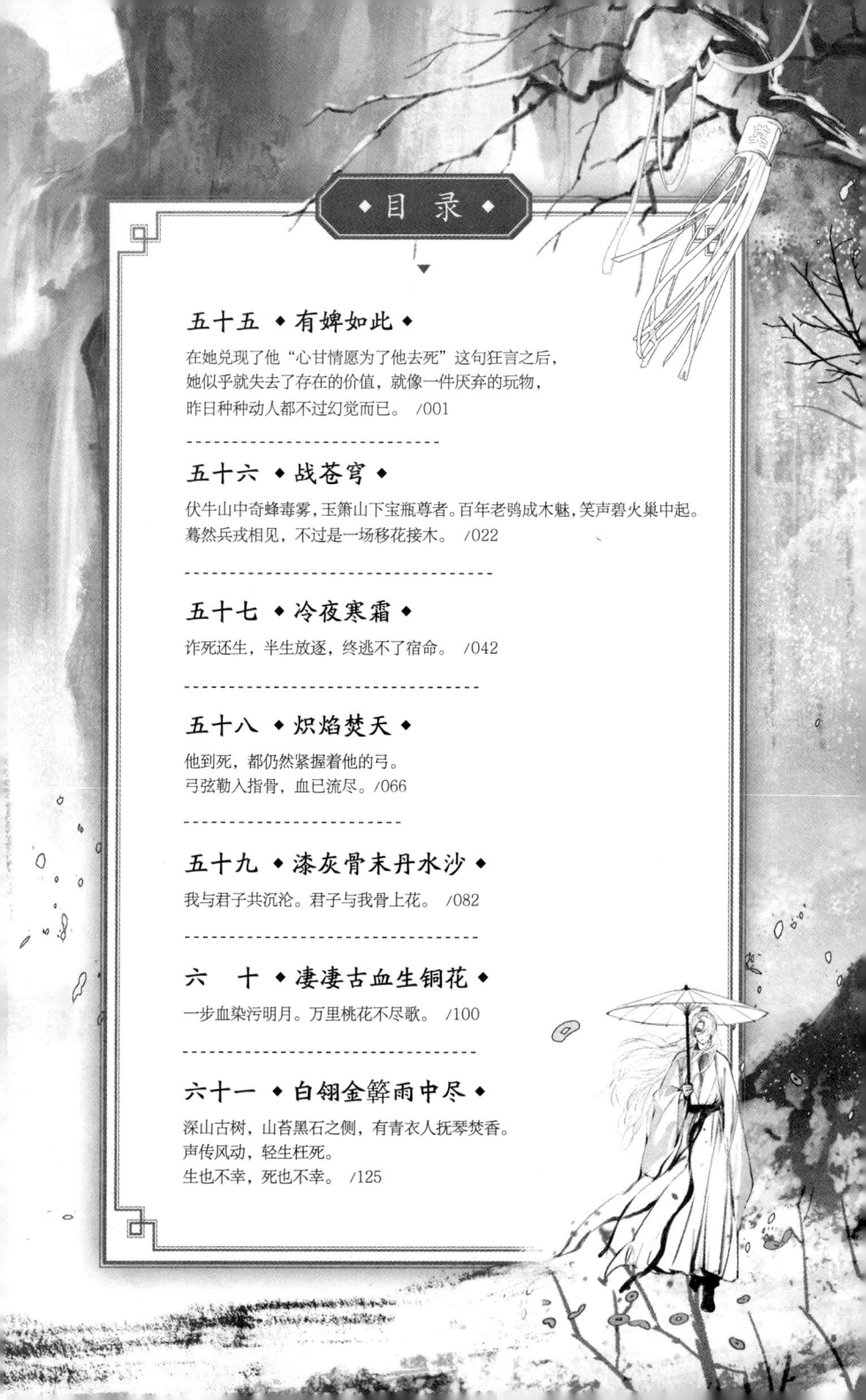

五十五 ◆ 有婢如此 ◆
在她兑现了他"心甘情愿为了他去死"这句狂言之后，
她似乎就失去了存在的价值，就像一件厌弃的玩物，
昨日种种动人都不过幻觉而已。 /001

五十六 ◆ 战苍穹 ◆
伏牛山中奇蜂毒雾，玉箫山下宝瓶尊者。百年老鸮成木魅，笑声碧火巢中起。
蓦然兵戎相见，不过是一场移花接木。 /022

五十七 ◆ 冷夜寒霜 ◆
诈死还生，半生放逐，终逃不了宿命。 /042

五十八 ◆ 炽焰焚天 ◆
他到死，都仍然紧握着他的弓。
弓弦勒入指骨，血已流尽。/066

五十九 ◆ 漆灰骨末丹水沙 ◆
我与君子共沉沦。君子与我骨上花。 /082

六 十 ◆ 凄凄古血生铜花 ◆
一步血染污明月。万里桃花不尽歌。 /100

六十一 ◆ 白翎金簳雨中尽 ◆
深山古树，山苔黑石之侧，有青衣人抚琴焚香。
声传风动，轻生枉死。
生也不幸，死也不幸。 /125

目 录

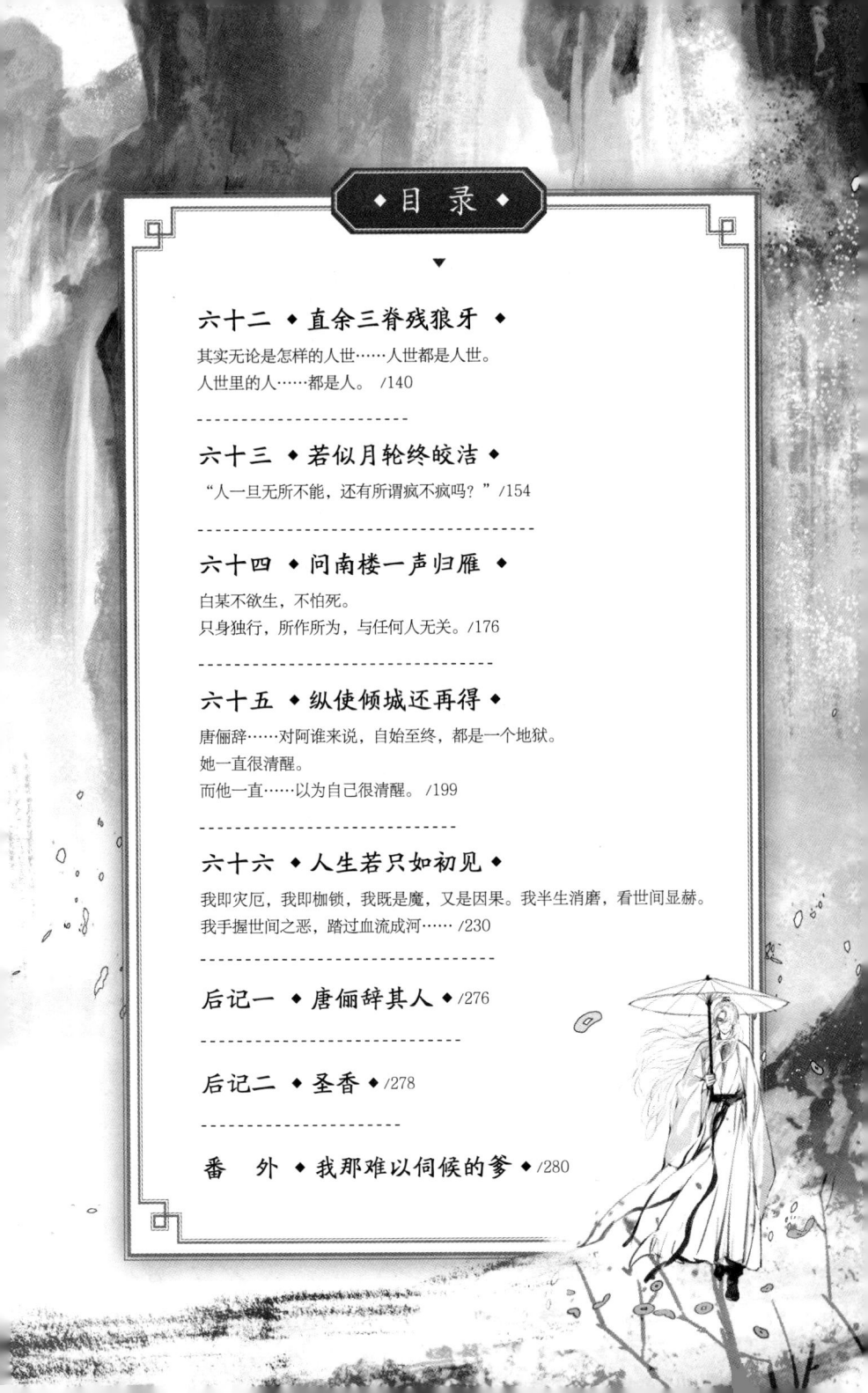

六十二 ◆ 直余三脊残狼牙 ◆

其实无论是怎样的人世……人世都是人世。
人世里的人……都是人。 /140

六十三 ◆ 若似月轮终皎洁 ◆

"人一旦无所不能,还有所谓疯不疯吗?" /154

六十四 ◆ 问南楼一声归雁 ◆

白某不欲生,不怕死。
只身独行,所作所为,与任何人无关。/176

六十五 ◆ 纵使倾城还再得 ◆

唐俪辞……对阿谁来说,自始至终,都是一个地狱。
她一直很清醒。
而他一直……以为自己很清醒。 /199

六十六 ◆ 人生若只如初见 ◆

我即灾厄,我即枷锁,我既是魔,又是因果。我半生消磨,看世间显赫。
我手握世间之恶,踏过血流成河…… /230

后记一 ◆ 唐俪辞其人 ◆ /276

后记二 ◆ 圣香 ◆ /278

番 外 ◆ 我那难以伺候的爹 ◆ /280

五十五 ◆ 有婢如此 ◆

在她兑现了他"心甘情愿为了他去死"这句狂言之后,她似乎就失去了存在的价值,就像一件厌弃的玩物,昨日种种动人都不过幻觉而已。

青山萧瑟水迢迢,欲见孤城逢碧嵩。

两辆马车带着几人北上嵩山。离开奎镇之后,是一座座连绵的山丘。春夏之时,山中有时湿冷,有时又潮热窒闷。唐俪辞不走官道,一路翻山越岭,虽说是不绕远路,但带着诸多女眷,快也快不上太多。

此时,琅邪公主率众出征飘零眉苑,江湖旌旗纵横,士气如虹,正在进发途中。与此同时,唐俪辞作为此次毒丸之事的主谋,公主虽未下诛杀之令,但其事昭然若揭,唐俪辞阴险恶毒,罪该万死,但凡有与"唐俪辞"三字略有牵连之人无不人人自危,万窍斋首当其冲,诸多店面已被砸毁,损失难以估量。

这种时候,唐俪辞还是宜走小路,以免横生枝节,耽搁行程。

马车之上,一只手从马车的帘子里伸了出来,撩开帘子,手腕上戴着一个银镯子,上面精雕细刻着许多繁复的图案。只是这镯子中间硬是缺了一段,仿佛是生生从上面斩了一截下来似的。然而戴着镯子的人浑然不觉它残缺,那颜色瑰丽的衣袖、白皙柔润的手臂,衬得这有缺口的银镯别有风情。只听车中人开口道:"阿谁,拿开水过来,昨天的衣服在篮子里。"

另一辆马车里有人应了一声:"琳姑娘,今日还找不到宿头,一旦寻到水源,阿谁马上送来。"

戴着镯子的人"嗯"了一声,不再说话。

坐在另外一辆车里的两位年轻女子,一位紫衣布裙,脸色颇为憔悴;

一位粉色长裙，头绾双鬟。

听闻隔壁车子的女子发话，那粉色长裙的少女大为不满，用力拉扯着紫衣女子的衣袖，低低地道："阿谁姐姐，她太过分了！她真的当你丫鬟那样使唤，你身上的伤还没好呢。"

紫衣女子轻轻搂着她，并不生气："我本就是丫鬟，琳姑娘既然是唐公子的故交，侍奉琳姑娘和侍奉唐公子都是一样的。"

"什么'故交'啊？"这粉色衣裙的少女自是玉团儿，闻言懊恼地撇了撇嘴，"他们都是'故交'，你就是陌路人了？那琳姑娘虽然长得很美，可是她往唐公子的车里一坐，我们连和唐公子说话的机会都没了。"

阿谁微微一笑："你是在生气他也和他们坐在一起？"

玉团儿脸上一红，低下头："他本来就是和他们一起的，我才没有……"

"傻丫头。"阿谁拍了拍她的背，"他虽然和他们坐在一起，但不是天天都来看你了吗？"

玉团儿转眼又笑了起来："他要是不回来看我，我就打他，把他从那边捉回来。"

阿谁莞尔，玉团儿又叹起了气："可是我们一起走了这么多天，唐公子从来不来看呢。"她瞪眼，"他不会真当你是丫鬟吧？唐公子一向坏得要命，他可不能真的把你当丫鬟！"

阿谁摇了摇头，右手轻轻拍哄着熟睡的凤凰，凝视了孩子半晌："蒙受唐公子诸多恩惠，无以为报，除却为婢为奴，阿谁一无所长。"她缓缓地道，"便是饭食之恩、这一身绸缎，也是受之有愧。"

玉团儿"哦"了一声，声音开始变得有点小："那我也欠了唐公子好多好多钱呢……"

阿谁淡淡地笑："傻孩子，别这样想。"

玉团儿越发低声道："他也是很讨厌我的。"

阿谁依然摇头，淡淡地笑："唐公子看不起许多人，但他从不曾看不起你，不是吗？"

玉团儿怔了怔，这倒是。唐俪辞是古怪难测的，但也总是和她心平气和地说话，似乎从来没有贬低过她。她小声道："我什么也不会。"

"你很好。"阿谁柔声说，"人人都羡慕你。"

玉团儿笑了起来，指着自己的鼻子："羡慕我？羡慕我什么呢？我都没有你们生得好看。"她指指旁边的马车，"他们，还有你，都生得比我好看多了，我羡慕还来不及呢。"

阿谁也跟着笑了，却是轻轻叹了口气。

这世上的事，羡慕一个人与否，与生得好不好看又有多大干系呢？

生得好看些……就必定会比旁人过得好些吗？

她握住了凤凤的手。凤凤睡得正熟，婴儿稚嫩的手被被褥焐得温热，握在手心里，就如暖炉一般。

她专心致志地握住，不作他想。

这世上的事，羡慕不羡慕、过得好不好、爱不爱、活不活得下去、痛苦不痛苦，从不以她想什么而改变。

所以无论她想什么，都是枉然。

马车不快不慢地在山间前行。距离嵩山已是不远，道路两边满是酸枣树，正当开花之际，漫山遍野满树的花朵，姣白如雪，煞是好看。未过多时，远处只听鸟鸣之声清脆，玉团儿耳朵一动："有水了！"

阿谁知她在山林中长大，对虫鸣鸟叫之声自有独到见解，也不问她如何知道有水源，只点了点头。玉团儿从马车中钻了出去，拍了拍车夫的肩，叫他往林中一处前行。唐俪辞所乘的车夫见状，也习惯地跟了上去。

这一路上翻山越岭，寻找水源和休息之处，大多靠的是玉团儿在林中养成的习性。

不远处山坡之下，有一块大石。大石上有清泉沿石而下，大石下方有个很小的水潭，水色甚清，清水从水潭中溢出，自碎石中蜿蜒而下，直入林间。

玉团儿从马车里一跃而下，拿着两个水囊到溪间取水。阿谁从马车上慢慢下来，将临时买来用以做饭的铁锅抱了下来。凤凤醒了，趴在车窗上，两眼乌溜溜地看着旁边的马车。

柳眼从唐俪辞的马车里下来，帮阿谁将那十来斤重的铁锅放到了地上。玉团儿取了水回来，又拾回来几块大石头，垫在锅下。阿谁从马车里取出木炭来，慢慢开始生火。唐俪辞的马车里，纵然不复见如何镶金嵌玉狐裘暖炉，但上等木炭总是带着的，这木炭终是比林里的生木好些，生起火来不会过分烟熏火燎的。

003

三人围着那铁锅忙忙碌碌，两个车夫解下马匹，到溪边去饮马，唐俪辞的马车却始终寂静。

车里的人连帘子都没碰过一下，更不必说出来问候一声或帮个忙。

这样孤傲的姿态，也只有唐俪辞摆得出来。而他日日都是如此，几乎足不出马车。一开始，玉团儿勃然大怒，三番五次要找他理论何以如此薄情寡义。但阿谁拦着她，柳眼也拦着她。她气了几日，看到唐俪辞那神态举止和他掷出阿谁之前没两样，连她都觉得心凉，倒连理论气恼的心也凉了。

铁锅下的木炭渐渐燃了起来，锅里的水渐温，玉团儿在林中转了一圈，抓了只野兔回来。柳眼将野兔剥皮洗净，阿谁细细切了作料，调了酱汁腌兔肉，随后又揉了面团要烤锅贴。

阿谁伤势其实尚未痊愈，双手忙碌的时候胸口仍旧作痛，只是她惯于忍耐，一路上从不作声。柳眼和玉团儿见她做事麻利，只当她的伤已经好了，而唐俪辞和瑟琳正眼都不看她。

自从在奎镇见了面，唐俪辞没对她说过一句话，她也没想和唐公子说上任何话。

在唐俪辞心里，她终究什么都不是。

在她兑现了他"心甘情愿为了他去死"这句狂言之后，她似乎就失去了存在的价值。就像一件厌弃的玩物，昨日种种动人都不过幻觉而已。

马车之中。

瑟琳慵懒地依偎在唐俪辞怀里，看着车外那簧火的微光，丰润的红唇勾着似笑非笑的妩媚，神态很是惬意。

唐俪辞一下一下轻轻拍着瑟琳的背。他怀抱着人，拍得轻柔，就如拥着纯真可人的婴儿，就如他当年哄着凤凤一样。

但他并没有看着瑟琳。

他静静坐着，并没有看瑟琳，也没有看窗外的火光。

车外的一切，怀中的佳人，冷的暖的，活的热的，只有他与世隔绝一般。

阿谁热了铁锅，倒了热水，又烧了第二锅热水去洗衣服。玉团儿在锅里倒了热油将面团一块块贴上去，柳眼笨手笨脚地在一旁烤兔子，忙活了半天，兔肉熟了的时候，阿谁也洗完了衣服，端了盆回来，折了几段树枝将衣服晾了起来。

这翻山赶路的时候，万般比不得平时。纵然唐俪辞平日锦衣玉食，衣裳一件赛似一件的精细奢华，但衣服总是要换洗的。他原是孤身出行，也搬不得一车的衣裳来穿一件丢一件，何况遇到瑟琳乃是意外。瑟琳的衣服更是在奎镇临时订做的，也做不了几身，这一路洗衣做饭的事自然而然都落在了阿谁头上。

做饭倒也罢了，对吃，唐俪辞并不如何讲究，瑟琳更是只吃蔬菜，肉食一概不吃；但如何使洗完的衣裳焕然如新，真是一门让人煞费苦心的学问。遇上阴雨天气，衣裳便是不干，阿谁只得将那铁锅洗净，倒扣在炭火之上，再把衣服贴在锅底烘干。有时绣线掉了，或是染了色泽，她便不睡，一夜一夜思索着如何补救。玉团儿有一次将瑟琳的一件裙子藏了起来，不让阿谁熬夜去补，第二天一早，瑟琳看见那皱成一团的裙子，一句话没说，直接扔进了炭火的余烬之中，她倒是压根儿没发现裙子绣线开了几条。玉团儿在一旁看得瞠目结舌，断定这琳姑娘是个怪人，从此不敢再藏衣服。

将洗好的衣裳挂了起来，阿谁细心地折去衣裳四周的树枝，以免蹭脏衣服。锅中煎熟的锅贴散发出略略烤焦的香气，玉团儿给两位车夫分了锅贴，又给马车里的人送去了几块。那门帘也是一揭即合，仿佛连外面都不愿多看一眼。

玉团儿围着唐俪辞的马车转了一圈，心中很想对着马车踹上一脚，让这马车撞到树上去，看那琳姑娘是什么姿态。但唐俪辞也坐在车里，她又不敢。转了一圈之后，她突然瞧见马车下的杂草之中，有几颗珍珠。

她弯腰拾起一颗，茫然地看了半天，在这大山之中，总不可能生出珍珠来。阿谁见她拾起一物，竟忘了回来吃饭，便呼唤了一声。玉团儿迷惑地把珍珠摊在手心："这是唐公子的吗？"

阿谁和柳眼都是微微一震。柳眼拿起珍珠瞧了瞧，那珍珠中间有孔，乃是一串珠串上拆散的："应该是，怎么了？"

玉团儿茫然地问："唐公子为什么要把珍珠扔在地上？"

阿谁和柳眼又都是微微一颤，阿谁轻声道："这东西……你拾起来了，莫让唐公子看见。"

玉团儿越发莫名其妙，听话地去把地上的珍珠都捡了回来，突地看见

005

山石那边有只毛茸茸的小猫露了个头，煞是可爱，心里一乐，便追着猫去了。

阿谁和柳眼默默相对，柳眼转动着已经烤熟的兔肉。过了好一会儿，阿谁低声问道："他的伤……还没好？"

柳眼不看她，怔怔地看着兔肉："好了吧，就快好了。"

她便不问了，静静地坐在一旁。

又过了一会儿，柳眼又道："他只是有点……"他迟疑了一阵，不太确定地道，"有点……"

她等着他说，又好像只是默默地听，一点也不想知道似的。

"有时候好像有点……"柳眼喃喃地道，"他的眼神有点……"他说不出那种感受。他为何总是留在唐俪辞的马车里，便是因为不安。即使仿佛什么事也没有，件件都按部就班，他仍感到深深的不安。

"乱……"她轻轻吐出一个字，便又沉默不语。

柳眼苦笑，面对阿谁，心里有千句万句，奈何看着她，尚未说出口她便像都已了然了一样，让他一句也说不出来。

"是我的错。"她轻声道，"那是我的错……"

柳眼哑然，眼见她站了起来，将那烤好的兔肉撕了一盘，送到那边马车里去。

马车里的人照旧接了，里面没半点声音。她退了回来，自己随意吃了两口，便一点一点撕着锅贴喂凤凤。

柳眼怔怔地看着她，她的姿态仍是那么顺从，望着凤凤的眼神仍是那么温柔，安静得仿佛没有半分心事。

她说是她的错。

她是错在没有早早接受唐俪辞的求爱和折磨？或是在唐俪辞将她掷出去的那一晚没能化身成一张板凳？或是没有从一开始就声称可以心甘情愿地为他去死？

她说是她的错。

说唐俪辞变成现在这个样子，变成一个表面完好内里却已崩坏的精美瓷器，都是她的错。

"也许……是我的错。"柳眼低声道。

但并没有人听他说话。

他茫然极了,为什么他们只是想过自己的生活,只是想选择自己所能选择的,就已经把他逼到了这样的境地?

莽莽林海,黄昏逐渐降临,光线慢慢暗淡。篝火在浓黑的树影中摇曳,挣扎着微弱的光和温暖。铁锅中的锅贴还有不少,柳眼和阿谁却都没心情去吃。

因为玉团儿追着那只毛茸茸的小猫往林间而去,已然去了很久。

她不可能不回来吃饭,但她就是没有回来。

就如一转身便被这树林吞没了一般。

时间一点一滴地过去,阿谁的脸色越来越忧虑。柳眼站起身来:"我去找人。"

阿谁摇了摇头:"你的腿走路不便,在这山林中更不容易,我去。"她将怀里的凤凤递给柳眼,"放心,我不会走太远,左近找不到我就马上回来。"

她站了起来,招呼了两位马车车夫,从锅下取了一截烧去一半的短木,三人一起往山林中走去。

柳眼看着她的背影,黯然伤神,她总是独自一人。

无论是在他看不见的地方,或是在人群之中,她总是独自面对一切,仿佛从不需向谁求助。

唐俪辞的马车就在一旁,他们却都不曾想过向他求助。

三人披荆斩棘深入林间的声音慢慢远去,那微弱的火光也慢慢隐没。声音唐俪辞一定是听见了,然而他始终没有问发生了什么事。

过了一会儿,树林中又安静了下来。柳眼抱着凤凤倾听着林中的声音,越是安静,他越是不安。凤凤吃饱了、睡够了,也精神了起来,瞪着一双眼睛看着柳眼,看着看着,突然开始大哭起:"啊啊啊啊,娘娘娘娘……呀呀呀呀……"

凤凤拼命挣扎,柳眼心烦意乱兼之手忙脚乱。凤凤越发大哭起来,双手挥舞:"娘娘娘娘……呀呀呀呀……"

"怎么了?"唐俪辞的马车中终于传出声音,有人用柔美动听的嗓音问,"孩子饿了吗?"

柳眼瞪了唐俪辞的马车一会儿,突然大步走了过去,猛地拉开马车的门帘,冷冷地道:"孩子找不到娘,哭了。"

马车内,唐俪辞依然怀抱着瑟琳。瑟琳长发蓬松,体态柔软地倚在唐俪辞怀里,两人都是一副慵卧云端的姿态。柳眼看了一眼,再看了一眼,本来对这二人心中还怀着些说不出的不忍心——不忍心眼看着这对总是活在世人顶端的朋友受苦,不忍心眼看这两个无论怎么狼狈都不肯放下姿态的人的那点骄傲在现实中跌得粉碎——但玉团儿和阿谁不见了,凤凤号啕大哭,他实在没有心情来怜惜或"不忍"。他把凤凤往瑟琳手里一塞,对唐俪辞道:"你听见没有?"

唐俪辞浅浅一笑,抬起头来:"听见什么?"

"这四周的树林,从刚才开始就没有什么声音,小丫头进去了、阿谁和车夫也进去了……"柳眼一字一句地道,"谁也没有出来。"

唐俪辞柔声道:"你是在说,这林子里……有鬼吗?"

柳眼摇了摇头,脸色沉重:"阿俪,我不爱开玩笑,这树林里必定有什么古怪,你必须去看看。"

唐俪辞看着他,居然并没有反驳,也没有冷笑:"嗯。"

柳眼一呆,只见他从马车里摇摇晃晃地站了起来,一步一步下车,轻轻弹了弹衣袖:"她们往哪里去了?"

柳眼指了指阿谁方才离去的方向,看着唐俪辞转身而去,耳边仍停留着他方才那声"嗯"——唐俪辞智计百变、狠毒诡诈,几时这样温顺听话过?何况是听他这个平生最没有主意的人的话?他情不自禁地毛骨悚然——阿俪……阿俪他是怎么了?

眼看着隐没林中的是熟悉的人影,山风吹过,衣袂飘飘,但看在柳眼眼中的赫然不过一具空壳,飘飘荡荡,里面……什么都没有。

"阿俪!"柳眼蓦地站了起来,"回来!"

夜风寒冷,吹拂而过的时候令人忘却正是初夏,瑟琳手足无措地抱着一个哇哇大哭的孩子,而他独自对着一堆篝火,不知如何是好。

阿谁和车夫走入树林,一路呼喊玉团儿的名字,奈何除了风过树木的呼啸声,树林中没有半点声音。

突然,一个车夫发出"唔"的一声闷哼。

身侧骤然响起一阵拖拽之声,阿谁大吃一惊,将火把一挥,眼睁睁看着树林中有一样黑乎乎的东西将一个车夫飞快地拖走,一下子便消失在草木山石之中。

另一个车夫惨叫一声:"山鬼!山鬼啊!"向后抱头就跑,窸窣一下便也钻入了树林之中。

阿谁一人怔怔地拿着火把,看着四面八方飘忽不定的树影,每一丛树影之后都似潜伏着能夺人性命的山鬼。她僵硬了好一会儿,终于鼓起勇气,颤抖着举起火把,慢慢向那道掳人的黑影离去的方向走去。

如果这林中有吃人的怪物,那……也许玉团儿也被这怪物拖走了。

她紧紧握着火把,脸色惨白,一步一步地走向前方。走了几步,她顿了下,想自己也许该先回去报信,然而——

然而若是在她折返的这段时间里,"它"吃了玉团儿,岂非遗恨终生?

阿谁的脸色越发惨白,紧握火把,加快脚步往前而去。

越深入林中,树木越是浓密,四周越是漆黑一片。她心头一片冰凉,风吹树叶沙沙作响,隐没了她踩上落叶的声音。

"团儿?"她轻声呼唤,"马叔?"

马叔便是方才被黑影拖去的车夫。她呼唤了几声"马叔",无人应答。就在这短短的时间内,他若不是被拖到远得听不到呼唤的地方,便是已然不能回答了。

"马叔?团儿?"她仍旧一步一步地往前走。突然,脚下一空,"哗啦"一阵声响,她跌入一个不深不浅的洞穴中。

这洞穴里落满了枯枝败叶,充盈着一股腥臭腐败的气味。她跌到一样东西上,那东西温暖柔软,是人!

阿谁手中的火把并未熄灭,她举起火把,看清楚了——这洞穴里的两人,正是玉团儿和马叔。

只是这两人各躺在一边,一动不动。

阿谁摸了一下两人的脉门,都是细而微弱。他们不知被什么东西伤了,身上既无血迹,也不见什么明显的伤口,只怕是中了什么毒。她一时六神无主,忍不住抬起头来,对着洞穴上头呼唤:"唐公子……"即使明知他不会来,在绝望之时也希望他能在。

009

就在她抬头呼唤的瞬间，火把光影一晃，她看见了在洞口的两侧裸露着的黑色新土。

这个洞是新挖的。

她蓦地转过火把，看见在洞穴底下的枯枝败叶中，隐约有什么东西在闪闪发光。

她弯下腰轻轻摸了一下。

是一张网。

是一张用极细的黑色铁丝编就，在黑暗中宛若无形的网。

没有鬼或者怪物会使用铁丝做网的，这必然是一种陷阱！

这是人，不是鬼，也不是怪物！

这张网铺在洞底，阿谁略略沉吟便心中明白——马叔和玉团儿便是这网中的诱饵和机关，只怕他们身下压着什么关键之物，若是有人落入网中，出手将人抱起，铁网便能弹起将洞穴中的人一起网住。

她择入此地，不曾触发机关，是因为她根本没有想到要挪动那两人。

她闭了嘴不再呼唤唐公子，慢慢熄灭火把。

黑暗笼罩了一切。

也许那暗中设计的人任凭她跌入陷阱，就是想引诱她大声呼救，引来唐俪辞。而她一点也不希望引来唐俪辞。他身上的伤还没有好，他的心情太过紊乱，若是他落入这张网……她想……他一定会中伏。

阿谁闭了闭眼睛。是，他一定会中伏，唐公子从不惧闯龙潭虎穴，虽然也一定能平安救他们脱险，可是她再也不想看见他挣扎的模样，再也不想看到他遇到任何危险。

她想……这个时候，即便是一羽加身，对他来说都是苦刑。

虽然唐俪辞从来没有那样表示过。

伸手不见五指，她迷乱了片刻，慢慢摸索到了玉团儿身边，抱住玉团儿。她艰难地抱着玉团儿翻了个身，玉团儿身下依稀有个硬物被她压住，铁网并未发动。她舒了一口气，轻轻推了推玉团儿，玉团儿并未清醒，依然无声无息。阿谁伸手在她身上摸索，只想知道她究竟受了什么伤，为什么昏迷不醒。

突然，她手指一凉，摸到了什么冰冷坚硬的东西。她大吃一惊，接着手指一痛，有什么东西牢牢咬住她的手指，咬得非常用力，甚至那东西的牙齿都在她手上剧烈颤抖。她猛地把手收了回来，那东西一下缠绕在她手臂上——蛇！

玉团儿身上有蛇！她突然明白这洞里古怪的腥味来源，原来是蛇的味道。他们昏迷不醒只怕都是中了蛇毒，而自己既然被蛇咬了，恐怕也……

正当不知如何是好的时候，洞外突然响起一声阴沉的低笑。

"哈……"

只是一声低笑，她觉得这声低笑与常人并不相同。

她咬了咬牙，虽不想牵连唐俪辞，想依靠自己脱身，但并不能因此连累玉团儿与马叔命丧蛇毒。纵然千般不愿，她也不得不提高声音呼救："唐公子——唐公子——"

并没人阻拦她呼救，显而易见，这的确是引唐俪辞入伏的手段之一。

阿谁一边打起精神呼救，一边慢慢翻身往一旁滚去。

"嗡"的一声响，她身下压住的硬物因为她滚向一边而弹起。洞内铁网骤然合拢，将阿谁三人牢牢缚在洞内。她露出一丝隐约的微笑，全身已因蛇毒而麻痹，再也呼不出声，闭上了眼睛。

她能做的，也许都是徒劳，但她尽心尽力做了。

洞穴外方才低笑一声的人"嗯？"了一声，对阿谁居然自行发动机关有些诧异。这网以玄铁造就，刀剑难伤，人一旦落入网中纵然是有通天之能也难逃脱，所以才用以对付唐俪辞，居然被一个丫头早早触发了。

她究竟是有心还是无意？那人皱起眉头，方才那一声冷笑用了内家心法，能传得很远，唐俪辞必然是听见了——加上这丫头几声呼救，静夜之中若是听不见，那才是见鬼了。

纵然机关被破也没有关系。那人探手入洞，一把将铁网拉了上来。洞里的三人被牢牢捆在一起，生死不明。他探手入网，随意掐在一人颈上，扬声阴恻恻地道："唐俪辞，我知道你早已来了，出来吧！"

树林中树叶沙沙作响，无人回答，唯有一片黑暗。

"唐俪辞，我数三声，数一不到，我便杀死一人，数二不到，我便杀死第二人，数三不到，这网中三人一起绝命……"那人一句话还没说完，突听自己脖颈"咯啦"一声轻轻脆响，随即……一切都安静了下来。

011

他的颈后搭着一只柔软的手。

那手刚刚轻轻震碎了他的颈骨。

过了片刻,"啪"的一声响,那人的身躯直挺挺地倒在地上,露出不知何时如鬼魅一般站在他身后的人。

"数一不到,你便杀死一人……"来人声音低柔,"你便是废话太多,"他轻轻咳了一声,"我的耐心一向不好。"

来人一身白衣,在伸手不见五指的树林中惨白如鬼,那被他震碎颈骨的尸体倒下,缚住阿谁三人的铁网便到了他手里。他用手指极轻、极轻地抚摸着网上光润的玄铁丝,苍白的手指顺着玄铁丝缓缓探入网中,和方才那人一样,随意掐住了一个人的脖子。

阿谁的脖子。

在刚才铁网合拢的瞬间,阿谁用身子将玉团儿挡住,马叔横躺在她们脚下——所以无论是谁,伸手入网,很容易就掐住了她扬起的颈项。

他目不转睛地看着阿谁,手指缓缓收拢。

他只要稍一用力,就可以让她消失不见。

然而过了好一会儿,他一寸一寸地松开手指,轻轻抬起手,摸了摸她的脸。

阿谁的脸上一片冰凉,却没有泪。

他的手慢慢从她脸上收回来,很快引燃火折子,在地上的尸体身上搜了一遍,略一张望四处,并未发现有更多人埋伏,便提起铁网中的三人,往来路快步而回。

他认路的本事极好,在伸手难见五指的树林之中疾走,居然也没受到多少阻碍,未过多时便回到方才的篝火旁。

然而篝火旁只有篝火。

忽明忽暗的微弱火苗在几欲成灰的木炭上跳动,那里原本应该等候的人踪影不见,杳然无声。

唐俪辞将手里的三人放下。四周一片寂静,唯有树叶之声,方圆十丈之内没有丝毫活物的声息。

他犯了个错误。

他该让手里这两个碍手碍脚的女人去死,然后带着柳眼上少林寺。

这样才能快刀斩乱麻，让玉箜篌顾此失彼，尽快解决风流店的事。

但他没有。

森林中的夜风冰寒，篝火明灭，燃不起多少暖意。柳眼、瑟琳及凤凰，显然在他离开的时候落入了敌人手中。

调虎离山。

唐俪辞看破了，但没有做任何决定，顺从柳眼的安排去找人，结果显而易见……柳眼按照他人生的常态做了个错误的决定。

唐俪辞垂眼看着那堆篝火，慢慢坐了下来，雪白的衣袖就落在炭火边，死而未僵的火苗静静地蹿上了他的衣袖，在衣角静静地燃烧。

带走柳眼和瑟琳的人不知是哪路背景，若是玉箜篌的人，显而易见便是阻拦自己前往少林寺见普珠。他很清醒地想……如果玉箜篌能派得出人手来这里劫人，阻拦自己上山，那么在这之前玉箜篌就应该劝普珠离开少林寺，让自己即使能放弃人质，上了少林寺也没有结果。

但此时江湖上对他恨之入骨的人太多了，他无法判断敌人来自哪一方，他得罪了太多的人，人们以正义之名恨他，以除恶之名围剿他，他以为自己不在乎……

或者说，不久之前，他不在乎。

但最近……有一些东西在他身上支离破碎，有另一些东西离他而去。他带着微笑面对每一个人，试图让自己和从前一样，他甚至努力做到了绝大部分。

不过他支离破碎的灵魂渴望安静，渴求静止，它需要时间和角落色厉内荏地舔伤，它已经被他烧成了灰，再有风吹草动，或许它就什么都不剩了。

他想……也许什么都不剩，其实也没什么不好。

那心魔成狂的一夜之后，成百上千人的畏惧和敬仰再无法让他满足，而任何一个人的一点恶意都可以让他千疮百孔。

火焰在他衣角静静地熄灭。

阿谁三人还在网中昏迷不醒。

唐俪辞安静地坐了好一会儿，终于眨了眨眼睛，转过头来看着地上的三人。

那张黑色的大网仍然紧紧地将三人捆在一起，他双指拈住铁丝一扯，这黑网纹丝不动,并非凡品。突然间,"啪"的一声,一物从阿谁身上窜出,狠狠地咬住他的手腕。

蛇?他手腕一翻,将那一尺来长的小毒蛇震死,丢到一边。区区蛇毒自然不能置他于死地,在这一瞬间,唐俪辞明白——劫走柳眼和瑟琳的人如果和这布下玄铁网陷阱的人乃是同伙,那并不是玉箜篌的人马。

因为玉箜篌早就知道蛇毒毒不死唐俪辞。

而地上这三个人必然都中了蛇毒。他冷眼看着地上的毒蛇,那蛇呈现一种古怪的草青色,蛇头极大,这是一种他未曾见过的毒蛇,必是绝毒。

阿谁的脸色早已泛青,更不用说更早中毒的玉团儿和马叔。但这若是一种快速致命的剧毒,这三人也早就没了性命,不可能拖到现在,这说明这种蛇毒的稀罕之处并非见血封喉,必定另有古怪。

网中保护着别人的这个女人⋯⋯他一度很喜爱,因为她依稀像极了他想象中的某人,因为她总是能吸引男人,因为她是如此隐忍安静,努力地求生,不过——

在那夜之后,他突然觉得她和谁也不像,她只是她自己,她一直只是她自己。他从未想过善待她,因为她是一个人尽可夫的娼妓,摔碎她的矜持和自信是如此令人快意的事,就如缓慢而不间断地撕裂一幅绝美的帛画,毁灭殆尽的美感狂烈而刺激。可是他撕了,摔了,甚至亲手毁了,那幅画依然还在。

她竟没有被毁灭,她依然好好活着,和从前一模一样⋯⋯甚至不怀有丝毫怨恨。他无法忍受,无法忍受⋯⋯他在地面前伤过、痛过、失态过、疯狂过,甚至杀过她⋯⋯他有过千奇百怪的狰狞姿态,他错过、失败过、支离破碎过⋯⋯种种丑态,无法全知全能,从不尽善尽美,而她一如往昔。

这真是让人⋯⋯难以忍受。

他嘴角露出一丝浅浅的笑,然而坐在这个令人难以忍受的女人身边,他的心情便分外自由,有一种能全无保留露出本性的狂热的欣喜。

他在阿谁怀里摸出"杀柳",这等宝刃斩落,玄铁网丝终于开了一道极细微的裂缝。唐俪辞手上加劲,一条一条断开铁丝,终于在天明之时将三人从玄铁网里面拖了出来。三人都还活着,全部昏迷不醒,唐俪辞也不着急,这毒只要不是用于杀人,他也不在乎对手又多三名人质。

而在晨曦初起，将树林中的阴影驱散的时候，他看见马车的车壁上被人以飞镖钉住了一张白纸。昨晚树林中漆黑一片，火光黯淡至极，唐俪辞自是绝不会想到自行往篝火里面加木炭——故而他没有看见那张白纸。

但他心里清楚这必定是会有的，半途劫道，设下埋伏，绝不可能带走人后毫无所求，定然会留下说明之物。他起身拔下飞镖，飞镖下钉的是一张残旧的白纸，上面写着"火鳞观"三个字。

这三个字极其普通。唐俪辞抬头一看天色，将三人搬入马车之中，自己一抽马鞭，沿着官道笔直地驱车往回走。

火鳞观就在这座山山口的小山坡上，那是一处香火暗淡的道观。

他认路的本事奇佳，山路崎岖难平，马车颠簸，却也在两炷香之后赶到了火鳞观。

山坡之上平淡无奇的火鳞观只有数间供奉祖师的小屋，屋里一片寂静，大门紧闭，门上贴着一张白纸"自刺一刀，方入此门"。

唐俪辞驱车缓缓向道观门口行去，马匹走到门前，他鞭梢一卷，那张白纸便被撕了下来，接着连鞭带纸往门上一挥一带。那道观的木门轰然开裂，"嘎吱嘎吱"往后打开。他面上并没有太多表情，马鞭一扬，马车带着单薄的车厢一步一步走进了道观之中。

那张写着"自刺一刀，方入此门"的字条在半空飞起，随即碎成了漫天蝴蝶，四下飞散。

道观的院中站着七八名少年，晨光之中，那挺拔矫健的姿态充满力量与坚定，地上横躺着两人，一个是瑟琳，一个是柳眼，两人仰躺在地，显然是被点了穴道，一动不动。而凤凤被小心翼翼地抱在一位少年怀里，正安静地看着破门而入的唐俪辞。

唐俪辞从马车上一步一步走了下来，那七八名少年未曾想到他竟敢破门而入，都有些呆愣，但手中刀剑不约而同地都架在了瑟琳和柳眼的颈上，其中一人喝道："站住！你再往前一步，我就砍了他的头！"

唐俪辞依言站住。晨曦之下，他衣不沾尘，发丝不乱，浑然不似在山中行走多日的人，在清朗晨光中这么一站，便如画中人一般。

那七八名少年穿的是一样的衣服，都是白色为底，绣有火云之图。唐俪辞的目光从第一人身上慢慢掠过，一直看到第八人，随即笑了笑："火云寨?"

那为首的少年背脊挺得极直,面色如霜,冷冷地道:"原来你还记得火云寨?"

"记得。"唐俪辞轻声回答,虽然他从未真正踏上梅花山、不曾亲眼见过火云寨鼎盛时期的风采,而终此一生再与梅花山无缘。

"寨主的一条命!轩辕大哥的一条命!以及我火云弟兄三十三条人命,今日要你以命偿命!"那少年厉声道,"你这阴险卑鄙的毒狗!风流店的奸细!晴天朗日容不下你!我池信更容不下你!"

唐俪辞凝视着他,少年身材高大,手中拿着的并非寻常刀剑,而是一柄一尺三寸三分的飞刀。

"你是池云什么人?"唐俪辞缓缓地问,语调不疾不徐,无悲无喜。

池信冷笑道:"寨主是我义兄,我的名字是寨主起的,我的武功是寨主亲自指点的,寨主纵横江湖救人无数,你这忘恩负义、卑鄙无耻的毒狗——"他满腔悲愤地怒吼着,"你怎能下得了手杀了他?他为助你一臂之力,孤身离开火云寨,你竟设下毒局害死他!你怎能下得了手?你怎能下得了手?"

你怎能下得了手?唐俪辞凝目看着这少年,这少年年不过十六七,身材虽高,面容仍是稚气,他身旁一干少年也都相差无几。看了一阵,唐俪辞微微动了动嘴角:"是谁叫你们在此设伏拦我?"

他居然对自己方才那段喝问置之不理,池信狂怒至极:"唐俪辞!你满手血腥欺人太甚!"池信扬起手中飞刀,一刀往瑟琳身上砍落,"从现在开始,我叫你做什么你便做什么,一句不听,我就在她身上砍一刀!"池信在火云寨数年,手下并不含糊,"唰"的一声,飞刀夹带风声,笔直劈落。

"当"的一声脆响,飞刀堪堪触及瑟琳的衣裳便蓦地从中断开,半截飞刀反弹飞射,自池信额头擦过,划开一道血迹。池信瞬间呆住,只见一样东西落在瑟琳衣裳褶皱之中,是一粒光润柔和的珍珠。

对面用一粒珍珠打断飞刀的人轻轻咳了一声,微微晃了一下,举起衣袖慢慢抹拭唇上的血迹,只听他道:"是谁叫你们在此设伏拦我?"

池信几人面面相觑,面上都有了些骇然之色。一位长剑就架在柳眼颈上的少年一咬牙,剑上加劲,便要立刻杀了柳眼。不料手腕刚一用力,手中长剑"铮"的一声应声而断,半截剑刃不偏不倚反弹而起,掠过自己的脖子，抹开一道不深不浅的血痕。

另一粒珍珠落在地上，光洁如旧，丝毫无损，对面的人缓缓地问："是谁——叫你们在此设伏拦我？"

池信探手按住腰间第二柄飞刀，然而手指开始发抖——这人的能耐远在计划之外，自己几人的功夫在他眼里就如跳梁小丑一般。他开始意识到如果唐俪辞不是手下留情，单凭他手中珍珠便可以将他们杀得干干净净一个不留："你——"

"是、谁、叫、你、们、在、此、设、伏、拦、我？"

唐俪辞语气低柔，有些有气无力，然而一字一字这么问来，池信忍不住脱口而出："是……剑会发布的信函，说你前往嵩山，所以我们就……"

唐俪辞平淡地看了他一眼，伸出手来："孩子还我。"

抱着孩子的那位少年惊恐地看着他，全身突然瑟瑟发抖。

唐俪辞微微闭了闭眼睛，随即睁开，十分耐心地道："还我。"

那人被他看了这一眼，突然就如见了鬼一样把凤凤递还给他。几位用刀剑架住瑟琳和柳眼的少年也收了刀剑，都是面如死灰，这人如此厉害，宛如鬼魅，还不知会如何对待他们。

唐俪辞抱住凤凤，凤凤双手紧紧抓住他的衣裳，一双眼睛睁得很大，却并不哭，只把下巴靠在他肩上，贴得很牢。他抱着凤凤，仍旧对池信伸出手："解药。"

池信的嘴唇开始有些发抖："解药我是不会给你的。"他是背着二位寨主，带了几位兄弟下山寻仇，他恨唐俪辞如此之久，怎能就此莫名其妙全盘溃败？

唐俪辞再度咳了一声，顿了顿："今日之事，池云地下有知，必以为耻。"他淡淡地看着这群少年，"你们是希望火云寨以你们为荣，或是以你们为耻？杀池云的是我，以这样的手段伤及无辜，便是火云寨素来的快意江湖吗？"

他的声音低柔平和，并不响亮，甚至其中并不包含什么感情，既非痛心疾首，也非恨铁不成钢，只是疲惫地复述了一遍尽人皆知的常理，空自一股索然无味。

池信却是怔了好一会儿，几人手中的刀剑都放了下去，有一人突然叫道："大哥！"

池信挥了挥手,从怀里取出一个小药瓶,阴沉着一张脸扔给唐俪辞:"接着。"

唐俪辞接住解药,将凤凤先放在马车上,随即一手一个架起瑟琳和柳眼,将他们送上马车。自池信交出解药之后,在他眼里便宛然没有这几个人了。

池信几人呆呆地站在一边,看着他要驾车离去,鬼使神差地,池信喊了一声:"且慢!"池信古怪地看着唐俪辞,"你……你就这样……放过我们?"

唐俪辞登上马车,掉转了马头,并不回答他的问题。

他并没有即刻离去,微微抬起头望着晨曦中深山密林那苍旷的颜色,突然道:"你问我怎么下得了手?"

池信一呆,只听他极平淡地道:"因为宁可天下人恨我,不可天下人恨他。"他淡淡地道,"回去吧。"

马蹄声响,那辆简单的马车快速往山中行去。池信站在道观中和几位兄弟面面相觑,呆了好一会儿。

突然,池信招了招手,低声道:"我们……跟上。"

唐俪辞驱车离开,返回昨夜的篝火旁休息了片刻,给众人服下解药,解开穴道。几人全部中毒,服下解药后一时不醒,他抱着凤凤静静地坐在车中,一只手兜在袖里,一动不动。

凤凤紧紧地抱着他,也不出声。

过了一会儿,唐俪辞抱着他的手指微微动了一下,轻轻抚了抚他的背。"哇"的一声,凤凤突然转过头大哭起来,紧紧抱住他,湿漉漉的眼睛可怜兮兮地看着唐俪辞,哭得一抽一抽的,仿佛有天大的委屈一般。

他嘴角微微一动,似乎是想微微一笑,却终是没笑。凤凤的眼泪蹭得他脸颊、胸口一片混乱,他也不动,于是小娃娃越发大胆起来,对准他不动的右手狠狠地咬了下去,随即哭得越发大声,活像是自己被咬了一样。

唐俪辞抬起右手,将凤凤撑了起来,好好地抱在怀里。哭得声嘶力竭的小东西似乎感到有些满意,声音小了起来,在他怀里蹭来蹭去,准备找睡觉的位置,想和从前一模一样。唐俪辞抱着凤凤,本还有些僵硬,终是慢慢放松了身体,安静地抱着凤凤,像从前一样。

历经曲折,也只有怀里这个小东西,还希望和自己像从前一样。他闭上了眼睛,静听四周的变化,没有人知道——方才他袖中的珍珠只有那两颗。

其余的珍珠在什么时候遗落到哪里去了?他根本不知道。

凤凤已经含着眼泪在他怀里睡着,唐俪辞听着马车里许多人的呼吸声,有许多扎根在他心中的事变得缥缈,一种奇异的清醒扑面而来,有些担子已经腐坏得他再也背不起来,他现在能背得起的,是身边这仅有的几个人的生死。

他曾经从不在乎几个人的生死或是几百个人的生死,反正这些人早已死了,反正只需他一笑或是递出一样价值连城的珍品,便会有更多人追随他而来,有何可惜?何必在乎?

但……也许全然不是那样。

他已疲惫得无法思考如何去控制和折磨,如今唯一能做的,不过守护而已。

身边有些声响,唐俪辞抬头望去,居然是阿谁第一个醒了过来。她微微睁开眼睛,随即起身,竟连稍事休息的念头都不曾有,坐起身来之后略略扶额,抬起头来,便看见唐俪辞看着自己。

他只看了那一眼便转过头去,她微微叹了口气,将身边的玉团儿和车夫扶正姿势,起身看了看柳眼和瑟琳。不知为何她身上的毒性退得甚快,其余四人却还昏迷不醒,她看了看唐俪辞怀里的凤凤,她撩起马车的门帘,下车去将昨夜残余的篝火重新燃了起来,接着放上铁锅,开始烧水。

他从撩开的门帘那儿看着她艰辛地忙碌着,看她踉跄着去溪边打水,看她挣扎着拖动那口沉重的铁锅。她不叫苦,他也不帮忙,但那篝火还是慢慢燃了起来,锅里的水还是渐渐沸腾了起来。

"嗯……"车里的柳眼挣扎着坐了起来,扶着额头,神色还很茫然。

唐俪辞本能地微微一笑,柳眼却没看见,等他抬起头来的时候,唐俪辞的笑意早已消散无踪。柳眼很少看到他一张毫无表情的脸,又见凤凤在他怀里,心里自是诧异,却也不知该和他说些什么。

玉团儿吐出一口长气,突然坐了起来,"哎呀"一声头晕目眩,又要摔倒,柳眼连忙扶着她。玉团儿眨了眨眼睛,眩晕还未消失,她却问:"是你救了我们回来吗?"

唐俪辞不答,也不动。若是平时,他必是要微微一笑,故作救人只是轻而易举的恩赐，但他现在既不说话，也不动。玉团儿莫名其妙，看到瑟琳和马叔仍旧昏迷不醒，吓了一跳，连忙去摸摸两人到底怎么了。一摸才发现，瑟琳身体娇贵，从来没受过这样的苦，已经发起了高烧，车夫马叔只是睡着了。

"阿俪……"柳眼揣测着要怎么和他说话。自重逢之后聊了几句过去的事，他绝口不提那夜，之后话越说越少，不知什么时候便成了现在这样。"你救了我们……谢谢……"他不知怎的就冒出了这句。

唐俪辞看了他一眼，点了点头。

柳眼越发觉得古怪，却也再说不出什么。

玉团儿奇怪地看着唐俪辞："你干吗不说话？你嗓子坏了？哑巴了？"

唐俪辞却不理她，看了瑟琳一眼，他从怀里取出一个淡绿色的瓷瓶，拔开瓶塞，瓶中只有一粒药丸，紫黑之色，有一股怪味。

马车外有人轻敲了三声，柳眼抬起头来，只见阿谁脸色苍白、双颊微染红晕，却微笑着端过一个茶盘，盘上托着两杯清茶："大家受惊了，喝点热茶吧。"

唐俪辞将凤凤轻轻放在坐垫上，扶起瑟琳，接过清茶让瑟琳服下那粒药丸。

柳眼却一把抓住阿谁的手，失声道："你还烧什么茶，你不知道自己在生病吗？"

那端茶的手热得烫手，温度比瑟琳还高。玉团儿吓了一跳，匆匆爬起来扶着阿谁，阿谁却是神志清醒，浅浅地笑："不要紧……"

"回来休息！"柳眼厉声道，"不准再摆弄那些，回来！"他将阿谁一把拉入车内，自己踉跄爬起，"杂事我来做，你给我躺着！"

阿谁有些失措，看了抱着瑟琳的唐俪辞一眼，略略咬牙，安分守己地坐在马车一角，尽量离唐俪辞远些，将凤凤抱入怀里，静静地坐着。

她没有睡，也不想睡。

马叔终于被柳眼的声音吵醒了，连忙从车里下去，帮着烧火。玉团儿已经跳了下去，和柳眼不知在争执些什么，车里仅剩下唐俪辞、瑟琳、阿谁和凤凤。

阿谁安静地坐着。瑟琳清醒过来，发现自己在唐俪辞怀里，抬起身给了他一个吻，便又睡了。阿谁看见了，却也如没看见一样。

马车里有一阵沉寂，阿谁胸口疼痛，全身发冷，却一直睡不着，没过一会儿，全身微微发起抖来。凤凤醒了，睁开眼睛凝视着她，似乎不明白她为什么在发抖，她带着微笑，轻轻抚摸着他柔嫩的脸颊。

一只手突然伸了过来，阿谁全身绷紧，本能地往后退。她闪避得太猛，连马车都被她的后背撞得晃了一下——那只手本是要按住她的额头，却只是抓住了她的手。

接着，唐俪辞按住了阿谁的脉门，她听见他咳了一声，一股柔和的暖意便从脉门传了过来，很快温暖了她全身，胸口也仿佛不那么疼痛，身子也不发抖了。她喘了口气，略有了些力气，便柔声道："阿谁奴仆之身，实不必唐公子劳心费力……"

"你不怕死吗？"他淡淡地道。

她闭嘴了，抿着的唇线，带了一点坚忍之色。

"凤凤还小。"

他说得如此简单，仿若与她之间从来就没有半点干系，出手为她疗伤也全然出于道义。恍惚间，她几乎忘了他是如何毫不在乎地将她扔了出去让她去死，也忘了她是如何心甘情愿地赴死……所以她便浅浅地笑了："如此……阿谁谢过唐公子救命之恩……"

唐俪辞终是抬起头来，多看了她一眼。

她道："必将涌泉相报。"

他突然轻咳了一声，传来的暖意微微有些不稳，让她胸口疼痛。她微微蹙眉，轻轻叹了口气，低声道："结草衔环、赴汤蹈火，在所不惜……可以了吗？"她望着唐俪辞，低声问道，"可以了吗？"

他没有发出一点声音，一个字也没有回答。

五十六 ◆ 战苍穹 ◆

伏牛山中奇蜂毒雾，玉箫山下宝瓶尊者。百年老鸮成木魅，笑声碧火巢中起。蓦然兵戎相见，不过是一场移花接木。

中原剑会发出信函，昭示唐俪辞将对少林寺新任掌门普珠不利，呼吁天下英豪为民除害，在道上截杀唐俪辞。信函上将唐俪辞擅长的暗器、掌法、音杀之术等逐一详录，唯恐见信之人不知唐俪辞的弱点，又注明此人为万窍斋主人，喜好随身携带价值极高的珠玉玩赏之物，又素爱以珍珠翡翠为杀人暗器。

此信在江湖上广为流传，一则憎恨风流店和九心丸的人实在多，二则对唐俪辞的钱财感兴趣的人也是不少，渐渐地，嵩山左近出没的江湖人越来越多。

随着打算动手的人越来越多，有关唐俪辞的消息也是层出不穷，有些人说他已经到了少林寺，甚至普珠已经伤在他手里；有些人说他还在伏牛山西边杀人；有些人自称为唐俪辞所伤，还捡到了他的珍珠暗器；也有些人声称唐俪辞已为他们所杀，自己已取得九心丸的解药。

江湖传闻甚嚣尘上，分辨不出真假，唐俪辞究竟到了何处，只怕只有他自己知道。

而除了唐俪辞竟是风流店幕后主使的惊天秘密，近来江湖中人关心的另一件大事便是中原剑会对上风流店的决战。

现今江湖上无人不知无人不晓中原剑会聚集千人之众进入祈魂山，将与藏匿在飘零眉苑中的风流店残部决一死战，此事听说朝廷都参与了，中原剑会这边带头的人物之一，居然是琅邪公主。

朝廷派遣了焦士桥大人率领一百八十禁卫参与对风流店的一战，虽非出兵剿灭，却也表明了态度，风流店正是那千夫所指，唐俪辞更是恶贯满盈。

但中原剑会出征风流店并不顺利。

飘零眉苑地处祈魂山深处，山中树木茂密，毒蛇蚊蝇滋生，又生长了许多前所未见的毒花毒草，行路难，千余乌合之众一鼓作气进入祈魂山五十里地，已有三百多人借故离去。

剩下六百余人被红姑娘分为二十组，每十组为一轮，半数探路、半数休息，如此整整走了三日才找到了飘零眉苑后面的菩提谷。

红姑娘手握这几日探路和侦查得来的飘零眉苑大致地图，眉头紧蹙。玉箜篌人在中原剑会，她无法避开玉箜篌讨论击破飘零眉苑的方法，在这种树木密集之地，人数再多也发挥不出作用，地形决定了难以摆出阵法也难以观察大局，贸然开战的结果是陷入一场混战。

此地有毒虫毒草，机关暗器，混战的结果可想而知。

所以她一直在考虑既然不能深入，能否引蛇出洞，让鬼牡丹自己带人出来？

或者——逼他出来？

这一日，红姑娘下达了扎营菩提谷以来的第一个命令——将营地周围的树木砍断晒干，清出空地，树干浇上油脂，准备将其滚到飘零眉苑各处出口，火烧飘零眉苑！

她又向各路用毒的行家征集了能促成烟雾的有毒药粉，待烈火燃起，就撒入火中。届时还有十数位内力高深的劈空掌高手助她控制风向。

这想法看起来不错，众人齐心协力砍树，向着飘零眉苑内吹入毒烟，奈何忙活了整整两日也没看见有人从里面出来。

飘零眉苑深入地下，单单吹入毒烟撼动不了它。

红姑娘并不气馁，她让人继续砍树、点火、放烟，最后加上了一样泼水——虽然毒烟奈何不了鬼牡丹，但那飘零眉苑的部分院墙可经受不起烈火和冷水的轮番侵袭，终于成片崩塌，"轰"的一声暴露出一个能同时四人并肩进出的大洞来。

墙砖跌落粉碎，内里冷箭、暗器四射，"噼噼啪啪"击打了好一段时间才安静下来，外面放火的众人凝目望去，只见里面桌椅宛然，一具瑶琴，这烧出来的居然像是一间少女闺房。

毒烟散去，一人穿着一身黑袍桀桀阴笑，站在破洞之前。

只听他阴恻恻地道："小红，你对本座一向忠心耿耿，这次是特地带人来送死吗？"

离得远了，红姑娘并未看见鬼牡丹，她低声对成缊袍说了句什么，随即嫣然一笑，带着玉箜篌、张禾墨、柳鸿飞、文秀师太等人迎了上去。

就在她带领众人迎上去的瞬间，"轰"的一声巨响，地动山摇，鬼牡丹掷出一物，那东西在众人中间爆开，浓烟弥漫，散发出剧烈香气。突然，人群中有些人的脸色开始变了——中原剑会招纳的人手中有不少人本身身中九心丸之毒，是为了解毒而来，那浓烟能即刻激发药丸毒性，顿时不少人惨呼出口，开始着地打滚。

鬼牡丹在浓烟中狞笑："尔等性命在我掌握，妄想与我为敌，无异找死！"随着他一挥手，箭镞自浓烟中射来，身着红衣、白衣的女子身影在烟中晃动，爆炸声连绵不绝，制造出更多烟雾。

此时，红姑娘低喝了一声："滚木！再烧！"

四下并未中毒的剑会众人齐心协力，将点燃的巨大滚木向房屋破口推去，居然并不理会那些能诱引毒性发作的烟雾！浓烟不仅遮蔽了红姑娘，也遮蔽了鬼牡丹，那巨大滚木着地滚过，压碎燃烧的药引，撞在墙上，再度燃起大火。接二连三的滚木渐渐封堵了墙壁破口，剑会众人并不像鬼牡丹想象的要从这个破口进入飘零眉苑内部，而似乎仅仅是在放火烧屋。

当鬼牡丹发现情况不对时，红姑娘一挥手，淡淡地道："够了！撤！"

四周倒地哀呼的剑会中人突然爬了起来，若无其事地拍拍衣裳，和负责滚木的众人一起快速退入营地，远离了飘零眉苑。

刚才的痛苦毒发居然是红姑娘早已训练好的一场戏！她竟是算到了鬼牡丹会使出这种引诱毒发的烟雾，特地带了没有中毒的人前来放火。

当众人返回营地，连玉箜篌都对红姑娘这一番动作惊讶之时，几个人影快速进入营地。

随着来人落地，几点鲜血随之滚落。

红姑娘急声问："可有受伤？"

成缊袍摇了摇头，他剑刃上的鲜血仍在滴落，可见刚刚经历了一场搏杀。

跟在他身后的竟是碧涟漪、古溪潭等人。碧涟漪也是一身浴血，淡淡地道："一共杀了二十二个。"

红姑娘点了点头。

玉箜篌眉头微蹙，他这才明白红姑娘施展的一连数计——她不但要在自己眼皮子底下火烧了飘零眉苑，铲平风流店，而且还妄图用最少牺牲、最安全的手段达成目的！

她用烈火、滚木和水强拆飘零眉苑的地上部分，用她自己为饵吸引鬼牡丹的注意。她在外清空树林排除障碍设下包围，然后调派几个一流高手自其他入口突然杀入飘零眉苑，无论遇到谁，只要是风流店的人，能杀便杀，能杀几个是几个。等滚木声一停，他们即刻退走，以浓烟烈火为掩护，脱身非常容易。

而这就是温水煮青蛙。

风流店的人手再多，被围困其中，被杀一个便少一个。

飘零眉苑机关众多，被烧去一角便是一角。

鬼牡丹可以不惧偌大飘零眉苑烧去区区一面墙，也可以不在乎死去二十二个仆役。

但一日烧一角，一日死二十二人，若是二日、三日……甚至红姑娘在外整整烧它一个月、两个月呢？

飘零眉苑迟早被烧成白地，而风流店中又消耗得起多少人头？

玉箜篌悚然心惊，这与他原先的估计完全不同。

小红这个女人竟妄想以一羽之代价，换取他一山一城之死！

围困之计，必有粮草为庇——玉箜篌即刻便知此时此刻，第一要务为断去中原剑会的后路。

但中原剑会的后路，是琅邪公主和焦士乔。

要断这条后路，最有效的方法——是让中原剑会亲手弄死它的后路，比如说——弄死琅邪公主。

玉箜篌远眺浓焰渐熄的山林，抿起嘴角，嫣然一笑。

江湖白道那可不能空口无凭随便害人，中原剑会要弄死一个人……那可务必让她罪证确凿，百口莫辩——再请出一位圣人宣罪，最终堂堂正正地将她弄死。

025

红姑娘等人撤回营地，她心知肚明这第一次遭遇虽然说是己方略占上风，但玉箜篌和鬼牡丹既然发现了她的围城之计，必有后招。下一次、下下次要再闯入敌营杀人，势必更加困难。

"他……有何动静？"红姑娘快步走进碧落宫的营地帐篷，低声问。

迎上来的是婢女紫云，紫云悄声说："刚才山外飞来一群鸽子。"

"鸽子？"红姑娘眉心微蹙。

"在这周围的树林落了一群。"紫云低声说，"我看着有些落进了咱们的营地，有些飞去了山那边。"

山那边——就是飘零眉苑的方向。

有人飞鸽传书，不但传给了玉箜篌，还传给了鬼牡丹？

红姑娘颇为意外——这是谁的手笔？

或者说，这只是一群野鸽子，与玉箜篌无关？

毕竟世上相信玉箜篌和鬼牡丹沆瀣一气的人并不多，更不用说手上有能向二人传信的信鸽——除非传信人所放飞的信鸽本就是飘零眉苑养的。

这是意料之外又在意料之中的变数。

红姑娘往北一望，希望这变数并非……是他。

帐篷帘幕一动，碧涟漪和成缊袍双双入内，玉箜篌今日一身粉紫衣裙，身后跟着张禾墨、齐星、郑initial等人，也跟着入了帐篷。

玉箜篌含笑看着红姑娘："今日首战即胜，红姑娘神机妙算，功不可没。不知道接下来，姑娘打算如何？"

碧涟漪和成缊袍都提起了十层防备，不知道玉箜篌究竟意欲何为。唐俪辞将红姑娘推入局内，破了玉箜篌的谋算，玉箜篌必有后手。

红姑娘眼睫微抬，似愁非愁地看了玉箜篌一眼，这一眼如果雪线子看见了可以吟诗一首。玉箜篌一双杏眼看着红姑娘，他将自己的脸改成薛桃的模样，那双眼睛比之红姑娘也是不遑多让。两双美目对视，彼此心里在想什么，谁也不知道。

"今日偷袭得手，鬼牡丹必有防备。"红姑娘淡淡地说，"明日毒烟火烧继续，桃姑娘……"她突然点了玉箜篌的名字，凝视着他的眼睛，"今日你未出战，明日由桃姑娘带队，在这几个地点掘洞。"

她走到帐篷中支起的一张简陋木桌前，那木桌上铺有草图，草图为白色厚棉布做底，炭木所绘，绘制的手法精致细腻，将飘零眉苑所在一整片山林描绘得十分详尽。红姑娘在一处池塘边圈了几个点，对玉箜篌说："此处有地下暗河，我欲打通水道，引水灌入飘零眉苑地宫之中。"

玉箜篌一怔，此计狠毒之处不下于围城，并且一旦水道打通，灌水立竿见影，比之围城见效快得多。这水道自然是不能打的，红姑娘居然把这么重要的一件事交给他来办，到底是此事有诈，还是笃定他此事不敢轻举妄动自曝身份？

红姑娘不动声色，低声道："掘洞之事务必隐秘，桃姑娘武功高强，小红拜托了。"

玉箜篌应了一声，一时捉摸不透。他身后的张禾墨、齐星、郑玥等人却是兴奋起来，均觉此计大妙，若是大水能将风流店中的恶徒淹死一大半，岂非替天行道，让世上少了许多祸患。

等玉箜篌走后，碧涟漪眉头微皱，成缊袍直接开口询问："这水淹之计之前姑娘并未提过，交由他来着手，万一走漏风声……"

红姑娘摇了摇头，低声道："湖水距离飘零眉苑太远了，掘洞并非易事……"她出了会儿神，"此图是唐公子手绘，按图上所记，湖水远在山谷之中，水面尚低于飘零眉苑之地宫，引水之事，不过调虎离山而已。"

"若是调虎离山，"成缊袍冷冷地道，"他一到湖边即刻便知，你当如何是好？"

"所以湖边有人在等着他。"红姑娘淡淡地道，"毕竟邪魔外道要杀正道中人，也不需什么理由。"

成缊袍一怔，红姑娘安排了什么人等着玉箜篌，他竟也不知道。

那是什么"邪魔外道"，居然能伏击中原剑会西方桃姑娘？

天苍林阔，山岚缥缈，又一群鸽子翩翩而来，落在了树林之中。

柳眼赶着马车，马车遥遥晃晃地走在伏牛山中。

在他的马车之后尚有另外一辆马车，两辆马车篷壁破裂，破烂不堪，许多地方居然血迹斑斑，几匹拉车的马也是走得东倒西歪，仿佛随时就要倒地不起了。

他们终于踏入了伏牛山中，一路上遇袭无数，凭借着唐俪辞那神鬼莫测的手段，一行人居然有惊无险，一命尚存。

这和袭击他们大多是中原正道有关。

毕竟中原正道是来除魔卫道的，面对幼儿妇孺，总不能痛下杀手。

唐俪辞固然十恶不赦，但与他身边的幼儿妇孺何干？也就是这个魔头过于狡猾，居然挟持了一群老弱病残、幼儿妇孺在身边，导致他们多有顾忌，最终让他屡屡逃脱。

就在这漫天风雨之中，柳眼赶着马车进入了伏牛山深处。

他没戴斗笠或面纱，那些早在之前的打斗中损毁了，唐俪辞身上再多金银珠宝，在荒山野岭之中也是无用，以至于他们马车破烂不堪，虽不至于蓬头垢面，但也是十分潦倒。

这换了从前，唐俪辞是不能忍受的。

他必要施展出通天手段，折腾一下别人或自己，更端出锦衣玉食、金碧辉煌的一整套排场来，就像白毛狐精的细软皮毛，虽非必要，却是那狐精的脸面一般。

但这一路上，他什么也没有说。

自从阿谁说出"结草衔环、赴汤蹈火，在所不惜……可以了吗"，他就没再说过什么。

柳眼一度怀疑唐俪辞是不是又入了那夜的梦魇醒不过来，仍在自厌自弃，但唐俪辞的眼神不一样。

唐俪辞仿佛真是魔住了，又好像并没有。

那日之后，阿谁大病一场，柳眼将她搬入了自己的马车，玉团儿照顾了她十来天，她才渐渐康复。只是大病初愈之后，她那动人心魄的风姿似乎淡去了不少，连玉团儿都看得出来。

阿谁没有那么好看了。

零落成泥碾作尘。
此生无香也无故。
一抔荒土望黄蝶。
花未终开梦未苦。

嵩山隶属伏牛山脉，是天下名山。

嵩山少林寺扬名天下，古刹恢宏巍峨，晨钟暮鼓，名僧墨卷，参悟轮回苍生。

在通向少林寺的诸多通道上，依稀可见人影晃动。

两辆马车徐徐而来，在远方山头就能看见。

嵩山派掌门张禾墨已经跟随中原剑会远赴菩提谷，但嵩山派的根基仍在嵩山。唐俪辞远赴少林本是机密，但在他一路遭遇数次截击之后，江湖无人不知唐俪辞远赴少林寺，是为了找少林寺的麻烦。虽然谁也不知他已是千夫所指，为什么不暂避风头，但这魔头狂妄至极也非奇闻，他冲着少林寺而来，说不准就是为了立威。

少林寺对此并无回应。

普珠自从做了方丈，深居简出，不再入江湖一步。

但嵩山派亦在嵩山之上，让唐俪辞轻易踏过自己门派的地盘，岂非奇耻大辱？邪魔外道人人得而诛之，故而张禾墨虽然不在，但嵩山派依然拦在路途之上。

若能把唐俪辞在此伏杀，岂不更好？

除了嵩山派，这一路上遍布唐俪辞的仇家，之前唐公子位高权重，现在众叛亲离，此仇不报不共戴天。

唐俪辞且战且进。

伏牛山中暗影攒动，人心浮动，鬼影憧憧。

柳眼驾着马车缓缓登上一条黄泥山道，他脸上旧伤已愈，却又添了新伤，新疤旧疤交叠，有些地方青紫肿胀，简直不成人样。

玉团儿驾着另一辆马车，她的马车里带着阿谁和凤凰，之前的马夫受了毒伤，唐俪辞赐以重金放他回家了。

瑟琳和唐俪辞同在一车，一开始尚相安无事，这几日瑟琳却破天荒地对唐俪辞发了火。

一直以来，唐俪辞对她十分纵容，没有半点不好。路上遇袭，唐俪辞出手伤人，瑟琳便依偎在车上看他动手。她肤白貌美，衣饰华丽，倚在车上仿佛一幅画，车外刀光剑影，血溅三尺，她便如血腥之中的玫瑰，更添三分丽色。

但这是生死之争，并非做戏。唐俪辞武功再高，也不能以一人之身，护住两辆马车，终在三日之前不慎让一支飞箭掠面而过，射中了瑟琳身侧的马车车壁。之后，瑟琳面对来来去去的刀剑便不再那么泰然自若，又过一日，一位蒙面客闯过玉团儿的防卫，试图从阿谁手中抢夺凤凰，唐俪辞出手相救，那人陡然回身抓向了瑟琳，虽然那人被唐俪辞一剑重伤，但瑟琳的肩上也落下了一道长长的抓伤。

那不知来路的蒙面客指上有毒。

瑟琳终是感到了恐惧。

瑟琳肩上的伤口开始溃烂，密林之中缺医少药，即使柳眼和玉团儿都告诉她既然抓伤未死，这种毒应当并不致命。但即使不致命，瑟琳眼睁睁看着自己伤口溃烂，且又不知道它究竟会如何发展，也是难以忍受的。何况，她追随唐俪辞而来，在那养狗的石窟之中也未受过多大的苦头，她从不怀疑自己可以征服一切。

但"可以征服一切"的自信，被这道突如其来的溃烂伤口打碎了。

瑟琳突然发现，在这个野蛮的古世界里，"最美"的女人并不像她想象的那般可以有恃无恐，有些人眼中竟然根本没有她。

更可怕的是，这个道理并不是从她自己身上悟出来的。

她发现，在这个世界上，不仅仅绝大多数人眼里并没有她，甚至……

这世上绝大多数人眼里也没有唐俪辞。

她认为最为华贵灿烂的珍宝，在这一路上，绝大多数人眼里也没有"他"。

这些人根本没有看见这件珍宝的美和无与伦比，他们只看见了一个符号——"仇人"、"魔头"，或者"妖孽"。

绝大多数人连她的珍宝长什么样子都没有看清，就用一个符号代替了，并恨得理所当然。他们根本不需要看清他或她美不美，冤枉不冤枉，就可以以死相拼。

唐俪辞并不像她所想象的那样，理所当然就可以操纵一切，凌驾于这世界的诸多美好之上。她所喜欢和愿意征服的，是一件无与伦比华贵灿烂的珍宝，而唐俪辞……越来越不像那件珍宝。

他会受伤，会失败，衣裳也会破烂，会不受重视，最可恶的是竟然还不怎么说话。

这古世界这么危险,她都受了这么可怕的伤,唐俪辞竟然无动于衷,他只是抚摸了一下她的长发,什么也没多说。

柳眼不知道他俩是怎么吵起来的,瑟琳自然也不是会破口大骂的泼妇,她只是突然对唐俪辞说:"我对你非常失望。"

她说:"你不是原来的那个人了。"

唐俪辞闻言抬起头,看了她一眼,慢慢地问:"'原来的那个人'……会比较好吗?"

瑟琳愣了一下,她想了一会儿,竟是答不出来。

唐俪辞说:"但'原来的那个人'……会比较好看。"

瑟琳眨了眨眼:"你在说什么?"

唐俪辞低笑了一声,慢慢地道:"你喜欢的'原来的那个人'……"他轻声说,"本来就是假的。"又过了片刻,他说,"我只是有点累。"

瑟琳沉默了一会儿:"我要回家。"

"明日此时。"唐俪辞的语调仍旧很轻,却依然是一种早已谋算妥当的气韵,"会有人送你走。"

瑟琳蓦然抬头盯着他,目光闪动:"你什么意思?你算好了要送我走?之前……之前故意不理我、故意让我受伤、故意让我对你失望……都是你的预谋?你什么意思?"她终于怒形于色,"唐俪辞!你就算要和我分手,也不用害我受伤吧?难道我不受这道伤,就一定会对你死心塌地,就一定不会和你分手吗?你未免也太自以为是!太处心积虑了!你真是——"她一字一句地说,"你真是让人恶心!"

柳眼目瞪口呆,他并不觉得瑟琳的伤是唐俪辞"处心积虑"为了让她死心分手故意让她受伤的,但……若唐俪辞早有安排让瑟琳走,这就有些古怪。他不知道唐俪辞是怎么想的,就像他也不知道唐俪辞一路向少林寺而来究竟是做什么。之前无人知晓唐俪辞要来少林寺也就算了,此时天下皆知唐俪辞要上少林寺,唐俪辞还这么一路杀了上去,除了挑衅少林和江湖白道,真不知道是何用意。

但唐俪辞听了瑟琳这句"你真是让人恶心"并没有什么反应,他靠着马车破烂不堪的车壁,闭上了眼睛。

后面的马车上，凤凤扶着车壁站着，好奇地往车外张望。看了一会儿，他对阿谁说："呜呜……姆……姆……"随即张开小小的手比画。阿谁怕他跌倒，把他轻轻地抱了过来。凤凤仍在给她比画，两只肉肉的小手张开又握拳，张开又握拳，他指着窗外。

凤凤看见了什么？

可能是山林里有些凤凤没有见过的东西，阿谁知道这一路上伏兵众多，危机重重……但那又怎么样呢？

她想那又怎么样呢？

唐公子……无所不能。

唐公子想要和不想要的，终能随心所欲。

我们……我们……

我们……

我们都是他的指间沙和鬓边花。

我们都爱他。

我们都是他的随心所欲。

密林之中，一帮褐色衣服的蒙面人正在埋头行进，他们已经跟踪唐俪辞的马车很久了。在他们头顶的树梢上，嵩山派的几名弟子手按长剑，也在跟踪唐俪辞的马车。

显然，围猎唐俪辞而来的人有不少，虽然不知彼此姓名，但都是同道中人。

而前方不远处，唐俪辞的马车必经的山道转角，一辆悬着白色玉铃铛，华美雅致，车厢上还撑有一把素色竹伞的大车拦在了山道正中。

这辆大车由四马拉车，单辕双轮，车厢四周白纱飞舞，看不清车内坐着何人。而四匹白马神骏非常，身上的缰绳宝光闪烁，镶嵌着各色宝石，马鬃飞扬，四匹马额头中心都佩有一片薄薄的金片，上面卷刻花纹，十分华丽。

这马车中人不知是什么来路？

嵩山派弟子和褐色衣服的蒙面人都是愕然，但来人显然是友非敌，拦住了唐俪辞的去路。

马车后尚有八匹骏马,和前面拉车的白马一样,也是额头佩金,缰绳缀宝,仿佛神仙坐骑。八名白衣人坐在马上,冷冷地看着唐俪辞一行人。

嵩山派弟子不禁心中冷笑——唐俪辞也有今天!

这富可敌国的唐公子向来是富贵到别人脸上去的人,姿态总是要摆在众人之上,现在落了难,终有别人在他面前来摆姿态了。

真是大快人心。

只听唐俪辞的声音自马车中传来:"来者何人?"

那车内有人冷冷地道:"玉箫山宝瓶尊者,特来拜会。"

嵩山派的弟子面面相觑,"玉箫山宝瓶尊者"?从来没听说过,这又是哪路豪侠?地上埋伏的褐衣人是遁地鼠孙家的家奴,孙家有几名血亲为九心丸所害,对唐俪辞恨之入骨。他们自知门派式微,不欲参与菩提谷之战,却要来伏牛山杀唐俪辞。

孙家也许独杀不了唐俪辞,但他们知道,这一路上,要杀唐俪辞的人何止千百。

他们只要在这千百人的围杀之中,加入一击,就足以慰藉家人在天之灵。

眼见前面气派万千的宝瓶尊者,嵩山派和孙家都起了敬畏之心,虽然不知来者何人,却都按下了即刻动手的心思。

宝瓶尊者的声音听起来不老不少,那偌大的马车内不止一人,随着宝瓶尊者发话,马车内另有一人冷冷地道:"还我徒儿命来!"

嵩山派和孙家心中一喜,只见那马车中帘幕轻飘,乍然飞出一群"嗡嗡"飞舞的毒虫,伴随漫天毒虫,马车四周灰绿色的毒雾弥漫,顷刻间淹没了山道和树林,连唐俪辞的两辆马车也被吞噬了。嵩山派弟子躲在树梢,那灰绿色毒雾犹自令人头晕目眩,双目剧痛流泪不止,不禁大骇,急急避走。那孙家埋伏在地上,更是毒雾一来,几乎全部昏死过去。

"撤!"嵩山派弟子倒吸一口凉气,不知这从未听说过的"玉箫山宝瓶尊者"看起来尊贵气派,居然一出手就是毒虫毒雾,全然不是正道中人。他们张禾墨掌门不在,门中好手也多半去了菩提谷,剩下的人不敢深入雾中,顿时退出三里。

只听前方毒雾之中"嗡嗡"之声大作,伴随马蹄声、刀剑交鸣声,以及男男女女的呼喝之声，唐俪辞和宝瓶尊者一行人动上了手，马蹄声此起彼伏，仿佛那八匹骏马冲了上来围绕着唐俪辞一行人进行疾驰冲撞，过了许久声音都没有停下。嵩山派既不敢轻易参战，也不甘心就此退去，仍然想着借机冲上去动手。

等候许久，林中毒雾渐渐散去，只见林中唐俪辞的两辆马车被刀剑劈得七零八落，木板散落断裂，许多"叮当"不已的刀剑之声，是钉入马车车壁的长刀或长剑与马鞍马蹄等拖沓相撞的声音。

唐俪辞一行人不见踪影，奇怪的是，玉箫山宝瓶尊者一行人也不见踪影，林中的毒虫依然"嗡嗡"飞舞，地上兵器虽多，却并没有血迹。

地上不仅没有血迹，唐俪辞的马车虽然被劈得稀烂，但拉车的四匹骏马却丝毫无伤，它们拖着四分五裂的马车在林中小跑，显然是受了惊吓。

四匹骏马虽然受惊，却没有中毒。

嵩山派弟子面面相觑，心中惊疑不定。

这究竟是发生了什么？

埋伏在山中的孙家众人不多时也悠悠转醒，各自打了几个喷嚏，双眼虽然红肿流泪，但这林中毒雾似乎并不是什么要命之物。他们和潜入林中的嵩山派弟子一起勒住了惊马，检查了马车，发现唐俪辞所有的东西都在车内，各色珠宝首饰、黄金银票，以及女子和婴孩的换洗衣裳，甚至还有数柄利器。

这到底是怎么回事？

孙家众人十分迷惑，难道是玉箫山宝瓶尊者过于厉害，竟兵不血刃地将唐俪辞一行人全部抓走了？

嵩山派弟子毕竟师出名门，在林中转了几圈之后，眉头紧皱，这林中要说没有动手的痕迹嘛——兵器满地，并且互斩断裂的就有许多，不少树木拦腰折断，仿佛遭遇了剧烈的掌风波及。但要说有动手的痕迹——这许多刀剑暗器毒虫齐出，竟没有留下一丝半点血迹的吗？也不能排除有些前辈高人一出手便令人五脏六腑重创，自然外观无伤，但……

但那可是唐俪辞。

玉箫山宝瓶尊者究竟是何人？

嵩山派亦是十分迷茫。

第二日清晨。

阿谁自昏迷中醒来，只觉身下缓缓摇晃，马车行进依然，十分平稳，仿佛昏迷之前遭遇的劫难都只是她的一场迷梦。睁开眼睛，她看见凤凤坐在她身边，柳眼也坐在她身边。

除了柳眼，偌大马车之中还坐了一个她没有见过的年轻男子。这人淡蓝衣裳，肤色白净，一双眼睛清澈明亮，看似一个少年书生。

"这位是慧净山莫子如莫公子。"柳眼说。

阿谁听他语气低落，心情显然十分不好，低低咳了一声，问："唐……"

柳眼沉默了半晌，低声说："他上少林寺去了。"

阿谁哑声问："玉……玉箫山……宝瓶尊者？唐公子……"

柳眼低声道："哪有什么玉箫山宝瓶尊者？他又骗了你。"他深吸一口气，"他又骗了你，他又骗了我……他抛下我们，一个人……一个人去了少林寺。"

他说："他要去少林寺，我们……都是累赘。"

他说："他从来没有打算带上我们。"

他说："他又骗了天下。"

阿谁恍然。

算无遗漏的唐公子，怎么可能当真拖着两辆破旧不堪的马车，颠沛流离地在满是伏兵的道路上前行？伏牛山中奇蜂毒雾，玉箫山下宝瓶尊者。百年老鸦成木魅，笑声碧火巢中起。蓦然兵戎相见，不过是一场移花接木。

唐公子从这群累赘中脱身而出，去赴他的少林。

而他们……而他们依旧要感恩戴德，感激颠沛流离后，再次绝处逢生。

"瑟琳姑娘呢？"阿谁问。

柳眼淡淡地道："他说……今日有人会送她回家。"他望着紧闭的马车窗户，目光仿佛能穿过那帘幕望见万里河山，"我一直不懂，他到底有没有爱过她。"

阿谁闭上眼睛，她没有开口，心中却想……她觉得是有的。

也许够不上是爱，也许并不多，也许是欣赏，也许是喜欢，也许是别的什么。

但唐俪辞眼中是有瑟琳的,他为她安排了一条退路。

而自己呢?

她茫然地想……唐公子……从没给她留过什么路。

他大概是恨她。

莫子如端着一张正经的书生面孔,实际上目光在这几个后生小辈的脸上看来看去,兴致盎然。

这不比看话本有趣多了?

唐俪辞请他带着万窍斋的老伙计假扮"玉箫山宝瓶尊者"来把他劫走,再加上这几个一会儿伤心欲绝,一会儿黯然神伤,表情变来变去的,真是有趣啊。

只可惜好友这次与他分道扬镳,去另一处玩耍去了,否则奇文共赏,岂非人间乐事?

华丽的马车下了伏牛山之后即刻改头换面,拆去外面的白纱玉铃,顿时朴素许多。莫子如也没让这马车走多远,下了伏牛山,就在山下进了一户农家小院。

赶车的正是玉团儿,她年纪轻轻,受毒雾影响不大,早早便清醒过来,已和莫子如相谈甚欢。她不知这位样貌俊雅的书生和雪线子乃是同辈,一口一个莫大哥叫他。莫子如脸皮厚如城墙,欣然笑纳。

瑟琳已经被唐俪辞的心腹快马送走,他们会将她送去唐俪辞早已安排好的绝密之处。他同时将万窍斋所剩财帛分散众人,此行之后,世上再无万窍斋,所有万窍斋商行下的伙计,都可以分得自己的一份。

而这处农家小院,正是万窍斋大掌事,唐俪辞在京城最重要的心腹之一姜有余购下的。

等马车缓缓进入院中,玉团儿好奇地看着院前院后一垄一垄的蔬菜,那不知道什么蔬菜结着鹅黄色的小果子,看起来柔软可爱。

阿谁从车上下来,牵着凤凤的手,望着眼前的小屋和菜园。

青山绿水,小屋菜园。

此时时辰尚早,山岚沿着远处的山谷缓缓流下,似是白色的雾泉。五六只圆圆的小鸟自头顶飞过,落在不远处的树上蹦跳。

莫子如负手在后，望着小屋屋顶上略带青苔的瓦片："这是万窍斋大掌柜姜有余的院子，阿眼，你留在这里，姜有余给你安排了三百名徒弟。"莫子如微笑道，"九心丸的解法除了药物，还有金针刺脑之术，你的任务是在最短的时间内，教会这三百名徒弟如何金针刺脑。"

柳眼蒙了一下，立刻应了下来。

玉团儿立刻说："那我呢？"

莫子如微笑道："团儿愿意留下，自然也是可以的。"他转身望向阿谁，"至于阿谁姑娘……"

阿谁默然看着莫子如，这位……就是唐公子安排好的后手……或者后手之一。

他果然算无遗策。

只听莫子如说："阿俪说……阿俪什么也没有说。"他递出了一个木匣子，"这是给你的。"

柳眼和玉团儿看着那个木匣子，都甚感奇怪。唐俪辞安排得如此妥帖，对这个他一直想要得到的女人，居然只给了一个木匣子？

阿谁接过木匣子，这木匣子以黄杨精雕而成，纹饰古雅，乃是山水之形，看起来价值不菲。她面无表情地打开匣子，不出所料……里面是……一匣子珍珠和银票。

她这无足轻重的婢女，一腔廉价难堪的真情，竟价值如此金银，唐公子果然……厚待。

她想……难以得到的总是稀罕，唐公子从不需她结草衔环，也不需她爱重情深，他只是想要证明他总是能为人所爱，不管你情愿不情愿、清醒不清醒、知不知进退，他总是能为人所爱。

她想她其实应该早早承认自己心存怜惜，早早让唐公子知道她不过自欺欺人，如此……他们早已一别两宽，相忘于江湖。

阿谁从木匣中取出了一张银票，合上木匣，将木匣还给了莫子如。

少林寺。

嵩山派和孙家铩羽而归，不消半日，就有人琢磨出不对劲——江湖中哪里生出来"玉箫山宝瓶尊者"？何况唐俪辞手眼通天，怎么可能束手就擒？再说这树林里满地兵刃，那天动手的才几人？哪里生出来这许多兵器？又何况四下树木摧折，却不见血迹。

这金蝉脱壳做得不但不高明，还分外明显，生怕别人不知唐俪辞已经在途中脱身而去，故而处处留下证据。

唐俪辞前往少林寺本身就是不合情理的一步棋，他在途中脱身而出，比之一路杀上少林寺那是合理得多。故而江湖中听闻唐公子不见了踪影，反倒都是一副"果然如此"的感受，唐俪辞身败名裂，已是众矢之的，还不狼狈逃窜，跑少林寺去找死吗？

然而，十日之后的深夜，少林寺山门前。

晚风徐徐，山门旁的石刻投下肃穆的阴影，石板路中古旧的松柏枝干不动，仅有树梢处微微摇晃，四下安详静谧，除却檀香余味，静夜中连虫鸣也无。

一只素布鞋子踏在山门前的石板路上，无声无息地在山门前站了一会儿。

片刻之后，山门"咿呀"一声开了，门内龙行虎步，走出来一位身材魁梧的大和尚，光溜的脑门，满脸络腮胡子居然是卷曲的，似有一些胡人血统。这位大和尚正是曾和普珠谈论佛法的大宝禅师，曾云游四方，度化数千向善之人。

这夜正是大宝禅师值夜，他喜好自然，便在山门席地打坐，呼吸天然之气。不料半夜吐纳之中灵机微动，仿佛有客到来。

他踏出山门，只见门外杳然无迹，似乎什么也不曾出现过。

大宝禅师何等武功，当下手扶松柏，与松林清气相呼，双眼一睁——此地方才有人！

不但有人，还是一个呼吸细缓，身法轻盈的高手。这人在这里停留了有段时间，随后突然消失了——山门前是石板路，本就没有泥沙——且慢——

大宝禅师在一棵老松根部的沙石上发现了一枚淡淡的鞋印，抬头一看，松树之上悬挂着一个锦布包袱，包袱上沾有血迹。他一跃而起，将挂有包袱的树枝折断，谨慎地将那包袱挑落在地，轻轻拨开。

只见那包袱内包着一卷《三字经》。

《三字经》中被撕去了一页。

大宝禅师眉头紧缩，这是何物？又是什么意思？

举目四望，只见松林之中，被悬挂了包袱的松树仅此一棵，大宝禅师四处检查了一圈，十分纳闷，提起那挂有包袱的树枝，匆匆返回寺内，向大慧禅师禀报。

大慧禅师乃是院监，此时已经休息，大宝禅师前往大慧禅师的禅房，同时下令当夜巡院的棍僧四下检查，严防有贼人潜入。尤其是山门前那片松林，不知可还有什么古怪事物，应加强检查。

就在大宝禅师和大慧禅师着手翻看那《三字经》、少林三十六棍僧在院外树林中亮起火把四处检查的时候，唐俪辞无声无息地进入了甬道碑林之中。

他要一见普珠。

普珠和化名西方桃的玉筌筿为好友，身任方丈之后就自封于少林寺内，这不合乎情理。

玉筌筿一定对他做了某种安排。

唐俪辞要破菩提谷飘零眉苑这局，必须知道普珠身上究竟发生了什么。

碑林之中一片寂静，此处本有棍僧，却被大宝禅师叫去了松林之中。

唐俪辞自碑林的阴影中走过，走得十分小心。少林寺曾在秦王李世民讨伐郑王王世充一战中立下汗马功劳，李世民允少林寺豢养僧兵，以作自卫。所以少林寺和其他寺院不同，少林寺中除了武功高强的大和尚，还有护寺僧兵。护寺僧兵或许并非个个武功高强，但人数颇多，那门外松林中的棍僧便是其中之一。

过了碑林，唐俪辞悄然往前。

藏经阁是少林重地，一排僧房位列藏经阁之旁，其中不乏佛学大师和高手。唐俪辞经过此处极其小心，提气屏息，堪堪过了僧房一半，突然感觉此地似乎有些不对。

他停下脚步，缓缓转头，望向藏经阁旁的僧房。

那里面一片寂静。

连一点呼吸之声也没有。

即使僧房内住有绝顶高手，吐纳几不可闻，但此处同时住有不会武功的佛法高僧，怎可能一切僧房内都无声无息，落针可闻？

藏经阁外无人值守？

这片僧房根本无人居住？

唐俪辞面对一排无声无息的朴素屋舍，竟是缓缓退了一步。

身侧本不应有人的藏经阁顶上微微亮起一团烛光，竟是有人登顶，正手持烛火，俯身下望。唐俪辞若不是避入藏经阁，便势必要避入对面的僧房之中，他略一犹豫，还是避入了僧房的阴影之中。

少林寺的禅房十分质朴，都是由大石块整齐堆砌而成，他避入了左首第一间禅房的屋檐下。

他闻到了花香。

在这清冷黑暗的深夜，少林寺藏经阁旁的僧房之中，除了檀香，竟然还飘散着一股淡淡的花香。

根据中原剑会的消息，少林寺"大"字辈高僧目前在寺的只有四人——大慧、大宝、大识和大成。这些高僧是少林僧兵出身，个个武功高强。而精修佛法的高僧为"妙"字辈，目前有妙真、妙行、妙正三人。

左首第一间，当是"妙"字辈最年长的妙真禅师的禅房。

唐俪辞踏足屋檐下，这间无声无息的禅房窗扉半开，他一眼望去，就看到妙真禅师盘膝歪倒在床上。

——那显然不是打坐或睡觉的姿势。

一股寒意油然而生，唐俪辞往前走了几步，妙真的隔壁是妙行禅师的禅房。妙行不在屋内，不知道去了哪里。

他的屋里也有人。

一个意想不到的人。

梅花易数。

梅花易数伏在妙行禅师的桌案前，一动不动。

唐俪辞凝视着梅花易数的红色外衫——在旁人眼中，唐俪辞是柳眼的帮凶，九心丸的主谋，风流店的首领——而梅花易数是"七花云行客"之一，正是风流店内有数的高手。

梅花易数虽然为小红施针所控，又为碧落宫所救，江湖中得知详情的人并不多。何况伤愈之后，他自行走了，也谈不上和中原剑会有多大交情。唐俪辞等人知道梅花易数与玉筌簆有仇，但旁人不知啊。

所以现在妙真死了。

妙行不知所终。

梅花易数死在妙行的屋内。

唐俪辞蓦然回首,望着藏经阁外这一排僧房,冷夜寒霜入骨,连他自己都快要相信……是唐俪辞率众夜袭,杀了少林寺的高僧。

五十七 ◆ 冷夜寒霜 ◆

诈死还生，半生放逐，终逃不了宿命。

妙行的禅房旁有一个小院子，妙行禅师在这片小院子里种了一些晚香玉，那几丛好养活的晚香玉被不知名的人踩了一脚。那践踏风雅的人似是往藏经阁而去，唐俪辞仰头望向点了烛火的藏经阁，只见那微弱的火光摇曳了一下，逐渐变大——藏经阁内正在起火。

有人在今夜杀死了妙真，掳走了妙行，并放火烧了藏经阁。

妙真和妙行不会武功，梅花易数却是高手中的高手，谁能杀得了他？要么，是绝顶高手；要么，就是他极其信任的人。

唐俪辞在今夜夜访普珠，是临时起意，并未告诉过任何人。所以他在山门前一惊动少林僧兵，禅房内的妙真就死了。

这说明什么？

说明杀人凶手，一直就在少林寺内。

此时此刻，杀人凶手或其帮凶，正在藏经阁内放火——唐俪辞很清楚，冲进藏经阁于事无补，其中不知已摆放好多少证据可证明他放火盗经夺宝——他不再看其他禅房里有多少死人，一起身就往方丈室疾奔而去。

藏经阁上火光渐盛，放火之人其实看不清阁楼下唐俪辞究竟身在何处。但听树林之中几不可闻的衣袂之声，藏经阁上有人叹了口气，喃喃地道："此子行事竟如此利落，那禅房之中……他竟再无好奇之心。"

藏经阁上另一个人微微一叹："大师……"

"师弟来了，纪王爷与贫僧先走。"手持烛火的老僧拉起身侧之人，往藏经阁下一跃，身法轻飘飘浑若无物，往少林寺那石板路上一点一跃，不留丝毫痕迹。

片刻之后，山门口的大宝禅师已经落在藏经阁上，眼见烈焰熊熊，这火居然是从三楼少林武学经藏库里烧起来的，不禁骇然失色。

武学经藏库里外三重门锁，日夜都有看守的少林弟子，怎可能如此轻易被人点火烧了？那里面可是少林千年武学的底蕴，不少武功现已无人练成，就只能静待后人发扬光大，却毁于此等大火？我辈要如何与先辈交代？

大宝禅师冲入武学经藏库内，眼见守夜的弟子被一枚明珠穿喉而死，怒极而吼："唐俪辞！"

他这一声狮子吼，整个少林寺树木萧萧，落叶飒飒而下，无论是打坐或是小憩的僧侣都惊坐而起。少林寺钟声低沉响起，"当当当"之声不绝，以示发生了紧急至极的事。

四处禅房都有人走了出来，独独藏经阁旁那排禅房无声无息。

大宝禅师和大慧禅师在起火的藏经阁下相遇，却不见大识和大成的人影，都觉诧异。突然，不远处一声尖叫，一位小沙弥脸色惨白，从最远处一间禅房里跑了出来，扑倒在大慧禅师脚下。

"师父……大成师父被人害死啦！"小沙弥号啕大哭，声音尖厉嘶哑，已被吓破了胆，"有一把好长好长的刀……"

大慧和大宝悚然失色，双双掠起，扑入大成禅师的禅房。

大慧第一眼看见的是此屋门窗完好，地上几个小小的血脚印，是平时服侍大成的小沙弥方才所留，血迹未干。而大成禅师被一柄长刀自前胸插入，直没刀柄，鲜血流了满地。他盘膝坐在蒲团上，似是本在打坐，却突然被人一刀穿胸。

大成禅师的武功虽不如大宝，却也非泛泛之辈，尤其是一手罗汉拳，已有十成功力。他和大宝一样，身材魁梧、目光如炬，又正当盛年……竟被人一刀穿胸——大宝和大慧惊怒交集，一时竟不知如何是好。

大慧沉声道："此事事关重大，唐俪辞疑似率众而来，必须请方丈出关！"

大宝手中捏了一把冷汗："但是普珠师侄闭了死关……"

大慧道："事已至此，就算他出关即圆寂，也必须出关！今夜生死攸关，有大魔出世，方丈不伏魔、我少林不伏魔，谁人伏魔？"

大宝道："阿弥陀佛……"

而此时，一排禅房都被众僧一一打开，其中惨状，令少林寺众僧口宣佛号，不少年纪尚轻、未经风浪的小和尚失声痛哭，甚至晕厥倒地。

除了妙真身亡、妙行失踪，妙正的房中共有两人，妙正被人一掌击中头顶，天灵盖碎裂而亡，而禅房中另有一人，是一位面目陌生的中年人，这人身着夜行服，身受少林罗汉拳重伤，骨骼尽碎。

这等惨烈的战况似乎只发生在瞬息之间，甚至是片刻之前！大宝和大慧竟未曾听到半点声音。而禅房之中还有大识禅师和妙行禅师不知去向，也不知遭遇了什么。除此之外，地上尚有染血的明珠几粒、打造得十分精致漂亮的水滴状暗器数枚。

少林寺众僧大悲之下，有人道："唐俪辞恶贯满盈，竟敢上少林寺杀人放火，辱我佛门！若不能将此妖魔降服，世上善恶何存？慈悲安在？"

另有一人怒道："大慧禅师，院中还发现唐俪辞的同伙，七花云行客梅花易数的尸体！他身中少林伏魔功，他定是和大识禅师动手，就此恶贯满盈！这就是唐俪辞率众意图毁我少林的铁证！如今大识禅师不见踪影，说不定……说不定就是遭了他们的毒手……"言下竟是哽咽了。这位青年和尚名为普峰，是大识的师侄，故而分外伤心义愤。

即使苦修空即空，和尚也终究是凡人，生死之前，如何能当真从容。

大慧留在藏经阁下主持救火与清点死伤，大宝前往方丈室，要请普珠出关主事。

大宝禅师步履甚大，也是直闯方丈室。

少林寺方丈室前一棵青松倾斜，自然而成的山石在方丈室旁成天然巍峨之势，此外再无他物。明月照松冈，今夜的月映照得方丈室前的青石板上一片雪白如旧。

大宝禅师双手运气，猛然推开了那封闭了数月的方丈室。

"方丈！"他对内厉声喝道，"请方丈出关！"

回应他的是"铮"的一声剑鸣，方丈室内剑气纵横，凛然如狂，一道冰冷刺骨的剑风猛地迎面劈来，大宝禅师仰身一避，着地翻了个身，仰头才看见，方丈室内一片狼藉。

屋里居然不止普珠一个人。

方丈室内有三个人。

一个黑发披散的普珠。

一个白衣素鞋的唐俪辞。

还有一个人着黑色劲装，脸上戴着一张诡异莫测的毗卢佛面具。

大宝禅师一怔，喃喃地道："鬼牡丹？"

而方丈室内的三人只是因为他破门而入顿了顿，随即又交战在一起。

普珠竟然还未剃度，依然满头黑发，大宝也看不清他的神态，只见普珠手握长剑，招招向唐俪辞杀去。唐俪辞同样手握长剑，他手中剑莹莹发出微光，仿佛是一柄玉剑。而鬼牡丹赤手空拳，辅助唐俪辞搏杀普珠。

大宝禅师翻身站起，颤声道："方丈师侄！大成、妙真、妙正等师兄圆寂了！妙行和大识失踪，恐怕也遭了唐俪辞的毒手……"

黑发披面的普珠闻言侧头，"嗡"的一声剑响，一剑凌厉至极，向着唐俪辞横扫而去。

大宝禅师悚然发现——普珠是闭目拔剑——在不知什么时候，闭关的普珠竟已双目失明。他立刻又发现普珠站在方丈室内，手持长剑拒敌，敌人都已到了面前，他既不出来，也不示警，是因为普珠的右脚被一条锁链锁在了方丈室的云床上，他之所以能起身拒敌，是因为锁住他双手和左脚的锁链已经挣断，那断口鲜血淋漓，不知是磨耗了多久方断。

而至今，普珠也没说出一个字，发出任何一点声音。

大宝心中一阵发冷。

他看着方丈室内战作一团的三人，内心一片迷茫，这究竟是……发生了什么？

普珠当日被立为方丈，至今尚未举行方丈大典，其一是他一直未正式剃度；其二是方丈大典是武林盛事，人事诸多，必须仔细斟酌准备；其三就是普珠被立为方丈未过几日就称心有所悟，将闭关通悟一门少林绝学《大般涅盘经》，自此自闭在方丈室内。

少林"大"字辈一众禅师自也是心生疑惑，普珠此举未免古怪，但这位师侄名满天下，佛心甚坚，也就任他去了，均想等普珠修成《大般涅盘经》，再任方丈，也是一桩美事。

045

谁料，大宝禅师闯入方丈室内，竟看到普珠不知被谁锁在云床上，似乎是又瞎又哑，挣断锁链浑身是血，一时之间只觉今夜咄咄怪事，全然不可理喻，仿佛一切从不可能发生的事集中在这短短片刻之间全部发生了。

大宝禅师呆了片刻，冲上前去，对着唐俪辞一记伏虎拳挥了上去，怒喝道："你将我方丈师侄如何了？"

唐俪辞不答，鬼牡丹却阴恻恻地道："我门主盛情邀请，普珠小儿不识抬举，他已中了'三眠不夜天'，又瞎又聋，在大眠三日之后，毒性未解之前，再不能入定入眠，此后不疯也傻。哈哈哈……少林苦心孤诣，求佛论法出来的方丈，就算他剑道天下第一，又有何用？"他厉笑一声，"这天下还有谁敢不听我门主号令？即使是少林普珠，我要他生就生，要他死就死！普天之下，谁敢不从！"

大宝狂怒，少林狮子吼再发，舌绽春雷。鬼牡丹只觉双耳嗡鸣，仿佛被迎面击了一拳，他狰狞一笑，五指向大宝胸口插落。鬼牡丹指上戴着长长的爪钩，这一旦抓中，就是掏心裂肺。

正当此时，门外有众人齐声道"阿弥陀佛"，随即有人缓缓道："施主住手。"

但见人影翻飞，此地突然多出许多或高或矮，胖瘦不一的大和尚来，正是"少林十七僧"终于赶到。此十七僧中天僧身亡，剩余十六僧，却依然是少林僧兵之中的中流砥柱，十六僧平日并不住在少林寺内，他们各收了十名弟子，十分忙碌，今夜也是听闻钟声大作，方才匆匆赶来。

鬼牡丹对"少林十七僧"不屑一顾，若是未曾中毒的普珠他或许高看一眼，"少林十七僧"何足道哉？一柄禅杖凌空飞来，大宝一手抓住，横身一扫，逼退鬼牡丹那一抓，怒道："邪魔外道！无耻手段！"

另一旁，唐俪辞和普珠已经过了三招，不分胜负，阿修罗僧长剑递出，直指唐俪辞后心。等活僧戒刀横扫，砍向唐俪辞脖子。而在这片刻之间，少林寺大批人马聚集，已将方丈室团团围住。

鬼牡丹眼见人越来越多，怪笑一声："普珠已经废了，少林完了，撤了！"他一声呼啸，方丈室周围突然冒出几条黑影，分四面快速撤离。

外面坐镇指挥的大慧禅师下令追击，少林僧兵分队追人，场面一片混乱。

鬼牡丹阴森森地看了唐俪辞一眼："门主，此行大功告成，可喜可贺啊。"

唐俪辞白衣飘然，一直和普珠过招，就是他们剑气纵横来去，打得声势凌厉，却也不见输赢。

鬼牡丹"大功告成"，眼看唐俪辞百口莫辩，这在少林寺中火烧藏经阁、杀害无辜老僧、毒害普珠种种罪名已成，心中痛快至极，当即闪身跟随那几条黑影而去。

在鬼牡丹堪堪转身之时，一剑横颈而来，微风徐来，静无声息，甚至不带杀气，鬼牡丹紧紧后撤，改换方向而去。

却在鬼牡丹急退转身的一瞬间，"噗"的一声闷响，他后心一凉，前胸一热——鬼牡丹眼睁睁看着一截剑尖自胸口露了出来，他张开嘴，一口鲜血喷出，心中尚不明白发生了什么事，倒地抽搐不止。

身旁的大宝、阿修罗僧、等活僧等人也瞪大了眼睛。

方才唐俪辞和普珠双剑交战，打得激烈，鬼牡丹转身要走，唐俪辞突然一剑扫去，鬼牡丹后跃改道——那一退一转其实快极，若非轻功绝佳，也无法这般骤然改道。

但唐俪辞横剑扫去之时，本和他刀剑相交的普珠却伏地不动，反手撩剑，摆出了一个古怪姿势。阿修罗僧以为方丈师侄重伤不支，甚至出手去扶——却不想鬼牡丹骤然倒退，自行将后心撞上了普珠的长剑。

他撞上的那一刻，普珠伏地握剑，一动不动。

唐俪辞横剑驱赶，将鬼牡丹赶到了普珠剑上。

鬼牡丹重伤被擒，少林众僧大喜——心中却也是莫名其妙——唐俪辞不是和鬼牡丹一伙的吗？唐俪辞和普珠难道是在做戏？但看普珠这一身伤，却又不像。再说少林寺一夜死这么多人，也绝无可能是鬼牡丹一人所为，唐俪辞在其中必然起了绝大作用！

少林十六僧兵器齐出，围着唐俪辞"哗啦啦"比画了一圈。

大宝禅师急忙将普珠扶了起来："方丈师侄，伤势如何？"

普珠仍旧闭目闭口不言，脸色惨白。

大慧禅师自另一侧扶住普珠，一探普珠的脉门，心中一凛——普珠内息凌乱，竟似走火入魔！普珠经脉中确有剧毒纠缠，但内息走岔，比之剧毒能更快要了他的命！就在大慧和大宝双双扶住普珠之际，普珠长剑骤出，剑尖在大宝身上一点，剑柄在大慧身上一撞，二僧内息一乱，手上一麻，

047

普珠脱身而去，回身一剑砍向围住唐俪辞的少林十六僧。

少林十六僧失声道："普珠！"

普珠充耳不闻，状似疯癫，杀向少林十六僧，也继续杀向方才好似和他配合默契的唐俪辞。

癫狂之中，即使是走火入魔，普珠的剑意依然磅礴凛冽，如冰原大雪，欲将杀向世间一切污浊，又或欲将这世间一切颠沛流离凄风残雨抹灭。

杀意重，重似山峦。

苦意浓，浓胜悲秋。

山欲倾，碎石崩云。

意难在，杀人杀我。

这不是少林剑意，此剑苦意之浓，仿佛山崩之后更遭烈火，尚未杀人，已近焦枯。

但即使是焦枯之剑，少林十六僧依然难撄其锋，不得不纷纷避开。就在这一剑之间，唐俪辞斩断普珠右腿最后一条锁链，身形犹如鬼魅一闪而过，点中普珠后颈大穴，随即将他提在手里，纵身而去。

藏经阁烈火熊熊，黑烟缭绕，仿佛邪魔幽魂盘踞长空，大宝和大慧内力未稳，双双看着唐俪辞将普珠掳走。少林数千僧侣仰头看着唐俪辞脱身而去，个个神情难辨，脸色晦暗。

这无疑是奇耻大辱。

极远之处，夜间幽暗的树林之下，有人靠树而立，远眺着藏经阁的大火。

"大师，你不去救火吗？"那人叹了一声。

"老衲与少林仇深似海。"老僧缓缓地道，"大鹤当年灭我宗门，杀我妻女，若不是你父亲当年救我一命，世上已无此人。"此人白眉白须，年约六旬，慈眉善目，观之仿若罗汉堂中的长眉罗汉。他相貌如此慈祥，语调也是平缓徐和，话中的内容却凶厉狠毒，和他波澜不惊的样貌差距甚远。

此人正是失踪不见的妙行禅师。

妙行禅师不会武功，精研佛法，平素看来和"大"字辈的武僧并无交集，却不知他俗家是何身份，竟对少林寺如此怨恨。妙行禅师口中的"大鹤"，乃是普珠的挂名师父，已经圆寂多年，而妙行的怨恨至今未消。

树林中远眺少林寺起火之人一身黑衣,手中也不再持有红色羽扇,换了柳眼来认,一时也未必认得出这就是他的高徒方平斋。方平斋这一身黑袍绣有银纹,虽是夜行衣,也十分华贵,竟似刻意让他与众不同。妙行口称"纪王爷",便是方平斋已认回身份,做回了周世宗柴荣第六子、纪王柴熙谨。

诈死还生,半生放逐,终逃不了宿命。

火烧藏经阁,嫁祸唐俪辞,杀大成、妙真、妙正……柴熙谨并不愉快,也很为他们惋惜。但……正如他也可以和妙行同行,因为妙行的怨毒,和他的家仇一样,若不能噬人,那就噬己。

这一切的一切,都是错的,都有罪。

但那又如何呢?

柴熙谨的眼前一直看见白云沟的尸骸,他们在焦黑的、血淋淋的泥土上爬行,他们被野兽啃咬,然后一直不死……

他们在动,在说话,然后一直不死……

一直不死。

他们一直不死。

所以,方平斋就死了。

柴熙谨就活了。

他现在站在这里,看大火焚烧藏经阁,看唐俪辞身败名裂,看唐俪辞突围而去,甚至抓走了普珠。

少林寺外,伏牛山中,十日前遭遇"玉箫山宝瓶尊者"的树林之中。

唐俪辞抓着普珠,在一片狼藉的树林中停下。

莫子如施放的毒雾驱赶了此地的虫蚁走兽,而嵩山派更不会再次来到此处,正是能暂时休憩的好地方。树林之中,有一辆四分五裂的马车,唐俪辞并不嫌弃,将碎裂的马车四壁简单固定,便成了一处暂可遮风避雨的地方。

他将眼瞎口哑的普珠拖进了破马车内。

普珠虽被他点了穴道,手中剑却仍牢牢握住。

此剑只是普通的青钢剑,普珠常年习剑,将剑柄牢牢捏在手心,犹如铁铸铜浇，无法将剑取下。

唐俪辞将自己的玉剑扔在一旁，静默了一会儿："普珠大师，"他缓缓地道，"'三眠不夜天'不能要你的命。大师如此武功，困住你的，让你目不能视，口不能言的，要你命的，是你自己。"

普珠脸色青白，闭目不言。

唐俪辞道："这世上问谁能无过？大师，诛你佛心的，不是你那世外挚友，是堪不破。"他说话时并无平时的意气风发，也并不犀利，语气颇为平淡倦怠，"如世所景仰，众之所爱，又如恶贯满盈，罪无可恕。贪嗔痴、求不得，怨憎会、爱别离……"他慢慢地道，"不过诸行无常，这世上……本就如此。"

唐俪辞似是忘了普珠被他点了穴道，根本不能做出反应，自己呆了一会儿，才又道："世事无常，变化万千，今日之所爱，今日之所恶，今日之是非对错，他时再来，未必如是。所谓'无常'……即无可永驻，而佛性即是如来，如来即是法，法即是常。常者即是如来，如来即是僧，僧即是常。大师，诸行之对错，皆是无常，然对'僧'来说，佛心不变，便是如来。"他缓缓地道，"行差踏错，自有地狱等他，持剑诛邪，救人为善，总是没有错的。"

普珠微微一颤，唐俪辞说了许多话，仅在说"行差踏错，自有地狱等他"那一句的时候，普珠颤抖了一下。

唐俪辞说完之后，未再说话，过了很长一段时间，他轻声道："……大师，你之仗剑诛邪，就和我的无所不能一样……"

至于是怎样的一样，他并没有说。

又过了好一阵子，唐俪辞慢慢地道："你要先认命，看得清自己，再勘破……知道你将承受的不是冤屈，而是罪有应得。"

普珠蓦然睁开了眼睛，即使他的双眼并无焦点，却仿佛已有了光彩。

"然后你再问问自己，你认得下、受得了、能再来吗？"唐俪辞轻声道，"如是不能，你觉得屈辱冤屈，觉得难以承受，觉得罪大恶极……那穴道自解之后，你就可以死了。如是可以，恭喜你，你佛心未破，只是行差踏错，面前正有地狱等你。"

说完后，唐俪辞也没有给普珠解穴，他正耐心地等着普珠穴道自解。

玉箜篌乔装打扮，骗了普珠，而后普珠亲笔书写了给唐俪辞定罪的书信，无论其中发生了什么，以普珠少林寺准方丈的身份地位，以他冷面无私仗剑多年的清誉名望，都不应该也不可能被玉箜篌挟持，而普珠不但被胁持了，还被锁链扣在了方丈室内，这不仅仅是普珠一人之失，这是少林寺的奇耻大辱。

普珠就算一死，也难辞其咎。

然而，唐俪辞说……地狱在前，佛心未破，你……走不走？

半个时辰之后，普珠坐了起来，他一坐起来，就仿若平静了许多，带起了一阵尘埃。

那些尘埃在月光里翩跹，最终坠地，仿若从未来过。

"吾之佛心，不过'不悔'二字。"普珠缓缓开口，"无间地狱，正适合我。"

唐俪辞微微一笑："大师令人敬佩。"

普珠牢牢握住手中剑："唐施主愿下地狱，又是为何？"

唐俪辞听着他的问话，似有所思，最终不过笑了笑。若是阿谁在此，自是会想——谈什么"愿"与"不愿"？唐公子对某些人来说，本就是地狱。但普珠又不是阿谁，他一问出口，唐俪辞不答，他也就不再说话。

天色渐渐变亮，林木间光影重现，几只虫豸在枯叶间爬行，唐俪辞突然道："'三眠不夜天'不能要了你的命，你那挚友在令你昏睡的三日之中，做了什么？"

"三眠不夜天"这种折磨人的毒物，最狠辣的毒性并不在于之后令人眼瞎口哑，不能入眠，而在于中毒之后的前三日毒性重创神志。有些人"三眠"之后根本醒不过来，而醒过来之后的眼瞎口哑耳聋什么的，不过是脑中神志遭受重创的后续，一旦人能醒来，得到妥善医治，中了此毒的人也能缓慢痊愈。只是这痊愈的过程十分痛苦，往往有长达数月甚至数年难以入定入眠的恢复期，即使能够痊愈，也必大损寿元和武功。

但对于普珠这等武功，"三眠不夜天"虽然阴毒，却不至于当真要了他的命。玉箜篌对他下此毒药，主要还是为了那"三眠"的三日，用此药重创普珠的神志，若是能摧毁普珠的神志，将普珠做成傀儡，岂不更好？在那剧毒侵蚀心神的三日，玉箜篌必定是做了什么。

而玉箜篌做了什么，普珠醒来之后必然是知情的，否则也不可能对"三眠不夜天"放任自流，心如死灰。

"我那挚友，对我下了引弦摄命之术。"普珠道，"我醒来之日，奋起反击，剑断其弦，又从鼻中逼出蛊虫，然而大错早已铸成，就在那三日之内，她操控我写下书信，杀死大成师叔，掌毙梅花易数。"普珠此时说来语调平淡，但若不是当时惊觉时的痛彻心扉加上心神重创，以普珠的心性岂会放任"三眠不夜天"一意求死？

"那锁链？"唐俪辞问道。

"那是'鬼牡丹'为阻拦我挥剑自刎，趁我不备，将我锁住。"普珠缓缓回答，"那人……恐怕不是真正的'鬼牡丹'。"

唐俪辞微微一笑，鬼牡丹以面具示人，但凡戴上那面具，穿上一件绣有大红牡丹的黑袍，便是"鬼牡丹"。此人这等行径，除了身外化身，他的真实身份可能也有些蹊跷。

"当下'三眠不夜天'对大师可还有影响？"

普珠盘膝坐起，那袭灰白僧袍在林地枯叶之上仿佛白得异乎寻常，调息打坐片刻，他的语调依然平和："除了'三眠不夜天'和引弦摄命的蛊毒，我身上还有另一种奇毒。"

"是什么？"唐俪辞并不意外。玉箜篌处心积虑，得手之后不在普珠身上大做文章，怎能罢休？

"据鬼牡丹所说，那是一种名为'蜂母'的奇毒，但不知毒发之后，将会如何。"普珠道，"在此之前，我死志甚坚，并不在乎。"

"蜂母"之毒？唐俪辞也未听过，眉心一蹙。

只听普珠又道："三毒俱在，我之元功只余五成。"

唐俪辞答道："我劫掠少林方丈，暂时并非为了你能为我证清白，也不是寄望大师能为征伐风流店之事浴血而战。"

普珠一顿："唐施主请讲。"

唐俪辞缓缓地道："玉箜篌既然在大师身上下了如此伏手，大师既是他在中原白道掌权的助力，大师身上所中的毒也是他的底牌。我将大师掳走，让'普珠方丈'自此失踪，比之拥有一个只有五成功力，且不知何时就将被玉箜篌操控的剑客有效得多。"他慢慢抬目，望着薄雾初起的山林，"何况杀死大成、掌毙梅花易数等，少林寺内若无内应，事情又怎能在之前悄无声息，又在今夜陡然暴露？真相未明之前，大师务必隐匿形迹，尽力养好毒伤，我会尽力为大师寻来名医，但无论伤势痊愈与否，未到生死关头，中原白道局势未到绝境，大师只需销声匿迹，让玉箜篌有所顾忌。"他轻描淡写地道，"少林寺血案，众目睽睽既然是唐俪辞所为，那就是风流店所为，有什么错？玉箜篌和鬼牡丹只想让唐某死无葬身之地，使出这等手段，实在荒唐可笑。"他眨了眨眼睛，双眸清澈，其中毫无被栽赃嫁祸的怨怼或愤怒，似乎当真觉得有些好笑，尚存一点单薄的暖意。

普珠微微合眼："此间事了，普珠自会向少林寺众言明真相，自承其罪。"

唐俪辞淡然一笑："你有什么罪？你不过是信错了一个人。"

而他，时常是被错信的那个。

跟着他，爱上他，陪伴他……统统不会有好下场，毕竟唐俪辞终不是天堂，他总是一个地狱。

天色已明，少林寺方向浓烟渐熄，藏经阁的火焰估计已经扑灭，心神大乱惊慌失措的和尚们已在搜山，唐俪辞率众夜闯少林寺，杀死大成、妙真、妙正，火烧藏经阁，掳走普珠方丈……这种种件件骇人听闻，无一不是罪无可恕。

若说在此夜之前，唐俪辞那风流店之主的名声尚且存疑，此夜之后，那便是石破天惊，恶贯满盈。

树林中的鸽子飞来飞去。

飞来飞去。

"哗啦啦"地落在树林中。

红姑娘接到密报，说唐俪辞劫走了普珠，丝毫不以为异。

普珠是"西方桃"的密友，唐俪辞不早早把他处理了，谁知道玉箜篌会借此怎样兴风作浪？少林寺死了三人，失踪两人，说不定已是大幸，换了是她下手，少林寺总是要和风流店为难的，说不准那满寺的光头和尚便被她一起毒死了。

想到此处，她看了碧涟漪一眼，心想我便是如此不分是非，歹毒偏激，你却为何要喜欢我？既然你喜欢了我，日后若是去喜欢别的女人，我便连

053

你带别的女人一起毒死了。

碧涟漪不知道貌若幽兰的红姑娘在想些什么，走过去站在她身后，为她披了件衣裳。红姑娘一怔，幽幽一叹："玉箜篌回来了没有？"

碧涟漪摇头："他已去了一日一夜。你到底安排了谁在等他？"

红姑娘道："谁最恨他，就是谁在等他。"她并不详谈究竟是谁在等玉箜篌，而是轻轻敲了敲刚来的密报，"唐俪辞劫走了普珠，过程之中，风流店的'鬼牡丹'战死。"

碧涟漪奇道："鬼牡丹战死？那怎么可能？昨日下午他还在飘零眉苑外和成大侠动手，两人对了一掌，不分胜负，许多人都看见了。"

红姑娘道："不错，所以死在少林寺的'鬼牡丹'是谁？"她沉吟道，"这世上又有多少个'鬼牡丹'？他们到底是谁？我从前见过的，和现在看见的，又是一个人吗？"

碧涟漪悚然一惊："'鬼牡丹'不是一个人？"

"肯定不是一个人。"红姑娘道，"'鬼牡丹'手下死士甚多，野心勃勃，这些死士是哪里来的？总不可能凭空生出来。训练这些死士的银钱和住所又是哪里来的？他们和玉箜篌合作，是为了称霸江湖吗？"她缓缓闭上眼睛，摇了摇头，"我真的曾相信就是为了称霸江湖。但后来一算，称霸江湖对'鬼牡丹'来说，并无多大利益。这世上除了'称霸江湖'的虚名，还有什么值得这许多人舍生忘死，前赴后继？"

"除了名利，还有仇恨。"碧涟漪道，"又或者远比'称霸江湖'更大的名利。"

红姑娘皱了皱眉。

而在这时，远离飘零眉苑三十多里地的某处峡谷之中，玉箜篌和一位蒙面人正在对峙。

粉色衣裙、眉目如画的玉箜篌脸上带了一丝极细的伤痕，这让他那来自薛桃的脸又将多一道伤疤。虽然心里恨极，玉箜篌却不动声色，仿佛不是和人断断续续动手打了一日一夜，而是和知心人秉烛夜话闲聊了一日一夜似的。

这位能和玉箜篌动手一日一夜，缠得他分身乏术的蒙面人从不说话。

蒙面人身姿挺拔,一头黑发高高扎起,虽然不见面貌,但是一举一动都显得非常年轻。他也十分沉得住气,绝不和玉箜篌全力互搏,而是不停游走。他显然是打不过也杀不死玉箜篌,却东一剑西一刀,偶尔夹杂点暗器,玉箜篌竟也摆脱不了他。

这人从一照面就远远跟着玉箜篌,一旦玉箜篌靠近那所谓的"湖泊",便远远地发出暗器。玉箜篌一欺身接近,他便掉头逃开,玉箜篌一停下,他又回头追了上来。

玉箜篌要吃点干粮喝口水,这人便冲上来动手,动手的花样也是千奇百怪——有时候一刀当头砍下,有时候是射出飞镖或毒物,还有时候他居然在玉箜篌身后放火,还有时候就明目张胆地在玉箜篌饮用的水源中下毒。

这人武功不如玉箜篌,但也不是三招两式之间便能打死的,玉箜篌被其不住骚扰,这人轻功极好,显然又精通隐匿躲藏之术,一时之间,聪明歹毒如玉箜篌竟奈何不了他。

这人究竟想怎么样?玉箜篌莫名其妙,他想去红姑娘所说的"引水湖泊"看看是否能对飘零眉苑的地宫造成威胁,这人将他拦住,显然又不是风流店的人,如此死缠烂打,难道这人以为只是骚扰不让他吃饭睡觉,就能把他饿死喝死困死吗?

如此拖延时间,对他自己毫无好处——要知道玉箜篌的内力比他深厚,耐力也比他好。这人虽然骚扰得玉箜篌不能好好进食休息,但他自己也无暇进食休息,也不能打坐睡觉,时间一长,先败退的肯定是蒙面人。

事有蹊跷。

玉箜篌被纠缠了一日一夜之后,下定决心远离那所谓的"湖泊",早早脱身而去。一日一夜不在中原剑会,谁知道红姑娘又有怎样的谋划?这小丫头诡计多端,不能小觑。

或许这古怪的蒙面人把他拖在这里,就是为了红姑娘能有机会背着他密谋什么?

玉箜篌心中一凛,加快脚步,往回赶去。

玉箜篌常年男扮女装,轻功身法也是十分了得,这黑衣蒙面人却是轻巧柔韧,不但动作灵敏,而且毅力惊人。一日一夜之后,每每玉箜篌怀疑他即将力竭,黑衣人却又立刻恢复了元气,也不知是虚张声势,还是自带

055

灵药。

这人假以时日，必是大敌。

玉箜篌收了轻敌之意，杀心顿起。

玉箜篌停下脚步，骤然掉转方向，袖中一物飘然飞出，带起一阵微风。那东西是一条细不可见的丝线，不知何物，细线的前端是一柄小剑，那小剑不比筷子大上多少，剑身柔韧极富弹性，剑身开刃，却是一柄前所未见的悬绳飞剑。

玉箜篌用过长剑、玉簪花钿等等作为兵器，他和唐俪辞一样是个杂路子的大家，也不知这一身邪门功夫是哪里学就练成的。

但这条悬绳飞剑从未见过。

黑衣蒙面人心中一凛——这恐怕才是玉箜篌压箱底的拿手兵器。

玉箜篌自称"一桃三色"，在"七花云行客"中位列第七。当年他尚未男扮女装，也尚未和抚翠一道修炼什么男身化女的奇功，行走江湖之时也是翩翩浊世佳公子。而所谓"一桃三色"，其实是他那一手剑法。玉箜篌当年使的是短剑，一般人用剑，多是单剑，最多也就是手持双剑，或者手上一把，背上再背上一把。然而玉箜篌使的三剑——他除了双手短剑，还有一柄来无影去无踪的飞剑，就是这条悬绳飞剑，名曰"万里桃花"。

极少有人见过玉箜篌的"万里桃花"，这是一套极轻巧、诡秘、歹毒的剑法，介于暗器与御剑之间。他与狂兰无行几次性命相搏也从没拿出这条悬绳飞剑，因为他很清楚，这种东西伤不了狂兰无行。

狂兰无行的武功刚猛狂悖，伤人自伤，如"万里桃花"这般轻巧的飞剑根本进不了狂兰无行的长戟圈内。

他与唐俪辞动手的时候也没有拿出"万里桃花"，唐俪辞狡猾多智，"万里桃花"多半不能出奇制胜，而唐俪辞身上出人意料的小东西极多，一招不胜，说不定阴沟里翻船。

但面对这黑衣蒙面人，玉箜篌放出了"万里桃花"。

并且不是作为一击毙命的冷箭，玉箜篌将飞剑后的细丝悬绳放得极长，横臂抖腕，那"万里桃花"如流星一般向黑衣蒙面人射去。但玉箜篌放出飞剑之时，那黑衣人早已躲入了密林之中。玉箜篌毫不在乎，拉住悬绳回身画圆，"万里桃花"啸声大作，那一柄小剑竟掠风发出了极凄厉的剑鸣。

悬绳猛地绷紧，破空的呼啸与小剑应和，那一条二丈来长的悬绳以玉箜篌为中心骤然横扫了一个巨大的圆！

被"万里桃花"掠过的树木轰然倒下——那悬绳不是凡品，拉在飞剑之后比之剑刃更为致命，堪比一把二丈来长的索命大刀。黑衣蒙面人本来躲在丈余外的树后，被玉箜篌突如其来的悬绳一扫，不得不现身往更远处躲去。

玉箜篌手挽飞剑，那刚刚横扫了七八棵树木的飞剑极其自然地在他手腕上绕了几圈，仿佛一串银链。他对着黑衣人似笑非笑，那张薛桃的脸上充满了薛桃绝不会有的讥诮之色。

"万里桃花"的攻击距离远胜于长剑，当下是黑衣人近不了他的身，再也阻拦不了他喝水吃饭，他无论去往何处，黑衣人最多只能跟在他身后，能奈他何？

何况玉箜篌早已算定，只要黑衣人踏入"万里桃花"圈内，他就能在三招……不……十招之内要了他的命。

黑衣人眼见玉箜篌放出了"万里桃花"，除了一开始似乎惊讶了一下，之后就又默然无声了。

玉箜篌冷笑一声，他决意放弃什么湖泊灌水之处，折返回去，看看红姑娘派遣这黑衣人将他拦在半路上，究竟是在密谋什么。

就在他认定黑衣人不能也不敢踏入"万里桃花"的圈内之时，"叮"的一声，一支黑色小箭掠面而过，钉在了玉箜篌身前的泥地上。

玉箜篌眼见此箭，蓦然回头："是你！"

黑衣蒙面人不声不响，拉开了手中黑色的弓弦，专心致志地对准了玉箜篌。

玉箜篌怒动颜色："任清愁！"

这手持黑色小箭，一路专心致志骚扰他，与他纠缠不清的小子，居然就是任清愁！任清愁是屈指良的徒弟，武功底子打得极好，人却有三分痴。上次任清愁反叛风流店，和雪线子冲出飘零眉苑，玉箜篌忙着抓雪线子，不慎放跑了这小子，结果这小子居然投靠了红姑娘，又跑出来和自己过不去。

任清愁年纪轻轻，做事相当沉得住气，这一路对玉箜篌围追堵截，他没有使上一点屈指良的武功。如果不是玉箜篌放出了"万里桃花"，这等长线兵器让任清愁鞭长莫及,他就不会拿出屈氏长弓。

屈指良的黑色长弓名为"悲欢弓"。

黑色小箭,名为"生死同"。

如果是屈指良的箭,那就是箭。

而任清愁的箭,是有毒的。

每个人的道路不同,任清愁如果从来没有进过风流店,他恐怕终其一生,也不会想到让他的箭有毒。

"生死同"再小,那也是箭。

比起玉箜篌的"万里桃花","悲欢弓"的射程远胜。

于是,任清愁又缠上了玉箜篌。

玉箜篌的脸色彻底冷了下来。

银光闪烁的"万里桃花"绕在手腕上,他双指夹住小剑的剑尖,直指任清愁的黑色长弓。

杀气仿若有形,凝结在任清愁持弓的左手上。

在右手夹住飞剑的同时,玉箜篌的左手动作不受影响,左袖之中滚落一物,让他握在左手掌心。

任清愁看不见那是什么,心中一跳——无论那是什么,都是他难以抵敌的东西。他极有自信,却也不狂妄,纠缠玉箜篌如此之久,他已经完成了红姑娘交代的任务,本应撤走。

但任清愁举起"悲欢弓",神色坚定,扣住被他精心淬了剧毒的"生死同",对准玉箜篌的眉心射出一箭。

此箭名为"望月"。

屈指良创立此箭的时候,年纪尚轻,还没有弃弓专剑,仍对一切充满希冀与好奇,正是相信自己能翻江倒海惊天动地的时候。一日登高望月,意气突兴,对着半空明月射出一箭,幻想自己能乘箭而上,直奔明月,入广寒踏桂树问嫦娥,岂不快哉?

那夜嫦娥虽然没有见得,这一箭"望月"却是屈指良"悲欢弓"中射程最远的一箭。

在屈指良的手中,此箭虽远,却如一笔狂草,意兴飞扬,兴尽而竭。

但在任清愁手中,这一箭没有丝毫要上天入地要见嫦娥还是捉兔子的胡思乱想，他只是专心致志地想射玉箜篌一箭。

"生死同"的箭芒闪烁，对着玉箜篌破空而来。

任清愁的手极稳，"望月"一箭极快，几乎是玉箜篌眼睫一动，那箭就到了面前。

与此同时，"叮"的一声微响，"生死同"撞在了一样任清愁从未考虑过的东西上——玉箜篌并没有伸手去截住黑色小箭，也没有闪身避开，他一摇头，那堪堪到了他眼前的黑色小箭被一样东西打中，方向一偏，自玉箜篌的脸侧掠面而过。

"叮"的一声，"生死同"钉在了远处一棵大树的树干之上，那大树剧烈摇晃，几乎被任清愁灌注全身功力的一箭贯穿。

玉箜篌丝毫没被任清愁那一箭挡住脚步，他击偏"生死同"，足下一点往前急扑，同时左手掌心握住的那样东西向着任清愁身后丈许之处轻轻一弹。

玉箜篌急扑而来，任清愁却呆了呆——刚才那击偏他"望月"一箭的东西，是玉箜篌发髻上插着的一支步摇。那是一支青绿色的步摇，依稀镶嵌有明珠，被箭尖击中之后，步摇也从玉箜篌头上掉了出去，不知落在了何处。但寻常首饰怎么可能禁得起"生死同"一击？那步摇丝毫未损，决计不是凡物。任清愁只觉有一件什么事未曾想起，仿佛这件事十分要紧。

就在这一呆之际，任清愁一边思索究竟在哪里听说过与这步摇有关的事，一边往后一跃，躲避玉箜篌急扑而来的架势。

然而，任清愁一落地，足下一团东西盘旋而起，将他牢牢捆住。任清愁对着捆住他右腿的东西一剑斩下——那是一条极细极长的蛇形物，一时之间，任清愁也分不清那究竟是活物还是机关。

剑刃如雪，一削而下，那东西被任清愁的长剑一剑砍断，血肉横飞。任清愁心中一凉——那竟然是一条活蛇！被蛇缠绕过的右腿已经全然失去知觉，任清愁尚未想出如何脱身，耳内"噗"的一声，胸口骤然一热一痛——一枚银色小剑穿胸而过，又从他胸口倒飞出来，落在了玉箜篌手中。

玉箜篌粉衣不沾血，脸色冷淡地站在丈许之外，"万里桃花"银光璀璨，缠绕在他的手腕上，仿佛从未沾染过任清愁的鲜血。

任清愁抬起头来，玉箜篌歪了歪头，对着他嫣然一笑。

任清愁脸上并没有什么震惊失算或者悔恨痛苦之色，他只是看了玉箜篌一眼，点了自己胸口两处穴道，随即安静地坐在了地上。

他不该射那一箭。

但他想射那一箭。

他不敌玉箜篌。

不仅武功不敌，心计也是不敌。

那还有何可说？

江湖险恶，人心善变，刀剑无眼，生死一念。

他尽力了，不后悔。

只可惜不能再射玉箜篌一箭。

玉箜篌终于重创了这小子，心里极是畅快，但任清愁不能杀。玉箜篌可不是冲动的傻小子，任清愁这等武功，还是屈指良的徒弟，又是雪线子救回来的"改邪归正"的英雄少年，抓住一个活的任清愁，比将任清愁杀死在这里价值大多了。

玉箜篌看任清愁点了两处穴道止血，显然这小子虽傻且混，但并不蠢，他很清楚自己不一定会要他的命。玉箜篌微笑得更加愉快，但任清愁一定不知道，这世上让人生不如死的法子实在太多了，君不见连普珠那样的人，都一意求死呢。

玉箜篌先给任清愁喂下了那条小毒蛇的解药。那一直揣在身上的小毒蛇名为"消雪"，毒性极其强烈，一旦咬伤，即使服下解药，伤处也会严重溃烂。任清愁被消雪咬了一口，那条右腿必然是废了。

正当玉箜篌将任清愁藏入树丛，准备发出信号，让鬼牡丹派人来将这小子带走的时候，远处一声微响，伴随着一股炽热的风向他袭来。

玉箜篌蓦然回首，目力所及的最远处，模糊的树丛之中，一人负剑，正一步一步向他而来。

那人影极小，但那股灼热的风仿佛自他而来，随着他的每一步，风愈加炎热，疾风卷草，枯枝碎叶随之猎猎而起，在人影的身后剧烈飞舞。

狂兰无行！

玉箜篌手握"万里桃花"，脸色冷若冰霜。

任清愁是杀不了他，也挡不住他的，红姑娘派他来纠缠自己做什么？

他知道是调虎离山，但并不知道她意欲何为。

原来……是这样。

那个水淹飘零眉苑的计谋，十有八九是子虚乌有，红姑娘让任清愁把他缠住，却是为了趁乱去救狂兰无行。

这是驱狼吞虎之计。

但是谁救走了狂兰无行？玉箜篌感到匪夷所思，"桃姑娘"在中原剑会的地位如此尊贵，他手下也笼络了一批人才，不少人对"她"心服口服，若是有半点风声，他必然会收到消息。然而他没有收到半点风声，并且碧涟漪也一直都在红姑娘身边。

碧涟漪、成缊袍、张禾墨、柳鸿飞、文秀师太等一干人，除了他被任清愁纠缠的这一日一夜，一直都在红姑娘身边，每日组成小队，对飘零眉苑进行消耗之战。

而救出狂兰无行朱颜，不但要知道朱颜被他藏在何处，还要解除朱颜身中的剧毒，治好朱颜在雪线子手下所受的重伤，这又岂是一日一夜所能仓促做到的？

不要说解除剧毒、治好重伤——单单是知道朱颜藏在何处，并能将他成功救出，这就千难万难——如果红姑娘当真有此神乎其神的手段，她又何必在飘零眉苑外安营扎寨，全然可以直捣黄龙。

所以这个能找到朱颜、把他救走治好，并放出来与自己作对的人应该不是红姑娘。她并无此能耐，这个能救走朱颜、隐藏在暗处的人才是鬼牡丹如今最大的对手！红姑娘与此人合谋，她在前方调虎离山，日日装模作样，水淹火烧、拆墙挖土，实则是扰乱人心，让此人潜入其中，趁乱行事。

而这个能深入飘零眉苑，神出鬼没地与红姑娘合谋的人，除了唐俪辞，还会有谁！

玉箜篌在一瞬间就已明了，自己以为将唐俪辞逼得走投无路，落下千古骂名，江湖追杀的下场，唐俪辞众叛亲离，身败名裂，本应退走暂避锋芒。但此人非但不退，反而借此隐入幕后，开始兴风作浪。

玉箜篌咬牙，他思及唐俪辞那总是万事尽在掌握的微笑，仿佛无论何种境况都不出他意料之外，这世上种种都能被他落子为棋的模样，心中恨极。

谁不想做这种人？

为何唐俪辞就可以一直做这种人？

唐俪辞仿佛从未当真失败过。

在朱颜背负长剑一步一步向他走来之际，玉箜篌面对扑面而来的热浪，紧握"万里桃花"，心中却在胡思乱想，对唐俪辞恨上加恨。

玉箜篌心里作何想法，狂兰无行自然不会知道。他被雪线子拍了一掌，又被玉箜篌下了许多毒药，脑子早已不清楚，但朱颜的脑子清楚不清楚其实相差无几，谁也不知这位杀星好恶，更不知道他在什么时间会做出什么事来。

距离玉箜篌五步之遥时，玉箜篌已经看见了朱颜浑身散发的灼热真气。那真气外放，将四下的烟尘枯草扬起，甚至把他自己的衣袖都烧焦了数处。

"你——害了薛桃。"朱颜一字一顿地说。

玉箜篌怒形于色："你——"他对薛桃一往情深，为她劳心劳力，付出良多。这人一脱困就出手抢人，一抢人就把人杀了，到头来居然一口咬定是他害死的薛桃？玉箜篌平生害人无数，还当真没见过有人能如此反咬一口，他气得发抖，一时想到薛桃为这恶贼所杀，心里怨毒与伤心齐发，发誓定要将朱颜碎尸万段。

朱颜被玉箜篌下药囚禁在飘零眉苑最深处，毕竟战力惊人，玉箜篌本打算把他彻底练成战斗傀儡，但小红和柳眼都已叛逃，其他人练来练去练不好。唐俪辞说不准就是抓住了这点，倒过来用引弦摄命之术对朱颜下了什么暗示，让这杀神以为是玉箜篌害了薛桃。

不管过程如何，事已至此，为今之计，先杀朱颜。

朱颜缓缓拔起背后的八尺长剑，扬手就将它扔了出去。玉箜篌侧身一避，那长剑本就不是扔向他——只见那八尺长剑横飞过玉箜篌身侧，落地插在了一棵大树之旁。

掷出手中长剑，朱颜扔下剑囊，从剑囊中拔出了两节铁棍。玉箜篌莫名其妙，他认识朱颜多年，见朱颜使过八尺长剑多次，却从未见朱颜使过铁棍。

朱颜双手一拧，将那两节铁棍拼在了一起，组合成了一杆长棍。

即使你短棍变长棍，那也不可能厉害过多年来的趁手兵器。玉箜篌手握"万里桃花"，心存谨慎，决定试探一下这半疯不疯的朱颜。

草丛中的任清愁提着一口气没有晕去，他并不知道红姑娘让他拖住玉箜篌是为了什么，眼见狂兰无行现身，他瞪圆了眼睛，就是这人重伤了雪线子。

任清愁开始默数呼吸，尽快调整自己的状态，他右腿上的毒伤侵入了经脉，如果不想毒入肺腑，就应当平心静气，等候毒伤尽去再运功。但重伤雪线子的恶徒二人都在这里，雪线子前辈那是为了救他，才……才会落入这些人手中。

他不能无所作为。

他要怎样才能有所作为？

任清愁命悬一线，头脑却异常清醒——他同样知道，狂兰无行出现在此地，一定是有人放他出来，驱虎吞狼。那么——放他出来的人呢？既然有高人能驱虎吞狼，那必不可能仅仅是驱虎吞狼，毕竟驱虎吞狼只是一步棋，如是高人，必有后手。

那后手……在何处？

远处，手持长棍的朱颜向着玉箜篌一棍挥出，玉箜篌侧步闪开，他不知朱颜这杆长棍是什么路数，十分谨慎。却见朱颜一棍挥出，那长棍的顶端"咔嚓"一声，弹出一截锋刃，那锋刃成鱼骨之形，共有三行，左右共六条刀口都向后弯曲，这东西要是插入肉中，恐怕极难拔出。而以朱颜的臂力，此刃拔出之后，敌方身上必然多出一道撕裂的巨大创口，伤重倒地。

这东西不像剑，倒似一把怪模怪样的戟。

朱颜屈膝横戟在前，双目微闭，声音淡漠至极，而玉箜篌在他眼中，仿佛只是蝼蚁："受死。"

玉箜篌手腕上缠着"万里桃花"，右手一翻，露出一柄剑来。

那是他少年时的双剑之一——右手剑"昆仑玉"。他曾还有左手剑"明月空"，但"明月空"在多年前损坏，未再重铸。玉箜篌多年不用自己成名兵器，此时手中只有"昆仑玉"和"万里桃花"。

但他最大的依仗不是这两柄剑，而是此时他修炼的武功。

他和抚翠修炼的武功，来自一部奇书的残片。虽然只是残片，但残片上所记载的武功十分神奇，修炼起来进境极快，还可取他人之内力化为己用，一旦神功大成，几可无敌于天下。这等神功即使尚未修成，也有诸多保命的手段，朱颜虽然强横，玉箜篌却立于不败之地。

思绪之间，朱颜怪戟抡圆，对着玉箜篌疾挥而来。这怪戟掠空，戟身微微弹动，一股炽热的气流随之四散飞扬，地上枯草扬起，烈烈化为灰烬。

那飞扬的草灰几乎迷了玉箜篌的眼睛，朱颜的怪戟竟似并非长兵器，而是一抹炽热的火焰，此火大开大合，掌火之人睥睨天下，这火如荒，便欲燎原而起。

玉箜篌闭上了眼睛，右手剑"昆仑玉"轻轻一点，"叮"的一声微响，朱颜的怪戟纵然犹如流火，却仍被他一剑点中戟尖。"魑魅吐珠气"所带的灼热真气虽然如水沸腾，却也不能当真隔空伤人。玉箜篌一剑点中戟尖，两人双双退了一步，这一击看似轻描淡写，却尽了两人七八成的功力。

而正在玉箜篌一剑退敌的时候，朱颜那怪戟的锋刃无声无息地弹出，竟长了三寸，玉箜篌应变奇快，"昆仑玉"一拧急削，对着那弹出的锋刃削了过去。

如玉的短剑削中了朱颜那弹出的锋刃，所中犹如无物，那骤然出现的锋刃竟是真气所化的虚影，仅仅一瞬就消失于无形。玉箜篌一剑落空，剑中真气回逆，胸中气血翻涌，惊诧莫名——这突然出现又突然消失的古怪真气，竟是肉眼可见！虽然转瞬即逝，但这浓烈到了极致的真气，一旦撞上了它由虚转实的瞬间，岂非要血溅三尺？何况魑魅吐珠气本身带有火毒，能令人血肉尽毁，非普通真气所能比拟。

这骤然出现的虚影，正是魑魅吐珠气第十层的心法"魑魅珠"。

根据《魑魅吐珠气》所载，练至第十层，真气可由虚化实。此时带有火毒的古怪真气凝聚成像，即功法中所言的"魑魅"所吐出的"珠"，而人一旦为此种"魑魅珠"真气所伤，就会如传言一般，血液沸腾，全身焦黑，血肉枯萎而死。但这世上从未有人活着将魑魅吐珠气练成，玉箜篌自然从未见过这等能将真气化为实像的古怪路数。

他也从未见过朱颜使出这把怪戟。

朱颜是会低调行事，扮猪吃老虎的那种人吗？

他会为了掩饰自己的趁手兵器是一把长戟，而特意一直使用八尺长剑？

狂兰无行——从无愧于一个"狂"字，他之本身，就是真我。

他连薛桃都一剑杀了，还有什么值得他掩饰？

所以狂兰无行在此行之前，应该还不会这等真气化实像的古怪武功。玉篌篌心念电转，狂兰无行的八尺长剑才是他从未放手的兵器，但此时此刻他突然抡出一把怪戟，施展出了从未见过的武功——这些变化，都发生在他被人救走之后。

玉篌篌面若寒霜——所以唐俪辞——究竟有何本事，竟能指点狂兰无行更上一层楼，能让他弃剑持戟，而这把戟，必然有更大的古怪。

玉篌篌一时之间看不出有什么古怪，躺在一侧一动不能动的任清愁却看得很清楚。

那黄雀的"后手"，正在树林之中，缓缓而动。

五十八 ◆ 炽焰焚天 ◆

他到死,都仍然紧握着他的弓。
弓弦勒入指骨,血已流尽。

  一个身着青衣,面上也戴着青色面罩的人影在远处的林木间悄然移动。玉箜篌和狂兰无行正在动手,魑魅吐珠气令周围落叶纷飞,点点燃起,数丈方圆内兔走鼠窜,鸟雀惊飞,到处都是声响。
  就在这混乱之中,任清愁看见那青衣人绕着四周树木转了几圈,不知是做了什么,突然一个转身,乍然往他这里闪来。就在这人闪来的同时,玉箜篌蓦然回首——玉箜篌虽然正和狂兰无行动手,但怎能对任清愁掉以轻心?但这骤然出现的青衣人在玉箜篌意料之外,玉箜篌几乎没有听见此人纵身而来的脚步声、破空声,甚至衣袂之声。
  玉箜篌会蓦然回首,是因为他听见了任清愁的呼吸之声骤然变化。
  而玉箜篌一回首,狂兰无行那古怪的长戟长驱直入,带起一阵隐隐发黑的热风,向玉箜篌肋下插来。玉箜篌纵身而起,右手剑"昆仑玉"再次点中长戟,二次借力跃起,他仿佛双袖鼓风的一只粉色蝴蝶,袖袍一摆,就往任清愁身边落去。
  狂兰无行抓住长戟,紧跟着纵身跃起,连人带戟携带灼热真气,往玉箜篌身上扑去。
  在任清愁看来,就是一瞬之间,蒙面青衣人、玉箜篌、狂兰无行三人一起往自己身上扑来。
  眨眼之间,青衣人先到,他第一眼看见任清愁胸口重伤,扬手五枚金针齐齐插落在任清愁胸口,止住他伤口流血,并吊住一口气。

紧随其后的玉箜篌眉头一皱——他本以为暗藏其后的青衣人就是唐俪辞，但从未听闻唐俪辞有一手金针救人之术，这人似乎又不是唐俪辞。

纵然这人不是唐俪辞，那也该死。玉箜篌双袖展开，在空中一个转折，似要落在青衣人身后，但随着腰身转动，"万里桃花"顺势而出——他在转身之际出手，出手的时候，玉箜篌背对青衣人，"万里桃花"的刃尖被他身体挡住，青衣人万不可能看见。

银光一闪，"万里桃花"自背后出手绕身半周卷向青衣人，那人不闪不避，反而向着玉箜篌怀中一头撞来。

玉箜篌人在半空，"万里桃花"已经用老，匆匆用"昆仑玉"对青衣人当头斩落。青衣人身法极好，一闪而过，玉箜篌只得再度转身，顺势向后避去。

然而玉箜篌的身后是狂兰无行。

狂兰无行长戟画弧，正中玉箜篌右腰，尖锐的怪戟在玉箜篌右腰划开一道长长的血痕。玉箜篌身受一击，临危不乱，"万里桃花"自半空疾飞盘绕，在狂兰无行的怪戟上"叮当"绕上了十七八个圈，牢牢锁住了这把凶兵。

狂兰无行运劲一挣，"万里桃花"和怪戟紧紧缠绕在一起，等同他和玉箜篌也紧紧锁在了一处。玉箜篌被迫受他一击，胸中气血翻涌，心下怒极，袖中一物一动——另一条与消雪全然相反的黑色小蛇窜了出来，咬在朱颜手臂之上。

落地的青衣人"咦"了一声："小玲珑？"

他竟然认得玉箜篌手上古怪的黑色小蛇。

玉箜篌眼见小玲珑咬了狂兰无行一口，断定狂兰无行不死也必中毒颇深，冷冷一笑："不错，小玲珑。"

虽然狂兰无行已经中毒，玉箜篌右手剑"昆仑玉"仍旧向他胸口插落。两人一起跌落，重重摔在地上，玉箜篌的"昆仑玉"插入狂兰无行胸口一寸就无法再行一步，被魑魅吐珠气死死顶住，仿佛剑下是千斤巨石。而玉箜篌真力疾走，腰侧伤口鲜血狂喷，还带出一点暗淡的黑气。

两人眼见两败俱伤，青衣人一把抱起奄奄一息的任清愁往林子里走。玉箜篌拔出"昆仑玉"，狂兰无行长棍一搅，手上蛮力居然将玉箜篌左手的"万里桃花"的细丝悬绳挣断。玉箜篌大吃一惊，那杀人无数的"万里

067

桃花"便缠绕在狂兰无行的怪戟上。

玉箜篌反应快极，飞起一脚，踢中狂兰无行的手腕。狂兰无行的怪戟上缠绕着"万里桃花"，那剑虽然细小，却十分沉重，就这么微微一滞，玉箜篌踢中他手腕，那怪戟脱手而出，向狂兰无行身后飞去，重重落在了地上。

青衣人带着任清愁往林中疾走，玉箜篌正是因为青衣人往前一扑，自己招式用老，和狂兰无行两败俱伤，怎能就此放过青衣人？这人显然不是唐俪辞，他一脚踢开狂兰无行的长戟，一跃而起，本来怒火中烧，就要向青衣人扑去，突然转念一想——此时自己以一敌二，狂兰无行疯疯癫癫，这青衣人来历不明，自己有伤在身，只怕是情形不妙。

玉箜篌冷静下来，思绪一转，心里微微一凉——唐俪辞将狂兰无行放了出来，再派出青衣人做任清愁的后援，这青衣人绝非易与之辈，结果此人救了任清愁掉头就走，这是……

不对！

他跃起之后，拼尽毕生所学，往远离青衣人与狂兰无行的方向掠去。

狂兰无行岂容他脱走，跟着一跃而起，紧跟在玉箜篌身后，五指如钩，重重向玉箜篌肩上抓去。玉箜篌深吸一口气，身形一幻，倏然出现在狂兰无行身前三尺开外，狂兰无行一抓落空，双眉耸动，骤然一声大喝，人在半空向着前方空手做持剑之形，向着玉箜篌的后心挥出了一道赤黑的剑芒！

玉箜篌蓦然回身，剑芒贯胸而入，两人又自半空重重跌落，滚了一地尘土。

此时青衣人早已不知去向，玉箜篌只觉全身经脉如受火焚，魑魅吐珠气已深入内腑，他吐了一口血，抬头看向狂兰无行。

狂兰无行脸色焦黑，小玲珑剧毒入体，加之他那邪门真气"魑魅珠"伤人伤己，也已伤重垂危。

玉箜篌抓起"昆仑玉"，勉强站起，即使狂兰无行看起来只需一掌便能毙命，他也毫不留恋，跟跄向远处而去。

狂兰无行挣扎坐起，匍匐几步，抓住原先掷在地上的八尺长剑。

玉箜篌头也不回地往前疾奔，狂兰无行抓起长剑，那八尺长剑"嗡嗡"作响，在半空发出啸鸣之声，向玉箜篌后心射去。

玉箜篌听声辨位，反手掷出"昆仑玉"，拼着舍弃成名兵器，也决定马上离开此地。

八尺长剑凌空而来，"昆仑玉"盘旋而至，两柄凶刃在空中互斩，只听轰然一声巨响，空中爆开一团火花，千万点火光凌空而下，仿佛下了一场火雨。这等情形和玉箜篌所想全然不同，他悚然回头，但见四处被魑魅吐珠气烘干的草木枯叶在火雨中开始燃烧。

而这等燃烧仅仅是开端，但见周围的树丛之外一道火线蜿蜒而生，竟不知何时有人在树林外倒下引火之物。那火线进展极快，迎风一吹便成了火龙，将他与狂兰无行困在了火中。

唐、俪、辞！

玉箜篌心中大恨，这青衣人竟不是来杀人，而是来放火的！

而狂兰无行被换了兵器，那八尺长剑之中，藏入了引火之物。唐俪辞竟不知是如何哄骗狂兰无行换了那把唬人的长戟，而令自己忽略八尺长剑。若他所料不差，引火之物绝非只有这柄剑，只怕狂兰无行全身上下，包括那柄唬人的长戟，都是引火之物！

他蓦然回头，盯着和自己的"万里桃花"缠在一起的怪戟，那东西横在地上，竟正一点一滴地渗出某种黑色油渍——狂兰无行方才挥戟成气，动辄落叶燃火，也非全然是魑魅吐珠气高深莫测，而是这怪戟一直在隐秘地沁出黑油，而随着狂兰无行挥戟舞动，真气引燃黑油，导致半空起火。

而这黑油在狂兰无行所过之处应当处处皆是，遍地埋有引火的种子。

唐俪辞……当真是算无遗策。

唐俪辞将狂兰无行利用到如此地步，而后将他弃之火海之中，打算将狂兰无行与"一桃三色"一并一把大火……挫骨扬灰。

玉箜篌摇摇晃晃地走到狂兰无行身前，脸上露出一丝奇异的诡笑——今日我等二人两败俱伤，双双濒死……但我等二人又岂是唐公子一把大火……所能烧得死的？

玉箜篌从怀里取出一枚药丸，惋惜地蹭了一下，塞入了狂兰无行口中。

唐俪辞不来，就是他最大的失算！

四下烈火盘旋而上，猎猎作响，四周山谷风声呼啸，助长火势，林木在烈火中逐渐被炙烤脱水，随即起火。大片大片的灰烬自头顶飘落，夹带着未熄的火花，暮色渐生，天光渐暗，而此处璀璨得仿佛盘山游龙口中所衔的一粒明珠，在沉寂的暮色群山之中熠熠生辉。

青衣人带着任清愁疾步而走，任清愁只觉此人越走越快，最后大步疾行仿若行云流水，轻飘飘似是凌空而行。任清愁心下震惊——此人的武功远比刚才和玉箜篌所过的那一招所显示的要高得多，有此修为，绝非青葱少年，此人是谁？

青衣人扯了一块汗巾蒙脸，脸是蒙得不太走心，然而有用，任清愁只看得见他额上的黑发一处美人尖，似乎也并不是太老。

身后烈焰熊熊，任清愁看得见玉箜篌与狂兰无行两败俱伤，如果此人愿意出手，击毙玉箜篌与狂兰无行并非难事。

他为何要跑？

他为何不杀？

任清愁一点一点聚起力气，一声不响，他留着一口气，便是此生要为雪线子射玉箜篌一箭，再射狂兰无行一箭。

青衣人不防垂死之人突然挣扎起来，"咦"了一声，却见任清愁深吸一口气，从他臂弯处一挣而脱。任清愁抬起手中的"悲欢弓"，向着火焰之中的狂兰无行和玉箜篌各射出一箭。

那箭仍旧是"望月"。

"生死同"箭如流星，刹那间穿过火海，分别奔向狂兰无行和玉箜篌。

"铛铛"的两声，濒死的狂兰无行抓起怪戟，抡戟成圆，径直撞飞那两箭。他甚至都没有起身，长臂一挥，就把任清愁毕生功力之所聚的那两箭撞飞，那怪戟被他握在手中重重一插，插入身下泥土之中，仿若一杆旗帜。

任清愁射出箭后，胸口伤处鲜血狂喷，五枚金针再也抑制不住他的真气自经脉破裂处崩溃逸散，"悲欢弓"脱手落地，他的人和弓一起重重砸落在地上，再也无力动弹。

青衣人一时不察，任清愁已经倒地，他"哎呀"一声，袖袍一卷把地上的血人捞了起来，心里暗道糟糕。

火圈之中，狂兰无行一手握戟，端然而坐。他脸色焦黑，浑身是血，玉箜篌非但没有下手杀他，反而盘膝而坐，双掌按在他后心，竟是正在为狂兰无行运功恢复。

青衣人回头之际，只见烈焰之中，正在运功的玉箜篌衣发俱燃，他那一身桃粉女裙在火中烈烈燃起，然而此人行功之际全身真气迸发，那女裙的灰烬四散而去，逼出一处火圈，露出一身雪白中衣。那中衣定非凡品，并不燃烧，而火光缭绕之下，玉箜篌的样貌正在缓缓变化。

玉箜篌的身形渐长，面上皮肤崩裂，那张浑似薛桃的脸皮正在撕裂，宽松的白色中衣逐渐变得合身，而他所受的魑魅吐珠气之伤仿佛也奇迹般好转了起来，伤处的真气不再散出淡淡黑气。狂兰无行服下一粒灵药后，脸色快速好转，也不知玉箜篌是解了他的蛇毒还是给他下了什么狠药。

"噼啪"之声清脆，那黑油引燃的大火已经爆燃，将疏树草地彻底焚毁，青衣人被汗巾遮挡，看不到面上的神色，停下后只是不言不动，凝视着火中的变化。

风卷黑烟，掩去火圈中的人影。

片刻之后，只听火中一声长啸，两个人影宛若蝴蝶双翼自烈焰中飞起，两道真气翻滚卷来，地上的火焰竟黯淡了一瞬，随即二人搭肩而起，双双振袖，自烈焰的缺口一掠而过，没入暗色之中。

"《往生谱》……"青衣人一声叹息。

青衣人解下随便覆在脸上的汗巾，按住任清愁胸口的伤处。

但"万里桃花"贯胸而入又复拔出，岂是一般伤处？那小剑飞旋而入，翻卷而出，不但重创任清愁的经脉，还断了气血，那是致命之伤。若是任清愁自点穴道后静等他施救，那尚有五五生机，但这少年用那五五生机来射了玉箜篌和狂兰无行两箭。

任清愁紧握着"悲欢弓"，仍不死心，仍然盯着玉箜篌和狂兰无行离去的方向，他的喉头发不出声音，鲜血自口中涌出。

青衣人单膝跪下："玉箜篌身怀秘术，非轻易能杀。"他看着这少年，轻声道，"但今日他秘术已破，没有下一次了。"

任清愁的目光从玉箜篌和狂兰无行离去的方向缓缓转了过来，他看着面前陌生的"前辈"。

这位青衣人长相秀丽，看似年轻，却又似并不年轻。任清愁慢慢张开嘴，试图发出声音，但发出声音的只是胸口伤处汩汩冒出的血。

青衣人点了点头："我不杀人，但日后此二人伏诛之时，当告知你。"

任清愁紧紧抓住屈指良留下的"悲欢弓"，他的眼中仍有坚持，他不想死，他还没有给雪线子报仇，还没有得到温蕙一句话，还没有想明白自己将要去何方，他还这么年轻，任何人都知道……以他的心性和悟性，日后必是一代高手。

但是有些少年，永远……就是少年了。

他日后本应有一切，他唯一没有的，只是"日后"。

任清愁的手指在弓弦上留下了深深的痕迹，弓弦陷入指内，抹出血痕，他的眼神仍是如此坚定——他不后悔，可是他也是如此不愿死。

青衣人撩开衣袍，跌坐于地，将他如孩子一般抱在胸前。

任清愁的手越抓越紧，一滴泪自他眼角沁出，无色无光，却比他一身的血更鲜明刺眼。青衣人轻拍着他的背，仿佛哄着婴儿，过了片刻，任清愁身上的"生死同"小箭慢慢滑落到尘土中。

他到死，都仍然紧握着他的弓。

弓弦勒入指骨，血已流尽。

> 一抔黄土葬悲欢，
> 少年心事入白骨。
> 可怜春风新草绿，
> 未见来年落花生。

飘零眉苑菩提谷。

中原剑会与风流店三度交锋。

任清愁、西方桃双双亡于风流店的狂兰无行。

听闻当日山谷一战打得天地变色日月无光，狂兰无行的魑魅吐珠气将大片树林烧成了一片白地，他的成名兵器八尺长剑也留在当场，并碎成了几截，可见当日战况是何等惨烈。

这等惊人的消息不消半日就传遍了武林，人人颇感惊悚——风流店竟如此威能，一个多年不见的狂兰无行，就能杀得了少年有为的屈指良爱徒任清愁和名满江湖的桃姑娘。

那桃姑娘如此美貌，竟如此轻易地就被狂兰无行杀了？真真暴殄天物。

这等消息传回中原剑会，当日红姑娘摔碎了几个茶杯，虽然脸上淡淡的，但谁人不知公主勃然大怒，对任清愁和西方桃的死十分不满。但那又能如何呢？风流店如此威能，那狂兰无行如此凶悍，桃姑娘一死，中原剑会气势低迷，已有多日不曾向飘零眉苑发起挑衅。

任清愁的死在红姑娘意料之外，她仅仅是安排这位少年拖住玉箜篌，等唐俪辞将朱颜放出来，但未曾想到任清愁竟会死在玉箜篌"万里桃花"之下。

但此战也有好处，玉箜篌那"西方桃"的模样已是维持不住，根据唐俪辞的复信，玉箜篌和抚翠修炼的乃是《往生谱》的残页，《往生谱》中有一门速成功法，先修己，再渡人。那其中的速成篇名曰《梦黄粱》，而玉箜篌修习的是《梦黄粱》的残篇"长恨此身非我有"。

即使它是残篇，但对于玉箜篌和抚翠这等高手，《梦黄粱》的速成之法足以让他们突破境界，看见武学更大的可能。"长恨此身非我有"虽然残缺，但以他们二人的聪明才智，结合自己的武学派门将其补足也非难事，故而抚翠和玉箜篌虽然都着女装，两人所修习的《梦黄粱》却并不一样。

玉箜篌的境界远在抚翠之上，他不知《梦黄粱》练来最终要为他人作嫁衣，只当一旦修成，便可天下无敌。在烈火之中，他以练了多年的"长恨此身非我有"为狂兰无行朱颜疗伤，按理来说，他的《梦黄粱》应当大部耗损在了狂兰无行身上，最好是多年苦修一朝送尽，自此成为废人，最差的后果也是内力大伤，非绝世灵药不可恢复。

任清愁不知道，这才是所谓的"后手"。

要杀玉箜篌，绝非易事，能剥他一层皮，废去他在中原剑会的伪装，已经是一场大胜。

然而怎样的一场大胜，也不能换回任清愁的命。

唐俪辞算赢了，却也是算输了。

青衣人把任清愁带回了伏牛山下姜有余的小院。

他在菩提树下将任清愁埋了。

莫子如今天换了件蓝衣，慢吞吞地从屋里出来："你又把人治死了？"

青衣人擦掉眉心的易容，露出一点红痣，正是明月金医水多婆。他叹了口气："真真是我治死的，他也死而无憾了。遗憾的是我还没来得及治，他就死了。"

莫子如清澈的眼睛看着菩提树下的小土堆，淡淡地道："人死人活，人活人死，大道无形，人生无常，莫伤心。"

水多婆道："我心软，易伤心，没办法。"他嘴上说着伤心，那张俊美公子的脸上一如往常，"伤心就要吃饭，午饭呢？"

"没有饭。"莫子如十分镇定，"唐俪辞不在。"

"那个短命鬼人呢？"水多婆叹了口气，"使唤我们俩给他帮忙，真真胆大包天。"

"他刚才来过了，送了你一份大礼。"莫子如打了个哈欠，"他从少林寺拉了一个厨子过来做饭，唯一不好的是，这位厨子只会做素菜。"他站在阳光下，面貌虽也如少年，眼神也清澈，但那并非少年的清澈。

就如水多婆一张瓜子脸额上美人尖，眉心一点痣，正是俊美公子，即使嗓音仍如少年，但他往前一走，那姿态便不再少年。

莫子如和水多婆隐居多年，明月金医名声虽有，却也非名震江湖。

谁知多年之前，他们二人可曾在江湖中留下姓名，又曾经是谁？

"哦，厨子人呢？"水多婆问。

莫子如平静地道："在打坐。"

"什么？"水多婆怒道，"我千里奔波，费了老大的劲，回来你说我的厨子在打坐？素菜呢？"

"我想你向来不喜素菜，作为好友，方才便帮你吃了。"莫子如道，"不必谢我，也不需客套。"

二人正在扯皮，隔壁"嘭"的一声，仿佛有气流迸裂之音。莫子如和水多婆双双一怔，不及争吵，一起入房查看。只见客房内一位身着白色僧袍的年轻人黑发披肩，手中紧握着一柄铁剑，侧躺在床榻上，已经昏迷不醒。

水多婆勃然大怒："这就是我的厨子？"

莫子如轻咳一声："这是你看好的后生送你的大礼。"他看那留着头发的剑僧一眼便知，此人真气冲撞，气海震荡故而昏迷，倒也并不要命，"倒是唐俪辞若是知道你把那小孩治死了，又把这个厨子治死了，恐怕……"

"哎呀！"水多婆大为懊恼，"唐俪辞阴险毒辣，慧净山明月楼危矣。"他窜到剑僧身边，为剑僧把了把脉，摇头晃脑地道，"这和尚身中十七八种剧毒……咦？"他面露诧异之色，"蜂母凝霜露？"

莫子如也跟着"咦"了一声："那岂非还有'三眠不夜天'？"

"不错。"水多婆道，"'蜂母凝霜露'和'三眠不夜天'，此外，他还中了一些我不曾见过的其他毒物。"他额心的红痣微微一闪，"难道'呼灯令'还有传人？"

"'呼灯令'在二十三年前已经死于大鹤禅师之手。"莫子如沉吟，"这等传毒之宗，害人害己，人人得而诛之，即使不是大鹤打上门去，也会有别人顺手。但如果大鹤当年做事做得干净利落，今天'蜂母凝霜露'和'三眠不夜天'就不会出来害人。"

"哎呀，少林寺和尚婆婆妈妈的，"水多婆挥了挥袖子，"当年如果是你去顺手，今天绝不会生出这许多麻烦。'蜂母凝霜露'和'三眠不夜天'双毒齐下，一者养蛊，二者洗魂，这和尚居然还会做素菜，如果当年'呼灯令'王令则活到现在，恐怕就要气死。"

"王令则的毒术在'呼灯令'中也是天纵之才，但他被大鹤一剑杀了，当年少林大鹤，也是不弱于'剑王余泣凤'的名家。"莫子如仍旧慢吞吞地道，"可惜名家总是死得早。"顿了顿，他又慢吞吞地指着床上的白衣剑僧，"听说这厨子，是大鹤的挂名弟子，你说……会是巧合吗？"

"哈……"水多婆歪了歪头，"你看了这么多年话本，你说呢？"

"话本里都说，这种祖传的恩怨，打打杀杀到最后，都是要喜结良缘的。"莫子如叹了一声，"'呼灯令'居然还有传人，你若不把厨子治好，恐怕他就要慢慢变成万毒之母，最终与世间万毒相杀相食……咦？"莫子如眨了眨眼睛，慢慢地问，"……服用九心丸的人……算不算毒物？"

水多婆难得地停顿了一会儿："这就要看当初风流店炼制九心丸的时候，往里面加了什么。"

水多婆把普珠扶了起来，解开僧衣，开始对普珠全身仔细检查："如果'呼灯令'的传人早早就与风流店纠缠不清，那么'九心丸'只怕不是柳眼一人之功，他很可能……只是这枚药丸的其中一部分。"

莫子如垂下眼睑："兹事体大，你……"他欲言又止，"你……"

"我不杀人。"水多婆说,"明月金医水多婆救人很贵,但不是不救。"他已把普珠全身上下检查了个遍,"这小和尚功夫练得很好,心志甚坚,中毒虽深,但也非无药可救。我之上策,是把'呼灯令'的传人抓出来,逼他拿出解药;中策是将这小和尚开膛破肚,搜肠刮脉,将种入体内的'蜂母'找出来。"

　　"那下策呢?"莫子如平静地道,"下策是我将这小和尚一剑杀了,一了百了?"

　　"然也……"水多婆摇头晃脑,"多年挚友,心意相通,不如你将这害人之物一剑杀了,以救众生之苦?'蜂母凝霜露'一旦练成,大鹤的挂名弟子、少林寺的未来方丈、你我的厨子就会变成一只浑身寒毒、寻毒而去的妖怪……万一'九心丸'中就有'蜂母凝霜露'喜食的剧毒,那么……"他一摊手,"你说祈魂山正邪一战,将会变成什么样子?中原剑会之中,吃过'九心丸'的人,可不比风流店少。"

　　"而万一的万一……风流店手中的毒物还各有不同,比如说——流传出去的'九心丸'与他们自行服用的'九心丸'并不一样,那么……"莫子如慢吞吞地道,"'蜂母凝霜露'就成了可控的杀招,就像狂兰无行,虽神功盖世,却被有心人算计得不死不休。"

　　两人正在闲聊,门外有人缓步而入,无声无息地走到了床边。

　　"他如何了?"来人轻声细语。

　　莫子如倒退三步,水多婆咳嗽一声:"我等正在商量……"

　　来人白衣素服,衣袖上也不见繁复的暗纹,这居然只是一件简单的白衣。只听此人仍旧轻声细语:"商量如何将他一剑杀了?"

　　莫子如连连摇头:"岂敢、岂敢……那都是这庸医的主意,他救不回门外树下的小友,心中忧伤,神志失常,大受打击,你且原谅一二。"他一副少年书生模样,睁着一双清澈的眼睛,说得情真意切,若是与他不熟,定以为这是至诚君子,如松如兰。

　　唐俪辞微微一笑,莫子如又倒退一步,水多婆笑眯眯地道:"风流店中有'呼灯令'的传人,要救这位厨子,最好找出那人,让他交出解药。"随即他对着莫子如一指,"这人与'呼灯令'王令则有仇,你让他去。"

　　莫子如立刻指着水多婆:"这人曾经有个绰号叫'剑皇'……"

唐俪辞双眸一抬，望向水多婆。水多婆眉心那一点红痣妖异且艳丽，蓦然被损友拆穿身份，他也是一怔。

唐俪辞并未听说过"剑皇"其人，但莫子如和水多婆绝非寻常隐客，他自然是知晓的。出乎水多婆和莫子如意料，他并没有立刻抓住莫子如抛出的话柄，反而站在那里，静静地出了一会儿神。

水多婆和莫子如不知道他在想什么，两人不约而同地又退一步，莫子如将普珠往水多婆手里一送，水多婆眼见这小和尚被自己脱得光溜溜难登大雅之堂，连忙把床上的被褥往普珠头上一罩，以示无辜。

唐俪辞回过神来，眼见此景，嘴角微勾，似笑非笑。

莫子如道："你可知'呼灯令'？"

"'呼灯令'是二三十年前，武林之中著名的邪魔外道。"唐俪辞道，"有家传毒术，诡异莫测，似是巫蛊之术，又与苗疆蛊法不同。"

"'呼灯令'一家姓王，王令则是当年家传毒术造诣最高的一人。"莫子如说，"那些奇门诡术防不胜防，而'呼灯令'最可怕的是除了王家人，几不可解。他们所下的毒术与旁人不同，一般江湖人下毒，毒伤的是身体，而'呼灯令'下毒，毒伤的是脑子。不管下什么毒，'呼灯令'都会辅以'三眠不夜天'以洗魂，最终中毒之人大多会成为'呼灯令'的傀儡。"莫子如指了指被卷在被子里的普珠，"像这样的小和尚，二十年前'呼灯令'下数不胜数，我有一位好友当年被王令则下毒，最终自碎天灵而亡……后来少林大鹤一人一剑杀上门去，'呼灯令'就此绝迹江湖。大家都以为它被少林大鹤灭了门，却不知居然还有传人。"

"'呼灯令'的传人能给普珠下毒，那必然和鬼牡丹有关联。"唐俪辞轻声道，"而普珠从未离开少林寺，这个人是不是就在少林寺内？"他双眸微动，"我闯入少林的那天，少林寺内发生了一桩血案，死了几个和尚，失踪了几个和尚……"

"哦？"莫子如一侧头。

"大识禅师……和妙行和尚。"唐俪辞轻声道，"他们久居少林，如果其中当真有'呼灯令'的传人，那么少林之劫绝非仅此而已。"微微一顿，他又问，"雪线子情况如何？"

"不太好。"水多婆摇了摇头，"他毕竟年事已高，即使除却了蛊虫，伤势太重,气血精力大不如前。"

狂兰无行的魑魅吐珠气十分厉害,雪线子除了身中蛊毒,全身伤痕累累,内外均伤,解毒之后,至今昏迷不醒。雪线子人尚在好云山,红姑娘留下傅主梅为雪线子疗伤护卫,一则是因为傅主梅武功高强,足以保护雪线子周全,不惧他人来犯;二则是即使雪线子身上另有异变,以傅主梅之能也决计应付得来。

此时"桃姑娘"已死,玉箜篌带着狂兰无行返回飘零眉苑,中原剑会内部忧患暂解。唐俪辞的目光缓缓掠过窗户,落在窗外的菩提树上,依照他和红姑娘的想法,以蚕食之法逐步侵吞飘零眉苑,不过多花费一些时日,定能剿灭风流店。

但此时又已不同。

"鬼牡丹"究竟是谁?

"呼灯令"又在何方?

风流店……玉箜篌、鬼牡丹兴师动众,难道仅仅是争夺一点毫无益处的虚名吗?或者说,争夺这一点虚名,对他们来说,别有用处?还有方平斋……方平斋隐身其后,究竟做了什么?唐俪辞目光流转,停在了普珠身上:"剑皇前辈。"

水多婆被他这么一喊,不由得摸了摸胳膊上的寒毛:"这名厨子我可尽量保他不死,但'呼灯令'找不到,他迟早要变妖怪……"

"多谢……为任清愁寻了一块埋骨之地。"唐俪辞轻声道。

"哈?"水多婆愣了一下,他千算万算没想过唐俪辞要说的居然是这句,"啊……"

唐俪辞未再说什么,也并没有强令莫子如和水多婆要怎样非救活普珠不可,更没有说如果普珠又死了,他要如何将慧净山明月楼夷为平地。他转身而去,一头灰发在白衣映衬之下,颇显暗淡。

"他居然没有叫你去查'呼灯令'?"水多婆指着莫子如,万分诧异,"这世上除了你,谁知道王家人都长什么鬼样?你不去谁去?"

莫子如也很诧异,他都准备好了继续当"玉箫山宝瓶尊者",结果唐俪辞就这么走了?

两人面面相觑,正在这时,门外帘幕一动,柳眼缓缓走了进来。

他一见二人脸色不对，怔了怔："怎么了？"

柳眼那张伤痕累累的脸，在水多婆的万分嫌弃之下，终于治得见了人形。玉团儿爱美成痴，越发紧跟着他不放，她终于知道了风流店上下那么多白衣女使、红衣女使是怎样对柳眼一眼倾心，然后又在九心丸的迷幻之下成为风流店的忠心仆役。但她越是觉得他好看，柳眼越是自厌自弃，有时候玉团儿都能感觉到他对自己那张脸当真是怨恨极了。

"没什么。"水多婆正了正脸色，笑眯眯地道，"你的解药炼制得如何了？徒弟们可还使得顺手？"

柳眼不疑有他："解药已将炼成，第一批共计有三百余枚，可缓解中原剑会之危。"他对唐俪辞挑选的"三百徒弟"毫无疑义，但是金针之术并非轻易能学，这三百徒弟能教出二三十个已是不易，何况他自己也非此中高手。

水多婆对所谓"九心丸"的解药也十分好奇，也过去看了两次，然而他惯于采药熬药，对柳眼古怪的炼药之法难以接受，后来也就懒得再看。

"这里多出一个身中剧毒的小和尚，"水多婆一本正经地道，"你要不要拿他练手？说不定你天赋异禀，有什么妙不可言之法，一下就治好了他，那唐俪辞的烦心事立刻又少了一件，你得立大功。"

柳眼本来一脸郁郁，猛地听闻"一个身中剧毒的小和尚"，他一愣，抬眼望去，有一人躺在床上。莫子如是水多婆的知己，顺手将盖在普珠脸上的被子揭下，露出普珠满头黑发。柳眼又是一愣："少林普珠？"

少林未来方丈，竟被唐俪辞轻易留在此处，万窍斋大掌柜姜有余的院子，竟是如此稳妥的所在吗？

柳眼的目光从莫子如和水多婆脸上掠过，这二位前辈深藏不露，莫非这就是唐俪辞敢将自己、将所谓"三百徒弟"和少林普珠留在此处的底气所在？

水多婆指着普珠："这是唐公子送我等的厨子，只会做素菜，你且给他看看，是中了什么毒？"

柳眼茫然地问："厨子？"随即摇了摇头，他并不擅长看诊，绝无可能看出普珠中了什么毒。

正在柳眼茫然之际，普珠眼睫一动，清醒了过来，他尚未睁眼便知身

079

边站着几个人，抓住被褥一抖，那薄被翻卷过来，极快地披在了身上，坐了起来。水多婆"哈哈"大笑，这小和尚居然还挺讲究。莫子如一脸淡然，目光在普珠和柳眼身上飘来飘去，看得十分认真。

普珠盘膝而坐。

"诸位。"普珠睁眼之后复又闭上，微微一顿，继续道，"……同道。"他居然没有口称阿弥陀佛，也没有口宣"施主"，而是称"同道"。

"阿俪呢？"水多婆尚未开口，柳眼已开口追问，"他把你送到这里，他人呢？"

普珠垂眉闭目："他去他处。"

柳眼脸现怒色，莫子如看戏看得开心，故意不说话，水多婆笑眯眯地道："唐公子忙于惩恶扬善，目前祈魂山一战战况不明，听闻杨桂华和焦士桥尚带了近千卫兵保护公主，若战况不佳，恐怕难以交差。唐公子必是因此而去，你且放心，只要你听从唐公子的安排，定能候到他的佳音。"

柳眼对水多婆怒目而视，水多婆怎能不知唐俪辞命不久矣，却能说得这般轻描淡写。

"你告诉过他……你告诉过他他快死了吗？"柳眼压低声音问。

水多婆眼睛也不眨一下，依旧笑眯眯地道："以唐公子之能，你以为……他有什么事是不知道的？只不过是他想让你知道，和他不想让你知道。"

柳眼冷冷地道："那也还有他自己想知道，和他自己不想知道这两种。"

"你果然是很了解他。"水多婆十分稀奇，"但其实他现在去干什么，我还真猜不出，我本以为他会让这个呆头去找'呼灯令'，结果他掉头就走，不但没留下一句话，居然还留下一文钱。"

水多婆十分介意的是以唐俪辞以往的习惯，威逼利诱过了，至少也要留下金银珠宝让你对他又恨又爱，这次居然走了就走了？那钱呢？明月金医水多婆没有见着黄金，十分遗憾。

柳眼蛰伏在伏牛山下不远的小院中为"九心丸"苦炼解药。他被唐俪辞带走，而后音信全无，全江湖都知风流店之主唐俪辞将这能救命的恶人掳走，藏进了飘零眉苑之中。一开始中原剑会以千人之怒，剑指唐俪辞，冲入祈魂山，在红姑娘令下拆去了飘零眉苑外围，杀了不少人，而风流店也并未使出什么骇人伎俩,只是龟缩不出。中原剑会士气高涨,仿佛将飘零眉苑夷为平地,活捉唐俪辞和鬼牡丹指日可待。

但狂兰无行一出,任清愁死、西方桃死。

狂兰无行仿佛毫发无损。

这让中原剑会内起了波澜,如风流店内有狂兰无行在,中原剑会要如何能攻得破飘零眉苑?要知任清愁和桃姑娘已经是剑会中一流高手,当下剑会中人手虽多,但如张禾墨、郑玥等人武功比之任清愁尚有不如,余负人、文秀师太等比之西方桃似乎也有差距,当下剑会之中武功最高的竟是成缊袍。而成缊袍武功最高,显然并不能胜过狂兰无行。

这当如何是好?

正当中原剑会气势受挫,议论纷纷之时,飘零眉苑起了偌大动静。

祈魂山中的飘零眉苑发出"咯咯"异响,随即烟尘滚滚,仿佛土下地宫发生了轰然巨变。

随即在中原剑会等人惊异的目光中,原先被火焚拆破的飘零眉苑地上房屋开始自行崩塌,层层叠叠的砖石倒塌倾覆在一起,砖石破碎之后,自碎石破砖内部散出某种黄色烟雾,中之欲呕,显然有毒。

红姑娘眼见巨变,不明所以,不得不下令众人弃营而去,远远避开这奇怪的黄烟。

随后,飘零眉苑被黄烟覆盖,难以窥其内部变化,等黄烟散去,飘零眉苑周围草木凋零枯萎,目内再无青绿,所有草木都仿佛镀上了一层黄色粉末。而在这怪异至极的树林之内,一个天井般的巨洞赫然出现在红姑娘面前。

飘零眉苑偌大动静竟不是有什么机关拔地而起,而是整个往底下陷入了数十米,沉入了祈魂山中。

081

五十九 ◆ 漆灰骨末丹水沙 ◆

我与君子共沉沦。
君子与我骨上花。

玉篌篌启动机关，将飘零眉苑沉入了地下，并不是如中原剑会等人揣测的那般将有后手。

玉篌篌传功狂兰无行，仗着狂兰无行那魍魅吐珠气的强悍真气越火而出，救了自己一命，但突觉本身真元源源不断向狂兰无行体内涌去，竟无止歇，也是大吃一惊。但玉篌篌何等枭雄，吃了一惊之后，他左手扬起，一掌拍碎自己右肩，破去正在传功的"长恨此身非我有"，虽然右肩重创，真力大损，却没有如唐俪辞算计的那般武功全失。

事到如今，玉篌篌终是知道了唐俪辞的全盘算计——从红姑娘诱他离开中原剑会，到任清愁拖住他一日一夜，到狂兰无行与他两败俱伤，再到青衣人放了那把大火——最终逼得他不得不与狂兰无行携手，互助自救，用上了"长恨此身非我有"第十层的功法，废去了自己的底牌。

唐俪辞自始至终不见踪影，却坑害得他几乎死在火海，差点武功尽废。

此时，鬼牡丹和柴熙谨已离开飘零眉苑，他们带着钟春髻前往京城，真假公主之争干系着中原剑会的"援手"和"粮草"，若钟春髻此事能成，那中原剑会之围不但立解，柴熙谨还可以通过钟春髻这假公主抓住与此相关的一整条线的人脉——赵宗靖、赵宗盈等。

故而飘零眉苑此时外强中干，为防唐俪辞突然闯入，玉篌篌不得不启动机关，将飘零眉苑沉入地下。

此等恩惠若是不报，他便不是玉篌篌。

狂兰无行本已重伤濒死,又被他的毒蛇咬了一口,早就该一命呜呼,结果在将死之时被他的传功救活。玉箜篌对此人一样恨之入骨,但狂兰无行武力惊人,这回让自己吃了这么大的亏,若是一刀杀了,岂非便宜了他?但此人已中唐俪辞和小红的引弦摄命,中术极深,又似难以挽回,玉箜篌将狂兰无行关了几日,招了一个人过来。

这人两道长眉,宝相庄严,正是妙行禅师。

"王令秋。"玉箜篌一身紫袍,和当初"桃姑娘"秀美俏丽的模样已全然不同,如今的"一桃三色"身姿挺拔,毫无女气,乃是一位俊朗男子,脸上虽有当日破功留下的伤痕,但并不明显。

他比妙行高了近一个头,虽武功大损,却仍是站定当场微微低头,俯视着白眉和尚:"朱颜的身上,真不可再种'蜂母凝霜露'?"

王令秋双手合十,他仍是一身僧衣,慈眉善目,语调温和:"'蜂母凝霜露'乃训脑之术,'引弦摄命'却是制身之术,这二者难以匹配,即使给他种下'蜂母凝霜露',唐俪辞引动'引弦摄命',朱颜恐怕是要脑崩而死。"

玉箜篌眨了眨眼:"既然如此,他已是无用,但他那一身功力⋯⋯"玉箜篌似笑非笑,"'魑魅吐珠气'好大名声,你说有没有可能——让他把这独门武功传功于我?"他轻笑一声,"既然他能夺去我大半内力,我再多要点回来,岂非合情合理?"

"这也不难。"王令秋道,"等我将他剥皮削骨,熬成一颗人丸,玉公子和血吞服,便能得此人功力。"

玉箜篌一怔,一时琢磨不出这假和尚是真有这本事,还是装疯卖傻,微微一顿,他眯起了眼睛:"真有此方?"

王令秋道:"千真万确。"

"那你明日⋯⋯"玉箜篌轻飘飘地道,"去将中原剑会的碧涟漪擒来,将他炼成一颗人丸。"

王令秋沉吟片刻:"碧落宫碧涟漪武功不弱,我只怕⋯⋯"

玉箜篌微微一笑:"'呼灯令'偌大名声,家学渊博,连一个宛郁月旦的仆从⋯⋯都抓不住吗?"他歪了歪头,似笑非笑地看着王令秋,"大识和尚在何处?"

王令秋摇头道:"当日鬼主出手杀人,我先行一步离开禅房,前后都未曾见到大识,他竟在其中不见了,十分古怪。"

这老和尚慈眉善目,说起话来十分诚恳,但玉篌篌一个字也不信,他仍是笑笑:"是吗?或许这和尚运气甚佳,当时竟不在禅房。"

王令秋仍是摇头:"这我便不知了。"

"明日你与素素带二十女使,去把碧涟漪擒来。"玉篌篌眯起眼睛,"我亲眼看一看那人丸长什么模样,若是真有奇效,中原剑会诸多高手,岂非便是一颗一颗的传功之药?"他看着王令秋,轻笑道,"那最好看的人丸,岂非便是唐俪辞?谁能吃了唐公子炼成的人丸,岂非可以长生不老?"

王令秋微微一笑,仿佛很是慈祥:"唐公子善战多谋,若是先生能将他生擒,当为先生炼之。"

玉篌篌"哈哈"大笑:"你很会说话,放心,即使他日发现大识是被你藏了起来,我也当饶你一命!"

王令秋连连摇头:"不敢、不敢。"

玉篌篌令他退下,脸上笑容一收——这假和尚城府深沉,不可久留,但这人对柴熙谨有报恩之心,风流店又和他的"呼灯令"毒术牵连甚深,此时动不得他。此人自称有"人丸"之术,玉篌篌练武多年,从未听过有如此骇人听闻之法,九成是王令秋为求活命,自行编造的筹码。

但……万一是真的呢?

能和血生吞了唐俪辞炼成的人丸,单单是一想,便让人畅快极了。

飘零眉苑沉入祈魂山内,这大大出乎了红姑娘意料,之前拟定的种种方法此时均已作废。而江湖上人人皆知,唐俪辞乃风流店之主,柳眼身怀九心丸解药,唐俪辞闯入少林劫走普珠,杀死少林寺数位高僧,此等大奸大恶之徒,就算飘零眉苑沉入山中,又怎能罢休?

红姑娘骑虎难下,她必须斟酌出一个能破局的法子。

飘零眉苑的异变定然与"桃姑娘"的死相关,玉篌篌未能执掌中原剑会的权柄,最终被唐俪辞彻底驱出了中原剑会。玉篌篌返回飘零眉苑,飘零眉苑当即沉入山中,说明什么呢?

说明玉篌篌有所畏惧,他定然是受了重伤。

但她无法估量狂兰无行又是什么状态。

若只有一个玉篌篌，她胆敢带人直闯，但若还有狂兰无行，那么中原剑会能与之匹敌的……真没有。虽然剑会人才济济，但人心渐散，九心丸若再无解药，只怕连敢于出手与狂兰无行为敌的人都会越来越少。

而沉入地下的飘零眉苑，显而易见易守难攻。

而她不得不攻。

红姑娘面前的圆桌之上，放着黏土所制的祈魂山山形地脉，所制惟妙惟肖，峰峦谷地无一不有。她凝视着这山势，心中千般盘算，又在想这送黏土山势的人此时又身在何处、究竟在做什么？

她沉吟之时，碧涟漪走入帐篷，为她端来了一盘糕点。

这是一份淡青色的绿豆糕，红姑娘拈起来拿在手中，这糕点十分新鲜，她凝视着糕点："你说飘零眉苑沉入地下，他们的粮草从何而来？"

碧涟漪微微皱眉："孟兄和古兄着手此事，但他们探查了一个多月，仍未查到有人往飘零眉苑中运送食物和水。"

"水……"红姑娘道，"祈魂山中有地下暗河，但食物难道他们早已藏在山内？偌大祈魂山，若是早早藏匿了食物，又能藏匿多少？我等在明，山林之中运送粮草也是不易，若是以逸待劳困之，未必能占上风。"她摇了摇头，"不能等，再等，剑会便要先行一步溃散。"

"但在那天井周边的黄色粉末……"帐篷之外有人缓步而来，红姑娘说话声音不大，他却是听见了，来人说话轻声细语，正是宛郁月旦，"那粉末不是寻常之物，我宫中试过，此粉贴肤溃烂，遇铁生锈，虽非致命之毒，却十分麻烦。若要进入天井，必先除去毒粉。"

"可否火焚？"碧涟漪问。

"火焚后黄粉化为毒烟。"宛郁月旦摇头，"风流店设下此种毒粉，防守为主，其内必然空虚。"

红姑娘淡淡地道："我何尝不知，但飘零眉苑机关甚多，其中凶险恐怕非人力所能匹敌，要如何进入？"她看着宛郁月旦撩开帐篷的门帘，如常人一般走了进来，"宛郁宫主有何想法？"

"飘零眉苑遁土，我难道不可开山？"宛郁月旦一张脸长得清秀稚气，说话却丝毫不弱，"我碧落宫可从祈魂山山壁此处——"他伸出手，五指拢住那假山中飘零眉苑所陷落的天井，食指一划对中而过，点在天井外的悬崖之上，"就从此处斩落，开山而入！"

红姑娘眉宇一扬，为他豪情所染，霍地站了起来："若真能开山而入，我等拼死，必也要将——必也要将风流店这等奸邪之辈除尽！以还……以还人间清白正道！"她心里却是凄然——这世上若无风流店，若无会弹琴的柳眼，若无那害人的毒药，小红或许……或许仅是自负大才的一名狂客，或许仅是自诩孤高的少女，而非手染鲜血不问是非的谋士。她为情所蔽，害人害己，所以……所以即使碧涟漪如此待她，即使贵为公主，即使一肩担起惩奸除恶驱浊扬清之大计，她也自知此生早已在当时葬送，何配安宁与幸运？而风流店之中，如她这般轻易葬送一生的少男少女，又有多少呢？此地之恶，真是恶中至恶，绝非杀死几个人、毒死几个侠士那般单薄。

风流店……它引人至欲，诱人心魔，而后……

它看着你沉沦，看着你癫狂，看着你死。

那不仅仅是"死"，那是毁灭。

它在一个一个的毁灭中，逐渐开出至恶的花来，你却不知那至恶的终点是什么？

我与君子共沉沦。

君子与我骨上花。

红姑娘心中所想，宛郁月旦并不在乎，他碧落宫在猫芽峰上建宫之时，长于高山运物和开山凿石，祈魂山并不高，飘零眉苑沉于山中，以山形观之，距离峰外悬崖并不太远。

虽说不远，也少说有一二里路，即使有神兵利器，也很难短期内无声无息地侵入飘零眉苑。

但宛郁月旦说能，那便是能。

红姑娘当机立断，将开山之事交给碧落宫处理，她决意清点一队人马，趁飘零眉苑此时不知为何采取守势，以及玉箜篌很可能重伤在身此二点，对沉入山中的飘零眉苑进行突袭。

这件事必须做得隐秘，闯入飘零眉苑的人必须得武功高强又无异心，能突进又能自保。红姑娘美目一转，看向碧涟漪："剑会之中，能在玉箜篌手下过个数十招的，能有几人？"

碧涟漪微微一怔:"除了唐公子,只怕剑会中少有人和桃姑娘当真动手,即使是动过手,她也不会使出十成功力。"

"那么……剑会之中,能和唐公子过上数十招的,又有几人呢?"红姑娘眼也不眨,"剑会之中倾尽全力和唐公子过过招的,怕是不少。"

碧涟漪沉吟片刻:"此事我当打探一番,唐公子从剑会脱身那天,我不在山中,没有瞧见一剑对满门的情况,但……能和唐公子过上十招已是不易。"他摇了摇头,"除非唐公子存心放过,并不想打。否则世上罕有几人能和唐公子过上数十招——以唐公子的耐性气度,数十招不胜定是胜不了的。"

红姑娘闻言一怔:"唐公子可曾败过?"

碧涟漪并不清楚:"习武之人,胜负乃是常事。"微微一顿,他又道,"但的确未曾听过唐公子曾逢一败。"

红姑娘目中微光一闪:"他从未败过?"

"未曾听说。"

夜里,寂静于山中的飘零眉苑"咯咯"几声,几乎被尘土掩埋的入口缓缓打开,几道人影疾驰而出,瞬间就进了树林之中。中原剑会孟轻雷带着一组人马正在盯梢,见状立刻追了上去。

从飘零眉苑出来的是二十来个白衣女使,夜里白衣女使蒙面疾行,看起来颇为诡异。她们也不说话,就径直往中原剑会主营帐篷里冲去。孟轻雷一行人紧追不舍,白衣女使身法飘逸,两队人马在中原剑会营帐前相遇。孟轻雷一行居然差一点没追上这群白衣女使,他心中震惊。要知他和邵延屏乃是好友,武功不相上下,即使比之成缊袍略逊一筹,也已经是剑会中有数的高手。

以他的身法,居然差点追不上这群白衣女使?

这些年纪轻轻的少女身上必然有古怪。

与孟轻雷一同盯梢飘零眉苑的是霍旋风,此人不好女色,将一众白衣女使视为无物,匆匆将人拦下,一刀就往带头的白衣女子身上砍去。带头的白衣女子轻纱蒙面,飘然一转,居然也是拔刀出鞘,架住了霍旋风一刀。此女刀法凌厉,居然还大开大合,双刀一架,霍旋风差点被她震退一步,不禁大吃一惊。

霍旋风身后的几位弟子纷纷败在白衣女使刀剑之下，这些女子内力雄浑，不逊于江湖名家。孟轻雷和霍旋风都没有占到便宜，两人相视一眼，各自心惊。而带头的女子横刀在前，孟轻雷一眼认出这是断戒刀，喝道："白素车！"

带头的蒙面女子不动如山，毫无反应。

孟轻雷拔剑相向："白素车！你倒行逆施，为虎作伥！你可知自从你离家失踪，白兄日夜难安，身患重病，已多日卧床不起？你娘至今不肯相信你竟投入风流店中，逢人便说你和池云一起被唐俪辞害了！白兄便是受妻女所困，忧思抑郁，这才卧病不起——你若还有半分良知，就当自绝当场！白府数十年清誉就是葬送在你的手上！"

他与白玉明也是多年至交，白玉明自少时到老都是谦谦君子，娶的妻子元苏也是出身书香门第、生性温柔婉约的美人，谁知生下的女儿竟如此倒行逆施，也难怪白玉明要想不通，更难怪元苏要癫狂。

带头的蒙面女子确是白素车，她垂眸听着孟轻雷声声控诉，依然毫无反应，仿佛别人口中凄惨狼狈的不是她的爹娘。她身后那群白衣女使也是一样，对孟轻雷所言及的人间惨事无动于衷。霍旋风低声道："孟兄，这些女子举止诡异，恐怕有诈。"

就在孟轻雷斥责之时，中原剑会的帐篷里人影晃动，红姑娘撩开帘幕，和碧涟漪、成缊袍并肩走了出来。

红姑娘也并没有休息，碧落宫自担开山之事，这开山之后，谁去拼命才是重中之重。正和成缊袍商议之时，他们就听到了林中一片喧哗，孟轻雷和白素车打起来了。

飘零眉苑正避战不出，白素车居然带人单刀直闯中原剑会主帐，这种事过于离奇，必然有诈。红姑娘在风流店之时就和白素车关系不睦，当时她一心在柳眼身上，深觉此生此世只有自己能安抚柳眼心中伤痛，只有自己能听柳眼手下一曲琴音，白素车算什么？当年白素车武功算不上最高，样貌在白衣女使中也算不上一流，却凭什么她竟能步步高升，到如今成了玉篌篌手下有数的几名悍将之一？

白素车将武功练了起来——不管是通过何种歪门邪道，她不但武功今非昔比，连神态气质都与当初那个刚入风流店，对一切都小心谨慎的少女全然不同。

当年一叶障目，如今红姑娘凝视着轻纱蒙面的白素车，若无绝顶信念，谁能在风流店那种鬼地方逆流而上，踏血横尸，屹立不倒？眼前此人，究竟是恶中鬼，还是……

白素车可不管红姑娘心中在想什么，她心里素来也没有小红此人。玉箜篌要她生擒碧涟漪，她很清楚，玉箜篌既要试探她，又要试探王令秋，还要她和王令秋互相牵制，彼此试探。

其中要是谁露出了一个破绽，都是死无葬身之地。

所以碧涟漪可以生擒不了，但她必须以命相搏，绝无放水的余地。

王令秋……恐怕也一样。

她不知道王令秋人在何处，但今夜此时，他们都赌上了性命，誓要生擒碧涟漪。

即使她也很清楚，不仅仅是她，王令秋那老头恐怕也对"生擒碧涟漪"并将他炼成人丸这种毫无退路的事十分抗拒，但他们都没有办法。

要在风流店内给自己留一条活路很难。白素车刀指碧涟漪，心想——今夜我不设伏，拼我姐妹众人之命与你一战——这便是我所能留的……最大的余地了。

你最好……能逃得掉。

她的右手握在断戒刀刀柄之上，手白如玉，断戒刀刀柄苍黑，映得她的手越发苍白。

那柄刀刀背光华闪烁，直指碧涟漪双眉之间。

碧涟漪似有所觉，拔剑在手，看了白素车一眼。

白素车毫不含糊，碧涟漪拔剑在手，她立刻欺身上前，一刀往碧涟漪颈上砍去。这一刀看似莽撞，但她身后众多女使纷纷暗器出手。碧涟漪一时间前后左右俱受牵制，他长剑剑花一挽，"铛铛"几声打落几枚暗器，那些暗器各有不同，绝非出自同一门派。而白素车这横砍一刀气势如虹，绝非试探，碧涟漪打落暗器后匆忙出手抵挡，只听"铛"的一声，白素车被他震退一步，然而此女狠绝，右手刀刚被震退，整个人身形未稳，她就左手入怀拔出一柄明晃晃的什么东西，往碧涟漪胸前刺去。

碧涟漪在瞬息之间连挡两个回合，气息已乱，白素车这当前一刺，他几乎就没能避得过去。危急之时，成缊袍衣袖一拂，卷住白素车手中的兵器，白素车死不放手，双方一扯，但见一蓬血花飞起，白素车左手被那兵器划伤，鲜血被成缊袍劲风卷起，洒上半天。

然而，她左手不知握着什么兵刃居然宁愿被那东西重伤，犹不放手。那东西并不长，白素车左手血流如注，把那东西染得猩红一片，只隐约看得出那依稀是一把小刀。

成缊袍自不会和白素车这等后辈女子一般见识，冷冷地道："白家小辈，若你自此罢手，回家向你父亲负荆请罪，我可不杀你。"

白素车左手垂下，任那鲜血一点一滴掉落尘土，右手刀依然紧握。

夜风拂过面纱，她淡淡地道："尔等回去转告白玉明，白素车大错已成，回头无岸，此番若不能随尊主立下功业，天下之大，我亦无处可去。"她刀刃一转，直指碧涟漪，"杀人者谁，不过白某。杀一人罪天下，而杀万人……可成一将。"

成缊袍等人为之一怔，此女身姿纤细，比之乡野村妇更不似有霸道之风，然而她挥刀在前，杀意凛然，竟有一去不回的傲慢。

她与其父，竟是如此不同。

旁人不知白素车要做什么，红姑娘冷眼旁观，已知她三番五次刀指碧涟漪，定是对碧涟漪有所图谋。红姑娘突然伸手，抓住了碧涟漪的手腕，低声道："随我来。"

碧涟漪一怔，飘零眉苑派出如此多高手，红姑娘居然要他离开？以他的估算，这二十来位来历不明的白衣女子武功不弱，神志有异，单凭成缊袍和孟轻雷二人未必能轻易取胜。红姑娘抓住他的手腕，拖着碧涟漪往后退去。

白素车面纱之上的眉眼似有微微一动，仿佛笑了一笑，随即她发出一声低啸。她身周二十来位白衣女使径直对着碧涟漪和红姑娘冲了过去。

这些女子来历不明，人人都知她们可能出身名门正派，为风流店诸多奇诡手段控制，也不敢狠下杀手。她们手中暗器纷纷出手，其中两人自袖中取出机簧，对着碧涟漪和红姑娘射出一物。那东西由两把银色机簧一起射出，在半空中光芒闪烁，仿佛一缕璀璨银丝，飞到半空蓦然打开，却是一张精致大网,对碧涟漪和红姑娘当头罩落。

这暗器出乎意料,碧涟漪反拉住红姑娘,左手脱下外袍,往上一扬掷入网中。那银丝网碰触实物骤然收紧,将碧涟漪的外袍收束卷成一团,落在了地上。要不是碧涟漪应变得当,他和红姑娘就要被这张银丝网当场扣住。碧涟漪一看地上那网如此纤细,若是扣在人身上,只怕皮肉都要被勒出几块,眉头紧蹙。

孟轻雷已经脱口而出:"双鱼姬!"

那两位用机簧弹出大网的白衣女子双双亮出兵器,却是很少见的一对长刺,就像两根又长又滑的尖棍。这两根长刺一出,在场众人均已认出,这两位并非"少女",而是南海灵武岛上一对煞星。这两人乃是姐妹,兵器都是长杆鱼叉,都已年过四旬,平时只在灵武岛上活动,凡是上岛的男子都被她俩杀了,女子留下作为奴隶。

谁也不知风流店是怎么招揽了这两个女煞星,此时这二人双刺出手,一起向后退的碧涟漪和红姑娘刺去。二人内力深厚,双刺一出,带起一阵破空呼啸,刺到半空,二人指上加劲,长刺陡然脱手掷出,快逾闪电,直射碧涟漪和红姑娘胸口。

红姑娘尚未看清发生了什么事,长刺已经到了胸口。成缊袍和碧涟漪双双出手,成缊袍拉住"双鱼姬"邱远的右肩,碧涟漪斩落刺向红姑娘的那支长刺,他自己出剑之后纵身而起,险之又险地避开射向自己的长刺。

这只发生在电光石火之间,孟轻雷甚至只是刚刚出剑要阻拦"双鱼姬"邱远和邱清,剑都还没递出去,众位白衣女使的兵器也刚刚出手。而碧涟漪反应快极,纵身避开邱远那一掷,其他人的攻势才堪堪到了红姑娘面前。成缊袍拉下邱远,寒剑凄霜出手,一剑横扫,一阵"叮当"乱响,身后三四个白衣女子受他剑气所伤,向后跌落。邱远长刺脱手,被成缊袍扣住右肩,她也毫不示弱,从怀里拔出另外一根短刺,和成缊袍动起手来。

此时,碧涟漪纵身而起,尚未落地,红姑娘还未看清究竟自己眼前过了多少种兵器。而人影晃动,在碧涟漪人在半空之时,两个人一前一后贴近了他。

前方扑过来的是白素车,后方靠近他的却是一个长眉光头的老者。

白素车眼看王令秋扑了过来,一刀就往王令秋的光头上砍去。王令秋心知肚明,这女人就是在和他争功,但这个功他也不能不争,玉箜篌不是柴熙谨,不会全信他。

今日拿不下碧涟漪,他和白素车说不准要死一个。

王令秋扑出去并不是为了要碧涟漪的命,白素车一刀砍来,却是真心要他的命。王令秋武功不高,不敌白素车和碧涟漪,但他既然扑出来,自也是有所准备。就在白素车横刀相向,碧涟漪勉强转身的时候,王令秋袖中一物泼了出来,泼了碧涟漪满头满脸。

白素车一怔,刀下不减,仍是往王令秋头上砍去。

这老头不是好人,她很清楚,即使他和玉箜篌不是一条心,但也是害人无数。

碧涟漪只觉脸上一凉,并不知道自己被泼上了什么,他随即落地,抬起中衣衣袖一擦,只见衣袖上一片古怪的蓝色水渍,散发着一股淡淡的腥味。

而身前白素车的刀从王令秋脖子边掠过,王令秋闪过一刀,正狼狈逃窜。被成缊袍和孟轻雷拦住的白衣女使们却开始了暴动。

她们突然发出了低吼,不顾一切往碧涟漪身上扑去。

碧涟漪手上一麻,"当啷"一声长剑坠地,那蓝色水渍果然不是什么好东西。而"双鱼姬"邱清怀中拔出短刺,径直向他扑来,正在与成缊袍动手的邱远亦是骤然转身,不管自己周身破绽百出,双臂一张,就往碧涟漪身上扑去。

红姑娘终于看清发生了什么,她抬起右手,对准不顾一切扑过来的邱远射出一片白芒。在她右手衣袖之中安装有防身暗器,这暗器正是碧涟漪为她准备的。邱远居然不闪不避,那片白芒正中胸口,她毫不在乎,双臂一圈,把正在踉跄后退的碧涟漪困在了怀里。

此举出乎众人意料之外,成缊袍的长剑随后飞掷而至,"嗡"的一声闷响径直插入邱远的后心,鲜血从她身前喷出,溅了碧涟漪一身。但邱远仍不放手,碧涟漪被那蓝色毒物麻痹,一时难以抗拒,就在瞬息之间,邱清飞扑而来,按住成缊袍的长剑,那长剑自邱远后心穿胸而出,插入碧涟漪胸口。碧涟漪难以置信,被邱远、邱清二人悍不畏死的冲撞之力撞得连退三步。

"小碧!"

"碧兄！"

在场众人纷纷惊呼，在这兔起鹘落的片刻之前，无人能信这几个白衣女使这么快能伤及碧涟漪，然而众人围捕，碧涟漪猝不及防，竟是转瞬之间，就已重伤。

红姑娘冲上前两步，成缊袍一手将她拉下，孟轻雷和霍旋风将红姑娘护在身后——在他二人想来，风流店夜袭必定是针对红姑娘。

碧涟漪！红姑娘却知白素车刀指碧涟漪，这回风流店精锐尽出，却是为了碧涟漪！这事必定大有蹊跷，她眼看碧涟漪胸口血流如注，那邱远死死将他扣住，心头仿如翻江倒海，嘴上虽然不说话，眼圈却已红了。她看向白素车，却见白素车正在追砍一个光头老者，那老者被她三刀两刀杀得逃入树林之中，不禁眉头皱得更深。

成缊袍拉下红姑娘，闪身向前，按住自己长剑的剑柄。他一按便知，邱远已经气绝身亡，她身中碧落宫杀人暗器，自己那一剑本要不了她的命，但碧落宫的暗器和邱清的一按彻底要了她的命。究竟是什么让"双鱼姬"宁可自相残杀，也要伤及碧涟漪？成缊袍拔剑而出，邱远应手而倒，碧涟漪胸口伤处更是鲜血泉涌而出，鲜血与那蓝色毒物混在一起，竟逐渐晕染成一种古怪的蓝紫色。

成缊袍剑尖一晃，点住碧涟漪伤处穴道，这胸口剑伤剑尖插入两分，尚未伤及要害，但是碧涟漪中毒在先，此时毒入血脉，却不知后果如何。那给碧涟漪泼毒水的光头老者已经消失不见，白素车横刀而来，刚才被成缊袍震飞的几名白衣女使也已站起。邱远虽死，邱清却依然双目通红，紧盯着碧涟漪。

邱清双手牢牢抓住自己的兵器，全身都在颤抖，仿佛在尽力控制自己不再度扑向碧涟漪。白素车一扫红姑娘微红的眼角，又看她并不退回主帐，心里颇为奇怪——此女还能当真看上了碧涟漪不成？

一念过心，白素车口哨声再响，四周正在逼近的白衣女使们突然加速围了过来，邱清盯着地上邱远的尸体，却还在颤抖，并不听从白素车的指挥。

成缊袍看出事情不对，寒剑凄霜一招"满怀冰雪"对准邱清扫了过去。这一招剑气凄厉锐利，虽然对准了邱清，但剑光笼罩了邱清身后五六个白衣女使。这些白衣女使功力没有邱清、邱远深厚，挡不住成缊袍一剑，她们倒不像邱远那般凶狠，为剑气所伤，个个便躺倒在地，各自痛苦呻吟。

成缊袍一剑伤敌，孟轻雷和霍旋风也不含糊，他们见红姑娘不肯回主帐，也不勉强，将她挡在身后。邱清一阵颤抖之后，双目发红，突然双手持刺，再次对着碧涟漪冲了过来。成缊袍挥剑格挡，邱清竟和邱远一样罔顾成缊袍的剑，直直扑向碧涟漪。

碧涟漪勉力避开，成缊袍不再留情，剑上加劲，一招"白狐向月"上挑邱清的短刺。邱清的视线随着碧涟漪转移，成缊袍剑尖一晃，准备点中她的穴道，再详查她二人如此癫狂的原因。但邱清合身扑来，撞在了成缊袍的剑招上。

寒剑凄霜毕竟是一柄利器，邱清盯着碧涟漪，不理成缊袍的招式，合身扑来，黑色长剑扫过她小腹，顿时血流成河。成缊袍已知她失去理智，不可以常人而论，并未手软，顺势一剑将她斩落。

邱清腹部重伤，滚倒在地，却仍然盯着碧涟漪。

碧涟漪脸色苍白，也知那蓝色毒水绝不止令他手足麻痹如此简单，这些白衣女子似是受那毒水驱使，奋不顾身要置他于死地。他此时真气不调，难以抵挡，只得缓步后退。

红姑娘将他拉入孟轻雷和霍旋风身后，低声问他："伤得如何？"

碧涟漪见她脸上虽不动声色，眼角却红了，低声道："只是外伤。"

红姑娘将一枚药丸塞入他口中："先别说话，虽然不知风流店为何为你而来，但你在这里，我便不能让他们得逞。"她塞给碧涟漪的是唐俪辞留下的少林大还丹，此药是疗伤圣物，但不能解毒。

碧涟漪眉头微蹙，他并不这么认为。

成缊袍武功高强，孟轻雷也是不差，但单凭这两人，今日和风流店交手并不能占上风。"双鱼姬"一死一伤，但那些白衣蒙面的女子之中，很可能仍有人武功不在"双鱼姬"之下。而这些女子失去理智，会追逐攻击身上沾染了蓝色毒水的人，风流店有此种毒物在手，形势对中原剑会越发不利。

但在今夜之前，为何从未听说风流店竟有此种毒物？方才那突然出现的光头老者又是谁？白素车和那人难道并非一路？为何他们刀剑相向？碧涟漪越想越是不解，正当迷惑之时，红姑娘挥袖发出敌袭烟花，一点红芒漫天绽放,片刻间四下人影晃动,中原剑会的人将此地团团围住。

宛郁月旦缓步而来,何檐儿和铁静一左一右跟在他身边。此外余负人、东方剑、齐星、郑玥、董狐笔、古溪潭、温白酉、许青卜等逐一出现在林中,方才白素车率众直闯主帐,并未掩饰,只求速战速决。

如果不是成缊袍恰好在此,以"双鱼姬"等人的武功,碧涟漪猝不及防之下,的确有可能让白素车得手。

此时,中原剑会人手众多,士气大振,碧涟漪退入众人之中,董狐笔一见他脸上的蓝色毒水,脸色一变,低声道:"呼灯令!"

二十年前知晓"呼灯令"和王家灭门一事的人不少,董狐笔简单为少年人解释了"呼灯令"那家传毒术,专门摧人心智,恶毒万分。碧涟漪身上所中的并非致命剧毒,而是一种奇药名为"北中寒饮"。"北中寒饮"令人全身麻痹,但它最主要的作用是一旦中毒,终身不解。

它是一种无法恢复的奇毒,并无解药,如碧涟漪这般被泼了一头一身,混入血中,而后真力不调四肢麻痹、举步维艰,之后便不可能再恢复。而最骇人的是,此毒对身中"蜂母凝霜露"的人来说,是仿佛飞蛾之火——只消她们嗅到此毒,有一口气在,就会前赴后继地扑向身中"北中寒饮"的人。

这二者不死不休,听闻当年曾有一位剑客身中"蜂母凝霜露",最终将自己的妻子杀死,甚至在狂乱中饮下了妻子的血液,最终此人自碎天灵而亡,少林大鹤为此上门服罪,"呼灯令"就此绝迹江湖。

竟不知"呼灯令"还有后人,而碧涟漪身中"北中寒饮",白素车所率领的白衣女使显然还有人身中"蜂母凝霜露",绝非仅有"双鱼姬"二人。

红姑娘和成缊袍几人听闻"北中寒饮"无药可救,都变了脸色。碧涟漪武功高强,是碧落宫第一流的高手,如果他自此武功全废,碧落宫如何能善罢甘休?谁也无法向宛郁月旦交代!何况碧涟漪还如此年轻,岂能突然沦为一个不能行走的废物?红姑娘咬牙怒视着白素车,这个女人——这个女人明知——明知要出事,却放任碧涟漪落得如此下场!即使白素车有苦衷,她也绝不会放过白素车!

白素车却不知"北中寒饮"的厉害,她只知王令秋冒着被她一刀砍头的风险,在碧涟漪身上泼了这许多毒水,这毒水一定大有文章。而明显此水一泼,身后的白衣女使躁动起来,有些已不受控制。她是要将碧涟漪掳回风流店，并不是要当场杀了他，但此时身后女使失去控制，身前中原剑会来了这许多人，已远非她所能匹敌。

怎么办？

她拼命是为了求得玉箜篌的信任，并不是为了送死。

会送死的，更得不到玉箜篌的信任。

但逃命……只会死得更快。

众多白衣女使悍不畏死，向人群中的碧涟漪扑去。何檐儿和铁静双剑齐出，挡在最前面。白衣女使之中有一人持鞭，长鞭一抖，疾若闪电往人群中的碧涟漪卷来。

成缊袍正要挥剑，骤然回首——树林之中又有人影一闪，这回却是有人自远处树林中掷出一物。郑玥正对着那东西一掌拍去，成缊袍心念疾转，喝了一声"住手"，宛郁月旦同时清喝一声："使不得！"

然而，郑玥劈空掌力已发，那东西应手而碎，众人眼睁睁地看着那物碎开之时，一蓬毒水跟着炸开，随之漫天洒落。

白素车蓦然回首，树林之中有人同时使出劈空掌力，将那毒水往中原剑会人群中推来。

成缊袍手中剑不得不二次掷出，顾不得是否拦下白衣女使的长鞭，双袖齐飞，鼓起毕生功力，将漫天而下的毒水往外推去。

他功力深厚，这一托一推，扬起了偌大气流。

孟轻雷紧跟其后，随之运掌。

瞬息之间，中原剑会能来得及出手的人纷纷使出劈空掌力，将那毒水托住，随即往树林中推去。

但掌力毕竟有强有弱，那蓬毒水在空中一顿，终是洋洋洒洒落下。遭遇如成缊袍的掌力，它被强行推开，但遭遇如郑玥、齐星这般的后辈，那毒水便见了缝隙，夹杂在掌力的缝隙之中，倾斜在强弱相间的掌风边缘。

只听"哎呀"一声，一点毒水溅上了郑玥的肩头，他只觉身上一凉，一道剑风掠过肩上，却是铁静一剑扫来，及时连衣带毒一起削了出去。郑玥不顾衣服破了一个大洞，扬声道："谢了！"

铁静点头一笑，不管此前中原剑会诸人有何龃龉，此时也是同仇敌忾。

一瞬之间，掌风如潮，在林中卷起了一股巨浪，白素车眼见王令秋的剧毒在空中一顿，随即被众人掌风击退，反洒入了树林之中。她心念一转——突地拉过身边一名白衣女使，将她往成缊袍身上掷去。

成缊袍长剑已经离手，又刚刚耗费全身真气击退那毒水，猛地见一名白衣女子凌空飞来，也是一怔。白素车不等他想明白发生何事，又将那持鞭的白衣女子往宛郁月旦那边一推。

那持鞭女子刚刚接住成缊袍一剑，正右手持鞭，左手持剑，突然被白素车推向一旁，本能地一个转身，凌空而起，妄图摆脱白素车的掌力。她神志虽已不清，却仍然服从白素车，并未出手攻击。

但此女凌空而起，铁静和何檐儿便分外紧张，宛郁月旦不会武功，这女人要是一鞭子过来，宛郁月旦如何能招架得住。

便在这混乱之中，白素车一声叱咤，骤然发难，她将那白衣女子一个个掷向刚刚收掌的中原剑会诸人，只见空中人影晃动，飞来飞去皆是人影。

红姑娘眼前一花，只见一只白生生的手突破重围，自自己眼前掠过，抓住了碧涟漪的手腕。她尚未来得及眨眼，已按下了衣袖中的暗器，那暗器射出，全射中来人右肩。但那人毫不在乎，仍然紧抓碧涟漪不放，碧涟漪中毒在身无力反抗，就这么短暂一瞬，他被那只手硬扯了出去。

成缊袍等人纷纷变色，但就这么一瞬之间，即使他们打定主意要将飞来的白衣女子立毙当场，也已不及。白素车一人抓住碧涟漪，反身往树林中退去。

那树林中又有人掷出数个瓷瓶，挡住了中原剑会的追击之路。

众人明明看见白素车刀砍那光头老儿，最终却是会下毒的光头老儿为白素车断后，两人通力合作，一起掳走了碧涟漪，而将这许多白衣女使弃之不顾。

风流店这是在做什么？

"碧大哥！"

"碧兄！"

中原剑会众人惊呼出声，红姑娘挣脱孟轻雷的阻拦，奔到树林之前，她盯着树林前那几瓶断后的毒水，深深地咬住了嘴唇。

过了一会儿，她缓缓抬头，看向宛郁月旦："宛郁宫主，那开山之路，已准备得如何？"

宛郁月旦看不见碧涟漪被掳去了何处，他站在原地，只听到对面树林中数人远去的声音，风吹树叶沙沙作响，混淆了脚步声，他听着几人越去越远，一张清秀的脸上表情越来越奇异。

"开山之路，我已备好。"宛郁月旦柔和地道，"此时此刻……就可开山。"他转过身来，语气轻飘，仿佛不着什么力，"只消红姑娘手下有刀，碧落宫开山劈石，何足道哉。"

红姑娘面无表情，从地上拾起一瓶毒水。她竟不惧那毒水无药可解，打开瓶塞来摇了摇，看了一眼："这不是'北中寒饮'。"

真正的"北中寒饮"她刚刚在碧涟漪身上看见，除了色泽发蓝，还带有一股淡淡的腥味，这瓶子里的毒水居然带着一股花香，肯定不是"北中寒饮"。

成缊袍也蹲下身打开一瓶，那居然是一瓶酒。

光头老儿将这些东西扔出来阻拦中原剑会的去路，大概是因为"北中寒饮"较为难得，并非能肆意抛洒的东西，这也是个好消息。

红姑娘将那带有花香的古怪药水轻轻洒落在树林之前，低声道："成大侠、古少侠、郑公子、孟大侠、许少侠……风流店欺人太甚，辱我同道，她既然胆敢率众而来掳人而去，我亦敢以牙还牙开山——救人——"

她蓦然回首，看着身后乌压压的一片剑会高手和弟子："不救出碧涟漪，我中原剑会以何面目自号江湖正道？不杀灭风流店贼人，焉能止流毒无穷？今夜风流店当众辱我剑会，此时我等就要它血债血偿！"

最后一句"血债血偿"红姑娘眼含悲愤，带出了一点哽咽。她不是气势凌人的女中豪杰，天然一段楚楚可怜，这么一点哽咽，却让剑会诸位心潮澎湃，有些年轻人暗自忖道即便她不是公主，也绝不让她伤心难过。

"那便请宛郁宫主带路。"红姑娘咬牙，"此路小红不便同行，托付于成大侠了。"

成缊袍一点头，究竟是哪些人可以信任，愿意冒此奇险，其实刚才在主帐中已经反复讨论过。当下古溪潭、齐星、孟轻雷和许青卜越众而出，跟在成缊袍身后。

成缊袍淡淡地向宛郁月旦扫了一眼。

何檐儿和铁静叫了一声"宫主"。

宛郁月旦这才回过头来，背对着碧涟漪被掳走的方向，袖袍一拂，走了出去。

　　宛郁月旦走得很快，"咯啦"一声，足下碰到了一段枯枝，稍微绊了他一下。宛郁月旦足下加劲，直接将那截枯枝踏成了碎片，大步往前走去。

六十 ◆ 凄凄古血生铜花 ◆

一步血染污明月。
万里桃花不尽歌。

白素车将碧涟漪带回了飘零眉苑。

玉箜篌换了一袭白衣，背手站在庭院中。他做女装打扮时粉裙华簪，做男装打扮却是素衣披发，从背影来看，竟依稀有些像唐俪辞。白素车恍惚了一下，方才想到唐公子素来矜贵，是从不披发的。

王令秋走在白素车和碧涟漪之后，碧涟漪受"北中寒饮"之毒，四肢无力，白素车将断戒刀压在他脖颈上，推着他大步行走，此时刀刃已经在他脖子上刮出了四五道伤口，血流半身，看起来颇为凄惨。

玉箜篌看了碧涟漪几眼，微微一笑："我给你三日。"他根本不看王令秋一眼，却是在对碧涟漪说话，"三日之内，我要看到那颗'人丸'。"

碧涟漪脸色冷淡，反问了一句："人丸？"

玉箜篌居然有耐心和他说话，语气甚至十分平和："听闻世间有'人丸'之术，可以把活人炼成一颗药丸。"玉箜篌突然露齿一笑，用那男人的脸带上了几分薛桃的笑意，看起来诡异骇人，"放心，我只是试试，我……大家想炼的——都是唐公子——不是你。"

碧涟漪为之色变，这妖人莫非神志已然癫狂？什么叫"把活人炼成一颗药丸"？风流店这毒物之术再度生变？他的剑已经失落，虽然董狐笔已解释过身中"北中寒饮"终身不可解，但碧涟漪并不气馁，世事难料，宫主能以目盲之身执掌碧落宫多年，他不过身中一点奇毒，何足道哉？乍然听闻玉箜篌居然生出来要把唐俪辞"炼成一颗药丸"的主意，碧涟漪心思一动——这妖人为何会生出"炼成一颗药丸"的想法？莫非他当真身受重伤，急需什么神药？

碧涟漪心性甚坚，一想到玉箜篌或许受伤甚重，并不迟疑，反手抓住白素车的断戒刀，指尖在白素车手腕上轻轻一点，白素车猝不及防，断戒刀脱手而出，落入碧涟漪手中。她大吃一惊，这并非她刻意放水，只是她和王令秋的全部注意力都在玉箜篌身上，岂能想到身中剧毒的碧涟漪还能反手夺刀？碧涟漪手上乏力，动作却快，他如何不知试探的机会只有一次？断戒刀入手，他手肘往方寸已乱的白素车肋下撞去，白素车毕竟是妙龄少女，本能地侧身闪避。王令秋没带兵器，只得抬手阻拦。但王令秋的拳脚功夫和碧涟漪无法相提并论，于是碧涟漪骤然出手夺刀，白素车闪避，王令秋阻拦不及，碧涟漪那一刀就对准玉箜篌胸口奔去。

碧涟漪成名多年，即使真力不调，这一刀也非寻常。虽然未见刀风，但这一刀既轻又快，仿若一抹暗影，直击玉箜篌胸口神藏穴。神藏穴位于心之旁，肋骨之间，若是一刀命中，那必定是致命之伤。

玉箜篌眼角微眯，右手袖中一物一闪，光芒缭绕闪烁，自碧涟漪颈上绕过，"叮当"一阵微响，那光芒绕颈而过，反卷向碧涟漪持刀的右手，将他整个右臂连同断戒刀一起缠了个结实。

碧涟漪左手拉住那绕颈的银链，心里却是一喜——这是"万里桃花"。

玉箜篌为挡他一刀，居然出手了"万里桃花"！

可见那日任清愁赴死一战，的确是重创了这魔头。

白素车回过身来，见玉箜篌的银链已经把碧涟漪捆了个结实，出手夺回断戒刀，脸上微露惊恐之色："尊主恕罪。"她反手握刀，本想向自己砍落，半途刀刃一转，脸现狠色，却向碧涟漪右肩劈去。

玉箜篌微微一笑，"万里桃花""叮当"一声松开碧涟漪，荡开去的时候银色小剑对着断戒刀一撞，白素车手腕一麻，断戒刀"当啷"落地。只听玉箜篌含笑道："我要王令秋将此人炼成药丸，若是少了一臂，那'人丸'炼出来只有两腿一手的效力，岂非大煞风景？素素这般善解人意，总不能是故意和我过不去吧？"

白素车手上有伤，被玉箜篌一震，伤口崩裂，血流不止。她低声道："属下未曾想到此人还有偷袭之力。"

玉箜篌轻声细语："碧落宫碧涟漪，若是这点心气都没有，怎能为宛郁月旦之犬马？"他看了白素车手上的伤势一眼，"这是什么伤？"

白素车微微一震："这是……"

玉箜篌脸上的温柔之色陡然不见，仿佛瞬间换了张脸，森然道："手里握着什么东西？"

白素车低下头来，衣袖一垂，一物滑落掌心，却是一柄微微扭曲的镀银飞刀。

玉箜篌脸现惊奇之色，他伸出手来，抬起白素车的下巴，仔细端详她的脸："一环渡月？"

白素车眼睫微颤，别过头去，莹白的脸上毫无血色，长长的睫毛下仿若含着一点泪痕。

"素素，你可不要告诉我……说你对池云一片痴心，在他死了以后方才发现他的好，如今睹物思人，爱得心碎断肠……"玉箜篌说得忍不住笑出声来，"告诉我，这把刀，是什么时候落到你手上的？"他手指一抬，差点拗断白素车的脖子，"唐俪辞给你的？你们……暗通款曲？"

"我……"白素车咬住下唇，用力之狠，一下那红唇便见了血。

王令秋见她如此，满脸惊奇。

碧涟漪站在一旁，正一步一步缓缓倒退。

"你什么？"玉箜篌看着她，仿佛看见了世上最稀奇好玩的东西，"素素啊素素，我一向不疑你，因为我从来都知道，除了痴情绝恋，你和别的姑娘不一样——你眼里有野心。"他触摸着白素车的眼睛，那柔软娇嫩的眼皮，纤长的睫毛在他指下颤动，仿佛一只柔软易碎的兔子。他继续道，"你想要证明你和别人不一样，我看得懂，所以给你机会。现在你想好了告诉我——你从哪里得的一环渡月，收着它……是想要做什么？"

"我……"白素车低声道，"心悦唐公子。"

玉箜篌扬起了眉毛："哦？"

白素车缓缓睁开了眼睛，眼里和玉箜篌想的不一样，并没有眼泪，只有满眼漠然，仿佛一瞬之间，她也剥去了某种面具："素素心悦唐公子，但不可得，除非尊主旗开得胜，属下立得绝世功劳，否则均无此能耐，祈求尊主将此人赐予属下。"

玉箜篌凝视着她："是吗？"

"是的。"白素车漠然道，"唐公子心思莫测，素素自知无法与之心意相通，既得不到心，得到人也是好的。"她的眼睛陡然睁大，看向玉箜篌，"不可以吗？风流店多少女子为柳尊主那绝世琴艺、无双容颜癫狂，我只不过看上了另外一个！不可以吗？"她反瞪着玉箜篌，"即便是蝼蚁，也有妄念，何况我是人！"

玉箜篌笑了笑，竟并不生气，他摸了摸白素车的发髻："你倒是让我大开眼界……告诉我——你心悦唐俪辞，和你收着一环渡月有什么关联？你隐瞒了我什么？"

白素车缓缓合上眼睛："尊主不杀我，我才能说。"

"嗯，我今天不杀你。"玉箜篌微笑，"说吧，你收着一环渡月做什么？"

白素车道："我盗走了池云的尸体。"

玉箜篌一怔："什么？"

白素车面无表情地道："这柄一环渡月，正是从池云的尸体上得来的。"

玉箜篌真的惊奇了："你盗走了池云的尸体？你莫非还想以此要挟唐俪辞？那尸体在何处？素素啊素素，你真是令人刮目相看，我不杀你——"他突然心情甚好，似是被唐俪辞连环设计，害他破去神功的阴霾突然消散，"这绝妙好计，我竟从未想到过。"

"池云的尸体不腐不败，十分奇怪。"白素车仍是面无表情，"被我沉入了冷翠峰的寒潭之中。"

玉箜篌一瞬间已想出了十七八条如何以此拿捏唐俪辞的妙计，心情大好，他在白素车脸上捏了捏："你心悦唐俪辞之事，他可知晓？"

白素车摇头，淡淡地道："属下身带一环渡月，便是想借机告诉他池云的尸体不腐不败，施恩于他，此刀是我自证的信物。但唐俪辞行踪难测，尚未找到机会。"

"你真是又聪明、又狠毒、又搏命……"玉箜篌松手放开她，"所以你拿出此刀去和中原剑会动手，是试图引出唐俪辞，告诉他池云在你手里？却奈何唐公子他便是不来，浪费了你种种设计。"

"是。"白素车莹白的下巴被玉箜篌捏出了几指青黑的瘀痕，她并不在意，垂下头来。

103

"你把池云的尸首从那寒潭里给我运来,然后找人告诉唐俪辞,十日之后,请他到飘零眉苑见我,否则我就把池云的尸首一把火烧了。"玉箜篌笑了起来,"他这人也是又聪明、又狠毒、又搏命……但就是非常恋旧,浑身都是破绽,偏又假装没有。"

话说到此处,碧涟漪已经退到了庭院门口。

飘零眉苑沉入地下,那原本的庭院已成了个偌大的洞窟,洞窟壁上点着铜制的油灯,绝大多数灯座都已发绿,这些机关设置多年从未用过,而它们的主人早已死了。

虽然碧涟漪退到了庭院门口,玉箜篌根本不把一个武功全废的碧涟漪放在眼里,"万里桃花"还缠在碧涟漪身上,手一抖,"叮当"一震,他便把碧涟漪凌空拉起,向王令秋脸上扔去。

王令秋吓了一跳,手忙脚乱地将碧涟漪接住。

"万里桃花"又收了回去,玉箜篌不再理睬二人,往他的寝宫走去。

碧涟漪从"万里桃花"的银丝长链中脱身,又和王令秋过了几招,方才被王令秋点中穴道擒下。白素车站在一旁低头看着自己手心的血痕,脸色苍白,一言不发。

过了片刻,王令秋已将碧涟漪带走,整个光影暗淡,四下里鬼火幢幢的庭院之中,只有白素车还站在那里。

她低着头站了很久,仿佛失魂落魄。

又过了好长一段时间,她收起断戒刀,往外走去。

经过圆形门洞时,她袖袍一垂,自门边一晃而过。

王令秋将碧涟漪带回自己的住所,碧涟漪被玉箜篌"万里桃花"震伤,又被王令秋点穴,胸口伤口破裂,血流不止,已是奄奄一息。王令秋举起一盏油灯,往他脸上照着,长眉垂落,也不知在想些什么。

碧涟漪闭目待死,王令秋对着他照了半晌,突然开口道:"'北中寒饮'无药可救,和'蜂母凝霜露'不死不休,你是想活,还是想死?"

碧涟漪不答,一动不动。

"我可以把你炼成一颗毒丸。"王令秋缓缓地道,"'北中寒饮'之毒,即使把你烧成灰烬也不能祛除,若玉箜篌吃了你这颗毒丸……那他武功尽废,死在癫狂的普珠手中也不无可能,你愿意赌一赌吗?"

碧涟漪睁开眼睛,发出一声冷笑:"把我炼成一颗毒丸,还需毒丸心甘情愿吗?"

王令秋微微一笑,甚是慈和:"你若不愿,老衲可以送你出去,另外炼一颗毒丸。"

碧涟漪皱起了眉头,他终于看了这害人的光头老者一眼。

王令秋举着油灯,在昏暗的灯光中,他的表情晦暗不明。

"你究竟是什么人?"碧涟漪淡淡地问。

"少林寺的仇人。"王令秋回答,"老衲有恩报恩,有仇报仇,既不多拿一分,也不少还一毫。"他一脸平和慈祥,"碧落宫和我无冤无仇,杀你毫无益处。宛郁月旦锱铢必较,狼子野心,我可以不杀你,送一个人情给他,但你需替我传一句话。"

碧涟漪不答,心下颇为惊讶。

这古怪的施毒老头和玉箜篌不是一条心,这人究竟是谁?

"你告诉他——碧落宫欲求之事,可与六王共谋之。"王令秋缓缓说道,"至于玉箜篌,他中了唐俪辞的计,把一身功力大半传给了狂兰无行,如今已是半个废人。要杀玉箜篌,现在就是最好的时机,而狂兰无行功力暴涨,其人神志崩溃,已然癫狂,他身中引弦摄命久矣,要杀要剐,不过唐公子一句话而已。"王令秋笑了笑,"但玉箜篌舍不得他死,唐公子恐怕也舍不得他死,毕竟世上能当真练成《伽菩提蓝番往生谱》的……能有几人?当年赵上玄的《衮雪》、白南珠的《玉骨》都不过是《伽菩提蓝番往生谱》的一篇而已,玉箜篌练的《梦黄粱》是半卷残篇,这个世上能得《往生谱》全貌的是不是唯有唐公子?但唐公子当真练成了吗?这世上当真练成《伽菩提蓝番往生谱》的人……是不是狂兰无行?"这光头长眉的诡异老者缓缓地道,"而此功练成之后,究竟有何妙用,老衲也十分好奇。万一……得见了什么奇效,唐公子怀璧其罪,罪加一等……可喜可贺。"

碧涟漪心中掀起轩然大波,这老头所谋甚大,绝非寻常人物。

王令秋见他眼色虽变,神态不惊,也有几分赞赏:"老衲先送你出去……"

话未说完,只听不远处一声沉闷的震响,"咯啦咯啦"的爆裂声节节传来,仿佛有巨物在地底深处穿行,王令秋一句话没说完,房中地面龟裂开来,

105

头顶沙砾簌簌而下,尘土飞扬,四壁摇晃,竟是仿佛有地龙翻身,要震塌飘零眉苑。

　　远处白素车的闺房之中。
　　有人站在她几乎空无一物的房中,负手端详墙上的一柄剑。
　　白素车脸色微变。
　　那负手看剑的人白衣灰发,未做半点矫饰,正是唐俪辞。
　　墙上的剑平平无奇,只是一柄青钢剑,剑柄上刻着两个小字"如松"。
　　"一柄好剑。"唐俪辞并未回头,语气甚轻,"挂在此处,你是笃定玉箜篌不会来此见你?"
　　"这世上任何人……都不该来此见我。"白素车淡淡地道。
　　"包括我?"唐俪辞回过头来,"见我,竟不欢喜?"
　　白素车道:"你来杀人,有什么欢喜不欢喜?"微微一顿,她已是恍然,"你是听见了我对尊主说的话,特意来此见我?"
　　唐俪辞微微一笑,纵然今日他未着华服,依然面若春花:"听闻你心悦于我?"
　　白素车淡淡地道:"那又如何?"
　　她竟不否认,随即又道:"我的确盗取了池云的尸体,沉在冷翠峰的寒潭之中。"
　　唐俪辞微微蹙眉,池云和梅花山二位当家的尸体,早已被他烧成了飞灰,白素车当时不在,并不知情以至于能信口说"盗取了池云的尸体"云云,但玉箜篌当时就在中原剑会,他岂能不知?为何玉箜篌却能相信,她盗取了池云的尸体?除非——
　　他眼角微微一张,抬起眼睫,自白素车的下颌,一寸一寸,往上看向了她的双眼。
　　"你……在何时——盗走了他的尸体?"唐俪辞轻声问。
　　白素车垂下眼睫,淡淡地道:"……总而言之,我盗取了池云的尸体,沉在了冷翠峰的寒潭之中。"
　　唐俪辞微微蹙眉,凝视着白素车的双眸。
　　白素车双眸一动,唐俪辞的眼神让她察觉了异样:"怎么?"

"池云的尸身早就被我一把火烧了。"唐俪辞轻声道,"骨灰都扬了。"他的视线从白素车脸上缓缓移向那把剑,"你如何盗取他的尸体?玉箜篌为什么相信,你盗走了池云的尸体?"

白素车猝然抬头,与唐俪辞视线相接,仿若刀剑相击,似能发出金铁之声:"你是说——"

"我是说……玉箜篌相信池云的尸身被盗走了——那么池云的尸身必然是被盗走了。"唐俪辞缓缓地道,语气柔和,居然似乎并不生气,"只是他当时以为是我,而他现在以为是你……"微微一顿,他轻声道,"但既不是我,也不是你——那么这中间曾经发生过什么?当时玉箜篌就在中原剑会……而我……"

他顿住了。

白素车淡淡地道:"哦,被烧成灰的是谁,你居然不知道。"

唐俪辞转目去看白素车挂在墙上的那柄剑,居然仍不生气:"那一环渡月……"

白素车打断他:"你有些奇怪。"她凝视着唐俪辞,"唐公子算无遗漏,唐公子从不气馁,池云尸身十有八九当真是被盗了,而你不知道——此事蹊跷,你居然无动于衷。"

"唐公子从不气馁,"唐俪辞道,"不错,此事我终会查清,池云尸身被盗,我烧的不知是谁,那又如何?"他终于嘴角微勾,似是笑了笑,"我终是会赢的。"

"你当真奇怪得很……"白素车皱眉,"那一环渡月是……"

她还没说明白自己手里的一环渡月是从哪里来的,骤然地动山摇,一阵难以形容的巨大怪声自地下而来,地面岩土颤抖,墙壁龟裂,头顶上的屋梁"咯吱"作响,仿佛随时都会崩裂,沙石簌簌而下。而在这惊天巨变之时,唐俪辞一闪而去,消失在她的房里。

白素车取下墙上的"如松",顺手扔进了床底。

回过身来,她拔出断戒刀,一步一步,万分谨慎地往外走。

屋外的走廊在飘零眉苑沉入地底之时就已损坏,此时正在逐渐开裂,地下的震动正在缓慢停止,但那令人心惊胆战的感觉并未消失。

几位白衣女使自远处奔来:"执令,地下……地下开裂了!"

"执令，地下赤蛇洞口岩石崩裂，泉水全部流进裂隙之中，如何是好？"

"赤蛇洞洞口开裂，那位……那位似有异动……"

"素素姐姐！山崖上裂开了一条通道！"

最后一个狂奔而来的白衣女子年纪甚小，不过十三四岁，也未佩戴面纱，她满脸惊慌失措："中原剑会不知使用了什么办法，在山崖上弄开了几道裂缝，然后我看见山崖上的大石头就掉下去了！"

白素车听闻了前面的几句话都尚面无表情，骤然听闻最后一句，连她也呆了呆，不可置信地问："什么掉下去了？"

白衣少女比画着："就是那些怪人在山壁上弄开了几条裂缝，然后赤蛇洞附近的悬崖……悬崖上的蟾月台就掉下去了，赤蛇洞就靠近那片山崖，所以它就被蟾月台撕……撕开了，我亲眼看见的！"

白素车乍然回身，赤蛇洞外的山崖上，有一块二丈来高的巨岩，仿若一只蟾蜍突出于山崖之外，名为"蟾月台"。蟾月台上下都无通路可达，唯有飘零眉苑下沉之后，那多年前挖过的洞穴受到剧烈震动，裂开了一条缝隙直达蟾月台。

这年幼的白衣少女名叫青烟，是温蕙的师妹，年不过十四。她们二人都是青城派的弟子，也非掌门东方剑的嫡系，只是东方剑师弟的记名弟子。就如江湖中万千门派内众多的少男少女，惊才绝艳的不过一点火花，绝大多数都是这般平平无奇的少年，怀揣着一点期待和万般茫然，与江河日月一道，逐浪东西流。

青烟跟着温蕙加入风流店，年纪不大，人倒是杀了不少，和官儿玩得挺好。后来官儿死在了望亭山庄，青烟伤心了好一阵子，四处打听是谁杀了官儿，但谁也不知道。

近来飘零眉苑沉入地下，玉箜篌重伤而归，柳眼听说被唐俪辞救走，始终不见踪影。白衣女使对柳眼痴情者众，思念日深，玉箜篌不会引弦摄命之术，小红离去之后，白素车掌控诸人，她也是心狠手辣，对红衣女使、白衣女使都下了重药，导致诸位女使神志不清、疯疯癫癫，有些甚至饮食起居都需要有人服侍，中毒最深的几人几乎成了只知杀人的傀儡。

而青烟因为年纪还小，武功也不高，被指派去服侍一众红衣女使，故而神志还算清醒，也未戴面纱。今日她偷懒想上蟾月台去玩耍，却突然看见蟾月台上下潜伏了十来个黑衣人,也不知这些人做了些什么,蟾月台左右陡然出现了两道裂隙,随即裂隙快速扩大,那巨大的岩石缓缓下沉,轰然巨响之中,在山壁上撕开了一个大洞。

随着蟾月台下沉,飘零眉苑原先的裂隙出现在天光之下。那些黑衣人往裂隙中掷入雷火弹,只听地动山摇,黑火弥漫,夹杂着明暗不定的爆燃之光,青烟吓得魂不附体。等烟尘散去,狭窄曲折的天然裂隙已经被炸开了半人高的洞口,那些黑衣人也已不见了踪影,不知是闯入了飘零眉苑之中,还是已经悄然退去了。

白素车听她语无伦次地说完,衣袖一抖,衣袖中有铃"叮当"三响,声音虽细,却传得十分遥远。几位面罩轻纱的红衣女子自碎裂的石壁后缓步而出,姿态僵硬,站在了崩塌的洞口处。

"若有人闯关,格杀勿论!"白素车下令,随即往飘零眉苑深处赶去。

中原剑会果然不会放弃碧涟漪,这等神鬼莫测的手段破山强攻,是她未曾想过的。而既然中原剑会悍然破山,那唐俪辞岂能不借机行事?

玉篌篌重伤在身,鬼牡丹尚未折返。

此时不杀,更待何时?

她向着玉篌篌的寝殿匆匆赶去,但玉篌篌沉下飘零眉苑,当真只是在山中坐以待毙吗?

她不知道。

正如此前她无论怎样设法,也不知道在普珠身上发生何事,也不知道王令秋什么时候和风流店同流合污,也不知道玉篌篌的"重伤",究竟是真是假。

她的立足之地,还是太卑微弱小了。

白素车想到此处,细长的柳眉一皱,袖中一物落到手心。

那是一枚黑色小石头,看似平淡无奇。但白素车知道,这是碧落宫在猫芽峰上久居之时,高寒山脉之巅独有的碎石。

碧涟漪在玉篌篌庭院的门口放下此石,必是为引路之用。

他一路放下的也必不只有这一枚。

"啪啦"一声微响,那枚黑色小石,掉落在玉篌篌寝殿门口。

王令秋和碧涟漪话说到一半，骤然地动山摇，房中地面突然裂开一条极深的裂隙，随即裂隙底下沙石激扬，几个人从裂隙里跳了出来。王令秋一怔，碧涟漪反应快极，他虽然手上无力，却是抓住王令秋的衣袖，猛然一拽。

王令秋年事已高，被他一拽，摇晃了一下。

自裂隙里跳出来的人长剑一点，剑刃径直架在了王令秋颈上。

王令秋反手擒拿，一把扣住了碧涟漪的右手命门，这才抬起头来。

一剑出手差点要了他命的人一身黑衣，正是成缊袍。

成缊袍制住此人的时候也没想到居然歪打正着，是这长眉老头，眼看他手扣碧涟漪的脉门，眉头一蹙。

在他之后跳出来的是孟轻雷，一看成缊袍一剑制住了王令秋，孟轻雷大吃一惊之后大喜过望，眼见碧涟漪脸色惨白，连忙将他扶住，自怀里摸出一颗丹药，塞入了碧涟漪口中。

王令秋冷笑一声，将碧涟漪的脉门死死抓住，五指在脉门上抠出了五道血痕。那些血血色偏暗，与平时所见并不相同。只听王令秋宣了一声佛号："阿弥陀佛……诸位施主，老衲与诸位是友非敌，对玉箜篌是欲杀之而后快……"

成缊袍充耳不闻，此人对碧涟漪痛下毒手，绝非善良之辈，剑下一拧，一股冰寒内力透体而入。王令秋只觉浑身一寒，手指僵麻，不得不放开了碧涟漪。

救回碧涟漪竟如此顺利，连孟轻雷都觉得不可思议，但救人到手不过开始，既然已经破山而入，除了带碧涟漪回去，他们更要试一试，玉箜篌——能杀——或是不能杀！

没有唐俪辞，中原剑会便不能直撄锋芒吗？

剑者，三尺青锋。

杀身成仁，舍身取义。

荡天地正气，立人间圣道。

剑客，正应以此为行。

五人将王令秋点住穴道，清出他衣袋中各种各样的瓶瓶罐罐，药粉毒囊，许青卜抖开一个大布袋，将王令秋捆住手脚，塞了进去，背在背上。

孟轻雷亦将碧涟漪背在背上。

他们计划兵分两路。

许青卜、齐星和孟轻雷要将这二人送回中原剑会,而成缊袍与古溪潭准备随碧涟漪留下的磁石路引,深入风流店内——杀玉箜篌。

轰然巨响,四壁颤动。

盘膝坐在床上调息运功的玉箜篌双眼一睁,袖袍一卷,一件紫色外衫落在他身上,"万里桃花"随外衫叮当微响,卷进了袖袍之内。紫色衣袍刚刚落在他身上,他卧房的大门轰然碎裂,千千万万点木屑如芒钉般当面射来,一道剑光乍然一亮,照亮芒钉的影子,在玉箜篌身后投下千万点黑影。

剑光已至,直落眉梢,玉箜篌方才听到飒然一声微响,如月之将落。

他垂眉闭目,骤然双袖一张,紫袍双袖舒然展开,将木门所碎的芒钉甩开,袖中"万里桃花"疾射而出,"叮"的一声缠住劈面而来的长剑,随即侧身滑步将它往前一带。

那亮如月色的一剑被"万里桃花"带偏,剑上强劲的真力四散迸发,将落未落的芒钉被剑上真气一激,倒射出去。只听在地动山摇之间,夹杂着沉闷的夺夺之声,数十枚芒钉钉入墙内,其中有数枚往玉箜篌腰间射去,射中玉箜篌那件紫袍,未入分毫,应声跌落。

玉箜篌身穿的紫袍也非凡物。

持剑人白衣如雪,正是唐俪辞,看了一眼玉箜篌的衣袍,这正是和飘红虫绫一样的材质,只是以贝壳之芯染成了紫色。这一剑皎如日月,气势凛然,但被"万里桃花"一缠带偏,击中了对面墙壁。那墙面本就因地动而裂开了缝隙,被他砍了一剑,土崩瓦解,赫然露出了墙背后的东西。

墙壁背后有物闪闪发光,却是一个巨大的囚笼。

那东西本来嵌在墙内,仅有一个小门与玉箜篌的寝居相连。唐俪辞一剑斩落,墙壁乍然崩塌,连墙后的囚笼都被他刚劲劈开,堪称惊世一剑。

随着烟尘散去,囚笼中那人原本垂眉闭目盘膝而坐,现在正缓缓抬起头来。

玉箜篌手握"万里桃花",站在一旁微微一笑。

唐俪辞手持之剑犹如一泓秋水,但见剑刃上细细刻着一行小字"人生何处不离群",这柄剑名为"离群",是屈指良少年时的配剑之一。此剑本是四剑一组,其余三剑都折了,独留此剑,屈指良寻了巧匠将它重铸,名为"离群",大约是有追思之意。

但后来此剑被屈指良扔了,中间发生了什么,后人已无从得知。

此剑究竟是如何辗转落到唐俪辞手上,也无从得知。

但离群剑仍旧是一柄利器。

唐俪辞利器在手,刚才全力一击,砍碎了玉箜篌身后的墙中囚笼。

笼中人缓缓抬头。

唐俪辞缓缓向后退了一步。

他退这一步,是要与笼中人、玉箜篌位成三角。

这笼中人不是别人,正是狂兰无行。

在唐俪辞的算计之中,狂兰无行此时应当与玉箜篌两败俱伤,玉箜篌一旦发现他的功力为狂兰无行所用,定要发狂。

但玉箜篌将狂兰无行锁在这稀奇古怪的铁笼之内,竟似也没有对他多加折磨,甚至狂兰无行的功力只增不减,只是缓缓抬头,他周身的衣袂随之飘起,一股灼热的真气四散扬起,仿如有无形之焰,正猎猎于虚无之中。

在他抬头之后,唐俪辞已经看清——玉箜篌将他双耳刺聋,并在他双耳上钉上了一串银铃。

以狂兰无行狂艳如鬼的长相,双耳上各悬了一串银铃,既张扬又诡异。而玉箜篌如此做法,其一是为了让狂兰无行听不到唐俪辞的控弦之声,其二是就算唐俪辞有什么古怪法门能让狂兰无行聋了也能听见乐曲之声,那串钉在耳骨上的银铃就能扰乱乐曲,让狂兰无行脱困。

而双耳已聋的狂兰无行,神志早已错乱,他已听不到引弦摄命的琴声,也分不清唐俪辞或玉箜篌。他盘膝而坐,左手握一柄长戟,缓缓抬起头来,一双森然的眼睛盯着唐俪辞。

也说不上在他眼中,此时此刻究竟看见的是什么。

玉箜篌见他如此反应,已知唐俪辞果然再控制不了狂兰无行,微微一笑:"音杀之术……毕竟不是全无破绽。"一顿之后,他又是一笑——以他目前俊朗的长相,做那小女子姿态的一笑实在狰狞可怖,他自己却并不觉得,"但王令秋的'三眠不夜天'可以让他疯上加疯……哈哈哈哈……"

他越笑越开心,"在他更疯了的三个日夜之内,我告诉他谁是主子、谁是敌人——你也当过他的主子——此时此刻就看这出自《伽菩提蓝番往生谱》的妖物究竟听谁的话——要谁的命!"

随着他纵声长笑,狂兰无行站了起来,双手握戟往前横扫。一阵炽热的微风掠过,"咯咯"作响,地上砖石崩裂,长戟在唐俪辞足前三寸之地,生生划开了一道深达寸许的痕迹。

那条裂痕开裂之后,甚至有一瞬冒出了黑烟,仿佛土地沙石之中有什么易燃之物被这灼热的真气点燃,而后化为乌有。

唐俪辞手中离群剑一剑横扫,将魉魅吐珠气的灼热荡开。狂兰无行眼见这一泓秋水似的剑光,眼中微微一亮,战戟戟刺一推,往唐俪辞脸上刺去。

狂兰无行这战戟极长,戟刺和刃都为金中带红之色,不知是何种古怪材料,亦有可能淬毒。唐俪辞横剑格挡——"叮"的一声,离群剑居然架住了狂兰无行的战戟。此剑材质极佳,而唐俪辞手上劲道亦刚猛异常,剑戟相交,势均力敌。他与狂兰无行势均力敌,玉箜篌的"万里桃花"已悄然放开,横扫半个寝殿。唐俪辞仗剑破门,以雷霆万钧之势要杀他,玉箜篌怎能放过他!"万里桃花"的细丝荡过一闪婉约纤细的光,一息之间就卷在了唐俪辞腰上!

而这时,唐俪辞刚刚挥剑架住狂兰无行的戟刺,那"叮"的一声才堪堪抵达玉箜篌耳边。

玉箜篌露出微笑,这猝不及防的一荡一扫,是"万里桃花"的一记杀招,名曰"落英"。"万里桃花"缠住唐俪辞的腰,玉箜篌手上一扯,若是唐俪辞无所防备,这细丝一勾,必能把他拦腰切成两半。

唐俪辞旋身一转,腰间红绫飘起,伴随着"叮当"之声。在那刀剑难伤的红绫之下,他居然还配了一副金丝软甲在白衣之内。玉箜篌手上加劲,"万里桃花"的细丝紧紧勒入软甲,意图以力破甲。而狂兰无行一戟突刺未果,长戟"呼"的一声抡了个圈,戟刺上蓦地燃起若有似无的黑焰,戟刺的上刃对着唐俪辞的颈项横扫而去。

黑焰在灯火昏暗的寝殿之内乍然发亮,仿佛狂兰无行战戟上抡开了一瓢烈酒。唐俪辞腰身被锁,戟长剑短,仿佛一瞬之间就落入了必败之地。然而"铛"的一声金铁交鸣,他仗剑横挡,离群剑架在战戟的上刃弯曲之处,居然硬生生地把狂兰无行的战戟往外推出了一寸。

这说明他这一剑横挡，剑上刚猛之力，超出了战戟横扫之力。

但战戟上若隐若现的黑焰掠过他的眉眼，见唐俪辞额前发丝燃起黑火，几缕灰发化为灰烬，随风散去，只差分毫就伤及双眼。而玉箜篌使出全力，"万里桃花"在唐俪辞腰上又绕了几圈，虽不能将他勒死，却也牢牢拖住了人。

狂兰无行两招失手，微一侧头，耳边银铃"叮当"作响，也不知道他听见没有，左手戟收了回来，重重一顿，将长戟往下一插。战戟落地，地上的青砖寸寸龟裂，烈焰随之而起，那战戟之内也如唐俪辞之前所设计的，加入了易燃的油脂。这却是玉箜篌从唐俪辞那里现学的，狂兰无行的灼热真力与火油正是相辅相成的，此时战戟落地，长杆内的油脂随劲风喷溅而出，被火毒真气点燃，只见寝殿内火蛇四窜，瞬息之间就点燃了床榻和帷幕。

玉箜篌微微一笑，"万里桃花"精巧的一勾一挑，剑尖将唐俪辞腰间激荡而起的飘红虫绫一端挑起。唐俪辞剑势未收，硬刚狂兰无行之后他还往前踏了一步。

就在此时，玉箜篌出手如电，抓住了被"万里桃花"挑起的飘红虫绫一头，手腕一翻，将它牢牢缠在手中。此时他左手"万里桃花"，右手飘红虫绫，左手一抖，"万里桃花"前端的小剑受玉箜篌真气所激"嗡"的一声射入烈火正焚的墙柱，穿柱而出，随即力尽跌落，正好卡在柱后。

唐俪辞往前一步之后，玉箜篌的"万里桃花"已在他腰上绕了几圈，此时一头卡在墙柱之后，一头掌控在玉箜篌左手。而唐俪辞自己的飘红虫绫一头尚缠绕在腰上，另一头在玉箜篌右手上，唐俪辞就像一只落入蛛网的猎物，被三条锁链牢牢定在当场。

而刚刚被唐俪辞震退一步，落戟收势的狂兰无行一声低吼，燃起满地毒焰，背身挥臂，又是一记横扫，正对唐俪辞前胸而来。

玉箜篌面露微笑，双手紧握，牢牢绷住"万里桃花"和飘红虫绫，三条长索绷紧，唐俪辞蓦然回首，灰发披面，却是连转身都转不过来了。

但灰发掠面而过，烈焰浓烟浓淡之间，玉箜篌没有看见他变色，倒是看见他眼角微微一挑，似笑非笑。

那绝非入了绝境的眼神，玉箜篌心里一凛，但双手拉紧"万里桃花"和飘红虫绫，不能放手。此时，狂兰无行战戟沾染着毒焰而来，唐俪辞猛然旋身——一转、再转——

　　唐俪辞不但不尝试去解开那两条禁锢住他的长索，反而旋身将那两条长索往回缠绕。玉箜篌被他猛地一拉，往前连进数步，而射入墙柱的小剑被唐俪辞这么蛮力拉扯，自燃烧的墙柱中破柱而出，随着墙柱崩裂倒塌的轰然巨响——脱困的"万里桃花"的剑尖落入了唐俪辞手中。

　　玉箜篌一身功力的确十之七八都渡给了狂兰无行，此时内力、掌力都敌不过唐俪辞，眼见唐俪辞仗着金丝软甲将"万里桃花"往腰上缠绕，饶是玉箜篌这等人物都不禁变了脸色。"万里桃花"的细丝那是杀人如麻的利器，并非什么锦衣玉带，唐俪辞竟然敢把它往腰间反缠——而"万里桃花"所卡住的墙柱乃是寝殿的顶梁柱，一旦被毁，整个寝殿就会崩塌——他竟敢——一念未毕，墙柱被唐俪辞强行拉扯崩塌，半个屋顶"咯咯"作响，即将塌陷。而自己被唐俪辞旋身之力往前不断拉扯，玉箜篌尚未想得明白，狂兰无行的战戟已经轰然到了他的面前。

　　唐俪辞几个旋身，已经把玉箜篌拉到了身前，玉箜篌一念之差，不及放手，竟被唐俪辞当作了抵挡狂兰无行那一戟的人盾！这从放任自己被玉箜篌卷住，到几个旋身将他拉扯过来，再到崩断墙柱抢夺"万里桃花"——玉箜篌竟分不清是谁设计了谁？战戟当胸，玉箜篌不得不放开"万里桃花"和飘红虫绫，自怀里拔出一把短剑强架狂兰无行一剑！

　　只听"铛"的一声闷响，玉箜篌连退七八步，一口血喷了出来，右手虎口崩裂，血流如注。

　　他功力退减已是无法掩饰，而唐俪辞卷着他的"万里桃花"，轻巧地避到了一边，手握银色细丝一抖，"万里桃花"的小剑绕着唐俪辞转了几个圈，仿若翩跹蝴蝶，最终落入了唐俪辞右手掌心。唐俪辞未再收回一段散落的飘红虫绫，那一段飘散荡开的红色丝缎洒落在地，他足踏红绫之上，身周烈焰升腾，灰发与黑烟同舞，一侧头，对着玉箜篌微微一笑。

　　随即，轰然一声，寝殿崩塌，将三人一起埋入了砖瓦碎石之中。

　　成缊袍和古溪潭两人循着碧涟漪留下的磁石标记，追踪到了玉箜篌寝殿之外，尚未来得及进入，只见寝殿内烈焰四起，熊熊自门窗冒出，随即轰然塌陷。

此处乃是地底，虽然飘零眉苑是由设计好的机关通道落下，其顶上并非完全的黄土，但蟾月台跌落导致的山体震动让山中沙石松动，寝殿支柱垮塌，引发周围沙石崩落，将玉箜篌的寝殿完全埋入了落石与泥土内。

成缊袍与古溪潭面面相觑，但见眼前烟尘弥漫，鼻中仍旧闻到毒焰特有的古怪气味，却不知玉箜篌人在何处？两人捂住口鼻，一起落身在寝殿砖石之上，侧耳倾听地下的动静。

这烈焰熊熊，随后寝殿垮塌的模样，显然是有人在里面大打出手，却是谁会在中原剑会闯入飘零眉苑之时抢先动手？成缊袍心下有所怀疑，凝神倾听，只听砖石下依稀是有动静，却不知是谁。

正在迷惑之际，土下一戟伸出，成缊袍反应极快，挥剑便挡，"铛"的一声却见那土中伸出的长戟上染有焦油，"呼"的一声火焰陡然生出，点燃了成缊袍的衣袖。

古溪潭大吃一惊："师兄！"他拔剑向那长戟刺去。

成缊袍挥袖让火焰熄灭，脸色慎重，在古溪潭肩上一拍："回来！"

古溪潭听话地撤剑："师兄，他是……"

"狂兰无行。"成缊袍淡淡地道。

随着一戟挥出，崩塌的寝殿废墟上砖土猛然爆开，一人猛地跃出，正是狂兰无行。狂兰无行身后魑魅吐珠气扬起，成缊袍和古溪潭只见那弥散的沙石和未散的毒雾在他身后飘浮不定，仿若百鬼将成。随即，魑魅吐珠气和战戟的金红色刃光一起当头罩落，成缊袍和古溪潭一起大喝一声，挥剑抵挡，双方一触即分，成缊袍和古溪潭被狂兰无行一戟震得横飞出去，古溪潭背后撞上寝殿前的走廊残壁，虽然他只是被战戟的澎湃巨力震荡了一下，却是狂吐鲜血。

他苦练十余年的武功，在狂兰无行面前，竟是一文不值。

这一戟主要是成缊袍接下的，他与狂兰无行内力相接，虽然不至于重伤，却也是气血翻涌，骇然失色。

眼前魑魅吐珠气非但将他师兄弟二人一起横扫了出去，甚至将半垮塌的通道再度震塌，狂兰无行本来就形如妖魔，再度从砖石土木中钻出的样子，越发和妖魔鬼怪一般无二。

这人的武功竟然精进如此。

成缊袍生平第一次，过手一招之后，已失了锐气，生出了寒意。

而狂兰无行在这里，玉箜篌在哪里？成缊袍心念一转，寒剑凄霜一招"胡烟白草"，对着满地废土扫出气势磅礴的一剑。

剑气所及，将那满地沙土掀飞，狂兰无行被沙石掩目，战戟横扫，带着疾风画了半圈，扫开了飞扬的沙土。

"胡烟白草"之后，沙土里再度钻出一个人，这人满脸是土，成缊袍一看这是个陌生人，再看此人狼狈不堪，嘴角带血，显然正是方才和狂兰无行在屋里过招的人。他横剑将此人挡在身后："朋友，虽不知朋友何人，但与飘零眉苑为敌，便是我中原剑会的朋友。你且退开。"他明知不敌，却仍然牢牢盯着狂兰无行，"退开！"

古溪潭捡回刚才脱手的长剑，与成缊袍并肩而立，准备再接狂兰无行一戟。

那位从土里爬出来的"朋友"手里抓着一柄短剑，正摇摇晃晃地站起来，听闻成缊袍喊他"朋友"，笑了一声，一剑往成缊袍背心刺落。

成缊袍乍觉身后劲风不对，那短剑快极，已经入后心寸许。古溪潭一声惊呼，出剑招架，将那位"朋友"的剑挡开。成缊袍怒极回身，却见那"朋友"袖袍捂脸，一声诡笑，已消失在漫天烟尘之中。

惊鸿一瞥之际，成缊袍认出那人的身法，不可置信地怒喝："玉箜篌！"

玉箜篌做西方桃打扮时，顶着薛桃的面貌，长年累月一身粉裙。成缊袍只知他在和任清愁动手之后重伤，怎知此人变成了这般模样？更不会想到他竟然和狂兰无行在屋里动手，打出了这等威势，绝非装模作样，如此说来，那与飘零眉苑为敌的人，竟是狂兰无行？成缊袍一边运气止血，一边满心的不可思议。

古溪潭自己伤重，成缊袍又被玉箜篌一剑刺伤，两人回过头来，只觉通道中逐渐灼热，浓烟和烈焰让人头昏眼花，烈焰越烧越旺，古溪潭居然分不清周围明暗翻涌的是狂兰无行的魑魅吐珠气还是火焰的残影。

成缊袍缓缓吐出一口气，后心的伤口虽无大碍，却影响他的体力。玉箜篌已经重伤，却在他一念之差下逃走，成缊袍只恨自己眼拙，竟没有认出这魔头。而此时此刻，他却不能分身去追那魔头。

师弟重伤在身，而狂兰无行那柄中空浸润了油脂的战戟终于起火，戟刃上黑红色的毒火熊熊。

成缊袍看见狂兰无行似乎也向着玉箜篌逃脱的方向看了一眼,随即他手中的战戟寸寸开裂,点点毒焰伴随着碎裂的长戟,仿若漫天烟花,向着他和古溪潭罩落。

玉箜篌掩面而去,身法快如鬼魅,然而他三起三落,已经转入了飘零眉苑数处机关门墙之后,却突然叹了口气,停下脚步,柔声道:"成缊袍和古溪潭说不定要一起死了,你居然不去救人,非要杀我?"

他回过身来,右手虎口鲜血长流,刚才被狂兰无行震裂的伤口仍然在流血。

然而地上滴的血并不只是他的右手。

还有来人的金丝软甲。

鲜血也一点一点地沿着来人金丝软甲的边缘滴落在地,方才"万里桃花"缠腰,拉回玉箜篌强行架住狂兰无行的战戟,来人并非全无损伤。

唐俪辞一身白衣,腰间染血,每走一步,地上尘土隐约便被鲜血浸润。

他右手离群,左手"万里桃花"。

一步血染污明月。

万里桃花不尽歌。

这一步而来,便是要分生死了。

玉箜篌静心凝神,调息屏气,紧盯着唐俪辞双手,他全身残余的功力不过十之二三,但仍有信心——

"嚓"的一声微响,唐俪辞双手未动,一物乍然出现,射入玉箜篌的胸口。玉箜篌一口鲜血喷出,单膝跪地,惊骇至极地瞪着唐俪辞——唐俪辞手中剑仍旧紧握——方才唐俪辞双手兵刃,蕴势而来,居然是唇齿微微一张,口含暗器伤人!他这——

他这未免——

欺人太甚!

唐俪辞侧头,吐掉了方才含在口中的暗器,微微一笑。他方才一直不说话,便是因为含着这杀人利器。

玉箜篌看着那精巧的东西"叮当"一声落地,含血呛咳了一声:"香兰笑——"

　　那落地的机簧形如兰花，其中一点箭心淬有剧毒，又带多重倒刺，入肉之后根本拔不出来。玉箜篌捂住箭创，咬牙切齿，若是他功力还在，自能逼得这东西倒射而出，也能将毒物大半逼出，不至于要了自己的命，但此时此刻力有不逮，这"香兰笑"说不定真的能要了他的命。

　　"你……"玉箜篌边咳边笑，"唐公子为了杀我，不惜以身相殉吗？"

　　这阴损暗器含在嘴里，还淬有剧毒，自然是两败俱伤的暗器。此物曾经有十二枚，乃是死士暗杀的名器，听闻世上最后两枚"香兰笑"都存于"落魄十三楼"。唐俪辞既然可以重金买沈郎魂，自也可以重金买"香兰笑"，甚至于十三楼内各种传世奇珍，唐公子愿意用什么杀你，但看他愿意为你花多少钱。

　　虽然玉箜篌已经跪地，胸口为"香兰笑"所伤，身中魑魅吐珠气，但唐俪辞并不靠近。唐俪辞举起离群剑看了几眼，轻轻地咳了一声，慢慢地道："你身上有'小玲珑'，虽然唐某百毒不侵，却也不想冒险。"于是，玉箜篌看着他以"万里桃花"的细丝扣住离群剑的剑柄，左手拉起细丝，仿若开弓射箭一般，将离群剑的剑尖对准了自己。

　　玉箜篌怒动颜色，"哇"的一声，又一口血吐了出来。

　　"平心静气。"唐俪辞慢慢地道，"死……是很快的。"

　　言罢，他松手放剑，啸然一声，长剑破空而出，疾射玉箜篌胸口伤处。

　　玉箜篌捂胸一个翻身，着地打滚。离群剑力有万钧，掠过玉箜篌的肩头钉入他身后的地上！毫厘之差，玉箜篌便要被离群剑钉死在地。但这一剑并未完结，纠缠在离群剑剑格上的"万里桃花"小剑因离群剑入地的撞击之力反弹出去，剑后细丝倏然拉长，在空中荡开了一个大圆，随即"嗡"的一声回旋倒飞，勒向玉箜篌的颈项！

　　玉箜篌胸口重伤中毒，内伤深重，刚刚勉力避开了离群剑那一记飞剑，虽然明知唐俪辞步步算计，绝不可能仅此而已，却也再避不开"万里桃花"的倒撞回绕。眼见"一桃三色"的成名兵器即将要了他自己的命，唐俪辞眉间微挑，似笑非笑。

　　银丝缭绕，卷向玉箜篌苍白的颈项，玉箜篌跪伏在地，仿佛已是必死无疑。

"轰"的一声巨响,他身后的土墙爆裂,一人破墙而出,一把抓住地上的玉箜篌,将他甩在了背上。"呼"的一声,"万里桃花"卷空,拉动地上的离群剑一起倒弹入唐俪辞的手中。

唐俪辞袖袍一拂,仪态端然优雅:"要见你一面真是不易,纪王爷。"

土中一跃而出的人并非方平斋,乃是一名魁梧的光头大汉,正是少林寺中离奇消失的大识禅师。此时他做还俗打扮,穿了一身暗红短打,肌肉虬张,相貌威武,和在少林寺的模样大不相同。

走在大识禅师身后的人轻袍缓带,穿了一身玄色暗服,正是方平斋……或者说柴熙谨。

"唐公子。"柴熙谨对唐俪辞颔首,神态雍容华贵,仿佛"方平斋"此人从不存在。那摇头晃脑、啰啰唆唆的红扇公子似是此人生平的一场大梦,现在柴熙谨挺直了背,沉敛了眉眼,说话的气息也和从前全然不同。

"我在一旁看了很久,"柴熙谨表情平淡,"唐公子至今不杀此人,我本是不解……"他凝视着唐俪辞,"然后我突然明白,你不杀此人,比杀了此人……更居心叵测。"

"何以见得?"唐俪辞的手指自那青空色的离群剑剑刃缓缓滑过,似在轻抚什么珍爱之物,"万里桃花"已卷入衣袖之中,在雪白的衣袖上溅上了几条纤细的血痕,仿若暗色竹枝,煞是好看。

"你想看的……是你扔了这么大一块香饵,最终是谁出面吃了它——取而代之,接替玉箜篌掌风流店之权柄?"柴熙谨道,"最好我等争权夺利,自相残杀,便省了唐公子许多手段。"

"纪王爷既然如此说,想必是不肯争权夺利、自相残杀了。"唐俪辞垂下长剑,"但此人害你白云沟满门忠烈,你竟不想……"

他还没说完,柴熙谨已然变了脸色:"你说什么?"

唐俪辞一字一字慢慢地道:"赵宗靖率军踏平了白云沟,他是为平叛而来,他如何得到的消息?是谁?"他往前踏了一步。

柴熙谨本能地想后退,但终于忍住,没有后退,他盯着唐俪辞的眼睛。唐俪辞任他看着,眼里波澜不惊,无悲无喜。

柴熙谨盯了他一会儿,又问了一遍:"你说什么?"

唐俪辞道:"我说——赵宗靖平叛而来,杀了你白云沟满门……是谁告诉他白云沟的消息？"

柴熙谨缓缓挺直了背脊，突然笑出声来："哈哈……"有一瞬间，他仿佛笑出了方平斋的声音，随即他拂了拂衣袖，"此时此刻……再议是谁，对我来说，已没有意义。"

路已经走绝，回头无岸，在赵宗靖率军踏平了白云沟之后，柴熙谨……别无选择，无路可退。

"是钟春髻。"唐俪辞并不听他的自嘲，轻声道。

这是一个出乎意料的名字，柴熙谨甚至不记得此人是谁，愣了一愣。

唐俪辞并不解释此人是谁，仍是轻声道："钟春髻与白云沟素昧平生，她既不认得方平斋，也不知晓柴熙谨，甚至前朝天子姓甚名谁她都未必知晓——她为什么飞书赵宗靖，说得知白云沟藏匿乱臣贼子，以至于两千铁骑踏平了白云沟？"他又往前踏了一步，柴熙谨缓缓向后退了半步，只听唐俪辞道，"因为信，是风流店让她写的。"

柴熙谨木然站着，过了一会儿，他点了点头。

唐俪辞轻声道："那你还不杀了他？"

柴熙谨低声笑了："哈哈……哈哈哈哈……"他身边的大识一直听着唐俪辞的说辞，却从头到尾纹丝不动，仿佛一个字也没听见。

柴熙谨道："唐公子，我白云沟并非只因为此人而死绝，我很清楚……你不要以为引诱我杀了此人，就能回头是岸。"

唐俪辞柔声道："我引诱你杀了此人，是准备引诱别人来杀你，谁要你回头是岸？"他惊奇地微微挑起了眉头，本无悲无喜的眼中因为这一点惊奇而璀然生光，让他似在这一瞬间有了魂魄，"纪王爷，侥幸还想着能不能回头是岸的人是你——"他微微一笑，"你不肯争权夺利、自相残杀，却还要日日夜夜想着能不能回头是岸？纪王爷，人入局中，善恶湮灭，四面八方……哪里有岸？"

柴熙谨蓦然盯了他一眼："这句话送给你自己。"他低声道，"大识！"大识抓着玉筝篌往墙后便走，柴熙谨紧随其后，两人消失在土墙之后。

唐俪辞并不阻拦，玉筝篌重伤至此，虎落平阳，群雄环伺，下场只会比一剑杀了更惨。柴熙谨意图拿住此人，掌控谋逆一事的主动权，但鬼牡丹背后是谁不仅柴熙谨想知道，唐俪辞也想知道。

唐俪辞去了一趟京城，仍然有些事没有查明，这对他来说，是很罕见的。

　　方平斋是纪王柴熙谨，他的白云沟被赵宗靖率军踏平，大周遗老尽数死绝，这事是赵宗靖的一件大功，并不难查。方平斋为了此事必须重启柴氏，为故人复仇，这也是理所当然。但他是做了谁的刀——是谁要借他兴风作浪？或者是说——戴着毗卢佛面具的鬼牡丹、穿黑红披风的死士、戴有皮翼会飞天的怪人，以及以毒物下场，试图掌控大半个江湖武林的风流店——他们——都在为谁作嫁？

　　如此大的筹谋，是为了复兴大周吗？

　　这是一场自下而上的诡异图谋，是有人从奇门异术中生出了野心，妄图有问鼎天下的机会……但观此人的谋术和布局，野心甚大，胆量甚小。

　　唐俪辞浅浅一笑，他手按腰间伤处，摸出来一手的血。

　　他将那沾满五指的血放在眼下细看，那只是浓稠的血色，和别人的血一模一样，并没有什么不同。

　　随即，身后一声声爆响，远处有物再度崩塌，唐俪辞轻轻吐出一口气，蓦然回头，望向身后——在极远处，成缊袍从那头摔飞了过来，撞塌了土墙，"嘭"的一声重重落在地上。成缊袍抱着昏迷不醒的古溪潭，自己也浑身浴血狼狈不堪，狂兰无行正一步步由暗处行来，而横剑挡在他们面前的，居然是郑玥。

　　与"璧公子"齐星齐名的"玉公子"郑玥，在好云山一众豪杰之中，郑玥既算不上武功高强，也算不上人品出众，连他一向引以为傲的俊俏脸皮在好云山一干俊彦之中，也不过尔尔。

　　甚至夜袭飘零眉苑，抢夺碧涟漪这等重任，红姑娘也没想过点他参与。

　　然而今夜月黑风高，成缊袍与古溪潭面对吞噬了玉箜篌八成真力的狂兰无行，惨败于毒火战戟之下，死到临头之时出手相救的居然不是唐俪辞，而是郑玥。

　　郑玥此时正全身瑟瑟发抖，他手中剑握得很紧，狂兰无行胸口中了成缊袍一剑，后背中了古溪潭一掌，但看起来毫发无损，依然仿佛妖魔鬼怪。

　　而他……而他不过是不忿今夜此行许青卜有份，自己居然不能参与？许青卜武功既没有自己高，在江南更没有自己有名，凭什么姓许的能与成缊袍一同行动，而自己不能？于是趁夜色，郑玥黑衣佩剑，一个人偷偷地摸了过来。

一路上只见飘零眉苑被落石撕开了一个大口子,那破口处居然无人把守,他一路深入,居然也无人阻拦,一路就闯入了成缊袍和狂兰无行大战的战场。

他一来,就看见成缊袍一剑刺入狂兰无行胸口,带起的劲风气浪差点把他掀飞出去。狂兰无行中剑反击,撕裂的袖袍卷起若有似无的黑气,拍中成缊袍肋下。两人双双负伤,一起后退,狂兰无行血洒当场,成缊袍被他拍飞出去,重重落在了远处。

不同的是,狂兰无行胸前中剑,屹立不倒,反而一步一血印,向着成缊袍而去。

成缊袍被他拍中一掌,挣扎了数次才勉强站起。狂兰无行一路向成缊袍走来。古溪潭已经伤重,伏在地上,眼看狂兰无行就要一脚将古溪潭踩成肉饼,成缊袍忍无可忍,勉强提起一口真气,掠过来抱起古溪潭,往后退去。

狂兰无行踏血而来,倏然加速,身后羽化的真气助他进退更快,居高临下地扑向成缊袍头顶天灵盖。他的战戟已经碎裂,五指因过度运转魑魅吐珠气而血肉枯焦,指尖都见了白骨,却依然带起黑色毒焰,往成缊袍头顶拍落。

成缊袍横剑招架,"咯"的一声脆响,寒剑凄霜剑身碎裂,成缊袍剑柄脱手,重重落地。他整个人也被狂兰无行这一击"羽化"拍得倒飞出去,即使是身不由己,他也依然紧紧护住古溪潭,人在半空仍旧袖袍一舞,挡住自己佩剑碎裂的残片,以免伤及师弟。

而后,两人重重坠地,再不能起。

狂兰无行一袖甩开寒剑凄霜的残片,抬手就待给这两人最后一击。

就在这时,远处的郑玥大喝一声:"住手!"

他纵身而来,拔剑而出,挡在了成缊袍身前。

他也不知道自己为何冲了出来,只是见成缊袍临死不屈,仍不放弃护住古溪潭,又见寒剑凄霜当场碎裂,骤然热血上头,便拔剑冲了出来。

他挡在了当世两大高手之前。

他好像知道自己在做什么。

又好像不知道自己在做什么。

狂兰无行对郑玥这一声"住手"置若罔闻，狂兰无行本就听不见，即使听见了也不会把郑玥放在眼里，只是微微一顿，一息之间，他已到了郑玥身前，那要命的五指已到了郑玥头顶。

郑玥毕竟也是少年成名，一剑向狂兰无行手腕斩去。

"啪"的一声，那剑刃斩在狂兰无行手腕上，如中铁木，只是在那焦黑的手腕上砍出来一道细细的伤口，伤口处甚至并不流血。

郑玥这一剑用足了全身功力，见状骇然变色，但他第二剑仍然向狂兰无行胸口刺了过去。他并未后退，他既来不及后退，也根本没想过后退，他只要一退，狂兰无行这一掌就直直对着成缊袍师兄弟而去了。他根本来不及想自己是不是螳臂当车，只是一剑不成，再出一剑——除此之外，当时当下在郑玥脑中便已什么都没有了。

足下踏着寒剑凄霜的碎片。

他只知道自己的剑还没有碎。

成缊袍"哇"的一声吐出一口血来，张嘴想让郑玥快走，却发不出丝毫声音。

怀里的古溪潭缓缓醒来，他看见郑玥的背影，喃喃地道："郑……郑公子？"

"嘭"的一声，四下沙石簌簌下落，在视线已经昏暗的成缊袍和古溪潭眼中，狂兰无行抓住了郑玥的佩剑，随手将它扭成了碎片，掐住了郑玥的脖子。

而后，一物凌空飞掠而来，卷住了狂兰无行的脖子，狂兰无行的脖子血线暴起。

随后气浪翻涌，成缊袍和古溪潭一起晕了过去，依稀听到有人重重摔倒之声，仿佛有几个人一起倒在了地上。

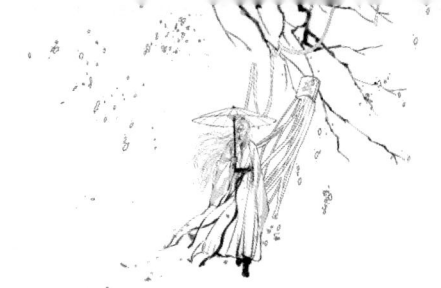

六十一 ◆ 白翎金箄雨中尽 ◆

深山古树，山苔黑石之侧，有青衣人抚琴焚香。
声传风动，轻生枉死。
生也不幸，死也不幸。

大识背着奄奄一息的玉箜篌在飘零眉苑的通道中疾走，柴熙谨如影随形，紧跟在后。玉箜篌和鬼牡丹所图甚大，而要与大宋赵氏为敌，玉箜篌和鬼牡丹身后必然有伏兵。柴熙谨不想当他人之刀，他必须搞清楚，玉箜篌和鬼牡丹逼他出山，他们的底气何在？

飘零眉苑之中，还有何人？

这地方柴熙谨熟悉至极，几番辗转，就进入了飘零眉苑最深处。

此处有许多密室，是当年他们兄弟七人练武之所，也有破城怪客藏匿的许多机关暗器。

就在即将靠近密室之时，大识和柴熙谨突然停住。

破城怪客的密室之中，缓缓走出来一名白衣女子。

来人个子高挑，脸上未戴白纱，正是白素车。

柴熙谨脸色微微一变。

白素车一言不发，身周诸多密室内均缓步走出一名红衣女子，却是红衣女使中极少出门的那几位。

那是几位武功最高、中毒最深，仿佛行尸走肉的红衣女使。

那已不是什么痴恋柳眼的痴心少女，而是几位人间魔物。

白素车看了他们一眼，淡淡地道："放下尊主。"

"玉箜篌将柳眼害得不成人形，"柴熙谨道，"诸位不但不恨之入骨，还倾力来救，不知在诸位心中，对柳尊主还有几分在意呢？"他衣袖之中的"叠瓣重华"已落入了手中,白素车所掌控的这些红衣女子,面戴红纱,内息脚步均不可闻。

这绝非什么二八年华能被柳眼的倾世容颜魅惑的无知少女,这都是些什么人?

"柳尊主为奸人所害,下落不明,与玉尊主何干?寻回柳尊主重归本位,正是我等应有之义。"白素车不动声色,淡淡地道,"但玉尊主也是本门中流砥柱,纪王爷既然是玉尊主多年好友,既然从唐公子手中救下人来,难道不该将人放下,如此匆忙,不请擅入,是想做什么?"

柴熙谨缓缓抬手,指间夹着"叠瓣重华":"此处是我故居,我要进门一趟,竟是如此为难?"他定定地看着白素车,"白姑娘此举……究竟是救人,还是设伏?"

白素车扫了一眼大识,平静地道:"纪王爷是不肯放人了?"

大识早已点了玉箜篌十来处穴道,此人干系重大,好不容易得手,怎么可能轻易放手?

柴熙谨扬眉一笑:"我不肯争权夺利、自相残杀,奈何尔等堪不破……白姑娘野心勃勃,可知你对我拔刀相向,正是落入唐公子的谋算之中?"

白素车不理不睬,一挥手:"放下尊主!"她手中断戒刀一扬,刀尖正对着柴熙谨,"放下!"

随着她一声令下,五位红衣女子一起缓缓抬起手来,她们举止各异,但衣袂微微鼓起,真力激荡,一出手都是杀招。大识背着玉箜篌,眼见其中一人那扬手的架势,变了颜色:"衮雪!"

这是出自《往生谱》的一篇,赵上玄曾持之横行一时,大识未进少林之前,在武林大会上见过。在他归隐之后,衮雪神功绝迹多年,此时却出现在一名红衣女子身上?此女究竟是谁?

而柴熙谨凝视着另一名红衣女子,那人掌成轻柔之势,掌风极阴。大识喊出"衮雪"的时候,他不得不想起了"玉骨"。

如果玉箜篌能练《梦黄粱》中的"长恨此身非我有",那么风流店中有能使出"衮雪"或"玉骨"的女子,也不是怪事。

他想起了狂兰无行的魑魅吐珠气,又想起三哥本来不是一个神志不清、杀人如麻的怪物——朱颜是从何时开始,一点一点变成如今这样的?

"大识！"柴熙谨刹那也变了颜色，"放人！走！"

大识显然和柴熙谨想到了一处去，当机立断，放下玉箜篌，两人一起向后跃去，极快地消失在黑暗的通道之中。

此行虽然没能把玉箜篌带走，但这幕后究竟是什么在起作用，玉箜篌和鬼牡丹所倚仗的是什么力量，柴熙谨已经猜到了一二。

《衮雪》《玉骨》《梦黄粱》……这都是《往生谱》的残篇。

《伽菩提蓝番往生谱》，却是一部至恶之书。

有神鬼莫测之能，无敌天下之势，万物颠倒之变——当年"南珠剑"白南珠从一代名侠沦落为善恶难辨的魔头，正是因为练了这《往生谱》。

听闻白南珠当年只是从叶先愁的书房里拿走了一本秘籍，而谁知道叶先愁的书房里，属于《伽菩提蓝番往生谱》的邪功本应有几本？至少《梦黄粱》不在当年白南珠的秘籍里。

所以在玉箜篌和鬼牡丹身后，藏匿在"九心丸"身后，躲在柳眼背后，意图驱使他向赵氏复仇成就大业的……正是那本《往生谱》。

柴熙谨低头疾奔，越想越是惊骇——三哥的魑魅吐珠气从何而来？

唐俪辞为何能指点朱颜突破魑魅吐珠气，练成魑魅珠？

当年……白南珠私练《往生谱》，未能活过二十五岁，正如《往生谱》预言所说"杀孽大炽，癫狂而死"。

那唐……唐俪辞呢？

柴熙谨脱身而去。

白素车挥了挥手，那五位红衣女子缓缓放下手来。

机关门后出来几位年纪更轻的小姑娘，过来牵住这几位红衣女子的手，引着她们缓缓向门后走去。其中一人便是青烟，青烟扶着的那名红衣女子走得甚慢，正是方才施展出"衮雪"的那位。

那红衣女子走到一半，突然停住，慢慢回过头来，呆呆地看着白素车。

白素车不言不动，也不看她。

那红衣女子慢慢转过头去，被青烟扶着，回到了机关门后。

白素车低下头来，看着躺在地上昏迷不醒的玉箜篌。

他被大识点了穴，又流了很多血。

127

白素车单膝跪地，白裙透迤而开，她半抱住玉箜篌，从怀里取出一只药瓶，仔细喂给了玉箜篌。

玉箜篌袖中的"小玲珑"爬了出来，白素车看了那蛇一眼，那蛇居然并不咬她，只是爬了出来，缓缓地游动。随即有第二条"小玲珑"爬了出来，第三条……玉箜篌身上居然带着三条蛇。

三条小蛇围着白素车缓缓游动，白素车并不在乎，给玉箜篌喂完了药，还给他擦了擦嘴，将那空瓶轻轻放在了一旁。

过了片刻，玉箜篌微微睁眼，一头黑发与白素车的白裙纠缠在一起，他恍惚地看着穹顶："素素，那是什么药？"

白素车一脸淡然："北中寒饮。"

玉箜篌低低笑了一声："哈哈哈哈……我一直信你……风流店中那么多人，我只信过你……"

"因为我卑贱、有野心、不服输……"白素车淡淡地道，"心狠手辣，没有退路，还贪慕唐公子——到处都是弱点。"

"不错。"玉箜篌咳嗽了一声，"你满身弱点……但你……"他缓缓地坐直了身体，从白素车的怀里脱身，回过头来，"但你太狠了。"

"你想要的是什么？"他问，"你入风流店，为的是什么？"

白素车任他坐直，甚至顺手为他一绾长发，她背脊挺直，淡然地看着玉箜篌："我卑贱、有野心、不服输……心狠手辣，没有退路——所以只要有机会，我都想争取一下。"她看着玉箜篌，眼里既无畏惧，也无兴奋，仿佛只是看着一个极寻常的人，"风流店之主，只有你们可以坐吗？我不可以？"

玉箜篌目中掠过一丝震惊："你——"

"'呼灯令'之主，不是王令秋。王令秋认纪王爷为尊……"白素车缓缓地道，"他们只需要和风流店合作，而不是与你合作，不是吗？他们手握北中寒饮，我手握九心丸毒与红白女使，而你——武功全废的玉尊主，你有什么呢？鬼主会回来救你吗？"她从袖中取出火折子，引燃了举在手中，对着玉箜篌的脸照着，"在风流店中，弱……就是该死，不是吗？"

"等鬼牡丹回来……"玉箜篌低声道，"他宰了你。"

白素车微微一笑，从方才给玉箜篌喂药，直到现在她才笑了一笑："人屈居弱势，总是天真，想等着别人来救你。你说唐公子不杀你，纪王爷不杀你，我也不杀你……都是为了什么？"她缓缓地站了起来，俯视着玉箜篌，"玉尊主才智过人，也许你应该多为自己想想，究竟要怎样才能在这番局势里，活得比现在好一些。"

玉箜篌蓦地低下头来，他五指狠狠地抠入身侧土中，指甲爆裂，血浸黄土。白素车神色不变，就如没看见他的怨毒一般。

过了不了片刻，玉箜篌抬起头来，脸上已经全然换了一副表情，显得从容又柔顺："恭迎白尊主。"

白素车淡淡地道："然后呢？"

"在下愿为白尊主分忧解难，出谋划策。"玉箜篌爬起来，浑身带血地给她磕了个头，"鞠躬尽瘁……死而后已。"

白素车垂手摸了摸他的头："北中寒饮的解药，我是没有的，一旦我大事能成，王令秋的人你可以带走。"

玉箜篌匍匐在地："谢白尊主！"

白素车不语。过了一会儿，她说："听说王令秋给普珠下了'蜂母凝霜露'？"

玉箜篌微微一震。

她问："是你的主意？"

玉箜篌缓缓抬头，他一张俊朗的脸上半面血污，苍白如死，胸口的"香兰笑"尚未取出，仿佛半尊血人："是。"

白素车没说什么，点了点头，她唤了一声"青烟"。

那活泼的小丫头从机关房里窜了出来："素素姐姐。"

白素车道："把玉尊主请下去疗伤。"

青烟好奇地看着半跪在地的玉箜篌："尊主起来吧，素素姐姐准备好了疗伤的密室，里面东西都备好了。"

玉箜篌摇摇晃晃地站起，脸色不变，跟着青烟往飘零眉苑最深处的囚牢走去。

白素车望着他的背影。

他们彼此都很清楚，此为一时之势。

过了一会儿，几位白衣女使前来禀报："执令，唐俪辞和中原剑会几位强闯玉尊主寝殿,狂兰无行、王令秋和碧涟漪都被他们带走了!"

白素车点了点头:"落下青狮闸。"

"是!"

几位白衣女使领命而去。

片刻之后,飘零眉苑中机关之声再起,几处沉重的巨石沉向因山壁崩塌而开裂倒塌的通道,将通道堵住。随着巨石落下,山腹内再度震荡,整个飘零眉苑反而缓缓向上升起了一点。

唐俪辞正在焚香。

他点了一支金色线香,插在盘金掐丝青灰釉小香炉中,淡淡的白烟笔直升起,说明这香的品质均匀细腻,是香中精品。

但那香炉放在一块生着青苔的岩石上,青苔在晨曦中青翠可爱,还依稀浸润在潮湿的气息中。金色线香散发出一股浓郁的草药气息,这并非檀香。

生着青苔的岩石后是一个潮湿的洞穴。洞穴周围草木颇密,四处寂静无风,树木丛生,不知是山中的什么地方。

洞中。

狂兰无行和郑玥双双躺在地上。

成缊袍和古溪潭也双双躺在地上。

不同的是,他们是一双死人和一双活人。

郑玥被狂兰无行碎颈而死。

狂兰无行被唐俪辞的"万里桃花"断头而亡。

一为江湖狂客,几乎无敌于天下。

一为少年剑客,人生尚未开始。

他们本不相识,但几乎是同时而亡,就连死因都相差无几。

如果狂兰无行不是全神贯注掐死郑玥,唐俪辞没有机会一击得手。

如果郑玥没有赶来,唐俪辞或者也来不及救下成缊袍和古溪潭。

唐俪辞今日换了一身青衣,是极淡的青色素纱,却在衣角袖缘绣有细细的金线。他已穿了许久的白衣,今日突然换了华服,也不知昨夜去哪里换的。

他不但换了华服,带上了香炉,还抱了一具瑶琴,横放在膝上。

金色线香静静地升腾着白烟。

唐俪辞横放瑶琴,十指扣弦,缓缓地拨了两下。

弦颤声动,不成曲调。

他拨了两下,沉静了一会儿,过不多时,又缓缓地拨了两下。

深山古树,山苔黑石之侧,有青衣人抚琴焚香。

声传风动,轻生枉死。

生也不幸,死也不幸。

过了不知多久。

成缊袍当先醒来,睁开眼睛,便看见一片黝黑的洞壁。那山洞石壁上挂满水珠,十分潮湿,身周却没有蚊虫,鼻尖嗅到一股草药的清香。他提一口真气,惊诧地发现不知道谁给自己喂了什么药,内伤虽然还未大好,内息却已经运转自如。

成缊袍坐起身来,看见洞口的黑色岩石上摆着香炉,香炉里一炷金色药香正袅袅散去最后一丝余烟,地上放着一个玉瓶。

那玉瓶玉质通透润泽,一看便知不是凡物。

周围静悄悄的不见人影。

古溪潭就躺在他身边,成缊袍一探脉门便知古溪潭同样被喂了伤药,已无性命之忧。

除此之外,山洞里一地干涸的血,也不知是谁的血,但看这流血的量,若是一个人流的,恐怕早已丧命。地上有躺卧的痕迹,但没有尸体,成缊袍依稀记得看见狂兰无行掐住了郑玥的脖子,而后"万里桃花"凌空飞来,拉住了狂兰无行的脖子。

那后来呢?

成缊袍扶着山洞石壁站起,慢慢走到香炉前。这香炉和玉瓶,如此矜贵华丽之物,必然是唐俪辞留下的。他既然把自己师兄弟二人留在此地,显然是危机已解,但唐俪辞人呢?郑玥和狂兰无行人呢?郑玥他……

郑玥舍命相救,他还……活着吗?

地上一声低吟,古溪潭醒了过来,眼睛尚未睁开,他先喊了一声:"郑公子……"

成缊袍扶住他，古溪潭睁眼看着这山洞里一地的血："师兄，郑公子他……"

成缊袍沉思片刻，缓缓摇了摇头。

虽说"万里桃花"当时拉住了狂兰无行，但以狂兰无行的指力，根本不需要当真掐住郑玥的脖子，凌空抓握的时候，郑玥就已颈骨尽碎了。

古溪潭呛咳了一声："那狂兰无行……呢？"

狂兰无行怎么样了，成缊袍也不知道。成缊袍拾起地上的玉瓶，玉瓶中两粒淡青色的药丸，模样十分好看，但唐俪辞留下的药，成缊袍一时也不知这是伤药还是毒药，犹豫了片刻，只能收入衣袋中。

两人各自调息，半个时辰之后，准备折返中原剑会的营地。

中原剑会扎营的树林中，红姑娘的营帐前摆放着一张木桌。

宛郁月旦和红姑娘相对而坐，桌上摆放着精致的糕点，但两人都没有动。

碧涟漪被许青卜背了回来，但伤势极重，碧落宫正在为他疗伤，"北中寒饮"之毒毁坏了他的经脉和真气，疗伤困难重重。

宛郁月旦静静坐着，红姑娘也静静坐着，两人在那儿坐着，叶落萧萧，坠衣沾发，不言不动。铁静和何檐儿都不敢靠近，连红姑娘身边的侍卫都噤若寒蝉，不知不觉后退出几丈远。

"红姑娘，风流店那魔……魔头……出来了。"

远处齐星悄声通报了一声。

红姑娘和宛郁月旦一起抬头，宛郁月旦虽然看不见，却也是望向了树林中来人的方向。

只见飘零眉苑那洒遍毒粉的枯木林中，唐俪辞横抱一人，缓步走了出来。

郑玥脸色青紫，喉骨碎裂，早已身亡。

唐俪辞横抱着郑玥的尸体，走到距离营帐约一丈之遥，将人缓缓放下。

红姑娘猛地站了起来："郑玥！"

齐星和许青卜等人都万分错愕震惊，直欲扑上，又惧于唐俪辞邪名，不敢轻举妄动，但看着郑玥面目全非的尸身，愤怒至极。

"唐……唐尊主偷袭我剑会中人，下手毫不容情，心狠手辣。"红姑娘盯着唐俪辞，"以唐尊主威名，伤害郑少侠未免有恃强凌弱之嫌，莫非是他发现了你什么见不得人的恶行，让你杀人灭口，又将人带来此地耀武扬威？"

"小红果然很会说话。"唐俪辞微微一笑，"狂兰无行修习《往生谱》何等威能，郑玥胆大妄为，私入秘境，被狂兰无行碎颈而死。"他站在郑玥尸身之后，姿态挺拔，"诸位旧友，飘零眉苑机关重重，神威莫测，为诸位身家性命着想……"他退了一步，自身侧的枯树上折下一根干枝，慢慢地在郑玥尸身后的泥地上画了一条横线。

那条线纹路很浅，施力也不均衡，是非常随意的一条线。

只听唐俪辞道："……当安分守己，谨言慎行——如越此线，莫要怪唐某恃强凌弱，杀人灭口。"

红姑娘身后的东方剑、霍春锋等人怒形于色，已有人指着唐俪辞怒道："邪派魔头人人得以诛之，郑少侠求仁得仁，正是我辈楷模！你还不跪下给郑少侠磕头，竟还敢在此耀武扬威，胡说八道！"

还有人吃喝道："今天就让我见识见识唐公子的厉害！"

唐俪辞双眸微抬，袖袍一拂，但见一道银光闪过，红姑娘身前木桌一分为二，桌上的点心被"万里桃花"卷回。他这一挥手，站在红姑娘附近的几人措手不及，若是对着红姑娘的颈项卷来，她恐怕已经身首异处。唐俪辞端住那一碟青茶梅花糕，慢慢往"见识见识唐公子的厉害"的那几位少侠看去。那几位已经闭嘴，见他目光扫来，都忍不住往旁人身后缩去，却听唐俪辞叹了一口气："蕙空堂的梅花糕不如苦篁居所制细腻柔软，不好吃。"

他将梅花糕和碟子放在了郑玥身边，不把中原剑会偌大阵势放在眼里，转身而去。

宛郁月旦听着他一举一动，红姑娘也不再说话，等到唐俪辞离去，她才哑声道："将郑少侠好生收殓安葬。孟大侠，以唐……唐俪辞所言，郑玥撞见了狂兰无行，那么成大侠和古少侠此时究竟身在何处？他们是否也遭了毒手？你和东方门主几人尽快搜查附近山林，如果他们未遭毒手，可能也需要接应。"

孟轻雷眼见郑玥横尸在地，实是惊诧万分，他不知道郑玥是怎么进的飘零眉苑。昨夜成缊袍和古溪潭没有回来，其中必定出了大事，但唐俪辞乍然现身,也是非常古怪……心里虽然纷乱,但成缊袍和古溪潭的生死乃是大事,他立刻点了几人,和东方剑一起离开。

红姑娘扶桌而起,她本来身姿纤弱,楚楚可怜,这桌子被唐俪辞劈成了两半,她一扶,整个木桌轰然倒塌,她随之一晃。宛郁月旦及时伸手将她扶住,红姑娘低下头来,掩饰住一脸恍惚,道了一声谢。

两人一起回到营帐,营帐中碧涟漪昏迷不醒,碧落宫铁静守在他身边,眼见宛郁月旦进来,立刻站了起来。

"铁静。"宛郁月旦轻声道,"我和红姑娘说几句话。"

铁静点头,将营帐外的闲杂人等清空,保证宛郁月旦和红姑娘所说的话不能被有心之人听见。

"唐公子那一击……是为了表示'万里桃花'在他手中。"红姑娘看着碧涟漪苍白的脸色,轻声道,"那表示玉筌篌已死,或已经失势。"

"但他让我们暂缓突破飘零眉苑,按兵不动。"宛郁月旦眨了眨眼睛,他已非当初的少年,却仍残留着些许少年神韵,说话轻声细语,"飘零眉苑当中定然起了某种变化……比如说……狂兰无行杀了郑玥,你猜这位冠绝天下的高手如今……是死是活?"

红姑娘淡淡一笑:"唐公子抱了郑少侠归来,说明此事已了。"她叹了一声,"玉筌篌已去,狂兰无行已死,为什么飘零眉苑仍不可破?说明这背后一定还有第三方……甚至是第四方。"

"鬼牡丹去了京城未返。"宛郁月旦道,"普珠不知所终,柳眼也不知所终,这两人对风流店来说干系重大,风流店至今未有所动静,此为可疑之一。"

"'呼灯令'重出江湖,王令秋潜伏在少林寺二十余年,其人与少林有血海深仇,难道是无所作为吗?他究竟做了什么?此为可疑之二。"红姑娘接了下去。

"鬼牡丹勾结玉筌篌,杀破城怪客、龙潜鱼飞,操纵梅花易数和狂兰无行……再逼迫方平斋谋反——一阙阴阳鬼牡丹,他从何而来,所图何为?此为可疑之三。"宛郁月旦轻声道,"又或者说……'七花云行客'原本兄弟同心一团和睦,究竟发生了什么,让他们自相残杀?"

红姑娘道:"这才是最关键所在,他们起了争执,兄弟阋墙,原因是什么？"她缓缓动了下眼睫，"而柳尊主在其中起了什么作用？"

宛郁月旦眨了眨眼睛，又眨了眨眼睛："柳眼？"

"柳眼。"红姑娘轻声道，"鬼牡丹和玉箜篌杀破城怪客、龙潜鱼飞，给梅花易数和狂兰无行下毒，但若无柳眼引弦摄命之术，单凭鬼牡丹和玉箜篌制不住梅花易数与狂兰无行。说明丽人居兄弟阋墙那日，柳尊主就参与其中。而后风流店立，九心丸出，柳尊主独当一面，鬼牡丹和玉箜篌隐身其后……

"乱局由此而起。"

唐俪辞一袭青衣，头也不回地往密林深处走去。

淡青色素纱的腰间缓慢地渗出血来，沿着暗纹金线晕开，仿佛那一身卷草缠枝牡丹正在逐次绽放。密林深处有许多被飘零眉苑随风飘散的毒粉毒得奄奄一息、树叶青黄的老树，在这些老树下，有一处新坟。

坟前没有立碑，只是一处极其简陋的土坟。

他看着那堆土，看了很久，而后笑了笑。

"一步天下，那又如何？"

狂兰无行，持八尺长剑横扫江湖，修魑魅吐珠气无敌于天下，他天赋异禀，心性卓绝，悟性奇高——那又如何？

不知道从什么时候起，他除了杀人，便已什么都不会了。

人人都会死。

做一个一步天下，生杀予夺的绝顶高手。

只可能死得更快。

唐俪辞摊开手掌，看着自己手指和掌心的血。

他的血和常人一般鲜红。

唯一不同的是，以他的体质，腰间这么点伤，早就应该自愈了。

就算以常人的体质，这么点皮外伤，也早该止血。

但他的伤口依然在流血，虽然流的不多，却没有止住。

唐俪辞凝视着面前的坟堆。他和狂兰无行素无交情，乃是劲敌，也从未欣赏过此人的半点言行心性。

但狂兰无行死了。

狂兰无行之所以会死，有一大半是被唐俪辞害的。

他是唐俪辞亲手杀的。

但他死了，唐俪辞看着他的坟，却仿佛看见了一个朋友。

修《往生谱》者，往往杀孽过重，癫狂而死。

白南珠死了。

狂兰无行死了。

玉箜篌……也快死了。

还有谁？

唐俪辞转过身去，四周黄叶萧萧，老树正在逐渐死去。

还有谁？

玉箜篌被白素车锁入了飘零眉苑深处最神秘的囚牢。

这是当年破城怪客给自己设计的避难之地，因为喜好奇门八卦、机关暗器，这人年轻时潜入诸多家学渊博的奇门世家，盗学秘术无数，在他武功大成之前常年受人追杀。一直到三十八岁，破城怪客建成了自己的机关秘术之所，方才渐渐消停。

破城怪客当年修筑的机关秘术之所叫作"黄家洞"，因为他本姓黄，后来玉箜篌嫌他这名字太过难听，在杀死破城怪客、谋夺"黄家洞"后更名"飘零眉苑"。

这地方的机关神奇繁复，破城怪客给自己修的避难处更加诡谲，玉箜篌一被带入密室，大门自行关闭。而后机关声响，门外"咿咿呀呀"诸多机簧转动了半天，少说也有五六种机关将门锁死。而密室内床榻桌椅一应俱全，唯一不好的是破城怪客当年预留的逃生之路已经被火药炸塌。

而当年故意将他这生路炸断的，不是别人，正是玉箜篌自己。

玉箜篌要以此作为据点，自然不能在眼皮子底下留下一条可以里通内外的密道。炸毁密道之后，他自己多次尝试，确认了密道已经完全被毁，绝无可能有人能从此出入方才罢休。

密室大门被锁之后，玉箜篌撑着桌面缓缓坐下，长舒了一口气。

他还活着，没有死在狂兰无行的戟下、没有死在唐俪辞手里，居然也没有死在柴熙谨或白素车手里。

那就是他的大幸。

其他人的不幸。

调息半响，在确认经脉受损，那点半残的武功再也练不回来之后，玉箜篌纵声而笑。

他点燃了密室中的油灯，那油灯的暖色焰心在黑暗中微微摇晃。

"哈哈哈哈……"

玉箜篌黑发披散，浑身沐血。他用力从胸口拔出了"香兰笑"，将那毒物扔在一旁。沉重的"香兰笑"落地发出"叮当"微响，向一旁滚落，玉箜篌从血糊糊的衣裳中摸索出一个浸透鲜血的小包裹。

那小包裹粗糙又简陋，仿佛是什么植物枯萎的叶片。

他打开枯黄的叶包，在这小包裹里面是一团淡金色细丝织就、半透明的卵囊。

隐约可见卵囊里细小晶莹的什么东西的卵，在卵囊旁边，已经有一些孵化出来的小东西正在缓慢地爬行。

那是一些极其微小的蜘蛛。

每一只的背上都有一抹淡淡的金绿之色。

它们爬上了玉箜篌的手指，并咬破了他的皮肤。

那是蛊蛛。

玉箜篌坐在桌边，任由数百只细小的蛊蛛咬穿他的皮肉，那些半透明的小点儿喷吐着细细的毒液和蛛丝，在烛光映衬之下，却仿佛从玉箜篌沾满血迹的手上升腾起一片彩光流离的云霞。

随着细小的蛊蛛喷吐着那微不足道的毒液，密室之中有物簌簌而动，地底常见的爬虫向玉箜篌身周爬来，却纷纷死在他带血的衣摆之下。玉箜篌惨白的脸上毒气浮动，青紫变换，随着蛊蛛之毒深入肺腑，他渐渐失却了表情，从一脸的狰狞痛苦变得麻木平静，甚至到了最后带出了一点安详。

不能做杀人之人。

可做杀人之刀。

反正他玉箜篌，挫骨扬灰也不能做人下之人。

谁看不起他，谁就死。

白素车与唐俪辞这二人，定要死得惨烈无比。

此时"喀啦"一声，密室门上打开一个仅能伸入一只手的小洞，青烟的人影在外一闪而过，往门内塞入一份食水，食水之中有一瓶"伤药"。

那究竟是什么药，玉箜篌已经无须思考了，蛊蛛之毒在他身上流转，他甚至也不需要食水。

随着那小洞一开一关，有几只极细微的蛊蛛已经随飘长的蛛丝出了小洞，悄然落进了飘零眉苑幽暗的通道之中。

青烟在前面匆匆而行，她并不知道白素车把玉箜篌请进了密室是为了什么。执令说那是为了给玉尊主疗伤，她虽也不是很信，但并不在乎。她追随的只是素素姐姐，玉尊主或是柳尊主或是别的什么尊主，对她来说都一样。

只有素素姐姐才管着她们这些姐妹的死活，打理她们的日常起居，安排她们轮值休息，照顾她们冬寒盛夏。

她知道风流店不是什么好地方，也知道素素姐姐不是什么好人，但有什么关系呢？她年纪不大，却知道人这一生不长，能遇见一个愿意管你冬寒盛夏的人，是很难的。

青烟疾步而行，她的衣裙带起了微风，蛊蛛纤细至极的蛛丝挂在了她的裙角，跟随着她进入了白素车的卧房。

中原剑会的扎营地。

被五花大绑，点了十七八处穴道的王令秋伏在成缊袍营帐外的土坑里。此人全身是毒，"呼灯令"秘术防不胜防，所以红姑娘命令将他外袍脱去，只留下贴身衣服，捆上铁索，点上穴道，扔在中原剑会武功最高的成缊袍门外，以防不测。

但成缊袍和古溪潭刺杀玉箜篌未果，失去下落，至今未归。

王令秋就被扔在营帐外，由东方剑和余负人一起看守。

夜半时分，匍匐不动的王令秋骤然睁眼。

混浊麻木的眼中兴起了一阵狂热。

蛊蛛异动。

远在千里之外的某处。

一只碗口大的老蛛骤然死去，八足蜷缩，自淡金色的蛛网中掉落下来。

有人坐于黑暗之中，提起一双象牙雕刻的筷子，将那死去的老蛛夹了起来，凑在烛火中反复灼烧，最终从老蛛腹中烧出一只还在蠕动的黑色蛊虫。

她将蛊虫浸入一杯烈酒。

那酒酒色殷红如血，浓稠且混浊。

她将烈酒与蛊虫一口吞了下去。

蛊蛛异动。

子生母死。

六十二 ◆ 直余三脊残狼牙 ◆

其实无论是怎样的人世……人世都是人世。
人世里的人……都是人。

伏牛山下，姜有余的小院中。

柳眼正在熬煮一锅糊糊。他并不知道锅里煮的是什么，只知水多婆差遣他往锅里倒入了许多红豆绿豆，撒入了许多盐，又加入了十来种稀奇古怪的草根树皮，煮出来一锅怪味豆糊。

而这锅"汤药"居然是用来给普珠洗澡的。柳眼从未见过如此古怪的洗澡水，以他的认知，不管这锅糊糊里有多少珍奇药材，也不太可能对身中剧毒的普珠起到什么作用。

但水多婆一口咬定有用，柳眼怀疑再三，最终也只能相信了他。

普珠看起来并不太好，日渐消瘦，水多婆和莫子如在争论究竟是要给他喂食哪一种毒物比较好。水多婆坚持要给普珠喂毒蛇，莫子如非要给他喂蜥蜴，结果普珠既不肯吃毒蛇，也不肯吃蜥蜴。

人家不食荤腥。

然而身中剧毒之后，只食素菜，只会让普珠的状态一日不如一日。

水多婆让柳眼熬煮的这锅豆糊，据说便是用来尝试给普珠解毒的。

玉团儿蹲在地上给灶台加柴火，她已经学会了柳眼的那套金针刺脑。但那三百弟子解药会制了，金针居然还有一大半的人没有学会，这让玉团儿嫌弃得很。

他们都知道中原剑会与风流店互有胜负，狂兰无行死了、玉筌筷重伤，但任清愁死、郑玥死、成缊袍和古溪潭重伤……这看起来似是中原剑会占了上风，但九心丸之毒不解，终是死结。

何况风流店之下，尚有"呼灯令"暗流涌动，而"呼灯令"与"风流店"之后，是谁在行鬼祟之事？柴熙谨受谁的驱使？王令秋听谁的号令？出现在少林寺的"鬼牡丹"是谁？

他们对九心丸如此放心，自少林寺下唐俪辞与柳眼分道扬镳，就不再追查九心丸解药的下落了吗？

柳眼看着锅里的豆糊发呆。

他隐隐约约觉得……这只是一种心照不宣的平静。

"鬼牡丹"他们看似没有找到这里，也许只是因为水多婆和莫子如在这里。姜有余的小院如此好找，这里来往的人如此多，有心人怎么可能找不到他？

他或许只是受人庇护，而一直茫然不觉。

但水多婆和莫子如二人的余威，能镇得住"鬼牡丹"们多久呢？九心丸的解药或解法大家势在必得，他所在之处，终要成腥风血雨。关键只在于——"鬼牡丹"们什么时候摸清水多婆和莫子如的底细，以及唐俪辞对此究竟有什么进一步的安排。

也许……阿俪是利用了这份岌岌可危的平静，借以让他休养生息，继而能尽可能地培养出更多的弟子。柳眼看着锅里翻涌的糊糊，心想……这就是他活着唯一仅有的用处……

他无论走到哪里，都一直在受人之恩，一直在受人庇护。他曾无端坐拥了无穷尽的偏爱，然而……他以前……既没有接受过，也没有正视过这个人世。他不把此界的人当作人，他沉溺于自己的怨毒和悲恸，但其实无论是怎样的人世……人世都是人世。

人世里的人……都是人。

活着。

喜怒哀乐。

悲欢离愁。

谁也不比谁高贵。

就连阿俪也一样。

喜怒哀乐。

悲欢离愁。

谁也不比谁高贵。

面前的药糊烧成了焦炭，柳眼恍然明白——对他来说，明白这点并不难。

然而对阿俪来说，这是千难万难。

"小子！煳了！"身后传来水多婆的声音，他却也不生气，喜滋滋地对莫子如道，"这番又是我赢了。"他指着柳眼，"我说这小子定然信了我豆糊能疗毒，豆糊长期熬煮，必然要煳，是也不是？焦煳了就可以用以配药，绕回来我又不是诓他……"

莫子如摸了摸刚贴上的三缕长须，他刚把自己从清秀书生装扮成了尖嘴师爷："赢又如何，输又如何……我俩刚才又没有赌钱……"

两人的日常胡说八道刚起了个头，柳眼仍在发呆，骤然间院外"嗖嗖嗖"一连数十声弦响，二十余支火弩带着不灭的焦油火，自四面八方射向姜有余的小院。

刹那间，小院四处着火，浓烟四起，那三百尚在互相学习的少年弟子惊呼着乱成一团。

这些少年大半是万窍斋所开书斋中较为聪慧灵巧的弟子，学过一些算术医理，练过简单的拳脚，家世清白，心思单纯。也有些江湖门派的少年弟子，师长和姜有余相熟，愿意送弟子前来学习。

这些阅历浅薄的少年骤然看见院落起火，都是惊慌失措。武艺尚可的护住全然不会武功的，往院落地下的密道逃窜。一时间人头攒动，不少人摔倒在地，敌人尚未进来，己方已是受伤不少。

柳眼蓦然回首，玉团儿从地上跳了起来，"唰"的一声，她拔出了长剑。水多婆和莫子如相视一眼，两人都颇觉意外。

风流店必不可能放过柳眼，但它为什么这个时候来？这不是唐俪辞、水多婆和莫子如推定的时机，其中可能发生了某种变数。

莫子如袖袍一扬，他一向一脸淡定，此时却微微皱起了眉头："你们退下。"

水多婆欲言又止："此番……"

"对方既然敢来，十有八九，是得知了你的底细。"莫子如皱起了眉头也没忘记嫌弃好友，"你不宜动手，带着他们回洞里去。"

柳眼和玉团儿不知这两位在说什么，玉团儿紧握长剑："外面着火啦，看这个样子，外面肯定有很多人，只留下你一个怎么行……"

她还没说完，手里一空，手中的长剑不知怎的到了水多婆手里。水多婆随意地晃了晃那柄剑，拉着柳眼就往人群那边跑："莫大侠一夫当关万夫莫开，莫怕莫怕，他叫莫子如，小名莫春风。"

莫春风？

玉团儿没听说过什么莫春风，看着柳眼被水多婆拉去钻院中的地洞，心里一急，追了过去。

摔倒在密道口的几十名少年被水多婆持剑简单的三挑两挑就赶开，狼狈不堪地爬了起来。水多婆一脚将其中一人踢下了密道："快进去！"

少年们开始逐一往密道里跳，"哐当"之声不绝。此处密道通向柳眼制药的暗房，而暗房之后有另一处密道通向地下河流。此条密道若是为武林中人所用，自可以闭气随地下河流游出密室，但这些少年大都武艺不高，闭气潜水对他们来说并不可行。

于是，此处便成了一处死地。

水多婆一边赶少年们下密道，一边侧耳聆听。院落外脚步声渐近，持有火弩的人少说也有十来个，而同行纵马而来的，还有二三十人之多。

水多婆提起柳眼，要把他一起扔进地道，一边回过头看了挡在院中的损友一眼——莫子如右手持剑，左手屈指在剑上轻轻一弹。

莫子如平时并不持剑，这柄剑光华内敛，甚至带了一些锈斑。但他屈指一弹，一道淡淡的金光随刃流过，剑刃上的锈斑仿佛消融殆尽，那柄普通至极的长剑突然绽放出光华来。

此时，院门"咯"的一声脆响，有人以掌力震断门闩，好脾气地推门而入，眼见莫子如持剑而立，来人拍手笑道："'长衣尽碎莫春风'，二十八年前大家怕你，二十八年后谁还怕你？你那一手快剑多少年不练了？惊蛰伏龙起，剑出必杀人。你已有多少年没杀过人了？哈哈哈哈……今日让我见识见识，一把钝了的快剑，一个老了的莫春风——是怎么样的死法！"

推门而入的是一个红衣人，红衣上绣着黑牡丹，和鬼牡丹常穿的外袍正好相反。这人脸上也戴着面具，却不是毗卢佛面具，而是一张头生双角、青面獠牙的鬼面。

莫子如"唰"的一声出剑，直指鬼面人眉眼之间。

剑光如一点星辉，映目生寒。

鬼面人没想到他说打就打，场面话一句没说，剑芒就到了眼前。鬼面人猛然一挥衣袖，袖中一物"叮"的一声架开了莫子如的长剑，他出了一身冷汗。此剑算不上极快，然而自出剑、剑意生，到收剑、剑意散，只在瞬息之间，莫子如气定神闲，甚至没有眨一下眼睛。

他只是睁着那双黑白分明清澈异常的眼睛，极认真地看着那张鬼面，似乎连心情都未起波澜。

鬼面人握住袖中短棍，笑意消散，他盯着莫子如的剑。

长衣尽碎莫春风。

当年莫春风的剑，名曰"长衣"。

他的剑意，意为"尽碎"。

长衣尽碎莫春风，是一个随时随地，可以持剑战至剑刃尽碎的狂徒。他的每一把剑都叫"长衣"，每一把剑都不相同，价值千金的利器或是随意捡的烧火棍，在剑碎之前都叫"长衣"。

当年长衣剑只出不回，一照面便要杀人，不到尽碎绝不言败。

但如今莫子如学会了收剑。

鬼面人屏息静气，生出了十二分的警醒。

剑出无回，不如后退一步。

一招之间，姜有余的院子墙里墙外乍然出现许多人影。许多红衣人现身墙内，他们大多手持火弩，箭尖指向莫子如，但其中一人手持的并非火弩，而是长弓。

长弓上搭一火油箭，却非指向莫子如，而是指向远处。

水多婆正看了莫子如一眼，赶着柳眼往下跳。

飙然一声微响，火油箭携烈焰掠目而过，直射柳眼。

玉团儿"啊"的一声大叫，那火油箭箭长三尺，箭上涂抹着不知何等火油，掠空而过时火焰乍燃，火势骤然增强，燃遍整支长箭，带着一抹幽暗的绿色，声势浩大。

然而此箭如此声威，箭至中途便听"呼"的一声，那暗绿火焰转为明亮，升上半空，随即倏然熄灭。

玉团儿目瞪口呆——莫子如——莫子如长剑收势,那收势的衣袖往后一扬——便是收剑的衣袂后扬,袖风让火油毒箭上的明火爆燃,提前烧完了火油。

并且,那袖风还让毒箭箭势一偏,失去了准头。

"嗡"的一声,最后那长箭射中密道口,虽然射入三寸有余,却是毫无威胁。水多婆不理不睬,将柳眼扔下密道,随即又将玉团儿扔下了密道。

水多婆纵身下跃之前微微一顿:"莫春风,惜命。"

莫子如脸上画着三缕师爷胡子,模样猥琐得要命,却是微微一笑,眉目疏朗,身姿挺拔。

长弓手缓缓移动长弓,箭矢指向莫子如眉心:"莫春风,别来无恙。"

莫子如的笑意止于眼角:"唐无郡。"

毒焰在长弓手的箭上跳跃燃烧,映得那红衣人脸上忽青忽紫,这人是二十余年前,江南的一名用毒高手。莫子如……莫春风年轻时横行江南,与他结识,曾嫌他的袖中毒箭小家子气,既然自负毒箭之术,为何不练长弓大箭?老子明目张胆开弓射箭,便让你看见箭上有毒,但天下便无人躲得了——这岂非才是大家气魄?

不想当年一笑……如今唐无郡开弓搭箭,箭上毒烟燃烧,却是指向莫春风——二十余年江湖风霜雪雨,物是人非,故人相见竟是如此。

鬼面人取下面具,往旁一扔。莫子如垂下眼睑,幽幽一叹:"是你。"

鬼面人面如冠玉,有一道剑痕自鼻梁中间横过,将一个俊美中年整成了妖魔鬼怪般的模样。他笑了笑:"是我,戴着面具你竟是认不出来了吗?"他指着自己的鼻子,"给我开一个鼻子四个孔,莫春风说到做到,我这二十年来承蒙你的恩惠,以此练就了一套内功心法。"

莫子如道:"宋小玉你这人年轻时有病,老了越发是疯了,一个鼻子四个孔你不去找个好大夫,却拿它练了什么内功心法——猪鼻神功吗?"

唐无郡和宋小玉都是莫春风少年时的故人,一则为友,一则为敌,眼见此人二十余年仍是那副人嫌狗厌不可一世的模样,气得双双眼睛都红了。

院外马蹄声不断,越来越多的人包围了姜有余的小院。

莫子如持剑在手,周围二十余名红衣弩手正对着小院连发火弩,院落燃起熊熊大火,这些弩手发完火弩,眼见所有人都被赶进了密道,掉转弩弓对准了莫子如。而莫子如面前的唐无郡和宋小玉,单打独斗自然都不是他的对手,但这两人对他了解极深,此番不知被谁拉拢而来与他作对,显然是刻意为之。

而院外潜伏不动的援兵更为危险。

但莫子如不能退。

他身后尚有三百少年,还有柳眼和玉团儿。

这些人是解除九心丸之毒的希望。

他身后还有水多婆。

水多婆不能杀人。

他握住手中最后一柄长衣,缓缓地深呼吸,此生纵横江湖数十年,随心所欲,恣意妄为。

不亏。

宋小玉双袖一展,露出兵器。这人的武器是一双短棍,按动机簧之后短棍生出如鹿角般的钢刺,专为锁剑而设计。那钢刺可开可合,算得上一件奇门兵器,名为"戮残生"。

唐无郡冷笑:"今日看你之长衣,能救得了发了疯的水薹薹到几时呢?嘿嘿……剑皇水薹薹,剑后温山河——当年水薹薹中了'呼灯令'王家的'蜂母凝霜露',差点生哨了他老婆温山河,本听说水薹薹自碎天灵而亡,却不知他居然为你所救!此人杀我义兄,此仇不共戴天!"

莫子如不说话,剑皇水薹薹未死,化身明月金医水多婆,这件事极其隐秘。除了雪线子几乎无人知晓,二十多年了,江湖上还能数得出"剑皇水薹薹、剑后温山河"的人都快死绝了——再无其他可能!他一拧长衣剑,怒形于色,骤然一声大喝:"你们把钟凌烟怎么了?"

"雪线子"钟凌烟,数十年后,世人只知贪财好色的老怪雪线子,却不知钟凌烟少年之时,也是倚花望柳,名满江湖的翩翩公子。当年烟波湖上,题诗会中,谁能得钟公子一顾一笑,便是传世佳话。

宋小玉狞笑:"三十年前我就说钟凌烟迟早栽在女人身上!他被他亲生女儿捉住,一顿拷打,临死之前喂了'三眠不夜天',什么都说了!"他翕动着那四个洞的鼻子,"你这里烧起火来药味浓重,看来九心丸的解药果然在此,让我先杀了你和水薹薹,再捉住柳眼,立不世之功!"

莫子如"嗡"的一声剑指宋小玉："钟凌烟是怎么死的？"

宋小玉似笑非笑："水姜姜自碎天灵不是被你救了吗？钟凌烟也自碎了天灵，但他命不好，没有你去救他。"他举起双叉，封住莫子如长剑来路，讥讽道，"钟凌烟自碎天灵后多活了三天，他那亲生女儿可没想要他的命，那可是哭得死去活来，拼尽全力要救他……那时候如果你来，或许是救得了他的。"他对着自己那怪模怪样的钢叉轻轻吹了口气，"可怜啊可怜，钟凌烟年少时那般不可一世，估计做梦也没想过要死的时候，竟是连求死……都苦苦挣扎了三天。"

莫子如脸上再无笑意，微微一合眼："好狠的你们。"

"你还是祈祷你死的时候，不会比钟凌烟更惨。"宋小玉淡淡地道。

"啸"的一声微响，剑光如月，破空而来，那剑势纵横凌厉，将宋小玉与唐无郡都笼罩在内。

宋小玉双叉招架，"铛"的一声震响，将莫子如的长剑锁在双叉之中。唐无郡一声号令，二十余支火弩，加上他自己的长箭，一起射向莫子如。

一时间小小的院落之中满天飞矢，莫子如身后浓烟冲天，火趁风势，越燃越旺，热风灼气流窜盘旋，搅动众人衣袂猎猎作响。

莫子如脱手放剑纵身而起，数十支飞矢自他足下交错掠过，箭手们纷纷闪避，甚至有人被己方火弩射中，哀呼倒地。宋小玉没想到此人当年宁死不屈，现在居然可以轻易放手，双叉上一连串的后招发不出来，为之一呆。

莫子如趁他一呆，一脚往他头上踩去。宋小玉脑子还没转过弯来，急忙后退，莫子如落回他身前，一把夺回长衣剑，顺势飞起一脚踹在他胸口，"嘭"的一声将他又踹出去了七八步。

宋小玉内功深厚，这一脚奈何不了他，但莫子如一放剑一收剑，挥洒自如，还在他头上踩了一下，又踹了他一脚，简直是奇耻大辱，更甚于莫子如年少时在他鼻子上砍了一剑。于是，他狂叫一声，自那四个鼻孔喷出四道白气，抡起钢叉向莫子如砸去。

唐无郡旁观莫子如剑势，心头一颤——此人少年时天纵奇才，悟性极高，二十余年不见他竟似又将剑道重新悟了一遍。

适才一箭未中，唐无郡心知要以弓箭射中莫子如，无异于痴人说梦，当下握弓在手，横扫直挂，把那弓弦当作了奇门兵器，往莫子如身上削去。

他这弓弦自然和寻常弓弦不同,被它一挂轻易能削下一片肉来,并且弦上仍然有毒。

这弓弦上的毒名曰"鬼雨",这是唐无郡独门奇毒,中此毒之人先是双目流泪,然后泪尽血流,最后泣血而死。唐无郡秘制此毒,本是想用在抢了他心爱女人的情敌身上,让那人跪在自己面前痛哭到死,岂不妙哉?结果当年"鬼雨"尚未制成,他那情敌先死了。

莫子如虽不知唐无郡弦上有"鬼雨",却知道这人从头到脚无一不毒,自然不能让这长弓近身。于是,他横扫一剑,剑上金光荡漾开去,仿佛洒落一片金雨,"铛铛铛"一连三声,架开宋小玉和唐无郡的兵器,顺带将二人震退一步。

周围手忙脚乱的弩手重新搭起短弩,此时他们开始犹豫——一旦射出,这怪人如果又跳了起来,岂非又射中对面的自己人?

唐无郡喝道:"分开射!一半人射他前胸后背,一半人等他纵身上高空再射!"

那些红衣弩手是他手下,纷纷点头。

莫子如剑势如虹,在唐无郡发号施令的时候已经对他出了三剑,唐无郡手忙脚乱,只听那弓弦"叮叮叮叮"之声未绝,莫子如居然在和宋小玉游斗之余,在他长弓上砍了七八剑!若非他这长弓是一件奇物,早就被莫子如砍断了。

而宋小玉手持戮残生,那一双仿若狼牙棒的钢叉在莫子如剑下就如一双棒槌。莫子如砍完了唐无郡,顺手砍戮残生,这边也听得"铛铛铛"之声不绝,那戮残生的长刺被莫子如左一剑右一剑地砍去了不少。

虽然莫子如并没有出什么奇招,在他这平淡无奇的左一剑右一剑之下,戮残生迟早变成两根光棍,而唐无郡的长弓迟早要断。

剑至巅峰,返璞归真。

绝招至繁和绝招至简,或一般无二。

都是好剑法。

此时弩弦声响,莫子如一个翻身,贴地卧倒,那些等着他纵身而起的弩手也是一呆。莫子如卧倒后翻身再翻身,居然顺势滚到了其中一个弩手脚下,而后一剑扫落,那弩手哀呼而倒。短弩手惊呼退开,这些人本来武功不及，被莫子如突如其来的侵入，顿时大乱，莫子如东一转西一窜，在人群中一闪再闪，居然还使上了雪线子的"千踪弧形变"，几乎是一瞬之间，那围着他的二十余名火弩手躺倒了一地，哀号不绝。

宋小玉和唐无郡都变了脸色，莫子如横剑一笑："再来？"

宋小玉鼻子上那四条白雾逐渐变浓，戮残生陡然收起钢刺，往前伸出一截刀刃，变成了两把短刀。他双袖一张，戮残生那一双短刀突然如箭般爆射而出，短刀至半空，刀刃"铮"的一声竟然凭空碎裂，化为万千细小暗器，疾射而来。

这莫名其妙的路数也让莫子如吃了一惊，宋小玉不善暗器，这飞刀碎万刃的技巧关键不在宋小玉，而是戮残生。是谁给宋小玉造了如此机关？又是谁给了唐无郡二十多人的火弩手？

莫子如一边思索，一边挥剑招架，碎刃虽多，但莫子如一剑抖落，长衣剑突然变得柔韧，剑身震荡弹动之间，扫落戮残生的刀片。而这刀片自然是障眼法，宋小玉和唐无郡随碎刃扑来，莫子如左手与宋小玉对了一掌，仰身后倒避开唐无郡的长弓，随即递出一剑。

此剑法名为"斫取青光写楚辞"，意为竹上题诗。这是莫子如少年时的剑法，既意气风发，又带了点少年的小忧愁寂寞。唐无郡冷笑一声，长弓陡然一转，往长衣剑上绕了几绕，拉住了莫子如的剑。宋小玉内功深厚，与莫子如对了一掌之后不胜不败，抢上前去，又是一掌。莫子如不想再度放手，于是深吸一口气强行夺剑。

莫子如的内力修的是刚猛无回一道，运劲强夺，那是强劲异常。唐无郡就不信——二十多年这人就算内敛了，也必不可能浑然变了一个人，即使是学会了退一步——这人大概也就是学会了退一步而已。

绝没有两步。

莫子如运劲强夺，唐无郡陡然放手——那淬毒的长弓被长衣剑直接拉走，充满弹性的长弓和弓弦一起大幅震荡——在莫子如的脸上划破了极细微的一道伤口。

唐无郡仰天大笑："哈哈哈哈……莫春风！今日教你死在我的手上！哈哈哈哈……"他与莫子如本无什么深仇大恨，但内心深处对此人嫉恨也深，所以一招得手，真的是欣喜若狂。

149

莫子如脸颊上一道伤口仅仅是微微沁血，他已感觉双目剧痛，眼前视物模糊，眼泪夺眶而出——直到此时，他已经明白所中之毒乃是"鬼雨"。

鬼之所哭，泣泪成雨。

这名字还是当年他给唐无郡起的。

当年唐无郡还没制成此毒，也不知道现在有没有解药。

莫子如擦去眼下血泪，宋小玉见他中毒，也是喜出望外，射出碎刃的戮残生又恢复成两根狼牙棒，对准他的眼睛砸来。

"铛"的一声巨响，莫子如闭目横剑，剑气陡然翻涌，宋小玉还没近身就觉得几近窒息。长衣剑与戮残生一接触，剑刃居然直接斩入了戮残生之中，莫子如运劲一挑，宋小玉的戮残生脱手飞出，"当啷"摔在了燃烧着烈火的废墟之中。

莫子如双目缓缓流下血泪，此毒霸道凶残，损伤脏腑，却不损内力。莫子如无法用真气遏制"鬼雨"，此毒虽然不一定要了他的命，却影响他为水多婆和柳眼断后，他少年时脾气就不好，此时脸上不显，心里却如烈焰翻滚，怒不可遏。

他为故人之情，手下留了情面，故人却敬他一斛"鬼雨"。

就在莫子如闭目扬剑，准备要了唐无郡的命时，院墙突然坍塌，砖石崩塌之声隆隆不绝，一时迷了他的耳力。唐无郡麾下还有数十人掀翻了院墙，列了阵势，就在砖石坍塌之际，又有数十短弩射向莫子如。

与此同时，宋小玉兵器脱手，突然五指成爪，往莫子如的胸前插落。他那吹嘘了许久的奇门内力派上了用场——那五根手指还没摸到莫子如的衣裳，就被莫子如袖风震开——那袖风不但震开了宋小玉的五指，还顺带震开了射来的短弩。但五指上仿如一道白烟的奇门真力循着莫子如震荡的真力一起收入了丹田之中。

莫子如只觉经脉中一缕外来真气如丝如棉，若断若续，阻他真气运行，却又不能说乃是异物可以强行逼出。那真气和他自己的似是而非，似融非融，仿佛经脉中塞入了一团棉絮，当真是难受极了。

宋小玉送入这一缕真气，脸色惨白，也是元气大伤。他苦修多年，也就练出了这么一星半点"木棉衾"真力，专克内力深厚的绝代高手。二十多年来被他暗算的人不少，都死在掉以轻心之下。

"你——"莫子如睁眼怒目以对，两行血泪映目而下。唐无郡和宋小玉都觉触目惊心，莫子如粗暴地抹去血泪，一脸师爷妆也被他随意抹去，露出半张清秀书生的脸。

那张脸满是血污，莫子如依然紧握长衣剑，衣上血泪点点，如斑梅坠落。

"二十八年不见，终究是我——是井底之蛙。"莫子如轻声道。

莫子如横袖举剑，烈火与风拂来，染血的衣发俱飘，他人独立，单手平举长剑，那似不是一个出剑的姿势。

但宋小玉和唐无郡都在缓缓后退。

那是莫春风威震江湖的第一剑——名曰"三月"！

莫子如眼含血泪，身中奇毒内伤。

但当年莫春风一剑"三月"——"东方风来满眼春，花城柳暗愁杀人"——谁见他起势，能不心惊胆寒？

长衣剑凌空划过，剑光抛洒，如数十年不变的春花秋月，是江畔何人初见月的月，江月何年初照人的人。

是三月不眠的春风。

是莫春风的少年。

然而一剑"三月"的时候，莫子如蓦然回首——身后密道之内，只听轰然一声巨响，另一道剑气纵横，整个密道自下而上爆开，千千万万砖石泥渣漫天洒落，伴随着点点清冷的亮光，仿佛那地底深处炸开了一轮明月！

水多婆！

莫子如一剑洞穿宋小玉前胸，剑势余威将他撞得自剑刃上倒飞出去，飞洒了一地鲜血。那一剑"三月"重伤宋小玉后反手横扫，轻点出十数朵小小的剑花，如春之蔷薇，染血怒放，唐无郡的长弓舞成一团黑影，却拦不住那蔷薇之剑破影而入，在他身上开了十几处伤口！

随即，莫子如踏上一步单剑再砍，唐无郡只见他含血怒目圆瞪，一声叱咤，长衣剑如那斧头一般砍在长弓上，"啪"的一声，淬毒的长弓霎时一分为二——此时密道中剑光暴起，莫子如回首一眼，右手剑倒射而出，直击密道入口——回过头来，他左手抓住那淬毒的半截长弓，径直往唐无郡胸口插落。

唐无郡不防他刹那间重伤宋小玉、再伤自己、回援水多婆——还能够接上最后一步要他的命！他惊悸之下，连连后退，兵器被夺，章法已乱。

莫子如脸上衣上血泪点点，他毫不在乎，双手持弓，对着唐无郡横砍竖劈。三招之后，他已欺入唐无郡身前一步之内。唐无郡双手乱舞，虽有千百种毒药，却也拿一个已经身中剧毒的人毫无办法。莫子如功力深厚，一时之间，什么奇门剧毒也毒他不死。莫子如踏入唐无郡身前，一个闪身"千踪弧形变"，骤然与唐无郡脸贴着脸，唐无郡眼见一张满是血污、双眼无神的脸贴在自己眼前，那每一滴血都是毒血，大声怒吼惊叫："啊——啊——啊——"

莫子如森然一笑，顺手抹了一把自己眼下的毒血，径直涂在了唐无郡脸上，随即半截弓弦绕在他颈上，"咯"的一声，拧断了唐无郡的脖子。

他侧头去看宋小玉。宋小玉倒地不起，正缓慢地往外爬……他边爬边呻吟："不……不是我……不是我想杀你……"

莫子如道："哦？"

宋小玉颠三倒四地颤声道："我们……我们只是要抓柳眼……对……我们只是要抓柳眼——谁让你们要护着他？都是他——是他——抓柳眼、拿九心丸的解药——这是江湖大义！柳眼是那十恶不赦的魔头，你们护着他——你们就是和全江湖正道为敌！你们——你们——是你们——倒行逆施！我……我们是……"

莫子如踏上一步，半截长弓驻地。宋小玉知道他已到强弩之末，但这人的强弩之末和他的伤重垂危怎可同日而语？他挣扎着往外爬："我们是对的……你们是……错的……"

莫子如淡淡地问："谁让你来的？"他提起淬毒的长弓。

宋小玉看着旁边唐无郡的尸体，恐惧到了极点，陡然尖叫道："是黄……"

"嗡"的一声闷响，身周不敢前进的红衣火弩手中有一人陡然射出一弩。宋小玉胸口再中一箭，一口鲜血喷出，再说不出半句话来。

黄……

莫子如并没有想起江湖诸多门派中有谁家谁派姓"黄"，也可能这仅是一个外号。他抬眼向红衣火弩手中那射死宋小玉的人看去——其实莫子如看得并不清楚，但那人身姿挺拔，见他望来，居然还和他点了点头。

那人道："莫大侠，幸会了。在下草无芳。"

他虽然说得很客气，但随即放下了手中的弩，仔细地拔出一把刀来。然后，他又仔细地拔出来一把剑。

这人左刀右剑，也是有趣。

如果莫子如没有受伤中毒，或许也有兴致看一看左刀右剑，但此时受伤中毒也就罢了，密道下不知发生了什么，他毫无细看这年轻人的兴致。

以他们与唐俪辞定下来的设计，密道之中应当是安全的，明面上无退路，实际上有，所以水多婆护着那三百鸡崽子退入密道，只要不出纰漏，这些孩子都能顺利脱险。

但水多婆已经出剑——那说明纰漏是一定出了的。

便是不知他杀人没有？

莫子如心下焦躁，若是水多婆杀了人，当年封印在眉心的"蜂母凝霜露"破封而出，这人一旦发疯——那可比十个八个宋小玉、唐无郡难应付多了。

即使在功力全盛之时，他都未必打得过水多婆，否则莫春风为何只称"长衣尽碎"，而不是"剑皇"？

萋萋芳草忆王孙，水萋萋的剑称"白帝"。

但白帝剑在二十余年前，就已经被他埋在明月楼下的淤泥湖里了。

所以此时水多婆手里没有自己的剑，但已全力出手，柳眼和玉团儿也在地下，那三百鸡崽不知是死是活。莫子如咬牙调息，他的内息为宋小玉的"木棉裘"所乱，仍然难以运转，而"鬼雨"已侵入奇经八脉。

这左刀右剑的年轻人不是他的对手，但水多婆是。

此间之事不在于他能杀多少人，或者能不能打赢"蜂母凝霜露"毒发的水多婆——而在柳眼和那三百鸡崽能不能安然脱走！那才是此役的关键！唐俪辞将这些人托付于他和水多婆，此为他与风流店一战的关键，不容有失。

而雪线子那老妖怪真的死了吗？莫子如实在难以相信，以雪线子的秉性，竟能如此轻易地死在钟春髻手中？红姑娘不是安排了傅主梅与他同在好云山？有傅主梅在，钟春髻要怎样能捉走雪线子，甚至将他逼死？

钟凌烟那老不死，究竟是在怎样不堪的情况下，才会将他和水多婆的底细和盘托出？岂有此理？他当真死了吗？

而唐俪辞知不知道这一切？风流店伏招尽出，唐俪辞却在何处？他难道是沉迷于飘零眉苑之战，而无暇顾及雪线子和柳眼吗？

153

六十三 ◆ 若似月轮终皎洁 ◆

"人一旦无所不能,还有所谓疯不疯吗?"

唐俪辞不在好云山。

他的确还在菩提谷外,旁观飘零眉苑之战。白素车猝然夺权,玉箜篌沦为阶下之囚,柴熙谨飘然而去,鬼牡丹应返未返。这一一说明此战态势即将急转直下,敌暗我明,他在等一个决胜的变数。

当唐俪辞收到消息,得知好云山生变,雪线子和傅主梅双双失踪的时候,中原剑会已经被大火焚毁。听闻攻上山的是一群手持火弩的红衣人,先放火再杀人,留在中原剑会中的门客抵挡不住,有些被杀,有些被迫逃离。而雪线子与傅主梅因何失踪,唐俪辞收到数条急报,都说不清楚。

留在中原剑会的探子只说,在好云山被围的前三日,钟春髻钟姑娘独自上山,找她的师父雪线子。

当时雪线子人已清醒,与钟春髻相会,两人相谈甚欢,并无什么异常。

三日之后,围攻好云山的红衣人有百名之多,骑有骏马,手持火弩,那些火弩有毒,引燃山木房屋,释放出令人昏睡的毒烟。中原剑会本来精锐尽出,都在围攻飘零眉苑,留守者寥寥无几,雪线子与傅主梅又突然失踪,导致此役大败,连剑会房屋都被烧成了一片白地。

唐俪辞看完了消息,脸上并没有什么表情。

姜有余给他递上飞鸽传书的时候,瑟瑟发抖。

但唐俪辞没有生气,他只是凝视着那张简略的飞鸽传书,不言不动。过了好一会儿,他轻轻咳了一声:"失踪?"

年逾六旬的姜有余背脊发凉，对着唐俪辞深深拜了下去："老朽惭愧……有负公子所托……"

"姜老。"唐俪辞低声道，"人力有时穷，事事不能尽如人意，不需如此。"他将姜有余扶了起来，"我……"他缓缓地道，"少时不懂，只觉不如意便是事事相负，便是天地不仁……"

姜有余吃了一惊，望向这位他伺候了几年的唐公子。

只见唐俪辞顿了顿，轻声道："但……"他终是没说下去，改了话题，"失踪……总不是死。傅主梅和雪线子双双失踪，或许也不是最坏的结果。"

姜有余愣了一下："老朽以为，如果这二人没有出事，中原剑会不可能被烧成一片白地。这二位武功极高，绝非常人所能想象。"

"这世上能打败傅主梅和雪线子的能有谁？无非朋友或亲人。"唐俪辞淡淡地道，"雪线子既好色又痴情，风流倜傥不失正气凛然，他的女儿却被他宠坏了。"

"老朽小瞧了钟姑娘。"姜有余道，"这小丫头生得一副人畜无害的样子，心思竟如此狠毒，连自己的亲生父亲、授业恩师都敢害！江湖少年真是一代不如一代。"他给唐俪辞端过一杯热茶，"事已至此，公子勿要心焦，这是扶山堂的新茶。"

唐俪辞看了一眼那微透碧色的茶汤："扶山堂的新茶？你去过了天清寺？"

扶山堂是京城天清寺的茶苑，天清寺的茶苑若是时年较好，产出的新茶品质绝佳，但少有人知。姜有余与天清寺方丈春灰大和尚有旧，万窍斋与其时常往来，故而春灰方丈偶尔便会以新茶相赠。

"老朽去天清寺，不是为了和方丈喝茶。"姜有余道，"公子上回回了趟京城，来得匆忙走得匆忙，仅在万窍斋停留了三天。那三天公子不眠不休，一日去了宫中，一日去了刘府，一日不知去了何处，动用了万两黄金……老朽斗胆，猜疑了几日，敢问公子可是去了落魄十三楼？"

唐俪辞微微一笑："你胆子不小。"他却不说是与不是。

姜有余也笑了笑："公子买了消息，但万窍斋没有的消息，落魄十三楼即使有，也未必周全。我猜公子想要的是快刀斩乱麻，买一个答案。"他也给自己倒了茶，只是那破茶碗没有唐俪辞的玉瓷茶碗精致好看，这是姜有余喝了几十年的茶碗，就如他的老婆一样从未换过，"我猜公子心中是有答案的，只是缺一个佐证。"

唐俪辞眼睫微沉："所以你去天清寺和方丈喝的不是茶，是佐证？"他合上了眼睛，"你佐证了什么？"

"佐证了……扶山堂的茶苑，在天清寺建寺之时，同日建成，其中的茶树和寺庙同岁。"姜有余道，"春灰方丈还把茶苑扩大了一倍，却不卖茶，偌大茶苑，修建了亭台楼阁给善男信女们逢年过节游山玩水。"他眨了眨眼睛，眼角的皱纹微微勾起，"当年恭帝就住在茶苑之中，与他一起住过茶苑的，还有恭帝的两个弟弟、三个妹妹，以及侍奉恭帝的仆从。"

"姜老是我知己。"唐俪辞端起新茶，浅浅呷了一口，"我在想……'七花云行客'一阕阴阳鬼牡丹……他究竟是谁？"他喝了一口茶，那杯茶里缓缓泛上一层血色，唐俪辞盖上茶碗盖，"当年丽人居生变，'七花云行客'自相残杀，阿眼以引弦摄命之术，坐上了'风流店'尊主之位。为什么是他？"唐俪辞慢慢地道，"以武学成就，他不敌鬼牡丹，更不敌狂兰无行；以心智谋略，他不敌玉箜篌；以身份地位，他不敌方平斋……但他一定做了什么。"他轻声问，"那会是什么？"

姜有余与唐俪辞相识之时，柳眼早已离去："老朽不知，但必定是极为重要的事。"

"阿眼的武功奇术，都源自《往生谱》。"唐俪辞缓缓地道，"方周传功身亡那天，阿眼和主梅两人带走了那本书。若是……那本书是阿眼拿走的，而他不知其中的厉害，把它给了别人……"他缓缓地抬起头来，凝视着姜有余，"周睒楼离天清寺并不远，如果当日方周传功与我等三人，阿眼夺走《往生谱》，进入了天清寺……而后为人所救……"

"那本书就会落入天清寺手中。"姜有余知他公子甚深，"公子怀疑，七花云行客与天清寺关系匪浅？"

"姜老难道不是做如此想？"唐俪辞微微一笑，"柴熙谨儿时在那里住过，白云沟的诸多豪杰都在那儿住过，恭帝死在那里，死时年仅二十，他是怎么死的？白云沟诸位带走柴熙谨，拥他为尊，他的身份何等隐秘，为什么鬼牡丹和玉箜篌都早已知晓？"他屈起手指，"叮"的一声，轻轻弹了一下茶碗，"我在落魄十三楼买了个消息——一阕阴阳鬼牡丹究竟是谁？"

"十三楼作价万两黄金的消息，是什么？"姜有余问，"和公子心中的答案一样？"

唐俪辞的眼中露出一丝奇光："十三楼的消息认为一阙阴阳鬼牡丹，乃是天清寺里的一个和尚，俗家姓谢，叫作谢姚黄。"

"谢姚黄？"姜有余有些茫然，"老朽从未听说过此人的名字，他出家的法号是什么？"

"法号青河。"唐俪辞道，"但这位价值万金的青河禅师，在少林寺一战中，已经被普珠一剑杀了。"他浅浅而笑，"十三楼的消息说那位在少林寺中兴风作浪，与玉箜篌一起毒害普珠，杀死梅花易数、大成禅师、妙真和妙正的鬼牡丹，正是谢姚黄。"他缓缓吐出一口气，"飘零眉苑之战尚未结束，如果鬼牡丹已死在少林寺，那飘零眉苑的鬼牡丹又是谁？所以十三楼的万两黄金，卖的不是谢姚黄，卖的是天清寺。"他缓缓合上眼睛，"姜老，鬼牡丹不只一人，但必有首脑。天清寺既然是前朝所建，恭帝又在其中身亡……"

姜有余知他言外之意，若是柳眼带着《往生谱》进入天清寺，此等惊世骇俗的妖法邪术，岂能不令人心动？而"七花云行客"与天清寺关系匪浅，此后"七花云行客"兄弟阋墙，叠瓣重华出走，梅花易数、狂兰无行中毒，破城怪客与龙潜鱼飞死，十有八九……是因为这本《往生谱》。

再往后，柳眼坐拥"风流店"，江湖苦"九心丸"之流毒无穷，白云沟被屠，柴熙谨受命复国。若非唐俪辞在好云山一战倒戈相向，自称是风流店之主，又让红姑娘坐镇好云山，如今的江湖不是风流店灭中原剑会执掌武林，便已是玉箜篌手握中原剑会之大旗，灭风流店柳眼之邪魔，而后执掌中原武林。玉箜篌拿捏住普珠，少林寺为玉箜篌之附庸，对此沉默不语，那些潜藏在玉箜篌和鬼牡丹身后的暗涌，在此之后，便可以开始以柴熙谨为傀儡，步步逼近，复仇复国。

所以玉箜篌和鬼牡丹，也不过是明面上的两枚棋子。

柳眼已是一枚弃子。

唐俪辞缓缓睁开眼睛，五指按住那玉瓷茶碗，仿佛捏住了一只怪物："姜老，天清寺之事，事关重大。你和春灰多年喝茶，以你之见，春灰和尚……是个什么样的人？"

"春灰方丈慈和端庄,数十年来,未曾变过。"姜有余回答,"精通佛法,乃是一代名僧。"

"哦?"唐俪辞嘴角微勾,"恭帝身亡的时候,他就是主持吗?"

姜有余颔首:"正是。"

"所以只要抓住春灰,我们就有了'佐证'。"唐俪辞浅浅一笑,"若是抓住春灰不够,我们便把天清寺上上下下,几十个和尚全部绑了……这般他在茶苑里潜藏的那些'佐证'……便会自行现身。"

姜有余一呆:"啊?啊……公子说的是。"他去找"佐证"只是去喝茶试探,他家公子要找"佐证"却打算将人家皇家寺院上上下下全部拿下,这等境界实在令姜有余望尘莫及。微微一顿,姜有余忍不住道,"公子,天清寺乃皇家寺院,恐怕……"

唐俪辞五指加劲,扣住茶碗,指掌运功——那杯新茶冒出腾腾热气,不消片刻,那新茶被他内力蒸发,整个玉瓷茶碗都无声无息地被他五指握碎,化为一把细碎的瓷砾。

姜有余闭嘴。

唐俪辞并不看他,改了话题:"雪线子和傅主梅乃中原剑会中流砥柱,若能生擒,绝不可能让他们死。钟春髻人在何处?雪线子之事她脱不了干系,盯住她,就能找到雪线子。"

"老朽无能,一时也未找到钟姑娘的下落。"姜有余道,"但……"

他还没说出"但"什么,门外有人陡然闯入,失声道:"唐公子!姜家园死战!如今烈火冲天,已经烧了一日,不见一个人出来,也不知道莫公子和水神医怎么样了!柳……柳那个妖魔和三百弟子,似乎已经下了密道,但不见任何人出来!探子得知那山下的潜流中被人下了见血封喉的剧毒!后路已断……"

唐俪辞蓦然站起,袖袍一拂,面前连桌子带茶盘一起震飞摔出五步之外,碎成了一地残渣。他闭上眼睛,低声道:"备马。"

"唐公子……牛头山路途遥远,恐怕已经……已经来不及了……"

"备马!"

烈火熊熊燃烧。

"噼啪"轰隆之声沉闷地响起,房梁正在逐一倒塌,火焰冲天起一丈来高,莫子如眼前猩红闪烁,除了"黑""红"二色,他再看不见其他。

身周红衣弩手倒了一地,草无芳和莫子如动手之后,眼见莫子如身中剧毒仍然不死,突而脱身而去。莫子如有心杀敌,奈何已看不清草无芳逃脱的方向,只得作罢。此人脱身离去,必定是去找援兵,但莫子如此时已无暇顾及,在他身后,一道冰凉的剑意冲天而起。

水多婆终是自地底一跃而上。

莫子如持剑回身。

水多婆长发披散,眉心一点红痣已经消失不见,他半身披血,手里握着一支铁箭。

那不是唐无郡的火毒箭。

水多婆手里并没有剑,他抓在手里的只是一支三尺左右的铁箭。

水多婆刚才就是用这支铁箭施展出一式剑招,掀翻了密道顶部,从地底下跳了出来。但他身后并没有人,密道内的柳眼、玉团儿和那三百弟子,竟似突然消失不见了。

莫子如看不见水多婆的样子,但他能感觉到杀气。

明月金医水多婆从不杀人。

但剑皇水萋萋的杀意是冷冷的、凉凉的,仿佛冷风凄月之下的一汪湖水。

莫子如闻到风中浓郁的血腥味,他分不清是来自横躺一地的尸体,还是来自对面的人。长衣剑早已脱手飞出,落在了不知何处,此时莫子如手中抓住的只有唐无郡的半截断弓。

水多婆微闭着眼睛,一步一步向莫子如走来。

莫子如双目血流如注,"鬼雨"之毒已经彻底发作,纵使他神功盖世,也举步维艰。他听着水多婆的呼吸骤然一乱,仿佛是嗅到了什么令水多婆吃惊的气息,紧接着劲风袭来,水多婆手中的"剑"对他递出了一招。

莫子如半跪在地,以断弓招架,却没有架住任何东西,才知水多婆手中握的不是剑。又听水多婆越发急促的呼吸,莫子如突然想起——中了"蜂母凝霜露"的人喜食剧毒之物——而中了"鬼雨"的他,岂非正是那剧毒之物?

此时此刻在挚友眼中,他恐怕不是人,而是食物。

挚友究竟变成了什么鬼样,他却看不见。

"水多婆?"莫子如道,"水……你还记得白帝剑吗?"

水多婆眼见莫子如已宛如一个血人,却好似没看见一般,紧握铁箭,一步一步向他走来。

莫子如听不见他的脚步声,却感觉得到他的杀气:"你还记得温山河吗?"

水多婆骤然一顿,紧握铁箭的手蓦地发白,开始颤抖。

莫子如继续道:"温山河的血好喝吗?"

水多婆的眼珠子突然动了一下,"当啷"一声,手中的铁箭跌落在地,他的眼神从茫然不知道在看什么,到一分一毫逐渐充满了杀气。

莫子如再度抹去一把脸上的血泪,他已是强弩之末:"你还记得你是为什么葬了白帝剑!为什么留在明月楼……为什么决定此生治病救人绝不……"他还没说完,水多婆大步而来,一把掐住了他的脖子,将莫子如未尽之言勒在了喉咙下。

莫子如的颈骨"咯咯"作响,新的血泪夺眶而出,晕湿了水多婆的手。

水多婆松开了手指,舔了舔莫子如的血。

莫子如强撑着一口气:"你——"他右手紧握的断弓猛地一绕,压在了水多婆的颈上。水多婆已然毒发至此,理智全无,一旦脱身而去——这世上不知将有多少人为他所害。

这世上几人敌得过剑皇之剑?

莫子如惨笑一声,断弓加劲,准备如对唐无郡一般,绞断水多婆的脖子。

"嚓"的一声轻响,他只觉胸前一凉,一柄长剑透体而过,随即拔出。对面的人手劲极大,同时随意拉开了勒颈的断弓,将它扔到了一旁。

水多婆从地上捡起一柄剑,将莫子如一剑穿胸,莫子如口吐鲜血向后摔倒。那一剑甚至说不上什么剑法,径直穿破了肺脏和经脉。莫子如鲜血狂吐,那堵在气脉中的"木棉裘"竟被水多婆一剑刺穿经脉而破去,真气骤然通畅。他半辈子没吐过这么多血,毒血狂吐之后,睁开眼睛,隐约看见了人影。

水多婆双手握着一柄不知是谁的废剑,站在他身前,双手举剑,仿佛要对着他当头劈落。莫子如皱眉,他与水多婆相识多年,彼此都是剑术宗师,习剑数十年就从来没有这么一招双手举剑当头砍落的——这双手举剑前胸背后都空门洞开,剑又不是开山刀,当头劈落威力有限……难道水多婆已经疯癫到了连剑法都忘了?

水多婆微微一顿,长剑当头劈落。

莫子如强撑一口气,向一旁滚倒避开。

水多婆仍旧双手握剑再砍,莫子如无力再躲,只能勉力道:"你……喝了我的血以后……莫再回明月楼……"莫子如以手撑地,抬起头来看水多婆,"别回去看她,我怕你后悔。"

水多婆一言不发,剑刃加劲,眼见就要把莫子如一剑砍死。

突然,身侧有人伸手捏住了水多婆的剑尖。

只会蛮力的水多婆抬起头来,毫无神采却充满杀气的眼神动了一下,看了来人一眼。

来人黑衣刺绣,戴着一张毗卢佛微笑的面具,身量颇高,龙行虎步。他捏住水多婆的剑尖,阴森森地道:"莫春风如此武功,若是这般轻易死了,岂非可惜至极?剑皇与你多年好友,春兰秋菊不分胜负,若是一并入我门内,岂非大妙?"

这人没有说自己是谁,莫子如咳了一声:"你是黄……"他方才听闻宋小玉说了一声"黄……",既然此人现身,决意要诈他一诈。

来人道:"本尊鬼牡丹,自好云山而来。莫春风当真是武功高强,我这踏平好云山的红弩手,竟被你一人杀得干干净净。"他却不上当,指尖一推,将神志不清的水多婆推出去三步,在莫子如身前蹲了下来,"但雪线子和御梅之刀是怎样落入我的手中……即使你快要死了,想必也很想知道。"

莫子如低声问:"钟凌烟真的死了吗?"

鬼牡丹笑了笑,并不回答,他从袖中取出一个竹筒,竹筒里装着几只黄豆大的淡金色蜘蛛,那几只蜘蛛在竹筒内结了网,那些网闪闪发光,似金似绿,十分好看。

莫子如看不清他在做什么,鬼牡丹捏住他的脸,抬起他的下巴,将竹筒往他嘴里塞去。

天地依稀一静,随着"嚓"的一声微响,血光骤起,几点细微的血花飞溅,晕上鬼牡丹黑色长袍,化为无痕。一旁仿佛已经傻了的水多婆骤然出剑,就如方才对莫子如一样，一剑将鬼牡丹前胸后背刺了个对穿！

鬼牡丹"哇"的一声一口鲜血喷在莫子如身上，不可置信地转过头来。他在一旁潜伏已久，直到水多婆当真要杀莫子如方才出来当黄雀，是真没想到水多婆会对他出手！毕竟"蜂母凝霜露"绝世奇毒，水多婆中毒二十余年，早已毒入骨髓。

但剑皇不是别人，他不知是清醒还是不清醒，剑皇持剑在手，出手一剑——他要在鬼牡丹身上刺穿一个窟窿，他便能刺穿一个窟窿！

水多婆的剑剑意无痕，凉如明月，无心无痕。

莫子如是一柄不熄的剑。

水多婆是一柄冷凉的剑。

在鬼牡丹被一剑穿胸的同时，莫子如撑起身来挥弓反击，带毒的断弓鬼魅般缠上鬼牡丹的脖子。鬼牡丹胸前中剑，颈上有弓，然而他并非唐无郡，莫子如的半截弓弦自他颈上绕过，他指甲轻弹，弓弦应指而断。莫子如往前扑倒，随着摔倒之势——他"啪"的一声一掌拍碎断弓，抓住其中最纤细尖锐的一截断木，刺向鬼牡丹的丹田！

那截断木不过三寸来长，莫子如早已是一个将死的血人，但他合身扑上，完全不把自己当成一个血人。

一声闷响，尖锐的断木入鬼牡丹丹田两寸！一瞬之间，鬼牡丹背后中剑，腹部中刺，他大喝一声，拼起全身功力，对着扑入自己怀里的莫子如后心拍了下去。

"啪"的一声闷响，鬼牡丹和莫子如双双吐血。莫子如抬起头来，鬼牡丹跪伏下去，细碎的血点喷溅上彼此的衣摆。水多婆仍然站在鬼牡丹身后，他剑刃一转，将濒死的鬼牡丹心肺都绞成了渣滓！

莫子如中了鬼牡丹全力一掌，仰起头来，微微一晃，向后摔倒。

他眼前仍是一片血色，只依稀看得见天还没全黑。

身旁水多婆手腕一抖，濒死的鬼牡丹被他一剑甩开。莫子如看不见水多婆是疯是颠……他要死了。

死前……拦住了这么多人，柳眼……应当……也可以……吧……

"铛"的一声震响，他听到头顶劲风凛冽，双剑交鸣之声。

水多婆持剑又要砍他——自火场中突然窜出来一个人，那人也持剑，架住了水多婆。

莫子如茫然地睁着眼睛，他已血泪流尽，一双黑白分明的眼睛已变成了两团红色的浊物。

但听剑鸣之声，那是普……珠……

普珠也是自地下密道窜出来的，也是一身狼狈。他黑发披散，全身衣裳破烂，似遭了火焚后又被水浸透，显得他瘦得仿佛骷髅一般。一剑架住水多婆，普珠沉声道："施主舍身救人，大仁大义……还请稳定心神，'蜂母凝霜露'之毒并非无解。"

水多婆根本不理他，一剑未能杀了莫子如，手腕一抖，骤然使出一招"翼翼飞鸾"，左一剑右一剑，对着普珠和莫子如各出一剑。水多婆那剑路熟练至极，剑刃过空如月照流水寂然无波，若非生死搏杀，普珠定要心生赞叹。但两人持剑以对，水多婆剑上功力略胜半筹，"唰"的一声就在普珠左臂上刺了一剑。

"阿弥陀佛……"普珠不知在地底遭遇了什么，显然早已力尽，声音沙哑，"柳眼已经带着弟子们脱身，施主已不必再战，我们赢了！"

水多婆恍若未闻，他对普珠身上的血腥味甚是嫌弃，约莫同是出自"蜂母凝霜露"的毒血，令他十分排斥。闻了几下，水多婆仍是转向莫子如，突然失去身形，刹那间出现在莫子如身边——居然也是用的雪线子的千踪弧形变。

普珠追之不及，以剑拄地，只能勉强对着水多婆的背影发出一掌。

水多婆拉起濒死的莫子如，咬住莫子如的脖子，吸了一大口血。

普珠运上了佛门狮子吼，拼上了全身功力："不必再战！我们赢了！"

狮子吼声震寰宇，如暮鼓晨钟，山川林海之间回音纷至沓来，声声怒吼："不必再战！我们赢了！"

"不必再战！"

"不必再战……"

水多婆抬起头来，手中剑飘然一转，头也不回，直击普珠心口。

普珠挥剑招架，"铛"的一声，手中剑脱手而出。水多婆狰狞一笑，扔下莫子如，身随剑至，又是千踪弧形变，刹那出现在普珠身前，五指如钩抓住普珠的肩膀，随意一扭，就要扭断普珠的手臂。

普珠方才见过水多婆临危一剑，救了三百多人性命，即使是有反击之力，也难以出手——更何况此时气血两空，本就毫无招架之力，只能眼睁睁看着水多婆"咯啦"一声扭断自己的手臂，随即对着自己天灵盖一掌拍落。

这一掌要是拍中，普珠势必脑浆迸裂，死得面目全非。他闭目待死，心情竟是平静异常，此身罪孽万千，死不足惜，唯惜尚未对江湖大事尽其能，有负唐俪辞所托。

"嚓"的一声微响，肩头一阵剧痛，面上喷上一层温热的血雾。普珠倏然睁眼，却见抓住自己的水多婆胸口半截剑刃突了出来，鲜血飞洒。

水多婆的背后剑光尤未退却，仍见剑光缭绕，如春之将至。

花欲开，雨欲落，青袍春草，莫负春风。

忆少年，如少年，一生未老，不死不退。

莫子如临死暴起，他在地上瞎摸了一把剑，一剑刺穿了水多婆心口——这一剑和水多婆方才给他的那剑半斤八两。

水多婆蓦然回首，手中剑如一匹流光，穿过了莫子如肋下。

两人双剑对穿，将彼此钉在了当场。

莫子如咳了一声，吐出了一口血沫，他的血血色已经很淡，几乎流尽了全身血液："……普珠……望你比……他……好……运……"

普珠眼见人间惨剧，心神大震，一时之间，竟是说不出话来，一股真气突然逆行，全身骨骼"咯咯"作响，被佛门心法抑制住的"蜂母凝霜露"之毒竟然蠢蠢欲动起来。

莫子如低笑了一声："哈……"

他往前栽倒，闭目而逝。

水多婆被他一头撞倒，后仰摔在了地上，或许是剑刃穿心之痛，他突然瞪大了眼睛。

他已无法记起，二十八年前莫子如与水多婆比邻而居的原因，是若有一日自己眉心毒破，无法抑制，将滥杀无辜的时候，莫子如当守约……一剑杀之。

马鬃飞扬，唐俪辞策马狂奔，衣袂猎猎飞扬。

牛头山姜家园距离祈魂山飘零眉苑千里之遥，单靠一人一骑，十天也到不了。

但唐俪辞比快马还快。

他自祈魂山出发，先骑马换马，换到无马可换，他就自己疾行。

即使是最快的马，不眠不休，到达姜家园也要五日，但唐俪辞只用了两日。

除了骑马，他还会跳崖。

此行诸多高峰山崖，他不闪不避，直上高处，随后一跃而下，腰间飘红虫绫迎风抖开，殷红如血，灿若云霞，似有接天之长。

那两日，有不少山民看见苍山白云深处有一点红没入深渊，既像山灵异象，又像鬼魅横生，纷纷生出了山鬼的故事。

当唐俪辞抵达姜家园的时候，姜家园的烈火已经熄灭，满地余烬仍散发出袅袅的黑烟。院墙坍塌，满地焦尸，唐俪辞缓步而来，只见院落的中心一躺一坐有两个死人。

莫子如身上的血早已成了褐色，身上剑伤掌伤毒伤琳琅满目……唐俪辞竟分不出他是因何而亡，似乎这每一种都能要了他的命。

他扑倒在地，手中剑捅穿了水多婆的心口。

比起莫子如，端坐一旁的水多婆除了心口这一道伤，几乎就没有受伤。水多婆长发披肩，闭目拄剑而坐，嘴角微微带血，但已擦拭得十分干净。以水多婆的武功医术，即使是一剑穿心，也不应闭目就死。

但不知为何，水多婆便是死了，看他的神色，竟是死得十分安然。

唐俪辞怔怔地站在这两位面前。

除了这两具尸体，以及数不清的敌人的尸体，此地再无他人。

柳眼、玉团儿、那三百弟子……还有他托付给莫子如和水多婆的普珠，都消失不见了。

唐俪辞看着莫子如和水多婆，他的眼神十分迷惑，仿佛有千千万万件事想不通，又好像他想通了什么，只是不敢置信。黑烟拂过，玷污了他锦绣的红衣……他今天穿了件红衣。

红衣如血。

沾染了漫天尘埃。

可能过了很久，他突然在莫子如和水多婆面前吐了一口血出来。

"哈！"远处传来一声缥缈的冷笑，"唐公子也会有急怒攻心的一天，真是奇闻异事……只怕莫春风和水萋萋做梦也没想过，唐公子除了杀人诛心，竟还有几分真心。"

唐俪辞擦去唇边的血渍，回过头来，看起来他脸生红晕，气色颇好，方才吐的一口血似乎与他毫无关系。唐俪辞浅浅一笑："先生在此候唐某多时了。"

地上躺着一具"鬼牡丹"的尸体，但火焰的余烬里依然缓步走出一位穿着黑底绣花长袍的鬼牡丹。

这人脸上的面具沾染了不少灰烬，的确在这里等候多时了，只是他自己却看不见。

"我本不信，多智如唐公子，竟会让柳眼把九心丸的解药和解法，传授给这许多无关紧要的半大小子。"鬼牡丹阴森森地道，"柳眼和三百弟子不可谓不显眼，我猜唐公子若不是瞒天过海，便是请君入瓮，但看你今日急怒攻心，那解药和解法……莫不是真的？"他仰天大笑，"哈哈哈哈，你竟真信了莫春风和水萋萋能护住柳眼和那三百娃娃？'长衣尽碎'莫春风，'剑皇'水萋萋——若是二十年前，若是水萋萋没有中毒，他二人所在之处的确固若金汤，但现在呢？"鬼牡丹讥讽地看着唐俪辞，"他们死了。"

唐俪辞脸泛红晕，听鬼牡丹这么一说，他幽幽地叹了口气，喃喃地道："唐某……的确是平生第一次错信……"他抬眼看着鬼牡丹，"我若知道水前辈身中剧毒，断不会做如此安排，但他们二位即使战死——也依然守诺，护卫了柳眼和九心丸的解药。"他缓缓地道，"三百位能解九心丸之毒的少年，汇入江湖之中……总有那么几人能逃出生天，能解得了此毒——从此江湖将不再苦于风流店毒患。二位前辈身死，但不是白死。"

"比起'江湖不再苦于风流店毒患'，让唐公子错算失策才是死得其所。"鬼牡丹狞笑，"放心，柳眼与那三百娃娃，我一个都不会放过。"

唐俪辞伸出手来，鬼牡丹后退一步，只当他要动手，却见唐俪辞伸手扶住了水多婆拄住的那柄剑，晃了一晃。鬼牡丹一怔，若是旁人如此示弱，他必是顺手杀了，但唐俪辞摇摇晃晃地扶住一柄剑，他退了一步之后，又退了一步。

唐俪辞见他退了两步，浅浅一笑："比起柳眼，我更想知道雪线子与御梅刀哪里去了?"他微微眯起了眼睛,"你不是从好云山而来——好云山而来的那位横尸在地——你我一样千里奔波来迟一步,都未赶上此间的终局。"他的眼角微微一挑,"二位前辈双双战死,不但在我意料之外,也在你意料之外……鬼尊可愿意细说细说,原先对'长衣尽碎'莫春风与'剑皇'前辈是如何安排设计的?究竟是让'呼灯令'来下手,或者是……"他提起了水多婆的那柄剑,柔声道,"是让《往生谱》来下手呢?"

鬼牡丹戴着面具,看不见表情变化,但一息之间,他全身气息都起了一阵微妙的变化。唐俪辞缓缓举剑,他手上似是不稳,剑刃颤抖不定,剑光游离闪烁:"九心丸、牛皮翼人、狂兰无行的'魍魅吐珠气',玉箜篌和抚翠的'长恨此身非我有'……引弦摄命之术……你——或者说'你们'从柳眼手里拿到了《往生谱》,那是一本邪书。"唐俪辞慢慢地道,"《伽菩提蓝番往生谱》记载奇门诡术,杀人放火无恶不作,练得多了还会发疯……但它实在是太诱人了,它能让人无所不能啊……"他轻声道,"人一旦无所不能,还有所谓疯不疯吗?"

"唐公子对《往生谱》知之不少,唯一可惜的是你见过的《往生谱》只有一册,而我所见的《往生谱》是三册。"鬼牡丹纵声大笑,"白南珠冒天下之大不韪,从叶先愁的书房里拿走了一册,他却不知道那鬼地方还有两册,白南珠的那一册不过是根基而已。"

唐俪辞持剑在手,剑刃依然颤抖不休。他轻咳一声,低声问:"我知第一册,你们从柳眼手中得来,但那另外两册从何而来?"

鬼牡丹目中掠过极为浓重的恶意,他提起《往生谱》另两册,便是故意要说这几句给唐俪辞听。他笑得极为痛快:"另两册——作为杂书,流入了杏阳书坊。"

唐俪辞微微一震:"杏阳书坊?"

鬼牡丹狞笑:"不错,杏阳书坊。你那'故友'柳尊主,以及冰獠侯郝文侯都是在杏阳书坊中,第一次见到了阿谁。"说完之后,鬼牡丹仔细观察着唐俪辞的表情——此人狡诈多智、心狠手辣,不知身后持有多少底牌,即使己方已经手握雪线子和御梅刀,逼死莫子如与水多婆,甚至拿捏住了阿谁,但唐俪辞似冷静似癫狂,似无情似多情,对任何事的反应都难以预料,这才是他此生最难收拾的敌人。

唐俪辞微微合眼，一瞬之间便已明白其中的纠葛——柳眼和郝文侯争夺《往生谱》，阿谁不过是他们当时相争的附属物。而鬼牡丹特地告诉他阿谁与此事的纠葛，用意自然不在那两本不知是真是假的书，而是在告诉他阿谁与此事关系匪浅，她比唐俪辞想象的涉入更早、与《往生谱》关系也更紧密。

这是在暗示什么呢？

唐俪辞倏然抬眼，他盯着鬼牡丹，目中一点杀气如刀，披靡四散锐意森然。

"你想说什么？"唐俪辞目中杀气盛，语调却低柔，像一点滴之未落的毒酒。

鬼牡丹大笑道："我想说什么唐公子难道不知？阿谁当年在杏阳书坊，谁也不知《往生谱》那其余两册这丫头当年究竟有无看过——这丫头心性坚韧聪明能干，并非村姑愚妇，你说世上除了你——还有谁会以为她可以全身而退，纵容她回乡而去呢？郝文侯要抓她，柳眼要夺她，除了她貌美，难道就心无旁骛？我素来不信一见钟情，若非见色起意，便是别有所图，唐公子自己难道不是吗？"

"我的确是别有所图。"唐俪辞淡淡地道，"鬼尊之意——是做鬼也不可能放过她，若是放过了，便是欲擒故纵了？"

"不错。"鬼牡丹道，"然而欲擒故纵之间，偶然让我发现了一个小秘密——当年她把和郝文侯生的崽子托付给你。"他似笑非笑，看着唐俪辞手持的那柄剑，那柄剑还在颤抖，光华流散，似龙似蛇，"那娃娃是死是活与你何干？你又非当真对阿谁一往情深，你养着她的儿子做什么？"

唐俪辞幽幽地叹了口气："说不定唐某慈悲为怀，见不得稚子早夭，救人一命，胜造七级浮屠呢？"

鬼牡丹阴森森地道："郝文侯的亲生儿子，到底有什么稀奇之处，本尊很是好奇。他已经被柳眼宰了，本尊却捉住了一个郝家当年的大夫，那糟老头竟然说郝夫人早已给阿谁下了打胎药，以那虎狼之药的药性，那娃娃就算生得出来也活不了多久——但他非但活了，居然还活到了现在。"他歪了歪头，"这就是稀奇之处了，如果那小娃娃本该是死的，那你一直抱的那个，是什么？"

"唐某……无所不能。"唐俪辞缓缓地道。

他没有笑。

鬼牡丹嗤之以鼻："你以为你是谁？"

唐俪辞手中剑乍然一定，他"唰"的一声提剑而起，正对着鬼牡丹的鼻梁："我先杀了你，知晓'小娃娃本该是死的'的人，就会少一个。"他轻声道，"在死前你定要告诉我，还有多少人知道……有一个我杀一个，杀完了，便谁也不知道了。"他居然并不否认"那小娃娃本该是死的"。

鬼牡丹衣袖一震，姜家园四周浓烟之中沉默地冒出许多人影，这本是个引君入瓮的困局。只是唐俪辞来得太快，鬼牡丹的伏兵尚未备好，这人就已经闯入，方才鬼牡丹故意说了许多，正是为了拖延时间。

唐俪辞不笑的时候，比微笑看起来更为眉目温柔，只是在温柔之中透出一股冰冷的死气来。

"杀再多人也来不及了。"不远处有人道，"来杀你之前，我已经提醒了阿谁姑娘，凤凤不是她的亲生儿子，她的亲生儿子早在托付给你的那天晚上就已经死了。"

唐俪辞缓缓抬眼看着来人，这人弱如蝼蚁，却万分可恶，却是草无芳。

草无芳笑得十分愉快："我不知道你与一个婢子纠缠不清所图为何，你在她面前装作无所不能，非要救她根本无药可救的儿子，那娃娃死了你就抱着一个假的哄她……非要骗她对你感恩戴德，敬你爱你信你一辈子？花费这许多心力在一个丫头身上，你要说她身上真没有可图之利，这世上恐怕谁也不信吧？"

唐俪辞不说话，他盯着草无芳，眼中所见的却仿佛是不久之前的一个幻影——有个人微微蹙眉，轻轻叹了口气，低声道："如此……阿谁谢过唐公子救命之恩，结草衔环、赴汤蹈火，在所不惜……可以了吗？"

她问：可以了吗？

而他无话可说。

是的，他种种矫情，诸多算计，不过是展示自己凌驾众生，恩威福禄，欢喜悲伤，都需由他施舍赐予——这世上所有人——所有的人都该对他感激涕零，为他结草衔环、赴汤蹈火，在所不惜……

本该是这样的。

但又不是的。

不是的。

鬼牡丹问:"你养着她的儿子做什么呢?"

草无芳说:"我不知道你与一个婢子纠缠不清所图为何……花费这许多心力在一个丫头身上,你要说她身上真没有可图之利,这世上恐怕谁也不信吧?"

唐俪辞一剑对鬼牡丹刺了过去,这些问题他不回答,他也答不上来。

欲承神魔之利,行神魔之事,便要承神魔之罪。

没有人告诉他,之前他也从未想过,若有一日他承受不了……

那要怎么办?

京城,杏阳书坊旧址新起了一座小茶馆。阿谁带着凤凤离开姜有余的庄园,便返回了京城。她把杏阳书坊的旧址盘了下来,搭了一座很小的茶馆,茶馆此时还没有完全建好,阿谁平日就牵着凤凤在京城街上安静地散步,走一会儿,抱一会儿。

凤凤已经会走几步了,但主要还是要抱着。

京城的街道十分繁华,这几日正逢庙会,街上卖绣作、珠翠、笔墨、声色销金花样幞头、帽子、书籍、图画、药香、蒲合簟席、鞍辔弓箭等什物的铺面琳琅满目。百姓熙熙攘攘,四处热闹异常,她一处一处地看着,偶然也买一点什么。

她知道十字大街东边那家最大的酒楼,本是万窍斋的一处门店。太庙街后面的一处酒肆,原来也是万窍斋的产业。而后因为唐公子自称为风流店主人,又当众掳走了普珠方丈,满江湖都当他是邪魔外道,为防万窍斋受他连累,他便把万窍斋卖了。所得的钱财,他用以遣散万窍斋众人,就像她一样……只要追随唐公子,无论你有用无用,至少……能得一匣子银票。

唐公子要你低头俯首,感恩戴德,结草衔环,心甘情愿……但他立威施恩,绝不会让你一无所有。

这样……就算是赢吗?

阿谁凝视着面前的万丈红尘,或许……你还没有等到旁人心甘情愿,就已经把自己全施舍了出去,又或者……唐公子无所不能,永远都能得偿所愿。

　　前面不远处起了一阵喧哗，有个盗贼光天化日之下从卖珠翠的铺面上抢了几支花钗，往巷子里跑去。很快几个少年追了上去，将那盗贼打翻在地，将花钗夺了回来，还给了卖货郎。那卖货郎连连感谢，回赠给几位少年他自带的馍馍。

　　阿谁不知不觉地微微一笑，但微笑尚未消退，那几位少年中有一位突然当街栽倒。周围一阵大哗，她也是吃了一惊，赶上几步，却见那少年脸上手上泛出红色斑纹，那些斑纹快速变成了黑色，随即少年哀号打滚，痛苦非常。

　　这是……九心丸之毒？她惊愕地看着那看似不过十五六岁的少年，这不过是个孩子，他从哪里沾染了此种毒药？眼看少年毒发，身边的人纷纷去扶，她一时心急，出声道："且慢！这孩子中了剧毒，此种毒药极易传人，还请诸位退开几步。"

　　众人乍然见一位美貌女子牵着幼童，也是一怔。阿谁牵着凤凤从人群中走了出来，九心丸解毒之法她虽然并没有学过，却也从柳眼那儿耳濡目染，懂得了一点皮毛。并且返回京城之前，柳眼和水多婆都给了她一些防身药物，里面就有九心丸的解药。

　　九心丸只服用解药并不能彻底解毒，但至少能减少毒发的痛苦。阿谁取出一只青玉药瓶，倒了一粒黑色药丸出来，塞入了地上毒发少年的口中。那少年痛苦至极，脸上手上的黑斑十分可怖，他所中的九心丸之毒非常剧烈，和阿谁先前见过的并不一样。阿谁当年见柳眼所发放的药丸毒发之后，会让人浑身长红斑而不是黑斑，那些红斑并不致命，也不疼痛。

　　眼见少年吞下了解药，她拔下头上发簪，对着少年小腿"外丘穴"刺入约一寸半。凤凤坐倒在地，看她救人，眼神十分好奇。那少年服下药物，被施针之后，身上的黑斑缓缓变红，也不再痛苦哀号，可见阿谁的手法虽然并不全面，却也是有些效果的。

　　锄强扶弱的小少年，都还如此年轻，不应死于九心丸之毒。

　　他都来不及吃卖货郎给他的馍馍。

　　"你是何人？"那少年的同伴大声问，"你怎么知道闻爻中的毒会传人？"

另外一人着急地问:"你怎么会有解药?"

卖货郎被浑身长黑斑的恩人吓得魂飞魄散,收起铺子就打算走。

"娘——"凤凤突然大哭起来。

在大家七嘴八舌之时,地上"毒发剧烈"的闻爻陡然睁眼,一把抓住阿谁的手,拔去小腿处插着的发簪:"你就是阿谁姑娘,你果然有解药。"

阿谁陡然被抓,微微一怔,随即叹了口气。

她并不说话,也不太意外。

毕竟在集市上遭遇了少年英雄锄强扶弱,并且少年英雄还突然毒发需要她出手相救的事情的概率,本也不大。但无论是真是假,她总不会眼看着一位十五六岁的小少年毒发身亡,总是会送上解药的。

"我真不敢相信,唐公子竟当真放你走,而没有给你留下一两个暗卫。"那看似十五六岁的闻爻故作惊讶地道,"哎呀,我知道了,唐俪辞变卖家产自身难保,他恐怕是没有钱也没有时间——来确保你无恙了。"

阿谁抓住凤凤的手,微微用力,并不说话。

相忘于江湖……是她求仁得仁。

谁能……对唐公子不心存幻想?即使是她百般不愿,明知没有结果,也不得不心存怜惜,他如有需要……阿谁既心存怜惜,又愧负恩情,所以可以舍命。但阿谁孑然一身,她这一命轻如飘萍,一文不值,只不过证明了唐公子总能逼你舍命相爱,证明他总是能赢——此后——便没有了。

唐公子并不需要她痴恋一生。

他只是想赢。

而她这一生,也从来没有计划过有唐公子。

她可以输。

她曾痴心妄想过有一个没有心眼,温暖又有趣的小厨子。

但小厨子是假的,他不曾存在过。

她所有的少女情怀,都在遭遇了郝文侯和柳眼之后无声无息地破碎,又在发现小厨子其实不是小厨子的时候再次湮灭,她被唐公子扔出去,彼此的尊严都摔得粉碎,然而比起唐公子的尊严,她那点尊严不值一提。她碎过一次又一次,但那又如何,那不过是她自己的事,甚至她是死是活,都无人当真在意。

然而一个人遭遇过什么,有没有人关心,甚至爱谁不爱谁,都只是人生的一部分。

有些人视爱如生。

而她不想那么荒芜。

她决定好好生活,决定忘记郝文侯,选择生下凤凰,愿意同情但不原谅柳眼,决意远离唐公子……那都是她自己的选择。

每个人的际遇都不相同,悲欢离合无关对错,从心而已。

她取了唐公子一张银票而去,唐公子避而不见,自此恩怨两清,相忘于江湖,这便是他们最好的结局了。

闻爻一把抓住了阿谁,心下得意——其他人总是疑心唐俪辞在这婢女身周布下伏兵还是暗卫,他就说以唐俪辞如今腹背受敌,哪里还有心思来管这个丫头?这丫头人无足轻重,但她可能看过《往生谱》,杏阳书坊有自印书籍,如果当年还有留下什么印版,印版的下落还要着落在阿谁头上。但这件事又不能让阿谁察觉,一旦她知道那《往生谱》的厉害,此事必然要生变。

郝文侯抓她回家,也是存了这个心思,但谁知其中起了什么波澜,他居然鬼使神差地看上了这个丫头,不但没问出来秘籍的下落,还送了一条命。

闻爻年纪不大,他没有见过郝文侯和柳眼,这丫头轻贱得很,把她抓住,严刑拷打,必然能得知《往生谱》究竟有没有外传!

就算她宁死不屈,把她交给师父,那也是大功一件。

在阿谁默不作声的时候,闻爻点了她几处穴道,将她和她怀里的娃娃一起捆了,一跃而起。他那些刚认识半日的"好友"大惊失色,围上来询问发生了何事,被他一人一掌重伤,连卖货郎也没逃过一劫。随即,闻爻飞身而起,抓住阿谁和凤凰,往东而去。

街头一阵大乱,百姓眼见又是打架,又当街掳人,当下四散而逃。

唯有远处街角,那刚刚逃走的"小贼"自屋檐下窥探了几眼,又默默地退入了阴影之中。

闻爻带着人在京城街头转了几转,突然之间,不见了。

那"小贼"又在远处盯梢,不久之后,一只信鸽向南飞去,没入晚霞之中。

那日夜里，天清寺灯火通明。

红姑娘得知阿谁被掳的时候，唐俪辞已经去了姜家园。他走得太快，错过了飞鸽传书。

姜有余的手下探得阿谁和凤凤被掳，但红姑娘对此事心存疑虑。

疑虑一是唐俪辞当真放任阿谁离开？如果他的确放手，而又觉得区区阿谁区区女婢无关紧要，为何姜有余的手下却仍然在盯梢？

疑虑二是阿谁虽然不会武功，身份低微，但她并非无能为力。

红姑娘与阿谁在风流店共处多时，风流店那并非什么温情小筑，时常就要死人。柳眼阴郁癫狂之时，连她都难以靠近，阿谁却可以处之泰然。这丫头天生有一种能平息事端的能耐，唐俪辞在她面前都要静下来几分，她就这样任人掳走了？

宛郁月旦坐在她身旁，碧涟漪为他读完了飞鸽传书，他弯了弯眉眼，微笑道："阿俪是拿阿谁姑娘做了一个饵。"

红姑娘微微一惊，醍醐灌顶。

的确，唐俪辞放任她离去，看似恩怨两清，却是以阿谁做了引蛇出洞的一个饵……他在钓鱼。

他爱不爱阿谁？红姑娘看不出来。

也许不经意喜欢过？得到了又厌弃了？

不管是爱或不爱，他拿着曾经在意过的女人的命，堂而皇之地钓鱼——这人心狠手辣，毒如蛇蝎。

不管是对别人还是自己，都是这样。

红姑娘轻轻叹了口气："但他去了姜家园，走得太快，人既然不在京城，他钓的偌大的鱼却要谁人去收？"

她微微蹙眉，低声又问："飘零眉苑自玉箜篌失势后，沉默了三日，我料其中必然发生了巨大变故。宛郁宫主，你说我等是继续等，还是——"

宛郁月旦也微微皱起了眉。

这几日，成缊袍带伤潜入了飘零眉苑外部，窃听到飘零眉苑内部生变，白素车囚禁了玉箜篌，夺了飘零眉苑的大权。

但此后飘零眉苑便陷入了一片死寂。

连白素车都失去了音信。

这不应该的。

成缊袍没有忘记白素车当时横刀在手,说:"杀人者谁,不过白某。杀一人罪天下,而杀万人……可成一将。"

结果,她不但成了"一将",她还成了白尊主。

她到底想做什么?

无论她想做什么,都不可能什么也不做,玉箜篌被囚,鬼牡丹岂能无动于衷?死寂的飘零眉苑深处,究竟发生了什么?

正在红姑娘和宛郁月旦沉吟之时,孟轻雷突然来报。

"那个柳……那个魔头和玉姑娘,带着十几名弟子,出现在祈魂山后山,正和一群乌合之众战作一团。"

红姑娘吃了一惊:"和谁战作一团?"

孟轻雷叹了口气:"清风帮和断刀门,他们都有门徒死于九心丸之毒。"他忍不住道,"这恶徒死有余辜,九心丸流毒无穷,害人无数,实该把他千刀万剐……"

宛郁月旦眉眼一弯:"这恶徒和唐俪辞狼狈为奸,但手握九心丸的解药。我等当先把他捉拿在手,逼问出解药,再杀他以谢天下英灵。"

孟轻雷恍然大悟:"我和成兄一道,必定将此魔头生擒!"他即刻纵身而去,不知为何柳眼突然在此,但人既然在此处,不能让他跑了!

"也只有孟大侠这等老实人,才会听不出你弦外之音。"红姑娘幽幽一叹,"听闻柳眼另有奇门医术,不知能不能治得了'蜂母凝霜露'。"

碧涟漪身中剧毒,又被王令秋折磨,至今起不了床。红姑娘愁眉不展,宛郁月旦的手指轻轻磨蹭着椅子的扶手,低声道:"王、令、秋……"

六十四 ◆ 问南楼一声归雁 ◆

白某不欲生,不怕死。
只身独行,所作所为,与任何人无关。

飘零眉苑深处。

地牢之内。

数日不曾见人的玉箜篌坐在地上,身上布满了蛛网,他一动不动,宛若木雕。数十只豌豆大小的蛊蛛在蛛网上爬来爬去,仿佛那毒网上悬挂的一滴滴水珠。

蛛网闪烁着某种淡彩,看起来居然并不可怖,仿佛十分华贵。

"嗒"的一声,地牢的小口又开了,青烟从外面塞进来一个木盘子,盘子里有一瓶水和一块馍。那小口随即关上,她没有说话,连木盘子也没有收回,似乎已经忘了。

极轻的脚步声远去。

玉箜篌身边放着许多装水的瓶子和空碗,但瓶子和空碗周围聚集着许多闪烁微光的蛊蛛,一直在进食的不是玉箜篌。

是这些蜘蛛。

玉箜篌整个人消瘦了许多,但皮肤泛出了和蛊蛛一样的青金色淡彩,望之便不似活人。

突然,他身上的蛛网仿佛感应到了什么震动,轻轻起了一阵涟漪。玉箜篌全身一震,倏然睁开了眼睛。他的眼睛毫无光彩,蛛网那一阵涟漪过去,他又缓缓闭上了眼睛。

蛊蛛在他身上爬来爬去,织出更多的网。

慢慢地，他被蛊蛛缠绕成了一个硕大的茧。

茧上的蛛丝在烛光的映衬下闪闪发光。

青烟送完今天的食物，呆呆地往回走。

有几位白衣女使喊了她的名字，但她没有回答。这三天，她也没有去照顾红衣女使，只是迷迷糊糊地走着，温蕙跟着鬼尊一行从京城回来了，她却很少和师姐说话。

她的耳后有些许极细的蛛丝在发光，有些细微的东西在她的发髻中爬动。

而她浑然不觉。

青烟进入了大殿。

这个地方本是玉箜篌议事的地方，玉箜篌不在，白素车就站在了这里。玉箜篌的金丝躺椅就在她身侧，上面垫着绣有仙鹤图案的丝绸软垫，躺椅旁的木几上，尚摆放着一壶金瓶烈酒、一个空杯。

白素车并不去坐玉箜篌常坐的高位，经常站在那高位的旁边，似乎玉箜篌在与不在，对她来说并无不同。她也没有一般上位者患得患失，或大喜过望的狂态。

青烟呆呆地走了进来。

白素车看了她几眼，皱起眉头："累了？"

青烟摇摇头："不累。"

白素车又问："玉尊主如何了？"

青烟答道："他在吃饭。"

白素车负手凝视着她："那你为何失魂落魄？"

青烟又摇了摇头："我有点……有点害怕。"

白素车淡淡地道："怕我？"

青烟猛然摇头："不是的，素素姐姐对我最好，青烟知道这世上再没有其他人……其他人……"她的声音渐渐微弱，喃喃地道，"没有其他人在乎……"

白素车凝视着她，青烟摇摇欲坠，她的脸色苍白中带着一点奇怪的光晕，她的发髻中有什么在动弹。一瞬之间，有物自青烟发上身后陡然炸开——

177

白素车反手出刀，一刀向青烟劈去——刀到中途她便知晓自己错了！

自青烟身上炸开的并非暗器，而是一大捧轻若飞絮的蛛丝。

不知多少闪烁着青金色淡光的小蜘蛛飞舞在半空，白素车挥刀上去，那些蛛丝立刻黏在了刀上，刀锋伤不了蜘蛛，它们能顺着刀刃爬下来，快速向白素车爬来。

白素车当机立断，脱手放刀，远远避开。

她这一退就退出了大殿之外，但青烟还在殿内。

白素车遥遥看着站在殿内、浑身爬满了微小蜘蛛的青烟，看着她颓然倒下、看着她在地上挣扎、看着蜘蛛自她耳中鼻中爬了出来，随后鲜血也跟着从耳中鼻中流了出来。

织网极快的小蜘蛛很快给青烟覆上了一层层小小的蛛网，她仿佛被笼罩在了一层朦胧的轻纱之中，既瑰丽又可怖。

白素车看着她死。

每一刻每一张网，她都记得清清楚楚，就像至今她还记得"如松"剑的每一个剑招一样。

玉箜篌自不可能束手就擒。

她一直在等，也曾经疑惑过。

原来如此。

蛊蛛之毒。

他利用了青烟送饭的机会，散布蛊蛛之毒，此时偌大的飘零眉苑里不知潜伏多少蛊蛛。青烟年纪幼小，武功不高，中毒之后她茫然不觉，最终蛛入脑髓而亡。蛊蛛不分敌我，玉箜篌既然放了，他自己必不能幸免。

白素车凝视着大殿内随风颤动的蛛网，取出火折子，引燃后扔入了蛛丝之内。烈火倏然而起，那细丝居然可燃，数十只蛊蛛受惊从那蛛网上逃开。白素车反身入内，提起躺椅旁的金瓶烈酒泼向那些蜘蛛。

只听"哗"的一声烈焰升腾，那些微小的蛊蛛被烈酒浇透，青烟身上的火焰蔓延过来，一瞬之间，那些细小的东西就被烧成了灰烬。

蛛丝所燃的火焰很快熄灭，青烟被烧成了一具满脸乌黑的尸体。

白素车走了过来，单膝点地，取出帕子轻轻擦去她脸上的污渍。

这孩子，杀过很多人。

善恶不分，胡作非为，草菅人命，凉薄恶毒，都是有的。

但如果她十二三岁的时候，不曾入了风流店，不曾在胡乱杀人之后受到赞赏，或许不会这样死去。

白素车抬起头来，望着黝黑深邃的地下宫殿。

在此魔窟之中，有没有蛊蛛，区别是有多大呢？

这魔窟之内的人活着，却又不像活着。

所以也并没有那么怕死。

她居然还有些愉悦——因为玉筌篌放出了蛊蛛。

蛊蛛必有幕后操纵之人。

那不是玉筌篌，玉筌篌已然走投无路，以身饲蛛。

那会是谁？

她披荆斩棘，杀人杀己，踏火而来，终于要见到这一切的谜底——风流店真正的主人了吗？

到时候，如有可能，她要为风流店上下非生非死的白衣女使、红衣女使讨一个公道！

白某不欲生，不怕死。

只身独行，所作所为，与任何人无关。

京城天清寺。

"咚"的一声闷响，闻爻把阿谁和凤凤一起重重摔在了地上。

阿谁紧抱着凤凤，尽力使他不受到伤害。

"阿谁姑娘。"极远的地方，传来缥缈苍老的声音，居然并不可怖，似是端正慈祥，"此番请你来此，并非老朽本意，小弟子自作主张，恰是给了老朽一面之缘。"

凤凤自己翻了个身站起来，好奇地看着东边的走廊，那声音从走廊深处传来，似乎就在尽头的大屋之中。

阿谁拉住凤凤的手，慢慢抬起了头。

十五六岁少年模样的闻爻站在前面，在他后面有一名身材清瘦、面色苍白的中年人。那人身穿黄褐色长袍，并非僧袍，却剃了个光头。闻爻在黄袍人面前不敢放肆，低声道："青山师父。"

黄袍人点了点头，对走廊深处道："方丈，当街掳人，风险极大。"

"寺内外门弟子求成心切，失了分寸，但的确如闻爻所言，唐俪辞心系祈魂山战事，遣散万窍斋之后，对京师之事已不警觉。"坐在大屋中遥遥说话的，正是天清寺现任方丈，春灰禅师。

阿谁自幼在京城长大，天清寺春灰方丈，她也曾在入寺上香之时见过。春灰方丈十分慈祥，天清寺内鸟雀众多，皆因诸僧多年来和方丈一起诵经饲鸟，广结善缘。她从未想过，年逾六旬，清正慈和的方丈，居然也会算计时局。

闻爻将她掳入天清寺，这些人她从未见过，他们究竟是谁？

"玉箜篌不堪大任，居然受制于一介女流。"闻爻小声道，"他被白素车抓住，真是丢尽了风流店的脸面。"

那名唤青山的黄袍人摇了摇头："此女野心勃勃，本是一员大将，奈何眼界不高。但她也是有功——玉箜篌若非被她逼至绝境，也不可能放出蛊蛛。"此人言语低沉，声音不高不低，十分冷淡凉薄，"母蛛已死，所有的蛊蛛都将受制于母蛛之蛊，只等白素车中毒——飘零眉苑便重归我等掌控。"

"白素车既然反水，与玉箜篌为敌，她与中原剑会便有利益相连。若白素车中毒之后，能引来唐俪辞或宛郁月旦，若能让此二人一并中毒——我等大事岂有不成之理？"远处大屋之中，突然响起了一个古怪沙哑的声音，非男非女，"我要去一趟飘零眉苑，会一会姓白的丫头。"

阿谁跪坐在地，一言不发。

听见了这几句话，就意味着她将是一个永远不会泄密的人。

她可能活不过今日。

咬了咬牙，阿谁非常清醒——这也是她的机会。

面前这些从未见过的人，便是风流店背后潜藏着的真正的"主人"。

他们绝不是要什么中原武林，他们要杀唐公子、宛郁宫主，要杀白姑娘，都是为了"京师之事"。

他们到底是谁？

风流店九心丸，茶花牢蛊蛛之毒，呼灯令王令秋，毒物横流，欲梦魂消，恶念一生，人……便成了魑魅魍魉。

他们想要的是什么？

那位名叫青山的黄袍人终是淡淡地看了阿谁一眼："阿谁姑娘，请你来，是请教你一件事。当年杏阳书坊有两册旧书，一本叫作《慈难柯那摩往生谱》，一本叫作《悲菩提迦兰多往生谱》，这两本书你可曾读过？"

阿谁的目光微微闪动："这两本旧书……我卖给了郝侯爷，后来被柳尊主拿走。"

"你读过其中的内容吗？"黄袍人问道。

阿谁一顿："读过其中部分，但内容晦涩难懂，未曾读完。"

"这两本书……"黄袍人问，"是从哪里收来的？"

阿谁缓缓抬头，看着黄袍人。

这是一个相貌清正的中年人，看不出有什么邪恶之气，也看不出什么温和亲切。

闻爻站在此人身后，神态十分谨慎。

她看着此人露出衣袖的手，那手背有淡淡的乌青之色，是九心丸毒发的红斑或黑斑褪去后留下的痕迹。

这是一个服用过九心丸或类似的药物，增强了内力，又刚刚祛除了毒性的人。也许不止这位黄袍人，刚才的闻爻、这长廊尽头大屋里躲藏的两人，都是这些奇门诡术的受益者。

"这两本书……是书坊主人在玉林客栈的杂货里捡的。"阿谁轻声道，"大多是客栈客人遗落或丢弃的杂物，一般都不值钱。"微微一顿，她又道，"但我记得那年玉林客栈死了很多江湖客。"

黄袍人微微皱眉："那年？哪年？"

阿谁缓缓地道："周睒楼开业的那年。"

黄袍人示意她继续说，阿谁却沉默了。过了好一会儿，她道："青山师父，恕阿谁冒犯……这两本书的来历，我说过两次。第一次告诉了郝文侯，第二次告诉了柳尊主。阿谁并未隐瞒，这两本书来自玉林客栈，周睒楼开业的那年。"

闻爻不知她说了两次"周睒楼开业的那年"是什么意思，皱着眉头："这两本册子你们杏阳书坊翻印过吗？书里写了什么你可曾告诉别人？"

"闻爻！"黄袍人喝了一声，制止了闻爻。

长廊深处的大屋突然响起苍老的声音:"周睇楼开业那年,岂非便是唐施主现世之时?"

"不错。"阿谁淡淡地接话,"柳尊主也说过,唐公子的武功,是从周睇楼方先生那里渡来的,而方先生的武功,是唐公子教的。周睇楼开业的那年,玉林客栈死的那些江湖人,遗落的只有那几本书……"

"几本书?"闻爻警觉起来,"除了这两本,还有其他的武功秘籍吗?"

黄袍人眉头深皱,这位素衣女子不卑不亢,说话难辨真假。当年郝文侯在杏阳书坊偶得两册《往生谱》,柳眼只从唐俪辞手中得到一册。以柳眼所言,他确信唐俪辞只有这一册,但柳眼并非心细谨慎之人,万一真如这婢女所言——唐俪辞其实有过《往生谱》全册,那杏阳书坊所流传出的那两册便大有问题。

有谁会放任这等绝世奇书流落在外?除非他是故意的。

难道天清寺拿到的《往生谱》其中有诈?

这就能解释他与春灰一直想不通的一个疑问——唐俪辞为何能指点狂兰无行突破魑魅吐珠气的最后一层?唐俪辞如何知晓真气化形的诀窍?根据柳眼所言,唐俪辞曾经学过的那一册,可没有魑魅吐珠气这门功夫。

他还未将其中的利害想清楚,阿谁又缓缓地道:"但我当年见到的,不止这三本书,还有另外两本红色封面的残卷。"她垂下眼睑,"那两本书残缺不全,于是我把它们和江湖人的杂物,都扔了。"

长廊尽头的大屋"咿呀"一声缓缓打开,一位老僧走了出来。

"那是两本什么样的书?"

阿谁抱紧了凤凤,低声道:"两本红色封皮的残书,封皮上题着一首诗,写着——'南园鸟惊飞,一碎长命杯。独枯宁不疑,幽幽见山鬼。'那两本残书叫作《宁不疑》。"

黄袍人与老僧面面相觑,"梧井先生"叶先愁虽然是上一代武林佼佼者,他自己却是不练《往生谱》的,否则屈指良怎生杀得了他?但他的《往生谱》不知从何而来,而这未曾听过的《宁不疑》又是何物?

无论是真是假,这残书,必是要先找到一观。

那么这名被唐俪辞抛弃的女子,便不能轻易杀了。

阿谁见这两人对视一眼,便知自己今日应是死不了了。她低下头摸了摸凤凤的软发,凤凤十分乖巧,坐在一旁好奇地听她说话。她缓缓闭上眼睛,轻轻吐出了一口气。

并没有什么《宁不疑》,那是她随口拈的一首杂诗。唐公子真的不曾见过《往生谱》的其余两册,那是杏阳书坊库房里的杂物,秘籍是真的。但她好歹在这些神秘莫测的大人物面前为自己争了一条命,又或许可以在这些人心里埋下一根刺。

她尽力了,即便终是无能自救,也无愧于心。

而她面前的这一条绝路,究竟在不在唐公子的算计之中?阿谁并不知道。

她觉得不是。

唐公子的确智计无双心狠手辣。

但他只是想要赢。

并不是想要大家死。

谁都不可以死,他自己可以死,旁人不行。

因为"死"在唐公子眼里,就是输。

他不能输。

清风帮和断刀门在流水河发现了柳眼的踪迹,此贼和十来个少年一起往祈魂山赶,估计是和唐俪辞走散了,准备回飘零眉苑重掌大权。

看柳眼满脸伤痕,拄着拐杖一瘸一拐的样子,清风帮和断刀门一合计,派出三十余弟子围杀柳眼。一旦成功,必是流芳百世的功业!

柳眼和玉团儿从姜家园逃出,与水多婆舍命相救的三百弟子在牛头山下告别。这些人大多是唐俪辞的手下,学会了九心丸解毒之法,便按照万窍斋之前秘密安排的行程,分头行走。少数自碧落宫等名门正派暗中派来的小弟子自愿护送柳眼前往祈魂山。他们本对"风流店前魔头"恨之入骨,自愿前来学解毒之法也是忍辱负重,但在姜家园密道之中受水多婆救命之恩,也知晓在九心丸毒患未解之前,柳眼干系重大,故而愿意尽力。

这两路人马在流水河边相遇,即刻动起手来。

"你们这帮误事的蠢货!我们是去中原剑会送解药的!若在这里杀了柳眼,九心丸之毒解不了,你们便是江湖的罪人!"一名小弟子架开断刀门门徒的一刀,他才十六岁,忍不住委屈,便开口骂人。

"我看你们都是风流店的手下,装什么送解药的大善人?九心丸恶毒至极,根本没有解药,我师弟染毒而死,我现在就要姓柳的偿命!"断刀门大弟子冷笑,"你们若不是他的手下,护着他干什么?"

那小弟子差点气哭了:"你们蛮不讲理!"

断刀门大弟子横过长刀:"邪魔外道人人得而诛之。"他的武功比起这些十几岁的少年高强得多,一刀砍来威风凛凛。那小弟子的长剑被一刀砍断,他身旁的另外一人出手相助,却被断刀门大弟子左手刀砍出一道血痕。

断刀门大弟子竟是手持双刀。

玉团儿正在与其他人动手,闻声回头:"白弟弟!"

那差点气哭的少年姓白,名鸢,是古溪潭的小师弟。

眼见古溪潭的小师弟就要死在断刀门手中,一根拐杖袭来,挡住了长刀。

白鸢一呆,竟然是柳眼出手相助。他自然知道柳眼武功已废,双腿还断了,至今一瘸一拐。这魔头居然冒死出手救他,虽然这魔头平日看起来的确不太像魔头,但还是不可思议。

断刀门大弟子眼见柳眼出手,本来还略有迟疑,长刀与拐杖一交,已知来人内力空虚,顿时心头灼热,大喜过望。

此时不杀,更待何时?一旦让他回到飘零眉苑,医好了伤势,世上谁能杀他?顿时,断刀门大弟子拼上十成功力,一招"烽火照甘泉"对着柳眼的头颅劈去。

柳眼拐杖轻点,那招"烽火照甘泉"被他推开了三寸,但断刀门大弟子并非只有一刀——他另外一刀对准柳眼的丹田砍去。

玉团儿尖叫了一声,转过身来,她身后的清风帮弟子抓到破绽,一剑划伤了她的后背,鲜血涌了出来。

柳眼一掌拍在断刀门的长刀上,他本来心如止水,骤然看见玉团儿转身负伤,心里一惊,手上力道一偏,那刀当真在他身上也划了一刀。

断刀门大弟子纵声长笑,一刀往柳眼头上砍落。

"铮"的一声脆响,远处人影一晃,一柄剑骤然出现,挡住了那刀。来人抓住柳眼往后一掷,皱眉道:"中原剑会在此,何人放肆?"

断刀门大弟子怒道："孟轻雷！你枉为武林正道，竟然和邪魔外道同流合污？如何对得起死在九心丸之下的无辜冤魂？"

孟轻雷沉下了脸："柳眼死有余辜，但此时必须先带他回中原剑会，待九心丸之毒解后，我等必将他千刀万剐，届时会请诸位做个见证。中原剑会在此死战风流店，多少侠士以身殉道，孟某亦有觉悟，岂可用'同流合污'四字污我剑会之心？你对得起死在飘零眉苑中的武林同道吗？"

断刀门大弟子被他瞪了一眼，气焰矮了三分："中原剑会倚大名声，还不是屠不了风流店……谁知道你们在这里到底是做戏，还是当真为死者出力？"

孟轻雷森然一笑："做戏？"他举剑指着这天，"苍天在上，三日之内，我剑会若不踏平风流店，孟某五雷轰顶，不得好死！"

清风帮和断刀门的弟子们一愣，孟轻雷竟然出此狂言？

柳眼被他点住穴道扔到铁静手里，听闻此言，也是一呆。

玉团儿被古溪潭扶住，听闻三日之内要踏平风流店，也是茫然。

却见铁静和古溪潭都点了点头。

唐俪辞要中原剑会静观其变，不得越雷池一步。

但宛郁月旦与红姑娘已静观了三日。

风流店内必有惊天变故，观了三日，已不必再观。

他们决定出手。

江湖掀起轩然大波，据传闻，风流店的魔头柳眼已被中原剑会擒获，中原剑会一并拿到了他身上的"九心丸"解药。剑会通过"落魄十三楼"张榜告知，江湖诸友如有身患"九心丸"之毒，可至祈魂山中原剑会驻地领取解药解毒。

此事一出，服用"九心丸"提升功力者不免急急赶往祈魂山，而畏惧九心丸之毒，不敢服用者不免也暗中赶往祈魂山。谁都知道，"九心丸"此毒可以提升内力，若此毒轻易可解，那么自己若是不服，岂不是大大地落于人后？

至于前往祈魂山，多半就要介入风流店与中原剑会之战——既然剑会拿出了解药，那必然是众望所归、众心所向，风流店这等恶贼人人得而诛之，

185

必是要与剑会同气连枝，将风流店众恶统统诛杀，方显我江湖浩然正气。

一早赶到中原剑会的两拨人当即服下了解药，又经银针刺穴，果然将毒发之苦减了大半，不禁大喜过望。心腹大患既解，中毒之人又多，谁搞得清楚诸君是因为贪念自己服药，还是受人所害委曲求全？此时身中九心丸之毒也不是什么讳莫如深的秘事，反而是吾与风流店势不两立的证据，突然之间，中原剑会声势浩大，众志成城，要踏平风流店，生擒唐俪辞！

柳眼和玉团儿被宛郁月旦安置在自己的帐篷边上，其他小弟子也住在附近的帐篷之中，这些孩子事关重大。唐俪辞安排了三百弟子向柳眼学习解毒之法，着眼点就在广撒网，这三百弟子里多半有各门各派的探子，但那不打紧，多一个人学会，或许就能多救几条人命，多几个对战风流店的盟友。

他们分成几路，或流散于江湖之中，或奔赴祈魂山参战。因为是寻常少年不会武功，所以难以辨认，容易潜藏，因为人数众多，所以不惧耗损。万窍斋在选取这些少年人的时候就已经和他们签下字据，此行危险万分，全凭自愿，如有死伤，重金以偿。

而唐俪辞究竟在意不在意这些少年的死活，谁也不知道。

水多婆和莫子如为此战死。

而那日姜家园燃起熊熊大火，火焰一度熄灭而后再次燃起，最终烧穿了山体密道，烈火竟随着流水从地下河的洞穴中喷涌而出，浮于水上绵延数十丈之远。当夜带着烈焰的黑水蜿蜒没入林中，星月与烈火交辉，少林寺十六僧听闻喧嚣而来，站立在各座山头凝望着水上的野火，不知过了多久，那照亮流水的火焰方才缓缓熄灭。

火能浮于水上，那自然是有人使用了油。

而显而易见，那并非普通的油。

少林寺也曾派人到达姜家园废墟，他们看见了遍地尸骸，以及自院中坍塌下去的一个偌大的坑洞。那坑穴内既有向上的剑痕，又有向下的剑痕，坑穴内烧得焦黑，其内插满了长箭，看起来不似有武林中人在此搏斗，竟似有两军对垒，使上了火油连弩之类的重型兵器。

看那剑痕，却是在火油连弩齐发之时，有人自下而上挥剑，挡开了大部分弩箭，同时震碎头顶岩石，从地下冲了出来。不知是何方神圣有这等近乎神迹的强势剑招？如此高人，不知是敌是友？若是敌人，以少林此番多事之秋，只怕无人能挡。少林十六僧对此剑痕合十念佛，表情俱是黯然。

天清寺内，阿谁和凤凤被关在了茶苑地下一处密室内。这地方和飘零眉苑十分相似，有许多幽暗的长廊，长廊两侧有许多房间，里面住着许多戴着面具的人。

与风流店的红衣女使、白衣女使何其相似。

阿谁甚至可以闻到他们走过之后，风中传来的某种药香。

风流店里的白衣女使有不少倾慕于柳眼，她们痴迷于柳眼的琴声或琵琶，痴迷于他的风姿容貌，更痴迷于幻想自己能得柳眼的青睐。武功更高的女使们并非怀春少女，阿谁虽然没有见过她们面纱下的容貌，但也能感觉到她们年纪大得多。

但就和这些走廊里戴着面具的人一样，那些武功更高的女使都对柳眼或玉筌篌的驱使毫无异议，她们似乎对风流店主事是谁毫不在乎，却能在白素车的指挥下任劳任怨，前赴后继。

她们都服用了九心丸，除了九心丸，风流店还在她们每天的食物饮水中下毒，在飘零眉苑的墙上涂抹药粉，在深邃的地下通道中焚香。

那些不知名的秘药和药香迷人心智，会让人逐渐失去自我，她曾以为那是柳眼的秘藏。但如今看来并不是，天清寺的茶苑修建的时间比风流店早得多，显然在茶苑内所使用的秘药，和飘零眉苑中使用的是一样的。

也许……柳尊主也未曾幸免。

天清寺内虽然豢养了古怪的死士，但并不虐待囚徒。春灰方丈吩咐闻爻给阿谁和凤凤送来了食物，仿佛杀人之前慈悲为怀，杀人的时候就比较理直气壮一般。

这或许是她活在人间的最后一夜。

凤凤已经睡着，阿谁并无睡意，她仍然尽力在想要如何逃出生天，至少保住凤凤的性命。

正当她思索之际，远处突然隐隐传来"叮叮当当"声，有金属轴承转动的声音。

那仿佛是一件重物正在被移动。

阿谁抬起头来,往长廊的远处望去。

昏暗的灯光下,影影绰绰的影子里,她看见了一辆沉重的铁车。

不,那是一辆囚车。

囚车由精钢打造,四个铁轮承载车身,车身是个钉死的铁箱,连个窗户都没有。

她怔怔地看着这庞大的铁棺材自远处缓缓靠近,而后从她的囚室前经过,去向了长廊深处更隐秘的地方。

囚车虽然没有窗户,它经过的地方却有血。

一滴一滴的鲜血,自铁箱的角落滴落。

囚车里有人,并且外伤严重,正在不停地流血。

她不知道里面的人是谁,但有一种不祥的预感。

无论是谁,是这些人的敌人,就是她的盟友。

还有……是谁……需要这些人使用精钢铸造、无窗无门的铁箱来抓人呢?

他们抓住了谁?

铁囚车缓缓移动。

车内漆黑一片,唐俪辞靠墙而坐,闭目养神。

与他同车而乘的,是整个人一直在发抖的傅主梅。

不看是谁在流血,若是能在这漆黑中看得清脸色,很难相信重伤的是唐俪辞。

"……再抖,你就下去……说你不干了。"唐俪辞闭着眼睛,衣角一滴一滴地滴着血,嘴角微勾,似笑非笑。

傅主梅极低声地传音:"你的伤口为什么好不了了……"

唐俪辞不答,他听着这辆车移动时的声音,还有密不透风的车厢夹层内诸多暗器机簧轻微撞击的声音。这辆车至少有十来样杀招,都是为了唐俪辞而设计的。

过了一会儿,他轻声问:"雪线子死了吗?"

傅主梅呆呆地看着唐俪辞。

虽然他什么也看不见,铁囚车里只有一片黑暗。

但他仿佛可以看见，阿俪闭着眼睛，嘴角带笑的样子。

以前他以为那是因为阿俪什么都有，所以什么也不在乎。

现在他知道那大概只是因为阿俪没有办法。

别的小孩子做错事害怕了号啕大哭，然后就会被引导什么才是对的，然后就会被疼爱被原谅。阿俪没有，他从来不怕，不管他做什么，环绕着他的人都赞美他，然后恐惧他——不管是好事还是坏事。那些赞美和恐惧一模一样，所以可能阿俪从很小的时候就不知所措。

不知所措，就无法露出正确的表情。

"他是怎么死的？"唐俪辞问。

不久前姜家园废墟中，鬼牡丹设伏围杀唐俪辞，唐俪辞血战伏兵。双方不相上下，眼看一时间拿不下唐俪辞，伏兵之中缓缓推出了一辆铁囚车。

铁囚车里五花大绑，铁锁链铁镣铐挂着一个人。

唐俪辞看了那人一眼，当即弃剑认输。

因为囚车里的不是别人，正是傅主梅。

傅主梅身上的伤看起来并不严重，但是不知道为什么受制于人，被挂在了铁囚车中。

唐俪辞毫不犹豫弃剑认输，鬼牡丹也是愣了愣，为防有诈，他在唐俪辞身上拍了一掌。结果一掌拍落，唐俪辞身上伤口崩裂，鲜血涌出，鬼牡丹才发现他早已重伤在身，之前的摇摇晃晃当真不是有诈，他的确是强弩之末。

这才把他也锁在铁囚车之中，运回天清寺内密室。

风流店源自天清寺，天清寺与柴家息息相关，唐俪辞目前仍然号称风流店之主，江湖邪魔外道之巅，私底下又是中原剑会的支柱，天清寺抓住了他，进可立威，退可要挟，顿时立于不败之地。

唐俪辞被锁在囚车里，的确是晕了一会儿，等他醒来，便感觉到傅主梅惶恐到瑟瑟发抖。这铁囚车摇摇晃晃，只怕也有傅主梅在发抖的一份。

"他自碎天灵……"傅主梅脸无人色，惨淡地道，"钟姑娘……一直不知自己是雪线子的亲生女儿，鬼牡丹带着她上京师去重争琅邪公主之位。结果赵宗靖和赵宗盈自万窍斋得了消息，派兵把她拦了下来。双方一场大战，最终杨桂华前来宣布鬼牡丹为她所准备的所谓'公主'什物经查均为造假，赵宗靖口称她是雪线子的亲生女儿，又怒斥她欺君之罪。钟姑娘受了刺激，于是逃离京城，冲上好云山找雪线子求证。"他顿了顿，小声道，"我那时候……也不知道钟姑娘是雪线子的亲生女儿。那时候雪线子中毒刚好，在风流店受了折磨，内伤一直不见好转。他说他快七十了让我喊他爷爷，唉……我觉得……我觉得我也不小了……"

傅主梅颠三倒四说了许多离题的废话，以前唐俪辞觉得他是个废物，但现在他懒得这样想。

过了好一阵子，傅主梅才说道："……钟姑娘突然来找他，一开始他是很高兴的。"

"哈……"唐俪辞一声低笑。

"然后他们父女相认。"傅主梅小声说，"那天晚上他们父女吃饭，我没有去吃，我不知道钟姑娘敬了他一杯毒酒。"他慢慢把自己往铁囚车的刑具抵去，"所以当我发现的时候，雪线子已经中了'三眠不夜天'，他被钟春髻捉走……我追上去，我听见钟春髻拷问他柳眼的下落、九心丸解药在哪里、问他水多婆和莫子如究竟是谁……还有……问为什么……凭什么……他是她的亲生父亲？问他从小对她这么好，是不是从来不是因为她聪明伶俐、美貌善良、世上少有——而只是因为她是他的亲生女儿？"

唐俪辞静静地听着，傅主梅又道："我追上去……"

然后，傅主梅停住了。

过了一会儿，他又道："我追上去……"

"算了。"唐俪辞轻声道，"不必再说了。"

傅主梅没有听他的话，只深吸一口气："他们用他中毒失神后的丑态折磨他。我本来……本来快要冲进去把他背走了，我都快要打赢了，然后有个人一直在旁边说雪线子已经对他们说了什么什么……我都没听明白，突然间……他就强撑了一口气，自碎了天灵。"傅主梅颤声道，"他可能清醒了一瞬间，听清了什么……如果我更快一点，他就不会死；如果我更聪明一点，知道他们在说什么，我就先让他们闭嘴，他也不会死……我……我如果再厉害一点，平时练刀再努力一点，就不会被他们抓住。"他紧紧地咬唇，"我总是……总是……"

总是一个废物。

唐俪辞无声笑了笑，随即叹了一声："算了……"他气若游丝地道，"这世上许多……许多人的选择都和你想的不一样。"

傅主梅颤声道："选择死吗？不管他说了什么，那都不是他的错啊！他的亲生女儿折磨他，他中了剧毒神志不清，那不是他的错！他只要再坚持一会儿，我就可以救他出来……他是雪线子，他怎么能死在那种地方？"

"可能……他在说出剑皇水婆婆的秘密的时候，就已经死了。"唐俪辞缓缓地道，"绝代高手，总不会当真死在女儿手上。"

傅主梅不知道，雪线子说出了水多婆的秘密，莫子如和水多婆因此而死。

每个人都有自己的"道"。

莫子如以身殉道。

水多婆以身殉道。

雪线子……以身殉道。

"他是自碎天灵以后，被鬼牡丹带回去，灌了许多灵药与毒药，折腾了整整三日，才死的。"傅主梅道，"死的时候，面目全非。"

唐俪辞笑了一声。

傅主梅问："你笑什么？"

唐俪辞不答，过了一会儿才说："他被折磨了三日，你被折磨了几日？"他含笑问，"钟凌烟死得惨绝人寰、面目全非，那你呢？"

傅主梅全身枷锁刑具，血液在精钢镣铐上结了一层一层的黑痂。

紧贴着囚车铁壁的背上被精巧地划拉开了一个巨大的伤口，唐俪辞看不见，但他听得到，傅主梅背上的伤口中有异物蠢蠢而动。

"他们把什么东西弄到了你背上？"唐俪辞问。

傅主梅犹豫了一下。

唐俪辞道："说。"

傅主梅小声说："我不知道。"

唐俪辞又笑了一声，他动了动手指，按了一下腹中的心，带血的手指在红衣上印下血痕，却要在干涸后方才能显现。

"不怕。"他道，"不怕。"

不怕，不管是什么，我总是能救你的。

傅主梅没再说话，铁囚车停了下来，有人将整个铁囚笼抬了起来，费劲地往里移动。他默数着人数，共有十八人在移动这个铁箱，随着一声吆喝，轰然一声，车内刑具震动，哗然大响，囚笼重重砸落在地。那十八人退开几步，拔出兵刃，在铁囚笼周围围了一圈。

阿俪身受重伤，自己深陷枷锁，这些人居然还这么谨慎。

啊，对了，阿俪身受重伤，他怎么会身受重伤？按道理什么伤在他身上都应该很快会好才对！傅主梅突然发现他被引导得完全失去了重点，只说了自己的遭遇，而阿俪的遭遇他一个字也没问。

正当傅主梅努力向唐俪辞张望，试图瞪眼瞪过黑暗看清唐俪辞身上究竟发生了什么时，"咿呀"一声，铁囚笼四面洞开。

他们所在的囚笼四面铁墙都缓缓向外打开。

光从四面八方照进来，铁支架上的血迹和他们身上的毛发纤毫毕现。

傅主梅眯着眼睛，在强光下终于看清——唐俪辞一身红衣。

他一身红衣，看不见伤在何处，只看见一层一层结痂的血，将他的红衣，染成了半身黑衣。

他和自己一样，被枷锁吊在支架上，双手双足都被带毒的刺镣锁死，数处大穴都被插入阻断真气的长针。

但阿俪抬起头来，似笑非笑地看着铁笼外当头走过来的人。

"春灰方丈，别来无恙。"

缓步而来的瘦削老头布鞋僧衣，皮肤黝黑，两眼炯炯有神，正是天清寺的春灰方丈。他的身侧站着一个光头黄袍人，傅主梅认得这个人。

这就是在他搏命要救雪线子的时候，在一旁冷言冷语，导致雪线子自碎天灵，而他大受打击失手被擒的那个人。

黄袍人身边，一位青衣女子黑纱蒙面，默不作声地站在那里。

她虽然不说话，但傅主梅一眼认出，这是钟春髻。

这就是雪线子的亲生女儿，名满江湖的侠女钟春髻。

春灰方丈对着浑身是血的唐俪辞合十："阿弥陀佛，老朽已经辞去方丈之位数年，早已不是佛门中人。"他口称还俗多年，却依然僧衣光头，依然口宣佛号，也不知是骗人骗己。

"哦？春灰方丈还俗多年？新晋的天清寺住持不知是谁？"唐俪辞柔

声问道。

春灰叹了口气:"并无新晋方丈。"他看着唐俪辞,眼神堪称慈祥平和,"唐公子,你可知老朽还俗之日,是何年何日吗?"

唐俪辞身上的镣铐微微一响,他叹了一声:"是柳眼带着《往生谱》闯入天清寺那日。"

春灰微微一笑:"唐公子聪慧。"他望向那位黄袍人,"这位是……"

他微微一顿,那黄袍人自行开口:"在下姓黄,既叫作谢姚黄,也叫作黄姚谢。"他对着唐俪辞行了一礼,"若非唐公子强迫方公子修习《往生谱》,我等尘垢秕糠之辈,铅刀驽马之流,何曾想过能倚仗此等惊天奇术,获得复仇之力?"

唐俪辞缓缓地问:"复仇?为谁复仇?"他凝视着"谢姚黄","若是为先朝柴氏,你们又为何挑拨离间,屠戮白云沟?难道白云沟诸君不曾忠于柴氏,不想复国?"

"先皇受难宾天,但凡忠于柴氏者,无人不思复仇与复国。"那位自称"谢姚黄"或者"黄姚谢"的黄袍人缓缓说着,"亦无人不可复国。白云沟坚守六王爷,而六王爷狼心狗肺,未有故国之思。我等欲行大事,白云沟碍于柴氏血脉,必要与我为敌,先杀白云沟,柴熙谨就能为我所用,唐公子难道不懂?"他盯着唐俪辞,"以唐公子之聪明才智,当为我世间知己。"

傅主梅呆呆地看着这仇人,浑然不知道他在说什么,他居然说阿俪是他的知己?他才什么都不懂!

阿俪……他不是这样的。

"以谢先生的聪明才智,'请'唐某于此一会,难道便只是为了认知己不成?"唐俪辞微微一笑,"阁下有复国大志,手握奇毒神术,为何不兴兵起事,却要蛰伏于风流店与少林寺之后?"

"我欲邀唐公子共行其事,不知唐公子意下如何?"这位黄袍人平静地道,"兵者不祥之器,不得已而用之。唐公子当朝贵胄,聪明绝顶,知情识趣,当为我之知己。"

他在说"我之知己"的时候,如果唐俪辞不是被铐在铁囚笼内,浑身鲜血淋漓,如果不曾向背后被放入了不知什么毒物的傅主梅看上一眼,那也是颇为真诚。

唐俪辞沉吟片刻，轻轻咳了一声，傅主梅听得见他肺中带血之声，心里害怕至极。面前这个……不知道在说什么的怪人，到底想怎么样？他能模糊地感觉到这个人在逼迫阿俪做一件怎样惊天动地的大事，但他又不知道是什么。

"阁下伏于少林寺，制住普珠方丈，是因为少林寺离京畿极近，且历来少林便是护国之寺——'呼灯令'王令秋蛰伏少林二十余年，为你们解除了少林之忧。"唐俪辞慢慢地道，"然本朝战事方平，兵马未熄，民皆厌战——要复国——你们既无战力，亦无民心。纵然《往生谱》能催生一支武林奇军，但与京师二十余万禁军相比，无异以卵击石。仅皇城司手下那数万的探子，你们就抵敌不过——即使你们在禁军与皇城司内散播九心丸之毒，若无奇谋，也是杯水车薪，无济于事。"他终于抬起了头，挺直了背脊，凝视着眼前这位来历不明的黄袍人，"所以你——"

"唐公子不愧是我之知己。"黄袍人笑了起来，"哈哈哈哈……"他大步走了过来，捏住唐俪辞的下颔，把他的脸从刑具上提了起来，"所以我需要一场大战——越大越好，谁胜谁败无关紧要——我需要一场大战！一场瘟疫！我需要死很多人——最好，是死很多好人！"他掐住唐俪辞的脖子，"死到厢军控制不住局面，那京师便要调派禁军前往平乱。你说'蜂母凝霜露'之毒，'九心丸'之毒，究竟是用在何处的呢？"

唐俪辞舔了舔口中的鲜血，微微往后一挣，因为鲜血滑腻，他的脖子从黄袍人手里挣脱出来。他平心静气地问："用在何处？"

黄袍人看着被他涂了一脸鲜血的唐俪辞，心下无限畅快，狞笑道："那自然是用在了该用的人身上……你说数千个失去理智追着活人啃咬的怪物、遍地打滚的腐尸，其中还有那疯疯癫癫的武林高手，或许还有他正在稀罕的公主——值不值得尊贵的圣上调动兵马司或者步兵司前来平乱呢？"

"旷世天灾。"唐俪辞道，"京师城防变动，驻军减少之后，新面孔不足为奇。而你，只需要一个机会。"

以天灾为饵，逼京师调兵换防，在禁军大乱之际潜入宫内，以柴熙谨为旗帜，以《往生谱》奇毒诡术为倚仗，逼当今圣上还位柴氏。事若不成，天清寺与风流店数年培育的诸多高手，仍然可以在京师一战。

事若成，这位号称"复仇"的谢先生，就有了坐拥天下的权柄。

这就是风流店背后的阴子。

如此浅薄、恶毒、卑怯、疯狂而自以为是。

傅主梅终于听懂了，他只是没有明白——这么多人为了这点疯狂的妄想而死，都不知道是为什么？而这个疯子根本没有想过，每个人有每个人的选择，谁也不会因为一个疯子的异想天开，而按照他的逻辑做事。

这个人只是开启了一场……谁也无法收手的梦魇。

风流店不会按照他的设想行事，玉箜篌不会、白素车也不会。他们只是从这个疯子身上借到了力量，用来走自己的路。

中原剑会也不会，凡是一些坚定的、有信仰的人都很难按照谁的"计谋"做选择，因为他们都有自己的想法。

他看着唐俪辞听完了这个疯子的弥天大计，唐俪辞眼角微勾："阁下算无遗漏，那要与唐某合作的，究竟是何事？"

"你我合作，让祈魂山一战尸横遍野妖魔成行，等皇城禁军一动……我助你将风流店里里外外杀得一干二净，澄清你绝非邪魔外道，让你成为江湖第一人。"黄袍人道，"唐公子散尽家财奔波千里，不就是为了登临天下第一，受万人敬仰吗？我助你登巅峰，你助我成大业。而你——只需让中原剑会往飘零眉苑送入更多人手，同时收回柳眼所制的解药。"

"不需我劝服家父，辅佐先生复国？"唐俪辞又咳了一声，仍是似笑非笑。

"劝服？辅佐？"黄袍人"哈哈"大笑，"他也配？"

"青山。"在谢姚黄情绪高涨之时，春灰方丈宣了一声他的法号，在其人背上点了几处穴道。谢姚黄乍然惊醒，长长呼出一口气，顿了顿，似是对自己方才说出这许多话恼羞成怒，蓦然转身。

春灰叹息一声："真气浮动，你暂且回房服药，休息片刻。"

谢姚黄"嘿"了一声，看了唐俪辞一眼："你若不识抬举，即刻便杀了你。"言罢大步离去。

唐俪辞闭上眼睛。

"杀孽大炽，癫狂而死。"

这位疯子《往生谱》练得不怎么样，但神志已近癫狂了。

"阿弥陀佛。"春灰方丈叹息了一声，"他也是一个可怜人。"

"他是谁？"傅主梅十分茫然。

"谢姚黄，黄姚谢。"唐俪辞轻轻地道，"姚黄者，牡丹之王。谢姚黄，便是鬼牡丹。"随即，他眼角一挑，看向站在一旁，似是神魂出窍，不言不动的钟春髻，"钟姑娘别来无恙？"

黑纱蒙面的钟春髻猛然一颤。

春灰方丈温和地道："钟姑娘，动手吧。"

钟春髻一步一步向前，左手拉住唐俪辞的铁镣，右手倏然拔出一柄尖刀，将他用力一扯。唐俪辞在铁镣上一晃，露出半个背脊，钟春髻右手一刀划下毫不犹豫，正像对待傅主梅一样，要在他背后开出一个大口子来。

"阿俪！"傅主梅大叫一声。

唐俪辞随着铁镣摇晃，轻飘飘地转了一个圈。

"叮"的一声微响，铁镣随风而断，第一节铁镣弹起，正中毫无防备的春灰方丈的穴道。与之同时，数十道寒芒飞起，那些扎入唐俪辞穴道的毒针和被他扭断的零碎往四面八方飞去，射入了身周把守的那十八名力士胸口。

十八人应声倒下，这些人魁梧有力，但不是高手。天清寺对铁囚笼过于自信，却不知道唐俪辞一不怕剧毒，二……便是不怕受伤。

他的确是被挂在了刑具和铁镣上，但那些刑具和铁镣并没有钉牢在支架上。方才黑暗之中，傅主梅心情激荡，一心只想说雪线子究竟是如何死的，却不知道什么时候唐俪辞弄断了铁镣的大部分接头，只留下浅薄的一点连接。

阿俪身上挂了这么多刑具，受了这么多伤，居然还能动手？他方才任凭鬼牡丹欺辱，究竟是无力反抗，还是故意示弱？

钟春髻眼看唐俪辞突然动手，大叫一声，想也不想，扔下长刀往外就逃。然而一步之后，她就被唐俪辞一把抓了回来。

唐俪辞半面涂血，嘴角微微一点干裂，本应凄厉可怖，却并不难看。他舔了一点嘴角的伤口，舌尖上染了一点点血，似是一点淡粉。钟春髻盯着他的舌尖，心里满是绝望。

唐公子……知道她心里的妄念。

他轻而易举就可以用那些妄念引诱她屈服。

她之所以无路可走，变成一个罪人，都是因为受了他的引诱。

"钟姑娘。"唐俪辞声音温柔，手上毫不留情，"嘶"的一声撕开了她的衣袖——她衣袖之中藏着一个盒子，方才那一刀要是得手，这盒中之物大概就要送入唐俪辞的背脊。

"雪线子别来可好？"他拿住衣袖中的盒子，含笑问。

钟春髻瑟瑟发抖："我……我……他……"

唐俪辞缓缓打开盒子，盒内一只硕大的蜘蛛抬起头来，背上璀璨的淡金色光晕触目惊心。他微微一颤，差点失手将盒子打翻在地。

蛊蛛。

所以傅主梅背脊内所饲养的异物，十有八九也是蛊蛛。

所以……他和池云一样……

他会和池云一模一样。

唐俪辞轻轻咳了一声，钟春髻和傅主梅都看见他嘴角溢出了血丝，然而唐俪辞神色越发温柔："蛊蛛？"

钟春髻不说话。

"解药呢？"唐俪辞又咳了一声。

"蛊蛛……蛊蛛没有解药。"钟春髻的声音像被谁掐在了喉咙里，她当然知道池云是怎么死的，"但蛊蛛有蛊王，它们听蛊王的指挥……"

"哦？那蛊王……在哪里？"唐俪辞轻声问。

钟春髻猛然摇头，那蒙面的黑纱被她摇了下来，面纱下的脸哭得双目红肿，惨白如鬼，仿佛这几日她也过得十分不好。

"我不知道……别……别杀我……"她瑟瑟发抖，"我……我不是故意……不是故意害死师父……我不想他死……"

唐俪辞歪了歪头，好似十分好奇："你不想他死，那你想他活吗？"他反手一刀，劈断傅主梅身上的镣铐。傅主梅往前栽倒，唐俪辞左手将他揽住，右手刀又从他背后的伤处剐出一只活生生的蛊蛛来。

那蛊蛛和盒子里的略有不同，是淡粉色的，似是吃多了人的血肉。

钟春髻惊恐万分地看着唐俪辞，张了张嘴："你不能杀我，阿——"她还没说完，"嚓"的一声，唐俪辞将那只粉色的蛊蛛连虫带刀插进了她的嘴里。

他的动作太快，钟春髻全然闪避不开，她那点武功在唐俪辞面前不值一提。蛊蛛与尖刀入喉，鲜血迸出，喉咙尝到了血的温热，钟春髻才反应过来。她本想再说什么，但唐俪辞已兴致索然，扶着傅主梅，往青灰那边走去。

钟春髻仰天栽倒，濒死的蛊蛛在她喉咙处咬了一口，她双目瞪出，脸色青紫，整张脸肿胀皲裂，流出古怪的汁液，过了许久，方才寂然不动。

你不想雪线子死，可你也没有给他留下活的余地。

所谓无辜，不过自欺欺人的话术。

周围被唐俪辞射中要害的力士并未昏迷，只是重伤瘫软，他们眼睁睁地看着唐俪辞解开傅主梅的穴道，拔掉傅主梅身上的长针，两人一起将春灰方丈掳走，又眼睁睁地看着钟春髻横死，人人脸色青白，仿佛活见了鬼。

六十五 ◆ 纵使倾城还再得 ◆

唐俪辞……对阿谁来说,自始至终,都是一个地狱。

她一直很清醒。

而他一直……以为自己很清醒。

傅主梅内功心法与唐俪辞一脉相承,都源自方周。傅主梅另有奇遇之后,修为极高,所以虽然外伤极重,又被蛊蛛咬伤背后,但真气一旦贯通,他就行动自如。

二人抓住春灰方丈,避入了天清寺地下长廊密室的一处空房之内。

方才那位鬼牡丹掉头而去之后,竟然并未回来,暂时也无人来看密道内的异变。

唐俪辞将春灰方丈往他手里一送,染血的手指从破碎的衣服中取出一物,就要放入口中。

傅主梅眼神极好,一把扣住他的手:"你吃什么东西?"

唐俪辞手中之物还来不及放入口中,只见他手里一物做玉兰花苞之状,结构精巧,奢华灿烂,仿若一件首饰。那东西与唐俪辞染上了数重血痕的手指相应,分明是美丽之物,不知为何竟透出一股死气。

"香兰笑?"傅主梅变色,"你要含着它做什么?"

"香兰笑"为暗杀之物,含有剧毒,杀人杀己,求的是两败俱伤。傅主梅知道唐俪辞百毒不侵,但看他这一身遍体鳞伤,即便是百毒不侵,也不能一而再再而三……就仿佛往自己身上砍瓜切菜全不在乎。

唐俪辞抓着傅主梅的手,半身的重量压在傅主梅身上,他微微合眼,又咳了一声。

傅主梅依然听见,那是带血的声音。

"天清寺……是风流店背后的影子。"唐俪辞并不回答他为什么往嘴里放"香兰笑",而是轻声道,"他们守着秘密,做一场春秋大梦。你猜'谢姚黄'是谁?他们口口声声复国复仇,环绕着谢姚黄任他胡作非为,号称为柴氏复国,却根本不把柴熙谨放在眼里。这不合理,春灰方丈,先帝当真宾天了吗?"他抓着傅主梅的手站着,手上冷汗淋漓。傅主梅能看见他的嘴唇再度干裂,唐俪辞流了太多的血。

春灰方丈被他点中穴道,根本无法说话。

唐俪辞闭上了眼睛:"你从拿到《往生谱》的那日决意还俗,柴氏于你天清寺有立寺之恩,所以你是恭帝的人。你们当年做了什么?拿到《往生谱》的时候恭帝已死,你们是用《往生谱》把死人……变成了'谢姚黄'吗?"

此言一出,傅主梅骇然变色,这世上真有邪术能起死回生吗?

春灰方丈虽然不能言语,目中却缓缓露出一丝悲凉,唐俪辞又笑了一声:"无论当年如何,天清寺龟缩在风流店之后,总是以区区《往生谱》卖弄人心,豢养毒物人奴。然天下之事,帝王之术,又岂是你等躲在《往生谱》背后念'阿弥陀佛'便能操纵得了的?"唐俪辞轻声道,"老和尚,你报的不是恩,是鬼啊……"

他声音低微,却是带笑,随即又咳了一声。

"阿俪。"傅主梅扶着他,感觉他摇摇晃晃,也不知他到底受了多重的伤,焦急万分,"你怎么样?你怎么把自己搞成这样?阿眼……阿眼在哪里?他和你一起寻的医,有药吗?药呢?"

"医?死了呀……"唐俪辞似是又笑了一声,"没有医,也没有药。"他在血衣里摸索,缓缓从怀里摸出一捧极细的金丝。那东西轻软娇弱,仿若一团秋夜的花灯,然而唐俪辞顺手一抖——那"花灯"乍然展开,却是一柄由极细的金色丝线编织而成的"剑"。

这柄金丝剑剑刃中空,样式美极,也如一件金丝缠绕,绞有花月的饰物,光华灿烂,富贵逼人。然而编织成"剑"的金色丝线极细,条条比剑刃更为锋锐。普通青钢剑一剑斩落,那是一道血口子,这柄剑一剑斩落,那是十条二十条血口子,足以将血肉削成肉泥。

当然,非绝世武功,施展不了这柄极轻极薄的剑。

这柄剑价值连城,在落魄十三楼多年的拍卖会上卖价第一,名为"金缕曲"。"金缕曲"轻若无物，看起来仿若一团无用的金丝，唐俪辞把它收在怀里，天清寺的"鬼牡丹"们畏惧他狡诈多变，时时刻刻防备唐俪辞诈伤反扑，竟也未敢细查他贴身之物。

唐俪辞撑着傅主梅站直，反手拍了拍他的手臂："不怕。"他遍体鳞伤，仗剑含笑，"唐俪辞的伤……是用来钓一个答案的。你看……我俩既钓到了一个恶鬼，又抓住了许多'佐证'，岂非十分完美？"

傅主梅呆了呆："你故意的吗？"

难道阿俪在姜家园废墟中入伏，血战之后弃剑认输，便已经决定用他满身的伤来钓一个答案？这当然比守在祈魂山等到鬼牡丹露出马脚来得效率，但阿俪就如此自信他不会先死在血莲蓬铁牢之内吗？

唐俪辞缓缓转过头来，浅浅一笑："是啊。若非唐俪辞重伤待死，无法反抗，那'答案'可会在人前原形毕露，得意忘形？这世上有几人能掐住唐某的脖子？他一定是开心极了。"

傅主梅看着他脖子上青黑的掐痕，一时不知道该说什么好。

唐俪辞拆下自己与傅主梅身上剩下的枷锁和刑具，仔细地扣在春灰身上。春灰闭目运功，显然正在以真气冲穴。唐俪辞提起"金缕曲"，本想一剑斩落将这"佐证"重伤，而后微微一顿，他放下了剑，拍开春灰方丈的穴道，温柔地问："那所谓可以操控'蛊蛛'的蛊王，究竟在哪里？"

祈魂山。

飘零眉苑所沉入的山谷周围聚拢了大批武林中人，正要向地底进发。他们被红姑娘编为数队，共分八轮，将对风流店发起车轮之战。

碧落宫铁静率碧落宫十人为甲组先锋，以开路为重任，他们熟悉开山裂石之法，为后面的人马打开前往飘零眉苑的通道。

孟轻雷带着张禾墨、东方剑、李红尘及其门徒二十余人，跟在碧落宫甲组身后，守卫碧落宫之先锋。

成缊袍、古溪潭、齐星等人又带中原剑会弟子二十余人，负责破门杀敌。

最后由文秀师太率领弟子守望收尾，以防埋伏。

碧落宫何檐儿率碧落宫十人为乙组先锋，同样负责开路。

董狐笔、温白酉、许青卜、柳鸿飞及其门徒二十余人，跟在碧落宫乙组身后,守卫何檐儿诸人破门。

梅花山"火云寨"金秋府率领寨中精英二十余人,负责杀敌。自从池云、殷东川、轩辕龙死后,金秋府恨绝了九心丸与唐俪辞。中原剑会此番对战风流店唐俪辞,金秋府不远万里之遥,从天寒地冻的北方前来助阵,所求不过为池云之死讨一个公道。

乙组由余负人率领中原剑会弟子守望收尾,如有异常,随时援助。

其余未曾与风流店交过手的江湖同道,红姑娘将他们编为丙组,若甲乙两组有人受伤败阵,随时补足人手,必不能让风流店有喘息之机。

此番甲乙两组八队人马,将轮番对深埋地下的飘零眉苑进行彻底扫荡。玉箜篌也好,唐俪辞也罢,在江湖白道这等浩荡阵势之下,凛然正气之前,必定是摧枯拉朽,死无葬身之地。

这并非自以为是,在中原剑会手握九心丸解药的消息传扬出去之后,投奔中原剑会的人越来越多,当火云寨铁骑一到,中原剑会陡然气势如虹。无论是人心或是战力,都与之前不可同日而语。

红姑娘与宛郁月旦估算风流店内的白衣女使、红衣女使最多不过三百人,而如今中原剑会所聚之众已有五百之多,并且杨桂华所带"护卫公主"的步军司禁军也有八百之众。如此巨大的人力差距,即使风流店内的白衣女使、红衣女使怀有什么出其不意的邪术妖法,也难以抵挡。

但风流店绝非只有白衣女使与红衣女使,红姑娘对风流店了解至极,那都是柳眼手下的傀儡,是白素车杀人的刀。风流店内最有实力又最难以捉摸的,是"鬼尊"。

那些不见面目,看似一模一样,却仿佛无论如何都死不完的鬼牡丹。

他们诡秘莫测。

武功高强。

不知从何而来,亦不知所图为何。

还有白素车……

红姑娘想不通,自立为尊的白素车潜伏在风流店内不动声色,究竟是在做什么?

飘零眉苑最深处。

玉箜篌的描金座椅上，白素车放了一柄普通的剑。

那柄剑的剑鞘上刻着两个字"如松"。

大殿深处灯火明明灭灭，她白衣披发，站在那金椅的背后，低头看着那高椅上的纹样。

椅背上描的是昆仑山下四兽戏云图，金漆在灯下闪烁着光辉。

极遥远处传来沉重的响动，是碧落宫铁静带人开始对蟾月台下手，准备重新闯入。上次他们暗夜闯入，被狂兰无行和玉箜篌击退。

今日狂兰无行已经死了。

玉箜篌……大概也已经死了。

白素车对玉箜篌放出来的微小蛊蛛进行了耐心的观察，发现它们随风飞舞，在她未曾发现的时候已经侵入了飘零眉苑各个角落。蛊蛛什么都吃，并不只专门吃人，但有一种人它们不吃。

那些中毒已深，走火入魔举步维艰的红衣女使，蛊蛛不吃。

它们可以跟随这些红衣女使，甚至更喜欢在这些红衣女使的房中居住，但它们并不攻击她们。

它们似乎把她们视为同类。

这是一些古怪的毒物。

但是不要紧，白素车的手指轻轻拂过高椅的椅背，那椅背上本有两只微尘般的蛊蛛在爬行，她的手指一碰，那两只蛊蛛便僵直掉落，死在了地上。

它们不过是一些微小的蜘蛛，在它们还没有把你毒死之前，你先毒死它们，不就行了吗？白素车的手指沾染了一些褐色药粉，这是苦楝子粉，它能杀虫，但杀得很慢。白素车在苦楝子粉内加了一些别的毒药，让伺候红衣女使的小丫头们拿它擦地。

外面中原剑会的诸位英雄少年，披荆斩棘，正向她仗剑而行。

而她站在这里，静待一个苦心孤诣造就的机会。

蟾月台在震动，阻断道路的青狮闸随之发出微响，仿佛凶兽的低吟。与外面的震动不同的是，有一点声音自地底传来，"咚"的一声，又"咚"的一声。

白素车缓缓抬头，只见两人自地底密室的通道中一步一顿向她走来，其中一人个子矮小，手持着一根拐杖，另外一人僵硬异常，仿佛走路都不适应。

他们互相扶持，随着拐杖"咚""咚"之声，慢慢走进了大殿之内。

白素车颇为意外地看着进来的两人。

这两人一人是年逾六旬的老妪，另外一人是行尸走肉一般的玉箜篌。

他居然还没有死。

玉箜篌全身被蛛丝覆盖，连一头黑发都被蛛丝覆盖成了白发，不知道有多少微小的蛊蛛在他身上爬行吮血，虽然行动缓慢如僵尸，眼中没有丝毫光彩，但他确确实实并没有死。

而扶着他走进来的老妪脚步迟缓，似是不会武功，面上戴着黑色面纱。她那面纱的模样和白衣女使、红衣女使一模一样。白素车抬起头来，那老妪缓缓揭下面纱，脸上赫然一道剑伤，几乎把她整张脸劈成了两半。

白素车从未见过风流店内有这样一位面有剑痕的老妪，玉箜篌虽然还活着，但她全神贯注盯着他身边的这位老妪。这位老妪给她的危机感远胜于玉箜篌。

那老妪缓缓开口："老身王令则。"

白素车全身一震，原来如此！

"呼灯令"毒术最高之人，大鹤禅师上门欲除的邪孽，王家的家主居然是一个女子！"呼灯令"淡出江湖二十余年，见识过王令则真面目的多半已经死了，谁也不知道当年能止小儿夜啼的王令则非但是一个女子，而且她还没有死。

王令则未死，不知使用了什么诡术从大鹤禅师剑下逃生，那么风流店种种怪异手段，早早埋伏入少林的王令秋，豢养多年人不像人鬼不像鬼的牛皮翼人，包括"蜂母凝霜露"和"北中寒饮"，都成了理所当然。

王令则不知从何处密道进入飘零眉苑，她身后虽然未见他人，但白素车不会以为只有她一个人，便能无声无息侵入此地，打开密室放出玉箜篌。王令则身后定还有人。

此番风流店对战中原剑会，只要那背后之人不想输，就必然要以伏兵相助。白素车设想过柴熙谨，但从未想过是王令则。

此人诡谲难测，大鹤当年都杀不了她，定然是比狂兰无行还要难对付的大敌。

"王家主。"白素车面对二十年前江湖中最诡异可怖的女人,也并没有畏惧动摇之色,她点了点头,"不想二十年后还能见王家主的风采。"

王令则淡淡一笑:"白尊主果决刚毅,堪称枭雄,老身见之欣慰。风流店有当家如此,可喜可贺。"她说着可喜可贺,脸上的笑容没半分笑意,"但不知白尊主困守此地,放任中原剑会上门挑衅,是有何釜底抽薪之计吗?"她并不问白素车反水将玉箜篌锁在地底密室里所为何为,成王败寇,既然站在这里的是白素车,她便与白素车为谋。

败下阵的,本就只配下地狱。

白素车看了一眼玉箜篌,玉箜篌形销骨立,不知多少蛊蛛在他身上爬行,一点一点,却似闪烁的华裳。她平静地道:"柳眼解药已成,中原剑会气势大振,柳尊主与红姑娘对此地了解极深,成缊袍等人武功颇高,此番开战于我百害而无一利。"她又看了王令则一眼,"我非畏战,只是在等一个转机。"微微一顿,白素车淡淡地道,"王家主这不就来了吗?"

王令则拐杖一顿:"你知晓老身会来?"

"我等的是鬼尊。"白素车居然十分诚恳,"并不知王家主亲临至此,蓬荜生辉。"

她那张脸与王令则方才的表情一模一样,说着蓬荜生辉,脸上波澜不惊。

白家纤细温柔的小女儿,终是长成了未承想过的模样。

"你不怕鬼牡丹回来杀了你?"王令则终于真心实意地笑了一声,"玉箜篌毕竟是鬼牡丹多年兄弟,你不怕鬼尊回来报仇,竟等着他回来给你一个转机?"

"我相信大敌当前,若鬼尊仍对风流店抱有期待,更应当同心协力,驱除外敌,登临武林至尊之后,再盘桓他与玉尊主的兄弟情义。"白素车淡淡地道,"白某毕竟走的是一条死路,死在中原剑会手中,与死在鬼尊手中别无二致,所以不怕。"

王令则抬起头来,脸上肌肉抖动,深深地看了白素车一眼:"丫头,你出身江湖白道,为何要选这一条死路?"

白素车答道:"我梦登天。"

王令则凝视着她:"很好。"

白素车这个丫头,出乎意料地合她的胃口。只可惜这丫头梦欲登天,玉箜篌以身所饲的蛊蛛并未因为她的弥天大梦就放过她，依然入了她的脑。王令则不动声色，她吞服了母蛛体内的蛊王，但凡那只母蛛所生的幼蛛都能与她感应，此地到处都是幼蛛和幼蛛所编织的网。玉箜篌濒死反击，的确是釜底抽薪，要了白素车的命。

而她浑然不觉。

我梦登天。

世上谁不梦登天？

除非是神仙。

"老身手握近数千厢军命脉，点住了三位都虞候。"王令则森然道，"一声令下，便可让左近数千兵马围攻祈魂山！中原剑会不过区区数百人，除非步军司杨桂华的八百禁军要与本地厢军动手，否则必败无疑。"

此言一出，白素车微微变色。

她万万想不到，二十余年未见江湖的"呼灯令"，暗流涌动的"蜂母凝霜露""三眠不夜天"等，竟然主要是用在了这种地方。风流店背后之人所图之事远超江湖恩怨，打破了之前所有的谋划，以她一人之力，已无法操纵局面。

而正在攻打飘零眉苑的中原剑会定然也对此毫无所觉。

此处已然汇集了中原白道大半人马，风流店挑拨驻地厢军与中原白道交战，一旦双方交战伤亡惨重，一旦禁军与厢军在此动手，后果不堪设想。

如何是好？

白素车微微垂下眼睫。

必须先杀了她。

"呼灯令"王令则无疑就是令白衣女使、红衣女使失去神志，唯命是从的祸首。在听到"老身王令则"五个字的时候，白素车就已知道，她苦心孤诣所等的血债和公道就在这里。

但此人的恶，还是远超她的想象。

必须在她操纵厢军围攻中原剑会之前，杀了她！

此事事关重大，她必须找到机会，将消息告知红姑娘与宛郁月旦。

缓缓呼出一口气，白素车自金椅后走了出来，自行走到了王令则的下位处："王家主气吞山河，白某叹服。"

她看了看身侧的玉箜篌，玉箜篌眼下的脸皮突然裂开了一条缝，一只淡金色的爪子从缝里伸了出来。

春灰年过四旬才开始练武，武功并不高。

唐俪辞拍开他的哑穴，问他蛊王何在？这位幽居天清寺数十年的老者发出了一声叹息。

他并不回答蛊王何在，却缓缓问了唐俪辞一个问题："何谓报的不是恩，而是鬼？"

"你们究竟从《往生谱》中看到了什么？"唐俪辞答非所问，看着自己层层染血的手，那手指惨白发青，灯下依稀也看不见血流的痕迹。

"阿弥陀佛。"春灰即使自称"还俗"，却依然口宣佛号，"其实当年先帝在天清寺内服毒自尽，并未断气，只是常年昏迷不醒。我等修建茶苑，将他藏在地下，希望有一日他能自行醒来。"沉吟了一会儿，春灰缓缓地道，"我等尝试许多方法，都无法让他醒来。"

"然后那一日，柳眼带着《往生谱》闯进了天清寺。"唐俪辞低声道。

"《往生谱》内提及，它为'八风九野之始，精玄垂光之变'，老朽精研佛法多年，疑它并非一卷，应另有他本。"春灰答道，"于是自来处查起，知晓此奇书来自你，其余两本不知为何现身杏阳书坊。而《慈难柯那摩往生谱》及《悲菩提迦兰多往生谱》中，有一种移灵之法，能将一人将死之灵，转移到另一人身上……"

"什么？"傅主梅震惊，这是什么胡说八道？人死就死了，连鬼都没有，哪里来的把一个人的灵魂转移到另外一个人身上？

唐俪辞不动声色："敢问这移灵之法如何使用？"

"将先帝之脑破开，取其中之一，投入另一人的脑中。"春灰道，"只消另一人不死，便为先帝之灵。"

傅主梅倒吸了一口凉气。

把一个人的脑子破开，挖一块，放入另一个人破开的脑中？

这能不死，当真是旷世神迹。

唐俪辞听闻如此"移灵之术"也是微微一震："但你们另有奇术能保移灵之人不死——你们移灵了几人？"他似笑非笑，"可是怕移灵之术希望渺茫，所以将先帝之脑——尽数移了吧？"

傅主梅骇然。

什么……什么意思？

他们把那人所有……所有的脑子都挖了……分别放入了很多人的脑子里吗？

这是有多疯癫，方才做得出如此灭绝人性的事？

春灰闭上了眼睛："十三人。"

"而这十三人在奇术之下，竟然真的未死。"唐俪辞柔声道，"所以你们对移灵之法深信不疑，我猜这些人说不定对先帝生前之事还略有记忆，所以……"唐俪辞微微一顿，"他们都是'鬼牡丹'。"

所以风流店的鬼牡丹层出不穷，似乎死之不尽。

"但十三位'先帝'未免太多。"唐俪辞道，"你们从中选了一位，其余十二人皆为替身。"

春灰叹息："青山在诸人之中，对先帝之事记得最牢，最为可信。"

唐俪辞低笑了一声："老和尚，你念了大半辈子阿弥陀佛，度了数不尽的善男信女……即使还俗了，佛祖依然在看着你。"他问，"你信吗？"

春灰默然不语。

"这些带了'先帝之灵'的人，武功不弱，我估计先帝在化灵之前并非绝顶高手，化灵之后亦不会自带绝世武功。"唐俪辞道，"他们受得了开脑入灵之苦，之前应也是有数的江湖高手。是吗？"

春灰仍旧默然。

"谁能让十三位江湖高手受制于此？谁能深谙控脑之术，能令人开脑而不死？"唐俪辞一声叹息，"蛊王'呼灯令'王令则。"

春灰蓦然睁眼，他没有想过，单凭寥寥数语，唐俪辞已经想到王令则可能未死。

"金缕曲"一剑斩落，春灰再度倒下。唐俪辞扶着傅主梅站起来："王令则此时必定不在此处，机不可失。鬼牡丹已死三人，还有十人。"他浅浅一笑，看向傅主梅，"御梅之刀，还杀得动吗？"

傅主梅浑身是血，遍体鳞伤，背后蛊蛛所伤的伤口正在给他带来一种朦胧的迷幻，但他深吸一口气，眼神陡然清正："给我一把刀。"

唐俪辞微微一笑："这就去抢一把。"

他在春灰身上贴了闻香追踪帖，此战结束之后，姜有余便会带人寻香拿人。

王令则不在此处，所以无人操纵傅主梅背后的蛊蛛，这是千载难逢的机会。

此时不杀，更待何时。

祈魂山中。

碧落宫铁静所带的甲组已经从蟾月台冲入飘零眉苑，他带得非常小心，而一路上机关暗器虽多，风流店内竟没有半个人前来阻拦。孟轻雷、张禾墨、成缊袍、古溪潭、齐星等数十人挤在通道之中，相顾茫然，暗自揣测风流店这是什么阴谋？

飘零眉苑结构错综复杂，共有多层，众人只听见极深之处似有金铁交鸣之声。

有人在风流店内部动手。

孟轻雷和成缊袍相视一眼，都觉得十分惊讶。

江湖白道几乎集结在此，他们从外部攻入尚且十分困难，是谁无声无息潜入内部，在至暗的深处搏斗？

这是陷阱吗？

成缊袍与孟轻雷商量了一阵，成缊袍带了轻功卓越的数人往声音传来之处闯去。其余人按照原定计划，沿着飘零眉苑深邃的长廊，徐徐前进。

飘零眉苑之外。

中原剑会营地。

碧落宫何檐儿所带的乙组尚未出发，就已遇到了难以想象的困境。

中原剑会的探子飞报，此时祈魂山脚下有朝廷兵马正在往山上移动，模样十分古怪。探子试图上前打探所为何事，但这些人似是神志不清，答非所问，并且有些人见人就追，甚至张口咬人，模样十分恐怖，像是中了邪。

宛郁月旦眉眼一扬："他们咬了谁？"

"东方剑的徒弟，还有文秀师太的一个师妹。"

"九心丸。"宛郁月旦道，"这两位都服用了九心丸。山下的来客追咬的是带有九心丸余毒的人——很可能，他们中的是另外一种毒。"

"蜂母凝霜露。"红姑娘神色慎重。

中了"蜂母凝霜露"的人，一旦毒发，便失去理智以毒为食，最终狂躁而死。普通人中了此毒恐怕更难以自控，中原剑会服用九心丸之人多矣，必定要成为这些人扑咬的目标。而这些人是厢军，中原剑会不能对朝廷兵马动手。

如何是好？

围山的可是数千之众，这远超江湖中人所能控制的局面。

红姑娘站了起来，她闭上眼睛问宛郁月旦："你说若是换了唐公子，当如何是好？"

宛郁月旦微笑："但这里没有唐公子。"他也站起来，"只有你我。"

京师天清寺。

唐俪辞与傅主梅并肩而行，唐俪辞手里握着"金缕曲"，傅主梅手里握着一柄僧房柴刀，两人自地底长廊出来，在天清寺内转了几转。

天清寺茶苑与飘零眉苑十分相似，里面有许多卧房，平日应是住了不少人。但今日人竟是不多，唐俪辞与傅主梅一路制住了三位"鬼牡丹"，扯下这三人的面具，发现他们果然长得全然不同，甚至其中一人脸上还烙着刺配充军的印记，可见从前多半是哪位江洋大盗。

但他们并不承认自己曾是别人，只记得复国报仇，记得些不知何处而来的国仇家恨。这些无名氏武功颇高，若非唐俪辞和傅主梅一起动手，也无法轻易制伏，但他们回到天清寺都是为了养伤，而那些伤，都是在祈魂山飘零眉苑对战中原剑会的时候伤的。

风流店内鬼牡丹神出鬼没。

似乎永远不死。

根源其实在这里。

两人在天清寺内一番苦战，唐俪辞手里的"香兰笑"没有用上。这里无疑是一处重地，但守卫此处的人实在太少，少得简直不像一群疯子盘踞多年的模样。

这里应当还有许多人，那位狂态已现的青山，以及其他的"鬼牡丹"

何处去了？就这么片刻之间，春灰钦点的"先帝"就突然消失不见了？而此处应有另外一位傀儡，纪王柴熙谨又人在何处？

唐俪辞扶着傅主梅的肩，他快要站不住了，傅主梅被他一压，腿一软，差点两个人双双滚倒。方才若是一鼓作气，再杀一个谢姚黄不在话下，如今气势已竭，傅主梅头晕目眩，而唐俪辞按在他肩上的手就如冷冰一般。

阿俪早已到了极限。

他的伤不是假的。

无论谢姚黄为何突然消失，那都是侥天之幸。傅主梅强提一口气，他懵懵懂懂地想：阿俪决意濒死搏杀……他相信阿俪能杀死那个半疯，但是比起濒死搏杀一个半疯，他更希望阿俪给自己留一口气。

唐俪辞……武功高强，天潢贵胄，富贵逼人。

他那么好看，那么会说话，又那么可怕。

大家都赞美他，大家都怕他。

大家都不想……他什么都有，为什么他要这么拼命，拼命到遍体鳞伤鲜血流尽，他奄奄一息，还盘算着要濒死搏杀一个坏人。

他是为了什么？

就为了要大家感恩戴德，高呼一声唐公子无所不能吗？

那未免太拼命了。

傅主梅茫然地撑着冷得像冰的唐俪辞，太拼命了，阿俪就像在回应着什么，他还什么都没有得到，就把自己全部搭了出去。

一辆马车自京城驶离，赶车的是一个鬼牡丹，坐在车里的是另一个鬼牡丹。

赶车的人黑袍红花，十分抢眼，未近身便看得出标识。而坐在车里的"谢姚黄"并不穿黑袍红花，也不戴面具，他盘膝坐在车里，手捻着一根银针，正在往自己头上插去。

他在给自己刺穴。

阿谁坐在马车一角，凤凤趴在她怀里，满脸好奇地看着这个往自己头上戳针的怪人。

谢姚黄虽是"鬼牡丹"，但极少离开天清寺。他对恭帝生平如数家珍，

211

自觉乃是恭帝之灵，却时常头痛，翻完了三本《往生谱》也没有发现其中提及"移灵之体"头痛欲裂如何治疗。方才被唐俪辞一激，气血翻涌狂性大发，春灰让他去服药，他也自觉不好，方才匆匆离去。

但离开囚牢之后，他的头痛并未停止，仿佛有异物要破脑而出一般，服用了以往常用的药也无济于事，在屋里摔了一些什物，他突发奇想——转身去密室里抓了阿谁，令她带自己去找《宁不疑》。

那若是与《往生谱》一起扔掉的神秘残卷，说不定有治疗移灵之体的秘术。他越想越是情绪高昂，一时之间，便把奄奄一息的唐俪辞与傅主梅抛在了脑后。

世人皆言唐公子无所不能。

那不过是他手下的玩物，被掐住颈项的时候，柔弱无骨的美人与无所不能的唐公子有何不同？

反正这世间万物，都该匍匐于他脚下，都该归他钦点挥霍，都该如溺水的天鹅一般，扬起颈项，哀婉求生。

阿谁默不作声地坐在一旁。

"你把残卷扔在了何处？"谢姚黄拔出了头顶的长针，那针上还带着血迹，滴落在马车之上。

阿谁平心静气地道："城外玉镜山后的山谷之中。"

"玉镜山？"谢姚黄看着这女子表情从容，仿佛自己焦躁的情绪也平静了三分，"你去玉镜山做什么？"

"当年玉镜山后住着我的一个朋友。"阿谁闭上眼睛，随后又睁开，"他养的乌龟喜欢吃纸，我有时候带点残卷去喂乌龟。"

谢姚黄满脑子国仇家恨，乍闻这种咄咄怪事，一时间还没听懂这说的什么玩意儿，皱眉想了两遍："吃纸？"

"但那残卷并没有喂了乌龟。"阿谁轻声道，"后来我再去的时候，那位朋友已经不在了。"

"死了？"谢姚黄心情顿时舒畅。

"是啊。"阿谁垂下眼睫，"大概是死了吧。"

玉镜山距离京师并不远，以马车疾驰，一个时辰便到了山下。驾车的鬼牡丹让阿谁在前面带路，他一开口，阿谁就认出了他的声音。

这是草无芳。

这人只是假借了鬼牡丹的衣服，反正面具一戴也分不清谁是谁。

草无芳与她在风流店相处多时，她知道草无芳对柳眼恨之入骨，因为花无言死的时候，柳眼非但不救，还为他弹了一首送别曲。所以草无芳戴了面具跟来，是想做什么？

她一步一步往玉镜山山腰走去。

玉镜山山腰有一处土房，土房后是一处飞瀑。那飞瀑漱玉湍流，撞击着山崖下许多大石，以至此处水雾弥漫，生满青苔。

当地人不会居住在此，水汽太重，易生寒症湿气，房屋又易腐朽，什物也很快损坏。但傅主梅就住在这里，他的乌龟也很喜欢这里。

他可能是觉得水雾好玩，也可能是因为乌龟喜水。

她在面不改色地说谎，她知道他住在这里，就像所有做过梦的少女，都知道心爱的少年住在何处。但她从未来过，也从来不知道那只硕大的乌龟到底吃不吃纸。她看过那只乌龟吃菜，非常普通。

为什么要说《宁不疑》的残卷落在这里？

她不知道。

或者只是随便说说。

或者是玉镜山的山上有一处飞瀑。

"阿谁。"草无芳拈了路边一根杂草，若无其事地低笑，"你可知方才从你门前经过的铁笼内，装了什么？"

阿谁停下了脚步，微微一顿，心里有了一丝不祥："装了什么？"

"装了唐公子。"草无芳悄声道，"有趣吗？"他歪着头打量着她，"你是不是担忧得要死？"

阿谁记得方才铁囚车经过之时，滴落的点点鲜血，不禁毛骨悚然："唐公子……"她定了定神，"唐公子之事，无须我多话揣测。"

"你不必担忧。"草无芳笑得恶意满满，"对一个妄图用别人的孩子骗你一辈子的虚伪之辈，让他被鬼尊碎尸万段，岂非正好？"

阿谁蓦然回首，她回得如此快，以至于衣袂飞扬，发髻散落，那长发铺散了半身："你说什么？"

"我说唐俪辞抱着的——"草无芳指了指她怀里的凤凤，"他还给你的，

213

是别人的孩子。你的孩子,早在托付给他的那天晚上,就不知何处去了。"他"哈哈"笑了一声,"我听说刘府那天晚上埋了一个婴儿,大概就是你的孩子。你若不信,可以去刘府后院挖个坟。"

阿谁脸色惨白,紧紧地抓住凤凰的手臂。凤凰呆呆地看着她,扁了嘴准备开始哭。她喃喃地道:"刘……刘府?什么刘府?"

"南汉刘公主在京师有一座府邸,她府上刚好有一个婴儿。"草无芳笑道,"年纪和你的孩子差不多大,你把孩子托付给唐公子的那天晚上,他闯进了刘府,你猜他做了什么?我听郝文侯家的大夫说,他遵照夫人的意思给你下了打胎药,那孩子按理不能活,为何能活这么久,他也是十分稀奇。"

话说到此处,阿谁已无法再问。

她如坠冰窟,却又神志清醒,脸上一片冰冷,竟没有一点泪水。

草无芳请她继续带路,一边好奇地盯着她:"你竟不恨他?"

凤凰"哇"的一声号啕大哭,紧紧地抱住阿谁,把头埋进她的怀里。

她失魂落魄地抱着他,一路往前走。

有很长一段时间,不知道自己魂归何处。

草无芳好奇极了:"你竟不哭?这娃娃是唐俪辞用来骗你死心塌地,骗你为他轻生赴死的工具而已。他这人故作无所不能,其实不知做了多少虚伪欺瞒之事,假仁假义极了。"

哈?唐公子用来骗我死心塌地,为他轻生赴死?阿谁茫然地想,是吗?

她想……唐公子并不需要骗我死心塌地。

如果我的孩子注定要死,那并不是唐公子害死的。

如果他不在意我的感受,为何要处心积虑骗我?

他只是……尽力了。

他尽力了,只是他尽力的方法,总是和旁人不一样。他是如此努力,然而大家对他的种种努力骇然失色,比之感恩,更近于恐惧。

唐公子从来都没有学会如何做一个好人。

她闭上眼睛,眼泪夺眶而出,与凤凰的眼泪流在一起,沾湿了婴儿的衣裳。

"你为何要告诉我?"她轻声问。

草无芳无声地大笑:"你当唐公子为何失手被擒?我告诉他'那小娃娃本该是死的',你猜他说什么?他说他要将知道'那小娃娃本该是死的'人一一杀尽,只要死绝了,便没有人知道那小娃娃本该是死的了——说得好像只消别人死尽死绝,你那娃娃就没死一样。哈哈哈……但我告诉他你早已知道小娃娃是假的……"

唐公子一脸傲然,而其实大受打击。阿谁猜也知道发生了什么,惨然一笑:"然后他便打输了吗?"

"那倒没有。"草无芳笑道,"而后他束手就擒,进了铁囚车。"

"哈……"阿谁也跟着一笑,这便是假仁假义、虚伪狂妄的唐公子。她深吸了一口气,快步走在了前面。凤凤本来号啕大哭,哭到一半,突然又不哭了。阿谁放了凤凤,将他放在地上,轻轻摸了摸他的头。

远处头痛欲裂的谢姚黄冷冷地问:"到了吗?若是你信口胡言,我当即杀了你。"

"到了。"阿谁抬起头来,加快脚步,靠近了悬崖飞瀑。

草无芳正自心情畅快,谢姚黄头痛欲裂、心烦意乱,两人只当她故地重游去探个路,并未在意她走得太近了。

突然之间,毫无征兆,阿谁对着瀑布一跃而下。

突如其来,草无芳还沉浸在"唐俪辞虚伪狂妄假仁假义"之中,谢姚黄冷眼旁观,阿谁便顺利地一跃而出。

她这一跃分外决绝,衣袂飞扬之时,草无芳和谢姚黄都看见她衣袋里有一物一闪而过。

那是一本红色封皮的书卷,他们二人目力极佳,甚至可以看见封面上《宁不疑》三字。

两人一起跃起,一起伸手去抓半空中的阿谁。

他们都没想明白阿谁为何要跳下飞瀑,也尚未想通《宁不疑》为何会在她身上?但两人均觉绝世武功秘籍藏在身上,显然比多年前扔入瀑布之中合乎情理,机会一瞬即逝,如果阿谁带着残卷秘籍跳入瀑布,她摔死了不打紧,那书卷可是要毁的!

玉镜山虽不高,这飞瀑却不矮,瀑布直下峡谷,水汽盈满了半山。

阿谁神志清醒,她看着那两人向自己飞扑过来。

215

这名曰青山的黄袍人在天清寺中颇有分量,她十分理智地想,草无芳无关紧要。

谢姚黄武功比草无芳高多了,他跳得比草无芳早,当先一把抓住了阿谁。

但此时阿谁已经坠入半山之下,没入峡谷之中。玉镜山飞瀑冲击多处山岩,半山之下水雾极盛,谢姚黄一把抓住阿谁,人也进入了水雾之中。

人入水雾,一瞬间灰蒙蒙的什么也没看见。

也就是这一瞬之间——水雾中有什么侵入他的眼睛,双目一阵剧痛,谢姚黄一声惨叫,他与阿谁凌空坠落,一起重重地砸在了山崖底的水潭里。

轰然一声,水波冲起半天高。草无芳慢了一步,眼睁睁看着半山水雾由灰白色变成了猩红色,他坠入猩红色水雾之中,以袖袍捂脸,强行落在半山岩石之上,连滚带爬地爬回半山土屋。

水潭底下波浪翻滚,草无芳猛然放下衣袖,他的衣袖已经被水中毒物腐蚀得破破烂烂。遇水锈蚀——那究竟是什么毒如此厉害?他爬出去往瀑布下望去,只见山下水潭已变成了猩红之色,谢姚黄和阿谁趴在水潭上的一块大石头上,两人的衣裳都被腐蚀得破破烂烂。这猩红色的药粉,是柳眼当年曾经用过的毒粉,当年沈郎魂脸上的红色蛇纹,就是柳眼用这种药粉绘上的。阿谁做他侍婢,手里收过不知多少毒物,她留下了其中一两种。

谢姚黄双目失明,流血不止,显然是穿过水雾的时候未曾闭眼,他也是受了惊吓,坠落时失了防备受了重伤。阿谁摔入水潭之中,一样身受重伤,但她立刻爬了起来。

谢姚黄摔断了右足和左手,双目失明,但那都是外伤,他怒火狂烧——竟然——竟然栽在一个不会武功的女婢手上!贱人岂敢!

他可是先帝之灵!

他可是命中注定要当皇帝,兴复大周,问鼎天下,开万世基业的人!

区区贱民女子,竟然敢对他动手!

她只是区区贱民!

唐俪辞的婢女!残花败柳!无知贱民!

她怎么配……

阿谁同样摔伤了双足,她的手还没有断,她的眼睛还没有瞎,但一张脸已经被红雾腐蚀得面目全非,露出了猩红的血肉。她以手为足爬了过去,抓住了谢姚黄的佩刀。谢姚黄在轰隆水声中惊骇绝伦、六神无主,直到阿谁抓住了他的佩刀,他才惊觉,往后一退。

那把刀就这么拔了出来。

阿谁紧盯着他,这人是风流店幕后的恶人。

风流店里……那些泯灭人性、无人管束的善与恶、那些逐渐失去自我的白衣女使、红衣女使……那些引诱人心的九心丸……

她举起刀对准谢姚黄的胸口用力刺下。

谢姚黄在水声隆隆中尽量听声辨位,他外伤虽重,内伤不重,听闻阿谁气息沉重举刀刺落,他对着阿谁的胸口一掌拍去。

这若是面对着其他高手,必要闪避——谢姚黄武功不弱掌力沉重,是谁硬接了这一掌都难以消受。

但阿谁不会武功。

她从飞溅的水花中扑了过去,迎向谢姚黄的手掌,那一掌在她胸口印下了一个漆黑的掌印,几乎震碎了五脏六腑。

但那又如何?

阿谁仍是扑了过来,一刀刺落。

谢姚黄的佩刀亦是当世名刀,这一把刀名为"腾蛇"。

腾蛇善水而能飞,修千万年而能成龙。

但谢姚黄被这把刀钉在山石上,血流不止,插翅难飞。他喉咙里"咯咯"作响,仍然不可思议,他看不见东西,虚空中指着阿谁:"你……你……怎配杀我?"

阿谁放开"腾蛇","哇"的一声吐出了许多血来。她捂胸仰望,望向山顶凤凰所在的地方,随即仰后栽倒,倒下之时,依稀还听见凤凰撕心裂肺的哭声。

"咚"的一声,阿谁没入深潭,留下一个浅浅的漩涡。

草无芳在半山从头看到尾,看阿谁半空放毒,看她反杀谢姚黄,再看她没入水中。他倒抽了一口凉气,扪心自问换了是他,绝对无法做到如此狠绝。

他竟然心惊胆战地等了好一会儿,等到水雾中猩红散去,阿谁早已消失无踪,他才缓缓爬下,将被刀钉死在山石上的谢姚黄背了起来。

217

谢姚黄乃当世高手，即使被刀贯穿胸口也未必会死。

但草无芳听着他狂乱的心跳，见他惊恐万分的表情，只怕谢姚黄想活也不容易。

他背走了谢姚黄，留下了凤凰。

凤凰也小心翼翼地趴在山崖边，凝视着半空的飞瀑和消失在水里的阿谁。他是那么小，以至于草无芳走的时候，眼里根本没有他。

傅主梅扶着唐俪辞，两人自玉镜山山底缓缓往上走。

傅主梅在此有一个土房，但久未来过，也不知道土房是不是还在。两人内外皆伤惨不忍睹，急需一个疗伤之处，于是傅主梅把唐俪辞带到了玉镜山。

刚刚回到土房，傅主梅和唐俪辞陡然看见山崖前一片凌乱，留有各种爬行的痕迹。凤凰坐在山崖旁，望着山下的水潭呆呆地哽咽。

"凤凰？"唐俪辞惊觉。

"凤凰？"傅主梅更加惊讶，这个小婴儿怎会在此？

唐俪辞一瞬间，已经想明白——他本计划以重伤为饵，顺水推舟入天清寺，然后一探青灰和他的"佐证"们的底细。但事情从雪线子被钟春髻带走开始步步有失，雪线子意外受制于钟春髻，吐露了水多婆的秘密。这导致姜家园失守，莫子如和水多婆战死，唐俪辞千里奔赴姜家园——虽然他仍然以重伤为饵身入天清寺，却比计划中的时机晚了一步。

这晚的一步，让阿谁出了意外。

本在唐俪辞环环相接的谋划中，无论是风流店或是其后的布局者，应当在祈魂山飘零眉苑大战、莫子如和水多婆二人镇守的九心丸解药秘地、好云山中原剑会距地，以及唐俪辞潜伏何处的多重困境中顾此失彼。他们本应当无暇也不必追踪阿谁的下落。

而他只需自然而然地身负重伤，就可以轻而易举地被风流店幕后之人所擒，直入此局的最深处。

但他并不知道阿谁曾经见过《往生谱》的剩余两册。阿谁得郝文侯的青睐，并非仅仅是因为她天生貌美，与别人不同。

对唐俪辞而言，她是一个特别的女人。

对郝文侯来说也是。

对柳眼而言亦是。

但这三种特别并不相同。

他可能错就错在，他以为是相同的。

凤凤仰头看见唐俪辞，顿时号啕大哭，指着山下的水潭："娘娘，坏人，大水……大水……刀……"

唐俪辞垂眸看了他一眼，纵身一跃，径直下了瀑布，傅主梅抱着凤凤紧跟下去。

两人站在方才阿谁与谢姚黄性命相搏的山石上，看见了锐器插入山石的痕迹。水潭仍带有浅浅的红色，带有刺鼻的酸味，是某种腐蚀类的毒物。唐俪辞伸出手来，扶住冰冷的崖壁，眼中一时所见，都是一片猩红。

深潭中没有任何人影。

一本泡得模糊的书卷在水潭中打转。

傅主梅拾起那本书。

那是一本新写不久，尚未写完的私人诗集。

大部分字迹已经模糊，尚看得清的仍有几个字："……独枯宁不疑。"

唐俪辞看着那几个字，那是阿谁的字。

初见的时候，她怀抱婴儿而来，满眉目的温柔。

而后，她乘夜色而来，愿意陪他月下一醉，她说："盈风却白玉，此夜花上枝。逢君月下来，赠我碧玉丝。"

最后，她说："谢过唐公子救命之恩……必将涌泉相报。结草衔环、赴汤蹈火，在所不惜……可以了吗？"

而到了最后，他终究不曾回答，什么也没有说。

他做过什么呢？他抱了一个别人的孩子给她，打算骗她一辈子感恩戴德，且并不后悔。

他把她当作肉盾扔了出去，而至今……不曾说过一句抱歉。

他们之间最后的关系，只是一张银票。

他施恩图报，图的就是要她赴汤蹈火、结草衔环，最好一生一世都记着他，时时刻刻都为他所苦，终此一生都刻骨铭心，都后悔不曾一开始就心甘情愿，不曾心服口服愿意为他去死。

219

唐俪辞……对阿谁来说，自始至终，都是一个地狱。

她一直很清醒。

而他一直……以为自己很清醒。

但阿谁不是只能为唐俪辞去死的，她可以为之赴死的，并不只有唐俪辞。

抬起头来，他看见傅主梅满目惊慌，往下游奔去，到处寻找阿谁的踪迹。

凤凤在哭。

潭里的血早就淡了，只有石缝里还有一点。

唐俪辞笑了笑，在带血的大石上坐了下来。

身侧飞瀑隆隆之声，如狮子吼、如问心钟，震魂动魄。

手下按住的，是一柄刀深入巨石的痕迹。

血犹未尽。

血……犹未尽。

他有许多话未曾说过。

不知她信不信。

大概是……不信的吧。

飘零眉苑。

成缊袍几人已经冲入了地底深处。

一路之上，他们没有遇到任何女使。

而到了地底最深处，堪堪踏入其中，成缊袍就闻到了一股浓重的药味。这药味并不古怪，乃是一种艾草与树木相混合的草木香，甚至有些熟悉。这地方不但药味浓重，甚至浓烟滚滚，再往深处隐约可见火光。

成缊袍骇然——这风流店地底深处竟然正在燃起大火？

这是怎么回事？

古溪潭和齐星更是诧异，通向深处的通道被钢丝巨网拦住，那些网层层叠叠，布满了深入其中的道路，既像阻止外人进入，也像不准任何人出来。

飘零眉苑深入地下，即使偶然失火，也绝不可能熊熊燃烧。

何况这浓烈的药味与烟——说明这把火并非偶然，正是有人处心积虑谋划的。

但此人在地底放火，放下了诸多怪网阻拦，旁人进不去，他也出不来。

难道这胆敢火烧风流店的英雄豪杰，就要在地底与魔同葬了吗？

成缊袍悚然想……这会是谁？

谁能在风流店内布下铁网燃料，谁能在无声无息间火焚风流店？谁能让白衣女使、红衣女使消失不见？

白素车？

成缊袍拔剑便往里冲，剑刃斩网发出了金铁之声——他这才惊觉方才听见的金铁之声正是有其他人正在砍网。若不砍网，如何相助放火之人？但砍了网，一旦风流店中有人突围而出，又当怎么办？

犹豫之间，地下的大火越烧越烈，浓烟自各个通风道口狂涌而出，长廊内温度急剧升高，宛若熔炉，伸手不见五指。成缊袍不得不停下手来，喝令后退。

祈魂山中。

数千失去理智的朝廷兵马与中原剑会交战在一起。宛郁月旦与红姑娘且战且退，但难以突围。杨桂华手下八百禁军列阵在前，尝试将毒发的厢军与中原剑会隔开，但人数不及，很快阵形都要被冲乱。

正在兵荒马乱之时，厢军之后缓缓响起一阵大鼓之声。

那鼓声激昂雄壮，又有号角、琵琶、锣鼓等同鸣，天地为之一震。

数千厢军开始与鼓声同调，进入了一种似醒非醒的境界，各随号角、琵琶、锣鼓等乐声行动，竟从杂乱无章的扑咬，渐渐成了合围之战。

"秦王破阵乐。"宛郁月旦道。

兵马阵后，有数辆战车缓缓同行，几面大鼓分装在战车之上，仿佛驱赶着千余之众。其中有人手持鼓槌，赫然正是柴熙谨。

在他身侧站有数位黑袍红花的"鬼牡丹"，还有一名红衣女使，那女使和他人不同，并未僵硬古怪，而仿若一条红蛇一般，倚靠在了战车高处。

消失无踪的柴熙谨竟在这种时候现身，又以战鼓驱使这些药人作战，他难道是想要中原武林与朝廷兵马不死不休吗？

"不……不是……"红姑娘凝视着柴熙谨的战车，"他驱使厢军围攻步军司，定有所图，我们不过是让事情闹得更大的那把刀而已。"

"风流店本应与他策应，此时飘零眉苑依然无声无息，必定有了变化。"

221

宛郁月旦手指一触自己衣袖内的机簧，他的暗器只能对一两个敌人，面前策马移动的千军万马，暗器当真是杯水车薪。

"白素车？"红姑娘低声问。

"白素车。"宛郁月旦颔首。

唐俪辞让他们按兵不动，他们最终没有忍下去。

但是白素车一直按兵不动。

正说到此时，飘零眉苑的通风口浓烟乍起，数道黑烟直冲云霄。成缊袍疾驰而来，沉声道："风流店内大火肆虐，其中的人如果没有先行逃走，恐怕与飘零眉苑同葬。"

红姑娘拍案而起，她似有满腔怒火，终是一个字也说不出来。

面前战车隆隆，柴熙谨击鼓行军，他战车上的红衣女子细细吟唱："受律辞元首，相将讨叛臣。咸歌破阵乐，共赏太平人……"数千兵马随歌而动，战马奔驰，唐刀出鞘，竟出奇地整齐起来。

鼓声震人心魄，成缊袍第一个感觉不对，气血翻涌，猛然回首："这是——音杀！"

大鼓的音杀远胜靡靡之音，在数千人的齐声呼应之中，中原剑会众人都开始真气紊乱，步步后退。虽然柴熙谨的音杀远不如唐俪辞精巧，但他的每一击都能让众人心口随之一跳，仿如自己的呼吸心跳都受了他的掌控一般。

"啊"的一声哀号，东方剑的二弟子被一名骑兵斩落马下，他一身武功，竟在音杀之下不敌战马冲击。东方剑大怒，拔剑向那骑兵追去，却见那骑兵一口咬住他二弟子的脖子，开始大口吸血。东方剑一剑斩落，那吸血骑兵翻身栽倒，口中仍咬着人不放。二人一起摔落马下，顷刻被四面八方的战马踩踏得血肉模糊。

这可怖的场面刺激了身中"蜂母凝霜露"的厢军，很快双方短兵相接，中原剑会伤亡惨重，不少人被活生生拖入林中，受药人啃咬，凄厉的惨叫之声不绝于耳。东方剑惊怒交加，他在骑兵之间跳跃，远处乱箭齐发，一箭射中他后背，发出一声惨叫。成缊袍拔剑要救，柴熙谨大鼓一敲，他为之一顿。余负人见状，拔剑去追，抓住东方剑，但两人受骑兵冲撞，一起滚落马蹄之下，余负人招架几个来回，战马过后，两人已不见了踪影。

成缊袍天生难敌音杀之力，此时连连倒退，古溪潭冲将上去，刺了一个追击的骑兵一剑。然而林中人影一闪，一位鬼牡丹一掌拍落，五指深深扣入了古溪潭的右肩。成缊袍大吃一惊，一剑"白狐向月"刺了过去，柴熙谨战鼓一擂，成缊袍心头一跳，这一剑便又失了力道。

古溪潭就此被鬼牡丹抓走，而与此同时，已有不少人同样落入了鬼牡丹之手。成缊袍怒极回望，只见兵荒马乱之中，孟轻雷掩护文秀师太往东突破，而董狐笔带着柳鸿飞及其门人往西进发，这二人武功颇高，很快便双双撕开了缺口。然而一路向东、一路向西，两拨人马背后的缺口一开，柴熙谨操纵傀儡前后包抄，孟轻雷和董狐笔一样陷入苦战之中。

在他们手下，厢军骑兵不是一招之敌，但这些人原本无辜，又悍不畏死，难以以常理预测，不消片刻，孟轻雷和董狐笔身上都见了血。

文秀师太手握长剑，但始终无法向这些失去自我，沦为傀儡的厢军下手。眼见孟轻雷为了护她，身上的伤越来越多，最终无可奈何，宣了一声佛号。她退开一步："阿弥陀佛，孟施主，事已至此，贫尼先走一步，谢过施主一路搏命相护。"

孟轻雷悚然回头："师太！"

文秀师太手握长剑，一跃而起，踏上身侧厢军的马头，向柴熙谨杀去。她距离主战车尚有十来丈之遥，这一路根本不可能奔袭到战车面前，然而出家人不能对无辜之人下手，只能以身相殉。

她这一跃而起，满场皆见，随即四面八方长箭和短弩齐发，"嗖嗖"之声不绝于耳。文秀师太丝毫不惧，她以马头为落足，身形如电直向柴熙谨奔去。大部分箭矢跟不上她轻功身法，纷纷落空。孟轻雷虽然惊骇，却不得不盛赞峨眉身法真乃秀冠逸绝。

夕阳之下，文秀师太这一跃，灿若流金，熠熠生辉。

她手中剑一式"峨眉山月半轮秋"，直取柴熙谨的颈项。

柴熙谨见此一跃，一声叹息。

文秀师太这一剑距离他远极，根本不可能伤及他毫发，但她依然出剑。

剑势如虹，如弃我去者，不可挽回。

柴熙谨自身侧红衣女子那儿接过一具长弓，夕阳余晖之下，那弓亦是熠熠生辉。一声弦响，长箭破空而出。

223

那红衣女子凝视着飞身而起的文秀师太,文秀师太在出剑的同时,身上已中了数枚飞矢。她柔声道:"她必死无疑,您何必多此一举?"

柴熙谨的长箭此时射中文秀师太胸口,她仰身摔落,胸口的血喷洒了半空。远处哀呼之声不绝于耳,中原剑会显是悲愤欲绝。

只听柴熙谨道:"殉道者也,当求仁得仁。"

文秀师太的血,激起了中原剑会的怒火与血气。

但不破"音杀"之术,中原剑会多半要尽数死在柴熙谨旗下。

此时只听"降云魄虹,武梅悍魂,唯我独尊",火云寨八十铁骑对着围困的厢军冲了过去,他们自北方而来,骑术娴熟,此时意图从数千人之中撕开一个口子冲杀出去,扑向柴熙谨。

然而八十铁骑实在太少,厢军之中很快跃出一人,手握流星锤。那流星锤挂有长链,在马上横荡出去,带起一阵风声。

悬链流星锤扫开一片战场,挡住了火云寨的路线。金秋府面对这等远程重兵器,只能大声咒骂,即使自己武功不弱,但鞭长莫及。身后齐星纵身追来,递上长弓:"用弓箭!"

乱军之中,实在没有长剑与短刀施展的余地,厢军所带的唐刀和长矛长度都远超武林中人惯用的长剑。金秋府在北方多年,善于骑射,换了长弓一箭射出,对面的流星锤手纵马闪避。火云寨趁他收手,众人一拥而上将他围住,乱刀频出,最终斩断马腿,那流星锤手弃马而逃,回到了柴熙谨战车之上。

乱阵之中,他们根本认不出来,这流星锤大汉,竟是少林寺失踪多时的大识禅师。

火云寨士气大振,直逼主战车之前。

但也在火云寨围杀此人之时,柴熙谨鼓声又响。

数百人的傀儡围住了火云寨。

弓弦声、马蹄声、战鼓声不绝于耳。

宛郁月旦听不清远处的形势,红姑娘与碧涟漪并肩而立,中原剑会受柴熙谨冲乱阵形,大家各自为战,号令难以传达,红姑娘眉头轻蹙——她知道此时唯有杨桂华率军镇住局面,中原剑会才不会全军覆没。

但这就是柴熙谨想要的,步军司和厢军惨烈交战,撼动国本,而给他复国之机。

若杨桂华不入局,谁能在此乱军之中,占得魁首,号令群雄俯首听令呢?

红姑娘叹了一声:"唐公子呢?"

宛郁月旦虽然什么也看不见,却仍是闭上了眼睛。

金秋府等人很快箭矢用尽,穷途末路,被杀了数人。

正当杨桂华决定让步军司放手一搏的时候,中原剑会人群之中响起了一阵弦声。那声音非琴非筝,比琴与筝更激越。此乐一出,大家心神一分,柴熙谨的鼓声便没有那么乱人心智。

众人回过身来,只见柳眼怀抱一具瑶琴。他并非横膝而弹,而是把瑶琴竖了起来,抱在怀里,一只手拉住了琴弦调音,另一只手拨弦,从一具古琴上,弹出了铿锵灿烂的音色。

流璞飞泷,是栖梧世家五十年来所制的最好的琴,价值千金。

此时在柳眼手中化为一具新琴,五指勾挑抹拈轮,弹出了祈魂山数千人未曾听过的声音。

片刻之后,柳眼低声而歌。

> 鸿雁东来,紫云散处,谁在何处、候归路?
> 红衫一梦,黄粱几多惘,酒销青云一笑度。
> 何日归来,竹边佳处,等听清耳,问君茹苦。
> 苍烟袅袅,红颜几多负,与醉金荷是明珠。

他开口一歌,柴熙谨手中的鼓似乎完全失去了声音,所有人……所有人都在听他唱歌。

红姑娘回首望去,柳眼坐在一匹黑马上,马匹随意踢动着蹄子,带着他在林中缓缓行走。

他坐在马上,一身黑衣,怀抱那具碧涟漪重金购买的古琴"流璞飞泷"。

他眼里满是郁郁,什么人都没有。

而他唱一首歌,便让红姑娘想起了当年究竟是为何死心塌地,生出了非要守护此人一生的决心。

他的琴弹得太好听,他的歌唱得太入心,所以……

便让那么多人生出了心魔。

误入了不归路。

柴熙谨听闻柳眼的声音,微微一震,他的手下运功加劲,鼓声骤然增大。那红衣女子认真了起来,运气高歌:"……四海皇风被,千年德水清。戎衣更不著,今日告功成。"

鼓声震天,高歌明亮,很快将柳眼的歌声压了下去。

柳眼毕竟武功已废,他的琴和歌不含真气,虽是音杀,但威力不及。

正在这时,远处有人低唱。

"昨夜消磨,逢君情可,当时蹉跎,如今几何?霜经白露,凤栖旧秋梧,明珠蒙尘仍明珠……"

那声音并不大,却异常清晰,声声字字,都如在灵魂深处吐息。

红姑娘为之颤抖——她以为能唱得要人性命的人只有柳眼,但这人迎风低唱,比之柳眼的幽抑,这人十分认真,竟能入魂。

那仿佛是灵魂在耳边低语,每一声叹息都清晰可闻。

这又是谁?

远处两匹白马并肩而来,其中一人横笛而吹,头盖罩帽,看不清面目。

另一人在马上低唱,而柳眼的黑马掉转马头,向二人行去。

自从那人开口之后,柳眼便不开口了。

他专心致志地弹琴,罩帽人心平气和地吹笛。

那首柔软的乐曲越发宛如一声叹息。

"……谁曾,听风雨,经霜露。恩与恨有负,天涯不尽归途,问人世凄凉处,谁能渡?谁回思来路,生魂却与死付,望琉璃金碎处,没白骨。"

唐俪辞二人的白马在厢军之中如入无人之境,他们的乐曲与歌完全压制了柴熙谨的大鼓,甚至柴熙谨都放下鼓槌,怔怔地看着他们前进。

白马横穿战场,路过战车,向黑马而去。

"这是……御梅之刀。"成缊袍十分惊讶,御梅主以刀法威震武林,谁想他开口一唱,竟是这种气息。

三匹马在中原剑会营前会合,傅主梅和那罩帽人身上包扎许多伤口,可见经历过激战,他们能及时赶来,必定也是听闻了消息。见柳眼与傅主梅合作遇敌,柴熙谨音杀之术受到遏制之后,中原剑会众人为之大哗——

柳眼毕竟是风流店的大人物，邪魔外道人人得而诛之，即使柳眼研制了九心丸的解药，这仇也不是就能一笔勾销的。

"有人假借恭帝之名，行谋逆之事。"那罩帽之人自是唐俪辞，他身上尚有"风流店之主"的大名，自然不能以真面目示人，对身后的哗然只作不见，对宛郁月旦轻声地道，"但那人我已经杀了，谋逆的'佐证'共计十六人，已交到大理寺。"

"那眼前的纪王爷，便是渔翁得利而来？"宛郁月旦也悄声回答，"但身中'蜂母凝霜露'之人众多，即使擒获柴熙谨，手下这散乱的厢军怎么办？"

"蛊王……'呼灯令'王令则。"唐俪辞缓缓地道，"抓住王令则，以'蛊王'之力，勒令他们停手，解毒之法从长计议。"

"王令则？"宛郁月旦奇道，"这人还没死吗？不是已经死了二十余年了吗？"

唐俪辞望向浓烟滚滚的飘零眉苑，轻声道："只盼白尊主手下留情，能从这大火之中，挖出一个活的王令则出来。"他将罩帽往脸上一盖，衣袖拂面一挥，人便从马上消失不见了。

宛郁月旦皱眉听着一点细微的落地之声，唐俪辞从他面前消失，随即纵身而起，以他的罩衣兜帽为羽翼，仿佛一只狂凤，乍然展翅，飞起半天之高。

数千人的战场为之一呆，他这一飞比文秀师太高多了，高处疾风吹飞他的兜帽，那身罩衣随风而去，人人都清清楚楚地看见唐俪辞灰发华颜，那一张秀丽狂艳的脸。

箭矢微微一顿，向他袭来。这不仅仅是厢军的箭矢，还有中原剑会的各种暗器、袖剑，甚至飞剑。

地上千千万万的人惊骇和怨恨，化作万千箭矢，随着听不清的漫骂和诅咒，向着半空中的唐俪辞而去。

唐俪辞视若无睹，他在空中微微一顿，陡然加速，直扑柴熙谨的战车。

柴熙谨长弓抬起，文秀师太那一跃，他知绝不可能扑上战车，若唐俪辞一扑——那万无可能不行。

但唐俪辞的武功岂是文秀师太所能比拟的，柴熙谨长弓一抬，就知道自己失策——他就不该伸手去拿弓，而应当立刻出手"叠瓣重华"。他根本来不及开弓射箭，唐俪辞就上了战车。

227

他扑向柴熙谨,柴熙谨眼见他身上金光一闪,直刺自己双眉之间——那是一柄金丝镂空的剑!那剑华丽到了极致,也空洞到了极致!他立刻松手弃弓,不闪不避,"叠瓣重华"暗器出手,直击唐俪辞心口!

他就赌唐俪辞仍然惜命,不能与他就此换命!

果然,唐俪辞一剑不中,绕到他身后避开他的"叠瓣重华",手中那柄空洞华丽的剑消失不见——柴熙谨同时后跃,与红衣女子和流星锤手站在了一处。

唐俪辞扑上战车,那电光石火间交手的一剑,绝大多数人都并未看见。

众人只见他一飞冲天,站在了战车主位,随即粲然一笑,说了一句话。

唐俪辞道:"天上地下,人间仙界,唯唐某尊,生死不论。"

千军万马为之哗然,中原剑会众人义愤填膺,有些人被他气得几乎吐出血来。

唐俪辞对着柴熙谨一笑:"我先回风流店,此间之人你若杀不完,休来见我。"

柴熙谨还在他方才一剑的余悸之中,方来得及说出一个字:"你——"他身后的红衣美人和大识对着唐俪辞双双出手。

然而唐俪辞往后一仰,坠下战车,向后没入了飘零眉苑喷薄而出的浓烟之中。

他当真就如一抹艳色梦魇,时时刻刻游离于人与非人之间。

乱如散沙的中原剑会怒气冲天,向着柴熙谨的战车扑来。风流店作恶多端的唐俪辞就在此处,柴熙谨与他乃是一伙,这二人杀我武林同道,荼毒老弱妇孺,纵毒驱使无辜之人,老子若不杀他,这妖邪回头便要杀我!

众人本只想逃命突围,现在却掉头合击,冲向了柴熙谨的战车。

红姑娘怔怔地看着唐俪辞没入浓烟之中。

谁能在这等乱局中号令群雄?

一个圣人或许可以。

但一个恶人……也许更可以。

宛郁月旦道:"唐公子身上有伤。"

红姑娘惊觉:"怎么说?"

碧涟漪眉头紧皱,他内力全失,眼光却在。

"唐公子伤得不轻，否则方才他与柴熙谨交手一剑，不能被柴熙谨逼退一步。柴熙谨被他气势镇住未曾发现，否则三人联手，说不定唐公子便要被留下。"

"但他此时冒险去飘零眉苑……"红姑娘道，"他要去寻'呼灯令'王令则，那人号称已经死了二十年了，如若未死，必然是极度诡谲小心之人。"她咬了咬唇，"谁能助他一臂之力？"

碧涟漪摇了摇头，低声道："我们眼前最重要的，是借唐公子所造的怨恨之势，重整旗鼓，击败柴熙谨。"

红姑娘苦笑："我竟没有你心定。"她定了定神，"请御梅主和柳……柳眼过来，我们可倚仗音杀之术，以牙还牙，反杀柴熙谨。"

六十六 ◆ 人生若只如初见 ◆

我即灾厄，我即枷锁，我既是魔，又是因果。我半生消磨，看世间显赫。我手握世间之恶，踏过血流成河……

数个时辰之前。

王令则默许了白素车为风流店之主。

王令则带来了三位"鬼牡丹"和她的一位心腹女弟子，此时正协助柴熙谨在外与中原剑会厮杀。

这些人本就是她毒术下的造物。当年大鹤禅师杀上王家，她带着负伤的王令秋诈死逃命，躲入了少林寺中。大鹤万万没想到，"呼灯令"的余孽非但未死，竟是躲在了他眼皮子底下。

因为与大鹤生死搏杀，王令则武功全废，只余下一身毒术。身为女子，躲在少林寺中也颇为不便，堪称步步危机，就在此时，她与一人相遇。

那人是柴熙谨的养母方苼烑，正是经由方苼烑相助，王令则死里逃生，与天清寺结盟，开始了所谓"移灵"之术。但救她于水火的不是天清寺青灰方丈，亦没有人比她更清楚，那些"鬼牡丹"究竟是什么东西——青灰老儿自欺欺人，她却绝无可能臣服于自己的造物，但若能借此偷梁换柱，培养势力，有何不可？这世上只有青灰老儿能妄念成魔，为天下做主吗？他既然可以，我为何不行？大家都是口称报恩，有何高低贵贱之分？

大鹤秃驴死得太早，没能看到她谋反的一天，真是可惜了。

王令则看到白素车谋夺风流店主人之位，让玉箜篌下囚室，不但不恼怒，反而有几分赞赏。

这丫头有她当年之风。

这世上的道理不是凡是"男人"能做的事，"女人"都能做。

而是有人能做的事，我都能做，而人不能做的事，我也能做。

王令则一身武功全废，手掐着半死不活的玉箜篌的脉门，拄拐站在白素车面前，阴恻恻地道："丫头，我既然已经来了，外面千军万马要踏平此地，你作何打算？"

白素车缓缓走到王令则身前，并无惧意："王家主手握重兵，身怀秘术，难道还不能把外面的余孽挫骨扬灰，迎回柳尊主吗？"

王令则微微一怔，她放开了玉箜篌的脉门，尖笑一声："难道你当真是对柳眼一往情深，一心一意就是为了救情郎？"

"王家主手握重兵，布局多年，所谋之事绝不只是号令武林……"白素车毫不避讳，"一往情深若能让柳尊主助我一臂之力，白某既可一往情深，亦可爱之如狂。"她对着王令则单膝下跪，"我等女子，欲行登天之道，何其之难。王家主手握绝毒秘术，柳尊主手握解毒之法，你等二人若能合作……非但门外那些余孽顷刻间土崩瓦解跪地求饶，连王家主所谋之事都多了三分胜算。"

王令则的手按上了她的头顶，感受到白素车身上蛊蛛蠢蠢而动，尽在掌握之中。她森然一笑："如此乖巧听话，我若功成，百年之后，你可取而代之。"

白素车微微一笑："谢王家主。"

二人相视而笑，说话之时，地下的幽暗通道里缓缓走出一排排红衣人，这些人并不说话，安静地站在王令则和玉箜篌身后。这是王令则自己的护卫，全部中了"呼灯令"的独门秘术，只听她指挥。而在这些红衣人身后，白素车惯常指挥的红衣女使也缓缓走了出来，排在红衣人身后。

白素车低头不看她们，面无表情。

王令则看了她一眼，脸上的剑痕颤动了一下："你也不必奇怪，这些人身中'噬神香'，除了听令于你的'噬神'，更听令于我的'噬魂'。"她缓缓地道，"毕竟是我王家的祖传秘术。"

风流店能坐拥如此多妙龄少女，驱使如此多武林高手，除了九心丸之毒，还有"噬神香"暗中辅助，催人神志。白素车执掌"噬神香"，故而可以指挥红、白女使，今日王令则一到，这些人便不再听令于白素车。

白素车点了点头,她没有问那些神志尚存的白衣女使,那些人中毒没有红衣女使深,但此时没有出现,未必是什么好事。

"我听说玉箜篌手下,有几位武功不弱,学会了《往生谱》上的几门绝学。"王令则道,"有女子能练刚猛绝伦的'衮雪',又有人能练阴险歹毒的'玉骨',这些人当真是绝世良才,不知是其中的哪几位?"

白素车指了指红衣女使中的几人:"这位是蔺如松,这位是邵原白,这位是沙棠舟……还有……"她平心静气地道,"我。"

王令则啧啧称奇,这几个丫头当真是武学奇才,奈何在九心丸与噬神香之下,纵然有绝世无双的天赋,也不过为他人作嫁罢了。

妄练《往生谱》者,噬杀忘魂,癫狂而死。

或许比中了她的噬神香,死得还快。

"门外中原剑会正和柴熙谨的音杀缠斗。"王令则阴森森地道,"你带这几位姑娘,自密道潜出,先把宛郁月旦和小红宰了。"她转过身去,"我会亲自把柳——"

"啪"的一声闷响,王令则只说了一半,一柄刀无声无息地自她身后插入。她只感觉到后腰一热,随即一阵剧痛,那柄刀在她血肉中一绞,随后倒飞而出,落入了白素车手中。

"一环渡月"。

白素车手握那柄血淋淋的雪白小刀,仍然单膝跪在那里,面无表情地看着她。

王令则按着后腰的伤口,一瞬间脸上不可置信、错愕、怀疑、惊怒交加,甚至于荒唐可笑……种种表情交织而过。她退开一步,白素车缓缓站了起来。

四周戴着面具的红衣人和红衣女使一阵动荡,变了队形,将二人团团围住。白素车可以听见周围众人的呼吸之声变了,从几不可闻,变成了野兽搏击之前那种兴奋异常的喘息。

白素车扔下了血淋淋的"一环渡月",拂袖而立。

"你说——'你梦登天'!"王令则后腰的伤口处鲜血流出,但伤口处有一只黑色的异虫缓缓探了个头。随着那异虫出现,血流减缓,它在伤口上摇头摆尾,缓缓吐出了一些白色丝线,将王令则的伤处黏合了起来。

王令则看着白素车，"你说'我等女子，欲行登天之事，何其之难。'小姑娘！我今年六十有三，平生所见，唯听你一人出此言，我当你是可造之才！结果你吃里爬外，竟然是外面那些废人的奸细！"

白素车浅浅一笑。

"冥顽不灵，可惜！可惜！"王令则拐杖一顿。红衣人蜂拥而上，她的拐杖之中一股烟尘弥散而出，身上诸多奇诡怪虫爬出，将白素车团团围住。

一瞬之间，红影翻涌，劲风四射，白素车被数人一起扑倒在地，她就算练成了《往生谱》的什么绝技，在这数人甚至十数人一起动手的当口，亦是无能为力。

王令则眉心一跳——不对！

白素车苦心孤诣方才走到今日，她若无十足把握，岂会突然对自己动手？她伤口处忙碌的蛊虫与她心念相通，突然不再为伤口吐丝织网，即刻要钻回她血肉深处。

就在这一瞬之间，一只手微微一动，就在那只虫将回未回之际，从王令则的伤口处挖走了它。

它动得太理所当然，距离也太近，手的主人也太不像活人了。

"哇"的一声，王令则吐出一大口血，摔倒在地。白素车的一刀没能重创王令则，这只手挖走了蛊虫，王令则狂喷鲜血，陡然间老了十岁。

这只蛊虫，才是王令则性命攸关之处！

她怒目圆睁，瞪着挖走她蛊虫的人——那人仍仿若一具骷髅一般，但立刻将蛊虫塞进口中吞了下去。王令则厉喝一声："玉箜篌！你——"

浑身上下挂满了蛛网，仿佛披着一层层蛛网长衣的玉箜篌仍然眼神空洞，仿若将死未死，但嘴角已经微微勾起，露出了一丝笑。

"你不怕——"王令则空握十几样操纵人心的毒功秘术，却失去了蛊王，她催动蛊蛛之毒，玉箜篌与白素车身上的蛊蛛为之呼应，但二人都无动于衷。她催动"噬神香"之毒，指挥红衣人攻击玉箜篌，却乍然感觉到自己能感应的红衣人似乎少了许多。

蓦然回头——她看见白素车倒地之处，似乎冒出了一片尘烟，燃起了火焰之色。

"轰"的一声巨响，烈焰冲天而起，王令则甚至看见了周围数不尽的密密麻麻的丝线被火焰一焚而尽，流出了极其灿烂的光华，那是大殿中无处不在的蛛丝。扑在白素车身上的红衣人与她一起被大火点燃，那火焰骇人至极，顷刻化为火龙沿着地面向四方席卷，轰然第二响——此处殿门关闭，铁闸下落，外面"铛铛铛"落闸之声不绝于耳，此处此刻已成了绝路！

玉箜篌刚刚吞下蛊王，他同样骇然色变！白素车这贱婢竟然早做了手脚，要把风流店的所有一切，包括她自己，一起烧死在这大殿里！

这女人之狠，竟能到这种地步！

王令则武功已失，又失蛊王，身负重伤，一身毒物和毒虫在这火焰天坑之中无处施展。只见满天烈焰与黑烟里走过来几个摇摇晃晃，血肉模糊的火人。那几个人伸出烧得不成形状的手，抓住她，将她拖入最浓烈最蓬勃的火中。

王令则魂飞魄散，她的脸被拖在地上被滚烫的地面摩擦，一路凄厉惨叫。

烈焰之中，浑身是火的白素车侧过身来，伸出焦黑的手，迎向王令则。

她将她拉入火中。

拥进怀里。

烧为灰烬。

这世上除了混沌求生。

还有玉石俱焚。

白某不是中原白道的奸细。

只是……觉得不甘，始终不服，难以低伏，不能认命。

像"如松剑"蔺如松，"望岳子"邵原白，"听琴客"沙棠舟……这样的人，一生不该是这样的。即使像青烟，像官儿，那样的孩子，若不是风流店恶毒的教诲，她们不一定误入歧途，死于非命。

所以既然白某侥幸留有神志，便对天发誓，即使披肝沥胆、赴汤蹈火，也必为诸位讨一个公道。

纵然王令则手握万千毒虫，能执掌千军万马，纵然她心思诡谲，有万种算计，那又如何呢？

白某不欲生，自然就不怕死。

吾不畏死，奈何以死惧之。

而正在此烈火熊熊，铺天盖地之时，穹顶上人影一闪，一滴鲜血，自极高的浓烟顶部,滴落了下来。

血入火中。

倏然而逝。

正在闪避火焰的玉箜篌猝然抬头。

铮然一声,一柄金剑乍然出现,夹带着来人身上的浓烟烈火,如流金淬火,自大殿穹顶直坠而来。

玉箜篌一声嘶吼:"唐、俪、辞!"

那一团淬金的流火当头罩落。

玉箜篌已得蛊王,全身的蛛网扬天飞起,向唐俪辞的"金缕曲"包去。

唐俪辞的红衣在烈焰中被引燃,他的衣裳材质不同,虽然衣角已燃,却并未起火,只带了微微的红焰。他一剑斩落,眼见玉箜篌得蛊王之力,操纵蛊蛛,不能速战速决,便即刻转身扑入了火海。

玉箜篌为之一怔,随即"哈哈"大笑——这疯子破顶而下,又来迟一步——然后又不死心,仍想救人!

里面的白素车和王令则只怕都烧熟了!

他眼睁睁瞧着唐俪辞飞蛾扑火,真正地投入了大火中。

火焰翩跹闪烁,一再暴起,大殿内如地动山摇,玉箜篌不敢再看,转身寻找出路。

"叮叮当当!"所有的出路都是道道精钢铸造的铁网,玉箜篌气力衰竭,又无利器,满心绝望,就如一只被锁在笼中烧烤的老鼠,只有对白素车的无尽咒骂和怨毒。当年谁能看得出,这不声不响,唯命是从又全是弱点的女人,竟然如此能忍,又如此狠毒。

唐俪辞一入火海,衣发俱燃。

白素车身带引燃之物,烈火是从她身上起来的,但王令则被白素车牢牢抓住,却一时不死,仍在火中抵死挣扎,仿若火中扭曲的鬼影。

但抓住她的不止白素车一人,在王令则身后仍有几人按着她,一柄剑对着王令则后心刺落,还有一人牢牢抓住了她的腿。

许多古怪的小虫从王令则身上跌落,一只一只,带着火焰。

唐俪辞入了烈火。

但火中人事已尽。

235

正邪恩怨，已断然了结。

这里没有人需要他拯救。

苍生蝼蚁谁无死。

枯仇暗恨我来报。

或许，还是他承蒙了这场大火的恩情。

他蓦然回首，纵身出火。

玉箜篌惊觉后退，唐俪辞的红衣灰发出了大火随即熄灭，在空中带起了缕缕烟尘，那镂空的"金缕曲"对准玉箜篌平拍下来——若玉箜篌没有在火中惊慌失措，他应当能知道唐俪辞那柄剑不是砍落而是平拍下来，因为他同样心潮激荡，难以平复。

唐俪辞……愿舍身踏火，愿饲鹰成泥，因为唐某不赴，这人世谁人可救？他们祈求我、盼望我、等候我……所以我应允，我愿，我可以。

因为我无所不能。

而世人皆蝼蚁。

但步步走来……一日一日……

他们一直死、一直死。

我……

如果我并非无所不能。

而世人也并非皆如蝼蚁。

那么我……

我……

他那柄"金缕曲"重重拍上了玉箜篌的头，随即一口血喷了出来，吐得玉箜篌满头满脸。

玉箜篌不可置信地瞪着唐俪辞，随即大笑："哈哈哈……你也有今天！哈哈哈哈……"他几乎要手舞足蹈，一时忘却了找不到出路的恐惧，情绪膨胀得要发疯，"哈哈哈……装得轻描淡写满不在乎，我当你是个人物！原来你竟在意他们的死活的！唐公子！争王不是儿戏，你不要以为只要你赢，之前死过的所有人都不算死——你的棋子也是人！也是会死的！从你安排她在这儿做奸细的那一天起，你就应当知道她会有今天！"

唐俪辞嘴角微勾，他虽然吐了一口血，神色却依然平静："白姑娘不是我的棋子。"

他很少解释什么："我的确以为我赢了，所有的人都不会死。但是……"他深吸一口气，看着玉箜篌，"大家都不听话，因为谁也不是我的棋子。"

玉箜篌一怔，一时之间，他竟笑不出来。

唐俪辞浅浅一笑，拔剑再上："把蛊王吐出来！"

玉箜篌身上的大小蛊蛛蠢蠢欲动："做梦！"

正在此时，大殿中火焰再度爆燃，"轰"的一声，大殿顶上被唐俪辞击穿的洞被火焰烧塌。玉箜篌眼见有了出路，不顾高热，强运一口气，将全身真力转为阴寒之气，往高处洞口扑去。他衣衫褴褛，无法鼓风着力，干脆卷动蛛网，将那蛛网卷成一条线，抖手挥出，仿如"万里桃花"往高处一卷一沾，竟拉动玉箜篌往上飞起。

唐俪辞真气紊乱，他连日征战，一伤再伤，伤处虽然没有恶化，但也没有好转，方才火中一进一出，又吐了一口血，饶是他自负战无不胜，也已经是强弩之末。眼见玉箜篌往上飞起，他拔剑欲追，微微一顿，真气一滞，丹田处陡然一阵剧痛。"金缕曲"剑失去真力加持，化为一团金丝，唐俪辞往前软倒，左手撑地，他抬起头来，只见玉箜篌随蛛丝飞起，已快到洞口。

玉箜篌人在半空，看到唐俪辞吐血跪倒，心里痛快至极，简直要哈哈大笑，还有什么比自己即将逃出生天，仇人却爬不起来更令人痛快的？若非自己也是状况糟糕至极，他定要往唐俪辞身上砸下十块八块大石才是！

"嚓"的一声微响，浓烟中一物飞过。

玉箜篌手里一轻，蛊蛛的蛛丝为一物所断，他骇然转身，只见一枚金光灿烂的东西掠面而过，穿洞而出。

那鬼东西宛如一朵金色兰花。

又是"香兰笑"！

"不——"玉箜篌凭空坠落，"咚"的一声巨响，摔进了烈火深处，只听大殿中心白素车架空的铁网断裂，他摔入了堆满了木炭和毒物的火坑里。

那地下已是火炭地狱，必死无疑。

等了一会儿，四下除了烈火之声，再无半点动静。

唐俪辞跪坐在地，右手紧紧抓住"金缕曲"的金丝。

方才情急之下，他将"香兰笑"塞入口中，用它射断了玉箜篌手中的蛛丝。玉箜篌身带蛊王，但是他摔入炭火深处，不等炭火熄灭旁人也无法深入炭火。而等炭火熄灭，不消说蛊王，只怕玉箜篌也都已化为灰烬了。

唐俪辞侧耳倾听着飘零眉苑里外种种动静，深吸一口气，摇摇晃晃地站了起来，他同样纵身而起，往洞口掠去。

一物自他衣袖中飞出，飘红虫绫已是千疮百孔，但仍旧坚韧，带着他越过大火，凌烟而上，离开了地底深处。

飘零眉苑深处。

烈火熊熊。

成缊袍退去之后，那"叮当"之声仍然不绝于耳。

烈火之中，持剑砍网的人一袭黑色僧衣，正是普珠。

他已经砍过了十七八张网，这是最后一张。

周围的温度已高到了他长发枯焦，僧衣起火的程度，浓烟随风上冲，换个普通人早已气绝身亡，但普珠不是普通人。

他极有耐心。

"铛"的一声，最后一张铁网斩于剑下。

他终于踏入了风流店最下一层。

面前是一片火海，那火已经烧到了尽头，正在熄灭。

灰烬深处，是数不清的凄惨可怖的遗体。

焦尸们扑倒在火堆深处，地上满是烧毁的兵器。屋顶上尽是暗器，此处地下挖了一个大坑，地面也是铺设数层铁网，而铁网的下面才是堆放柴火的地方。

白素车在玉箜篌的大殿之下挖了一个深坑，填入了杀虫的艾草与苦楝子，以火油木炭为燃料。她又在地上铺上了精钢铁网，堆上砖石。

玉箜篌的大殿被她做成了烤肉炉子。

普珠剑刃一挑，那烧成一片焦黑的尸身中，无法辨认谁是白素车，谁是王令则。但他的喉咙在燃烧，他在此处嗅到了一股不同寻常的香味，那是"食物"。

"蜂母凝霜露"之毒正在发作，提醒他在此处焦尸之中，仍有"食物"。

普珠闭上眼睛，倚靠嗅觉轻闻，随即睁眼——他一剑抵在了一人胸口。

　　那人头发被烧光，面目全非，血肉模糊，身体瘦如骷髅，若非他还在行动，当真宛如一只活鬼。

　　然而，普珠的剑抵在他胸口，平淡无波地问："桃施主？"

　　那只活鬼低笑起来，发出了一些"咯咯"之声，他连喉咙都被烧毁了，竟还是没死，正是玉箜篌。他在笑天不绝他，唐俪辞将他打入火坑，火却在不久之后熄灭了，唐俪辞以为他定会被困死烧死，这和尚却打开了生路！

　　普珠剑尖一推："白施主以身殉魔，可叹可敬，但'魔'都死了，你却未死。"他闻得到玉箜篌身上那点万分诱人的食香，"你从这些尸体身上，得到了什么？"

　　玉箜篌无声一笑——得到什么？

　　他说不出话来，否则就该大笑昭告天下——白素车那贱婢胆敢夺他的权，让他下跪，想要他的命！她总有一天死得酷烈无比！就像现在，你看她烧成了灰！她烧成了灰啊！而他得到了不死的法门啊！

　　这贱婢妄图与王令则同归于尽——如果不是我突然出手从王令则身上挖走了蛊王，她说不定早就死在王令则手里，哪能与老妖婆一起躺在灰烬里做鬼呢？

　　我吞了蛊王，我就是王，我就不会死。

　　就算是唐俪辞逼我杀我，将我从高处击落，想把我烧成灰烬，我也不会死！

　　他恶狠狠地瞪着普珠，全无西方桃时候的温柔从容、体贴聪慧。

　　而普珠亦不是当时耿直无忧的剑僧，就在玉箜篌准备再度大笑的时候，普珠"唰"一剑刺入了他骷髅般的丹田之中。

　　随即他剑尖一挑，一条带血的黑色怪虫凌空飞起，被他从玉箜篌的丹田中挑了出来。玉箜篌的笑容顿时卡住，他说不出话来，否则定要惨叫——那是他的蛊王！

　　那是他活下去唯一的指望！

　　那是他的……

　　普珠一口吞下了蛊王，面无表情地回过身来，淡淡地看着玉箜篌。

　　玉箜篌捂着丹田处的伤口，惊骇绝伦地看着普珠。

这和尚疯了……他竟然抢了蛊王……

普珠毫不犹豫，一剑斩落玉箜篌的头。

人头未落，普珠掉头便走。

他飘然走出去很远了，身后才传来"咚"的一声，玉箜篌尸身坠地，与风流店同葬。

柴熙谨不再使用大鼓音杀之术，他敌不过傅主梅的长歌，索性放弃了这门绝学。但他战车到此，对此战志在必得。

天清寺原本的计策，他觉得不错。

白云沟血债，他要血债血偿。

何况有王令则相助，"呼灯令"的家传毒术奇诡莫测，仿如驭尸的妖法。

无论最终他能不能登上帝位，屠戮白云沟的兵马死得越多越好……越多越好。

他背后有许许多多的冤魂在哭，他们……需要得到祭品。

他盯着杨桂华的步军司，这些禁军正是赵宗靖扫荡白云沟的那一拨。

他的战车内有火油，他精于暗器之术，他准备驱动这些钢铁战车冲入杨桂华结阵围观的禁军里，随后点燃火油，将他们烧成灰烬。

中原剑会正在变阵，方才他们试图逃跑，步军司正要下场，原本形势正如他的预料。双方短兵相接，伤亡惨重，他并不在乎是哪方伤亡惨重。

但唐俪辞乍然出现，激起了中原剑会的恨意，中原剑会停止逃散，从惊慌失措到不死不休，只因为唐俪辞说了两句话。

——"天上地下，人间仙界，唯唐某尊，生死不论。"

——"我先回风流店，此间之人你若杀不完，休来见我。"

此后形势逆转，步军司止步围观，而自己被中原剑会滔天的恨意围困。

唐公子永远是唐公子。

柴熙谨若有这等心智气度，这等自伤伤人的残忍，或许柴熙谨便不会活，方平斋也就不必死。他紧握着手中的鼓槌，一声叹息："引火冲阵。"

那红衣女子乃是王令则的心腹爱徒，饲养蛊蛛的蛛女。战场内数千厢军，三位指挥使都在她驱使之下，正是她源源不断地释放毒物，中了"三眠不夜天"的人情绪随着不同的毒物或喜或怒，或颠或狂，配合柴熙谨的音杀大鼓，方才能控制这广阔的战场。

但随着与中原剑会厮杀激烈，柴熙谨的音杀又敌不过傅主梅的歌声，战局正在失控。蛛女听柴熙谨下令冲阵，心下甚欢，当即挥洒出引诱发狂的毒蝶鳞粉，让拉战车的士卒往前狂奔。

鲜血飞溅，刺激得身中"三眠不夜天"的士卒们越发癫狂，驾着战车向群拥而来的中原剑会众人冲去。有些人自地上跃起，不管不顾抱住身中"九心丸"之毒的中原剑会弟子，咬颈食肉。受袭击的剑会弟子们大声哀号，满地打滚，空骑的战马脱缰飞奔，受践踏者无数，放眼望去，四下皆是惨状。

成缊袍挥剑救人，孟轻雷大声疾呼，董狐笔满场疾驰，傅主梅既要救人，又要救马。中原剑会本来气势刚起，就要扑向柴熙谨的战车，对方众人突然发狂，顿时将剑会的气势冲散。

"轰——"

"轰——"

"轰——"

一连几声巨响，随着发狂的人群冲入剑会阵营的几辆战车突然起火炸开。战车满载银色鳞粉和黑色火油，那东西一旦沾身便起火燃烧，极难熄灭。双方在爆裂燃烧的战车周围死伤惨重，鲜血在毒火之下烧为焦黑，许多人在地上挣扎呻吟，难分敌我。成缊袍于心不忍，伸手扶起了一人，那人却在他手腕上咬了一口，顿时鲜血直流。

柴熙谨眼见战场大乱，仿佛炼狱，却并无大仇得报的畅快之意。当朝兵马杀他白云沟亲眷，他送朝廷的兵马去死，只仿佛理应如此，和他的喜怒哀乐无关。战车引毒火往前冲，他的战车紧随其后，冲向了杨桂华所带的人马。

杨桂华只护卫公主，不参与飘零眉苑之战，但柴熙谨驱车冲着他狂奔，杨桂华略一犹豫，传令道："保护公主！"

八百步军司摆开阵形，宛如一条长龙，首尾相接，将红姑娘几人团团围住。步军司盘龙为阵，缓缓旋转，外围士兵都与疯狂的厢军一沾即走，他们都手持长兵器，列阵整齐，一时之间，已经癫狂的厢军无法攻入内圈。

此时，林中响起新的弦声，柳眼再次拨弦，这一次，玉团儿站在他身后，双手按住他后心大穴，将自己微薄的内力传给柳眼。柳眼指带真力，那弦声脱胎换骨,仿佛一声一声,都能直入灵魂。

傅主梅刚左手勒住了一匹马,右手捞起了一个人,他将人往马上一按,回过头来,看柳眼扣弦而弹。

这是一首新曲,他没有听过,也不能和歌。

新的音杀笼罩全场,玉团儿脸色苍白,柳眼同样脸色苍白,这等强度的运功他二人都承受不了。但眼看面前尸横遍野,烈火焚尸,人间炼狱不过如此,这人世不是柳眼的人世,但他已刻骨铭心地知道这人世中的人,与彼人世的人,并无二致。

人世何苦。

唯卑唯尊。

唯如沙砾。

"我即灾厄,我即枷锁,我既是魔,又是因果。我半生消磨,看世间显赫。我手握世间之恶,踏过血流成河,看悲怆满目,看挣扎、呻吟、恸哭的死者;我去了青藜之末,等候死的花朵,等天地崩落,等沉沦、毁灭、消失的结果……但此花开彼花落,苍生总能胜我,我难以言说,不知生死为何,天地冷了又热,是非对了又错……谁爱我、谁恨我、谁杀了我——"

柳眼纵声而歌,即使是红姑娘也从未听过他如此放肆纵情。柳尊主总是冰冷的,绝美诡异,心思莫测,即使是弹琴而歌也是幽暗低沉的。

但此时柳眼放手弹琴,指甲在琴弦间崩裂,他的歌激昂震荡,声音如入云霄,以内力辅助,简直猖狂阴郁又充满了杀气,字字句句都包含了蛊惑。每个人被他琴歌一震,都想起柳眼执掌风流店作恶多端的那几年。他冷漠轻蔑地滥杀无辜,他放纵九心丸流毒江湖,有多少不谙世事的少女加入风流店,受制于异术和毒物,从此断送一生?

柳眼之恶,那是真实的恶,并非虚妄,也非情非得已。

四面八方,怨毒的目光顿时向他转了过来。

连地上挣扎呻吟、口角流涎的毒发狂人都安静了三分,眼睛里也有了怨毒的神采,向柳眼望去。

柳眼手中弦微微一顿,他问背后的玉团儿:"你怕吗?"

玉团儿不知道他要做什么,但无论柳眼要做什么,她都不觉得不好。

"我不怕死。"她正在咬牙向柳眼体内尽可能输入内力,只恨自己平时不够努力，练不出惊天的功力来。

我不怕死。

柳眼微微一震，这小丫头从来都不聪明，却总是……能看见真实。

"啪"的一声，柳眼扬鞭策马，让黑色骏马一人双骑，载着他和玉团儿向柴熙谨的战车而去。

他用力过猛，黑马发狂人立而起，随即一头撞向柴熙谨的战车。

柳眼人在马上，随着狂马纵跃之势，他倚着马颈姿势始终不变。

他手中的琴和歌再度响起。

"我即灾厄，我即枷锁，我既是魔，又是因果。我半生消磨，看世间显赫。我手握世间之恶，踏过血流成河，看悲怆满目，看挣扎、呻吟、恸哭的死者……"

柴熙谨第一次领教了柳眼全力以赴的音杀，心口气血翻涌，本来空无一物的心绪骤然起伏。他仿佛一个空无一物的人，突然被塞入了种种自我厌弃、挣扎痛苦、冰冷绝望的情绪，他碰触到了恨……是一种与他相似又不同，同样绝望与空洞的恨与癫狂。

因为不堪忍受，所以要加害于人。

但他人的沦落与苦痛，并不能让自己的变得足以忍受。

这不是复仇，这是沉沦。

师父。

你我师徒……真是知音。

柴熙谨举起手中的鼓槌，重重一下击在鼓面上，发出"咚"的一声震响。

地上挣扎蠕动的人们眼里的怨恨又多了几分，他们的视线在柳眼与柴熙谨之间流转，似乎分不清让自己痛苦难耐的，究竟是哪一个。

这不堪忍受的痛苦，要向哪一个复仇？

黑马加速冲了过来，柳眼坐直了身体，让黑马把他和玉团儿一起甩上了半空。身旁的蛛女和大识双双出手，一柄刀凭空出现，拦下了蛛女与大识。

傅主梅自远处而来，他离得太远，此时刚刚赶到，还不知道柳眼要做什么，先行出手救人。

柳眼就当他必会救人，对蛛女与大识只做不见，飞上半空之后合身扑落——"咚"的一声巨响。

他落在了柴熙谨的大鼓上。

柴熙谨骤然与"师父"距离极近，柳眼的容貌恢复大半，柴熙谨只觉眼前人极陌生，又极熟悉。他手中"叠瓣重华"如暴雪般飞出，打柳眼上下十几处大穴，距离极近，柳眼毫无抵抗的余地。但柳眼不闪不避，出手夺柴熙谨的鼓槌！

"叮叮叮叮"一连数声脆响，"叠瓣重华"被御梅刀一扫而尽，傅主梅对战蛛女与大识二人本应绰绰有余，但面对蛛女，他背后已经愈合的伤口隐隐作痛，神志开始恍惚，眼前忽明忽暗，仿佛目之所及都涌上了一层迷雾。傅主梅仰仗耳力为柳眼击落了一圈"叠瓣重华"，自己却踉跄了两步，耳边也开始听不真切，仿佛有海潮之声在耳边循环往复，将身外的一切都逐渐隔绝了开来。

柴熙谨手握"叠瓣重华"，柳眼内力已散技法未失，一个失神，鼓槌已到了柳眼手中。

柳眼冷冷地盯着柴熙谨。

柳眼盘坐在柴熙谨的大鼓上，鼓槌一击，击的却是大鼓的侧面。大鼓发出未曾听闻的鼓声，柳眼右手握鼓槌，终于将琴横在膝上，左手轮指一弹。

双音同鸣，柴熙谨首当其冲，一口血喷了出来。

大识眼见柴熙谨受伤，大喝一声，一拳"无上佛印"向傅主梅打去。他虽然也受音杀震动，但柳眼不是冲着他去的，大识又不识音律，天生对此驽钝，便不像成缊袍、柴熙谨那般容易受伤。

蛛女冷笑一声，按住了怀里蠢蠢欲动的异种蛊蛛。大识一拳用了全力，傅主梅却未闪避，这一拳正中心口，他"哇"的一声吐了一口紫黑的血出来。

坐在大鼓上的柳眼蓦然回首，他手上战鼓与琴未停，柴熙谨缓过一口气来，正要出手。而身后的傅主梅蛊蛛毒发，竟慢慢转过头来，定定地看着柳眼。

蛛女眼见牵制有效，大喜过望。她本没想过竟能全然制住这位大名鼎鼎的高手，傅主梅武功之高，不在成缊袍之下。

但傅主梅和唐俪辞在天清寺受伤不轻，又经苦战，本都是强弩之末。

傅主梅背后的蛊蛛虽然被唐俪辞一刀刺死，但蛊蛛之毒并未解。

他受刑多日，中毒极深，又复重伤在身，蛛女以另外一只异种蛊蛛乱他神志,傅主梅竟然受制于她。

玉团儿早已力竭,眼见傅主梅神色大变,她害怕起来:"柳大哥,他怎么了?"

柳眼左手抚弦,停住了古琴。

"团儿。"他很少叫她的名字。

玉团儿回过神来:"我不怕死,你休想叫我走。"

柳眼笑了笑:"我不值得。"他手肘一撞,那具琴在他膝上转了半圈,夹带真力重重击在玉团儿胸口。

玉团儿胸前受了一击,真气紊乱,一时说不出话来,震惊地瞪大了眼睛——这琴上的真力,还是自己输给柳眼的!

柳眼再发力一推,将她撞至昏迷。孟轻雷及时赶到,将小姑娘和古琴一起接住。他目光复杂地瞪着柳眼,恨不能食其之肉,但这厮方才救了场,此时又坐在柴熙谨的大鼓上,却一时杀之不得。

柳眼环视周围,傅主梅受制于人,孟轻雷满目敌意,柴熙谨已经缓过气来,而蛛女手握傅主梅,大识手持流星锤——举世皆敌,仿佛已毫无生路。

他低声笑了起来:"哈哈哈……"

他弃去了手中的鼓槌,双手对着身下的大鼓一拍,竟也一样拍出了波澜壮阔的音律。

他纵声大笑:"哈哈哈哈……"

那笑声和鼓声一起,摄魂夺魄,震人心魂!只听柳眼傲然道:"本尊立风流店、练九心丸,杀人无数——柴熙谨是我弟子,唐俪辞是我爱将。诸位身中'九心丸''呼灯令'等毒物,解药都在我的手中!中毒的滋味如何?哈哈哈哈……"

他一通狂笑,战场内外方才便臣服于他音杀之下,此时更鸦雀无声。

宛郁月旦和红姑娘皱眉,柳眼突然出手,引动了全局的恨意——他必然是从唐公子那儿学的,偏又学得如此别扭和勉强,根本不容深思。但唐公子拼死救他,柳眼也非大奸大恶,他此时自承其罪,强行控场,一旦唐公子回来,定要大怒。

但此时除了柳眼,谁能控场?

若无音杀控场,片刻之前的血腥杀戮就要再次上演。

245

中原剑会、碧落宫、步军司等，只能自保，却不能救所有人。

柳眼手下的大鼓再次一震，众人气血翻涌，胸口一股怨毒越涨越高，只听柳眼又道："本尊意欲得天下，普天之下，唯我独尊，逆我者死。徒儿你莫以为从我这儿学会了音杀皮毛之术，就能自立门户——而唐俪辞也休想假借我风流店尊主之名，狐假虎威。"他森然道，"本尊天纵之才，手握万千奇术，岂容你等小人染指僭越？你们——若不跪下，都给我死！"

"咚"的一声，战鼓再响。

地上的人们一起发出嘶吼，众人浑浑噩噩，向着战车扑了过来。

傅主梅、柴熙谨、蛛女和大识也一起对柳眼出手。

柳眼端坐在战鼓之上，垂眉低目，眼角所带的那一点冰冷和讥诮犹在。

红姑娘为之色变："柳眼……"

柳眼引颈就戮，一是为了控场，二是为了解除唐俪辞"风流店主人"的恶名，三是他自己……并不想活。

本尊天纵之才，手握万千奇术是真的。

普天之下，唯我独尊，逆我者死是假的。

柳眼只不过想消弭一些罪孽。

他消弭不了自己的，能以他的死，为唐俪辞消弭少许恶名，也是好的。

正在此时，飘零眉苑发出隆隆巨响，中心一处岩层崩塌，火焰冲天而起，凌空弥散。众人身上脸上都感觉到了极度的热意，随着声势惊人的烈焰升腾，一道红绫飞过，唐俪辞身随影动，自火中现身，刚刚脱困，就看见千军万马一起向柳眼杀去。

他睁大眼睛，看着傅主梅倒转御梅刀，一刀向柳眼后心砍去。傅主梅脸上的神色、眼里的光就和池云一模一样！中原剑会集邀天之怒，地上行尸走肉随鼓声而动，他们都向着柳眼而去。

柴熙谨身边的红衣女子自怀里托出了一只半带青金半带粉的硕大蛊蛛，那蛊蛛有手掌大小，喷吐着淡金色的毒雾，它身周数不尽的蛛丝纠缠在柴熙谨、柳眼、傅主梅和大识身上，几不可见的蛛丝闪烁着淡彩流光，却是吞人神识的妖魔。

成缊袍持剑撑地，他在音杀之中难以自持，摇摇欲坠。孟轻雷眼里只有柳眼，脸上充满了憎恨之色，几缕蛛丝纠缠住他的剑，他却毫无所觉。

碧落宫哨声响起，铁静等人正在彼此呼和后退，有些人心有不甘，怒目看着柳眼，而绝大多数人听从宛郁月旦的指令，远离战车，堵上双耳，速退！

不——

唐俪辞手中"金缕曲"乍然展开，他尚未想明白这是发生了何事，人已经向持蛛的红衣女子扑去，红影如双翼铺开，似垂天之云，带着一身余烬从天而降。

那蛛女刚刚控制了傅主梅，正欣喜若狂，唐俪辞如鲲鹏坠落，"金缕曲"一剑当头而下，那金丝长剑一剑砍落她的头颅。蛛女手中蛊蛛还在喷丝，她的人头竟已落地，落地之时，脸上犹带笑意。

大识猛然转身，唐俪辞落地之后，第二剑向蛊蛛斩落。那毒物瞬间被斩为一摊肉泥，但大识的重掌已经拍上了唐俪辞的肩头。

"啪"的一声闷响，唐俪辞往前扑倒，他甚至未能撑住身体，重重摔在了战车上。一头灰发凌乱，与一身余烬纠缠在一起，那灰烬甚至比长发还黑上一些。柳眼陡然睁眼："阿俪！"

御梅刀自背后砍落，柳眼双手在鼓面一拍，"咚"的一声天地震动。

傅主梅不用音杀之术，但并非全然不会，这一声鼓响，让他清醒了几分，瞪大了眼睛，手中刀微微一偏，自柳眼脸侧扫过，顿时半截黑发为刀风所断。

柴熙谨几枚"叠瓣重华"迎面射来，柳眼随傅主梅那一刀仰身后旋，半边黑发扬起，他右掌在鼓面一拍，这一次拍完之后，五指轻点，敲出了一段旋律。柴熙谨心里戾气勃发，方才那难以忍受的怨恨涌了上来，恨不能将眼前所见之人即刻杀死——这人撕裂他的伤口，凌虐他的心绪，赐予他千万倍的委屈。

这人——这人是柳眼。

是他的师父，教授他音杀技法，告诉他"你想做什么就做什么，但不能什么也不做"。

苍凉与恨共存，柴熙谨七情如焚，心绪全乱。柳眼随刀风后旋，离开大鼓，转到了柴熙谨身后。柴熙谨拍出一掌，招架随之而来的傅主梅的刀，御梅刀如影随形而来，却不知道是砍自己，或是砍柳眼。

喉咙处一紧，有物勒住了柴熙谨的喉咙。

柴熙谨惊觉，一个侧头，才知柳眼那披散的长发飘荡开来，掠过自己身前，柳眼仰后倒旋的时候一把抓住自己的头发，勒住了他的喉咙。

柴熙谨简直不能相信，这世上竟有人试图以自己的头发杀人，他正要一手肘把柳眼撞死，大鼓上骤然响起一阵疾风骤雨般的敲击，旋律如暴风骤雨，他真气一乱，喉咙里"咯咯"作响，竟被柳眼的黑发勒得几乎昏死过去。

傅主梅眼前一会儿见的是柳眼与柴熙谨，一会儿见的是不成人形的神魔与妖物，一会儿听的是歌声，一会儿听见的是异物爬行之声。他分不清自己身处何地，茫然无措，方才心口被大识所伤，一口真气没有续上，"当啷"一声，御梅刀失手坠地。

大识只见眼前一阵眼花缭乱，蛛女死、唐俪辞倒地，柴熙谨被柳眼勒住了喉咙，傅主梅长刀坠地，浑然不解究竟发生了何事，呆了一呆，他抓起地上的流星锤，往柳眼头上砸去。

虽然不知为何事情急转直下一变再变，但杀柳眼、救柴熙谨势在必行。

唐俪辞伏在大鼓之上，方才是他敲出了一段旋律，镇住了柴熙谨的反击。但他实在无力爬起，眼见傅主梅御梅刀落地，摇摇欲坠，柳眼手勒柴熙谨，危在旦夕，而大识的流星锤往柳眼头上砸去。

局势危如累卵，他伏在鼓面上，无论如何提不起真力，全身冷汗淋漓，一口真气行至丹田便受阻塞，多条经脉行经丹田左近便已受阻，有一大片……一大片异物影响了他内力运转。他如何不清楚，正是因为此物，既影响了内力运转，又影响了血流与经络，他如今受伤迟迟不愈，体质大不如前，正因为它的存在。

方周的……心。

他不曾放弃的……谁也不会死的希望。

是唐俪辞无所不能的证据。

是唐俪辞绝不会输的狂妄。

和虚妄。

灰发委地，唐俪辞半抬起身。大识的流星锤第一下未砸中柳眼，柳眼拽着柴熙谨连连后退，柴熙谨肘击柳眼，柳眼紧咬牙关，便是不放手，那长发竟也如此结实，任凭柳眼双手紧拽，便是不断。

而大识的第二下流星锤出手，与此同时，受柳眼音杀所控，对他满怀恨意的众人已经赶到。

　　"嗖"的一声，第一支长箭射到，中柳眼身侧三寸。

　　不行……唐俪辞仍然起不了身，全身的血冷了又热，仿佛早已流尽。他猛一咬唇，手腕一翻，"金缕曲"弹开，往自己腹中插落。

　　一挑一翻，唐俪辞下唇带血，面无表情，金剑破腹挑出一物，血淋淋地落在大鼓之旁。

　　与蛛女的头颅滚在一处。

　　丹田真气骤然贯通，经脉崩裂，内力四散，腹部血如泉涌，他以飘红虫绫死缠伤处，头也不回地提剑而起，扑向了大识。

　　他不曾多看地上的异物一眼。

　　那东西血肉模糊，狰狞可怖，仿佛生着数枚牙齿与骨骼的妖物。

　　那根本不是方周的心。

　　那不过是基于方周的心而生出的一枚畸胎瘤。

　　所谓死而复生，自始至终……都是自欺欺人。

　　从来没有我请你为我而死，而我再请你为我而活。

　　世事桃花流水。

　　逝者不可挽留。

　　生且是生。

　　死……便是死。

　　人之生死，与落花与虫，并无区别。

　　唐俪辞剖腹提剑，血洒了一路，而柳眼抓着柴熙谨不断后退，闪避远处射来的箭矢和兵器。"铮"的一声，唐俪辞的剑架住了大识的流星锤，"金缕曲"剑花一颤，在大识的手上划开一道伤口。

　　大识吃痛地退开，"金缕曲"如影随形，沾衣而上，眨眼间又在大识右臂上开了道血痕，第三剑自喉咙倒插而上，血溅三尺——这距离"金缕曲"架住流星锤，只是眨眼一瞬。

　　大识怒目圆睁，一脸惊愕，仰面栽倒。

　　唐俪辞一剑三变，杀了大识，毫不停留，往柳眼与柴熙谨处赶去。

　　柳眼步步后撤，已然逼近了方才唐俪辞脱身而出的火窟。

飘零眉苑地底的火尚未完全熄灭，岩层与穹顶破裂处温度奇高，周围景致歪曲变形，十分古怪。柳眼尚未靠近，头发已经卷曲焦枯。

或者也正因为高温，勒住柴熙谨的一把长发干枯发脆，被他骤然崩断。柴熙谨一声大喝，反身将柳眼提了起来，往后扔去。

柳眼人在半空，迎面而来的是满天箭矢和刀剑。

而柴熙谨一退再退，已经站到了火窟边缘。

唐俪辞杀了大识，此时距离柳眼七步之遥，距离柴熙谨一丈有余。如果唐俪辞出手救人，柳眼便会得救。

但柴熙谨死里逃生，立足未稳……

"杀方平斋！"柳眼大喝。

柴熙谨乍然听到"方平斋"三字，也是微微一顿。

唐俪辞垂下双眸，径直扑向了柴熙谨。

血洒半空，与猎猎红衣共色。

柳眼见他毫不犹豫，松了口气，眼见射来的诸多箭矢和兵刃，他心情很平静。他并非闭目待死，就看着它们一箭箭向他射来。

"嗖嗖"声不断，有几支长箭错身而过，弓手距离太远，未能伤人。

第二波箭矢射到的时候，冲上来要杀柳眼的人已经到了。张禾墨、董狐笔、孟轻雷和李红尘一起冲到了柳眼面前，四人出手，掌风与兵刃交错，空中疾风如啸，凛然生威。

柳眼迎向了孟轻雷的剑。

但他面前金光闪动，一物骤然出现，"嗡"的一声轻响，仿佛盛开了一朵织金的优昙花。金丝交织闪烁，随即往四面八方弹开，不但将四人的掌风刀剑一一挡下，甚至炸开的金丝还将周围箭矢击落了一部分。

柳眼一怔，人已平安落地。

他蓦然回首，方才在他面前炸开的是唐俪辞手中的剑！

在柳眼的回首中，在张禾墨、董狐笔、孟轻雷和李红尘四人的眼中，唐俪辞反手掷剑，人影一闪，快得如一道红练径直把柴熙谨往火窟里撞了下去。

柳眼大叫一声："阿俪！"

神志已乱的孟轻雷几人陡然一怔，难以相信自己看到了什么。

孟轻雷停了手,困惑地看着浓烟滚滚的火窟。

董狐笔手中还摆着招式,却呆呆地站在原地。

"唐……唐公子?"

柳眼踉跄往火窟走去,温度奇高无比,他往洞口每靠近一步,头发便被烧焦一片,衣裳逐渐起火,那地方虽然已不见明火,温度却比火焰还高。

方……方才唐俪辞把柴熙谨撞了下去。

唐俪辞就这么合身扑上,撞入柴熙谨胸前空门,以自己凌空之势,把柴熙谨撞下了火窟。

没有价值千金的名剑或暗器,亦没有惊世骇俗的奇招或秘术,他莽得像一头奔鹿,就这么以身为殉,和柴熙谨一起下了火窟。

追近柳眼,都要杀柳眼或唐俪辞以报仇雪恨的众人都看见了这一扑。

兵刀渐止,弓箭且停,一腔杀意突然变为迷惑。

唐俪辞自称是柴熙谨的主人,柳眼自称是唐俪辞的主人,他们都自称唯我独尊,是以立风流店,驱使柴熙谨滥杀无辜。

然后,唐俪辞在众目睽睽之下,把柴熙谨扑入了火窟。

这是什么意思?

这是……什么意思?

蛛女已死,大识毙命,柴熙谨坠下火窟,这只发生在极短的时间。神志狂乱,身中剧毒的众人失去控制,又再无音杀强控,开始蠢蠢欲动,又要追食曾中九心丸剧毒的人。

杨桂华的盘龙阵再坚不可摧,也抵挡不了这些如僵尸厉鬼般的人,而中原剑会冲在最前面的几位侠士面面相觑,都是目露茫然。

人群分开,成缊袍提剑大步而来,宛郁月旦和红姑娘紧随其后。

他们看着那个火窟。

一时之间,众人皆尽沉默。

柳眼全身衣裳起火,他突然笑了一声,而后又笑了一声。

"哈……哈哈!"

"柳尊主,还请让开,我碧落宫有飞云索或可下火窟救人。"宛郁月旦表情凝重,他虽然没有看见唐俪辞是怎么下去的,但也能猜到八九。

既要救人,又要杀敌。

势不可为，而他偏要两全。

"救人？"柳眼缓缓地道，"不是唐俪辞罪该万死，居心叵测，施恩图报？或许他骗了谁又杀了谁，得了什么天大的好处……只是你们不知道吗？他就这样死了，真是太好了，不是吗？"他摇摇晃晃地站了起来，衣角一寸寸起火，满头干枯的黑发在热风里起舞燃烧，他仿佛要被烤成一具人干，却不逃命，"宛郁宫主，你是真心想救他吗？你要是真心想救，刚才他上战车搏命的时候，你就应该出手，而不是作壁上观。"柳眼纵声大笑，"你——你们——你们所有人，谁也不想救他，你们只想等着'唐公子'来救你们，等着他倾尽所有，等着他拼尽全力，再等着他死——这真是太好了，不是吗？"

宛郁月旦眉心微动，一时之间，他既没有否认，也没有承认。

正在此时，火窟下骤然发出轰隆隆几声巨响，随之脚下摇了几摇。

火窟深处白烟骤起，水汽与浓烟迸发。

温度正在降低。

飘零眉苑深处正在发生某种变化。

众人一呆，只见飘零眉苑的火窟中升起一阵阵烟尘，仿佛有什么东西在地下滚动，随即骤然塌陷，在那深深的坑穴之中喷出了热腾腾的水雾。

红姑娘也是一怔。飘零眉苑左近有一个湖，上回她对玉筌篌施展调虎离山，便是假借飘零眉苑左近有条河又有个湖，可能有人要借水道袭击飘零眉苑为由头。

难道真的有水灌入飘零眉苑之中？一语成谶？

然随着水位狂涨，脚下的土地开始震颤，成缊袍提气喝道："不好！山崩！"

一声山崩，飘零眉苑所在的火窟一再喷发出浓烟和白气，坑洞内水越来越多，极热的水汽蒸腾，土地不停震颤，随着一声巨响，祈魂山左半边山坡带着飘零眉苑的部分崩塌而下，千万碎石子跟随而下，四面八方烟尘滚滚。

临危之际，中原剑会众人纷纷出手，掌风横扫，将身后神志不清仍在向自己扑来的厢军往远处推去。随即众人身影翻飞，各路轻功身法齐出，各自落身在未崩塌的半边山头上。

被掌风震飞的人们侥幸避开坍塌的大洞，大多随碎石沙砾往下滚落，只受了些许擦伤。而落身山头上的众人俯首看去，只见半边府邸摇摇欲坠，它原先从山头沉入山腹中，依靠的是机关之力。而那所沉之处，本是一处天然洞穴，破城怪客将其打通，辅以轨道锁链，故而飘零眉苑可以轻易沉入山腹。但是此处洞穴本是水溶之洞，本就有暗河河道，白素车火烧飘零眉苑，唐俪辞撞落柴熙谨，飘零眉苑遭遇接二连三的重创，机关全毁，四分五裂，高温爆裂山石，往下堕落，最终与地底暗河相触。

此后一声巨响，地下热气冲破岩层，祈魂山半山塌陷，山崩地裂。

"阿俪……"山崩之时，没有人出手去救正在洞口的柳眼。柳眼重重摔入洞内，但那洞内已全是泥水，他半身没入泥中，看不清伤势如何。

宛郁月旦被铁静扶着，落在山头，他的脸色发白，紧抓着铁静的手："下面情况如何？"

周遭已有许多人失声惊呼，宛郁月旦却看不见，他只听到底下泥水中翻滚的气泡声，以及碎石沙砾不断滚落的杂音。

没有唐俪辞的声音。

也没有柴熙谨的声音。

铁静一声低呼："宫主，下面……"

他还没说清楚，陡然柳眼一声大叫："阿俪！"

唐俪辞与柴熙谨都在泥水之中，身周如经历了一场狂暴的乱流一般，砖石崩坏，泥沙横飞。柴熙谨的头显然被唐俪辞方才那一按一撞，给重重地砸在了地上，头上满是鲜血，似乎连颅骨也撞碎了。

但他一时并没有死。

柴熙谨对此毫无所觉，他虽然被唐俪辞凌空一扑按到了火堆里，却并不觉得痛。他只觉怒火中烧——唐俪辞怎么敢！怎么敢就这么杀他？他继承白云沟遗志，他要屠戮白云沟的每一个人都付出代价！他怎么能死？

他是万万不能死的，那么该死的，就是唐俪辞！

柴熙谨的一只手牢牢掐住唐俪辞的脖子，另一只手拉住了飘红虫绫——他看得出唐俪辞身负重伤，这条红绫上所流的血就没停过。他拉紧绫布——就看唐俪辞是先被他掐死，还是先被他勒死——

"啪"的一声闷响，身后一刀入心。

柴熙谨微微一顿，缓缓回过头来。

一刀自后插入他心脏的人浑身是泥，正是柳眼。

柳眼看着他头颅碎裂处，惨然一笑："你我……一意所托非人，深恨命不由我，最终……都是笑话。"他刀下运劲，正要再刺，柴熙谨突然眨了眨眼。

额头上的血缓缓流了下来，柴熙谨突然颤抖起来，他松开掐住唐俪辞的手，胡乱摸着自己的头："我的头……我的头……"

"啪"又一声轻响，唐俪辞翻身坐起，一掌拍上柴熙谨的天灵盖。

柳眼拔刀而出。柴熙谨陡然僵住，他瞪着柳眼，额头上的血顺着扭曲的眉睫流入他的眼睛。过了好一会儿，柴熙谨喃喃地道："命……命不由我……"最终仰天栽倒，死不瞑目。

柳眼扔下刀，跪下去搀扶唐俪辞。

此时，成缊袍和董狐笔等人纷纷赶来，一起扶住了唐俪辞。

唐俪辞看了成缊袍一眼，他满脸红晕，神态已是半晕，眼神却依然清醒。唐俪辞一只手拉紧缠腰的飘红虫绫，另一只手缓缓抬起，指着身侧将塌未塌的石墙，张了张口。

唐俪辞本是要说话，但一口气没提上来，声音发不出来。成缊袍抓住他脉门，只觉脉象奇乱，匪夷所思，不禁愕然："你怎么了？"

唐俪辞摇了摇头，仍是指着那石墙："王……"

柳眼往石墙走去，唐俪辞张开手指，额头上冷汗莹莹："不……蛛……"他俯身撑地，但站不起来，五指用力在地上抠出了血痕。

成缊袍点了他几处穴道，阻止他因真力散乱伤上加伤。铁静试图将他背起，这时众人才看见他腹部的剑伤，都感震惊——此伤伤及丹田脏器，非但重创气脉，也危及性命。唐俪辞浑不在意那剑伤，将铁静猛地一推——他显然心中有事，苦于说不出来。围在他身周的人越来越多，众人见他如此，思及方才柳眼怒骂道"你们所有人，谁也不想救他，你们只想等着'唐公子'来救你们，等着他倾尽所有，等着他拼尽全力，再等着他死"，心中惭愧，此人虽然……骄奢淫逸，善恶难辨，但的的确确方才与柴熙谨以命相搏。如果不是飘零眉苑发生变故，如果不是柳眼与柴熙谨音杀相抗，如果不是

254

唐俪辞舍身赴火,此时众人仍在混战,而双方无辜之人也只会越死越多。中原剑会毕竟不是邪魔外道,只怕不少人最终会如文秀师太一般,不忍下手,殉道于敌人手中,枉送了性命。

唐公子难道并非居心叵测?没有另有所图?

即使他搏命至此,命悬一息,围住他的人也难以相信。

柳眼逆人群而行,往唐俪辞所指的石墙而去。那石墙有一处破口,里面光线昏暗,似有许多铁栅栏或铁笼之类的巨大杂物。洞内也有暗河流水,有一物被水流冲来,堵在洞口,随即又被人拉走。就在这一来一回之际,柳眼猛然看见的是一具焦尸的头颅,那烧得稀碎的头发、面目全非的脸颊,把他吓了一跳。洞里拉走那焦尸的人一个转身,柳眼当即认出——那是王令秋!

中原剑会把他和王令秋关在左近,视之为敌,柳眼自然是认得王令秋。方才一番混战,王令秋居然寻得机会逃回飘零眉苑地底。唐俪辞所指的,定是王令秋未死,要大家小心提防。

正当柳眼认出王令秋的时候,那洞里再度闪过王令秋的老脸,那双眼睛充满了仇恨之色。他好不容易逃离中原剑会,却在飘零眉苑深处寻到了王令则的焦尸。眼见剑会众人都围在重伤的唐俪辞身边,王令秋在石墙另外一边举起一物,准备往众人身上掷来。

柳眼大喝一声:"王令秋!"

柳眼也掷出一团东西,与王令秋那物在半空相撞,一起坠落。

王令秋眼见柳眼掷出的东西,一张老脸都抽了抽,恨恨地转身便逃。

但他行踪已露,碧落宫何檐儿破开石墙,董狐笔追了上去,三两下便将他擒住。

柳眼掷出去的东西,是他泥水淋漓的黑色外袍。

王令秋不管扔出来什么,都被那湿淋淋的外袍包住,一起落在了河水漫过的泥地上。众人看着一身泥泞的柳眼,心下五味杂陈,一时之间不知道该拿他如何是好。

而破开石墙之后,石墙内尽是纵横的栅栏和焦尸。

经过火烧水淹,那些尸体看起来尤为狰狞可怖。

中原剑会众人面对着这些缘由不明的焦尸,相顾茫然,他们一直以攻破飘零眉苑，杀死柳眼、唐俪辞、玉箜篌为己任。结果柳眼音杀相救，唐俪辞舍身赴火，而玉箜篌不见踪影，飘零眉苑居然自内覆灭，自始至终没有向中原剑会留下只言片语，徒有一地尸骸。

红姑娘与碧涟漪走了过来，红姑娘望着这些可怖的尸骸，喃喃地道："这就是……唐公子划下禁制，让我们按兵不动的原因。"

孟轻雷一生剑下杀人不少，但也从未见过这么多聚在一起的死人，正在发愣，闻言回首："什么？"

红姑娘蹲下身，在那些恐怖至极的焦尸里，一个一个地看着，她竟不害怕。碧涟漪低声问："在找谁？"

红姑娘慢慢地道："白素车。"

中原剑会众人的心思自命悬一线的唐俪辞身上，陡然转到了"白素车"三个字上，孟轻雷失声道："难道她——竟非自甘堕落？"

"我不知道。"红姑娘轻声道，"但火……总不是无缘无故烧起来的，白素车反叛玉箜篌，继任风流店之主，你说这一片焦尸里……该不该有她？"她停住了脚步，石墙后的焦尸烧在了一起，已无法分辨谁是白素车。

红姑娘伸出手去，轻轻地抚摸这些焦尸："我不知道她是'自甘堕落'，或是'不自甘堕落'，她可能也不在乎。小白野心勃勃，我从不知道她的野心是什么。"

红姑娘向柳眼望去——从前我只当她和别人一样，只是要和我争抢你。

但其实，她的眼里可能既没有我，也没有你。

此时，众人已然发现，王令秋投掷出来的东西是一枚雷火弹，侥幸此物被柳眼湿淋淋的外袍裹住，未曾爆炸，否则方才挤在唐俪辞身边的众人便要死伤惨重。又被柳眼救了一命，中原剑会众人心中更加别扭，孟轻雷福至心灵，将那被点了穴道的小丫头玉团儿快快送到柳眼身边。

被成缊袍点了穴道的唐俪辞由铁静小心翼翼地背着，送到宛郁月旦身边。碧落宫善于医术的几人团团围上，片刻之后，几位医者看着唐俪辞，面面相觑，实不知说什么好。

都不需观脉象或是望气色，只消拉开他缠绕伤口的飘红虫绫，看那深达脏腑的剑伤，都知道此人命不久矣。

甚至他至今不死，都很奇怪。

但唐俪辞能顶着一口气,便是不死。

那不像什么人世奇迹,倒像是心愿未尝,无论如何便不肯死一般。

唐俪辞既不肯死,也不肯昏迷,他盯着铁静,胸口起伏,似有许多话要说。铁静刚刚知晓他伤重如此,五味杂陈,一时间竟不敢回视,避开了唐俪辞的目光。

柳眼踉跄着靠近,中原剑会有些人拔剑而出,顿了一顿,也不知该动手还是不动手,却也不让他靠近唐俪辞。就如许多尚茫然不知发生何事的剑会弟子,看着被点了穴道的唐俪辞,仍旧一脸鄙夷,浑不知为何红姑娘还不下令将此人扔出去。

"解……解开他的穴道。"柳眼咬牙切齿,"他要说话,你们看不出他有事要说吗?"

然而他远在人群之外,成缊袍等人簇拥着唐俪辞,碧落宫迅速重建帐篷,众人很快把唐俪辞、宛郁月旦和红姑娘都拥入了帐篷之内。

"喂。"玉团儿刚刚从昏迷中醒来,眼见祈魂山战场已是天崩地裂,大吃一惊,跳了起来,把柳眼挡在身后,"怎……怎么打成了这样?你受伤了吗?"

柳眼回过头来,玉团儿脸上满是血污,有一半是为他横琴所撞。他叹了口气,疲倦地道:"没……没什么……"他的脸色也是青灰煞白,方才从坑口摔入飘零眉苑地底的泥潭,也摔伤了腿,但这些伤势与唐俪辞相比不值一提。

"打完了是吗?风流店输了是吧?"玉团儿却高兴起来,拉住他的手,"那我们走吧。"

柳眼皱眉:"去哪里?"

"中原剑会和风流店打完了,解药和解法你都教了,他们又不喜欢你,也不喜欢我。"玉团儿理所当然地道,"我们回家吧。"

柳眼长长地吐出一口气,喃喃地道:"回家……"

回家。

帐篷内的众人关心唐俪辞的伤势,碧落宫的医师将他外衫除去,清洗了伤口,但剖腹之伤触目惊心,内里经脉错乱,内力已散,即使此番侥幸不死,

257

唐俪辞一身武功只怕也要付诸东流。铁静与齐星陪在他身边，两人心惊胆战，既不敢看他，也不敢和他说话，与唐公子坐在一处仿佛都是酷刑。

唐俪辞仍然睁着眼睛，他的呼吸极快，又轻，听着他急促的换气，成缊袍竟也兴起了一种恐惧。

宛郁月旦从衣袖里取出了一个药瓶，瓶中一粒药丸如玉似珠。这是他自己平时服用的药丸，不及少林大还丹，但聊胜于无。唐俪辞微微张嘴，甚至不要化水，就把那药丸强行咽了下去。

红姑娘看他的神色，终是察觉有异："成大侠，烦请为唐公子护法，解开穴道，他有话要说。"

成缊袍为唐俪辞渡入真气，但觉真气流至丹田便已逸散，唐俪辞一身武功来自《往生谱》，本非自己练就，最终也离他而去，仿如因果报应。听闻红姑娘所言，他拍开了唐俪辞方才被封住的穴位。

气血贯通之后，唐俪辞剖腹伤处顿时血流如注，他蓦然抬头，呛咳道："王……王令秋……'三眠不夜天''蜂母……'……"

王令秋？

宛郁月旦提高声音："王令秋人在何处？"

红姑娘也站了起来："王令秋可曾关好？此人是'呼灯令'唯一传人，很可能比柴熙谨更能操纵外面的中毒之人！务必多加小心！"

"红姑娘！王令秋不见了！"许青卜自外而来，变了颜色，"外面中毒的厢军里有他的同伙，现在外面又乱了起来，他们又从山下爬上来把我们包围了。"

唐俪辞喘了口气，摇了摇头："傅……"

他显然有非常重要的事要说，却越喘越急，呛咳起来："傅……御梅刀……呢……"

傅主梅呢？

众人相顾茫然，方才兵荒马乱，山崩地裂，傅主梅在柴熙谨的战车上受制于蛛女，然后呢？

他人到何处去了？

但御梅刀武功盖世，蛛女又已死了，也不至于唐俪辞提着一口气，非要问傅主梅人在何处吧？

"飒"的一声微响,一瞬刀光似奔洪流雪,破门而入。成缊袍挥剑格挡,只听"铛"的一声,刀剑相交,破门而入之人脸色青紫,正是傅主梅!

傅主梅握着他的御梅刀,却再无御梅主清雅淡然之气,浑身上下都笼罩着蛊蛛那淡淡的金绿之色,眼神焦躁不安,他盯着唐俪辞,却又不似盯着唐俪辞。

在他颠倒错乱的世界里,不知眼前看的是什么。

唐俪辞抓紧盖在身上的衣裳,叹了一声:"主梅。"

王令秋躲在外面,以"呼灯令"的毒术控制了傅主梅。

池云是这么死的。

水多婆也是这么死的。

如今,又轮到了傅主梅。

唐俪辞将衣裳越抓越紧,看着带伤的成缊袍、孟轻雷与傅主梅交战,他微微闭目,用力咬住了嘴唇。

御梅刀划过半空,四周中原剑会诸人越聚越多,但无人能近身,傅主梅刀光流动,便是要唐俪辞的命。

唐俪辞端坐在傅主梅刀刃所及之处,三人的兵刃气劲撩动了他长长的灰发,他不言不动,仿佛只需傅主梅再近一步,挥刀就颈,他便坦然赴死一般。

一刀、二刀、三刀……

御梅刀刀如流水,流水如冰清无迹,傅主梅真力与蛊蛛之毒渐渐融合,刀锋冰冷纵横,越来越盛。成缊袍和孟轻雷一开始堪堪匹敌,而后被他逼退一步、两步……

凛冽的刀风已经劈到了唐俪辞面前,几缕灰发随风而断,绾发的金簪随之坠落。

唐俪辞倏然睁眼。

他抓住了那枚固发金簪。

便在此时,一剑自另一头闯入帐篷,轰然一声刀剑相交真力对冲,整个帐篷为剑光所碎。来人白衣黑发,大步凛然,横剑拦在了唐俪辞面前。

成缊袍和孟轻雷同时低呼:"普珠方丈!"

普珠双手合十还礼:"诸位……同道。"他不再口宣佛号,肃然道,"普珠铸成大错,戴罪之身,早已不能任少林方丈。唐施主救我于水火,当日之事,今日之危,普珠皆会给诸位一个交代。"

这位方丈难道不是唐俪辞当日杀上少林寺,当众掳走的吗?

中原剑会众人又是惊诧,又是迷惑。普珠被唐俪辞掳走,这是唐俪辞罪大恶极的证据,结果普珠却说"唐施主救我于水火"。

当日少林寺中,究竟发生了什么?

普珠剑指傅主梅。

普珠身负"蜂母凝霜露",傅主梅身中蛊蛛之毒,双毒相遇一照面之下,两人都即刻出了杀招。

傅主梅丝毫没有听懂方才普珠在说什么,他背心的伤口发热,他奇异地盯着眼前的僧衣人——这个人身上有东西!

而普珠同样感应得到,傅主梅身上有一种不一样的香甜。

他与所有人都不一样。

两人杀招一出,劲气飞扬,身周碎石片片崩裂,地下所踩踏的岩石更加不稳定。成缊袍、铁静等人匆匆将唐俪辞、宛郁月旦等人抱起,众人如亡命之徒般四散避开,只听四周尖叫频起,却是被二人搏命相杀的气流带得山坡又崩塌了第二次。

唐俪辞瞪大眼睛,看着普珠和傅主梅。

不远处傅主梅和普珠正在生死相搏。

他们非但顾及不了自己的性命,甚至也顾及不了周围其他人的性命。

眼前起了一阵眩晕,唐俪辞低下了头。不远处傅主梅和普珠的影子盘旋起落,他觉得眩晕,但不敢闭眼。

他被成缊袍放在地上,坐在尘埃里,眼前所见,一半是沙砾尘土,一半是刀和剑。

他不知道谁会赢。

但知道普珠……定会搏命。

一如他听到任清愁的死,看见莫子如的剑……和水多婆拄剑而坐,听说自碎天灵三日方死的雪线子。

看见拔剑而起的郑玥,孤身独行的白素车。

看见玉镜山下,飞瀑深潭中的血和模糊不清的诗。

这世间……并非唐俪辞无所不能战无不胜，而是这世间总有人……为了让他"战无不胜"，赴汤蹈火，生死已抛。

或许……并非因为唐俪辞恩威并施，能谋善断，只是相信大家所要战胜的——是一样的东西！

同心戮力，同的是正邪与道义，而非……俯首听令。

他们不是棋子。

是同路人。

唐俪辞闭目，眼前仍有万千幻影，如妖似魔，桀笑狂声。

但他可以再战，因为从生往死，他不是孤身一人。

朝闻道。

夕死可矣。

唐俪辞睁眼。

"嚓"的一声，鲜血飞溅，傅主梅的刀插入了普珠心口。

"叮"的一声，普珠弃剑在地，双手牢牢扣住了傅主梅的肩。

普珠咬住了傅主梅的肩头，开始狂吸鲜血。

蛊蛛带来的金绿色毒血被普珠源源不断地吸走，蛊王在普珠丹田中暴动，他心口被刺的伤口正在愈合。傅主梅拔刀而出，微微一顿，他一时之间似乎不知道自己在做什么，蓦然回首去看唐俪辞。

唐俪辞眼神深处微微一动。

傅主梅嘴唇嚅动，似乎说了一声什么。但他后脊伤口骤然崩裂，深红染金的血色湿透了衣裳，数十根蛛丝染血显形，如背生荆棘，却是绵延至倒塌的帐篷之外。

蛛丝显形，傅主梅被迫仰首，"哈"的一声，他张口呵出一口淡粉色的烟气——那是混合着血液的千千万万蛊蛛的卵。

染血的蛛卵弥漫成烟尘，袅袅洒落在普珠与唐俪辞身上。

晶莹的蛛卵落在唐俪辞的满头灰发上，似染了一层朦胧血泪。

傅主梅喷出蛛卵，整个人脸色惨白，萎靡不振，伏跪于地。他背后那只硕大的蛊蛛虽然为唐俪辞所杀，但所生之卵已经注入他的肺腑。只是蛛卵包裹在卵囊之内，这一路上砍砍杀杀，傅主梅只知自己中毒，却不知道肺腑卵囊之内，竟有蛊蛛之卵，直至此时，卵囊破裂，蛛卵散入肺腑，自口喷出。

这正是"呼灯令"王家不传之秘，蛊蛛子生母死，而子蛛以同类为食，比之五毒炼蛊，更为残酷。同代子蛛自相残杀直至成年，一只母蛛所生之卵不下万计，能长成者，不过数只。当年王家先祖观蛊蛛生长之道，取其毒液，合以其他毒物，淬炼成"蜂母凝霜露"，正是看中了蛊蛛同类相食，不死不休的特质。就此"呼灯令"便有了令江湖闻风丧胆的万毒之王，善于制造神志癫狂，会逐毒而食的怪物。

当年大鹤禅师为此灭了"呼灯令"满门。

而剖开后背，以活人心血饲育母蛛，是"呼灯令"家传秘法。王令则虽死，王令秋仍在。

"呼灯令"驱毒入脑，驭人为傀儡，有百年积淀。王令则在飘零眉苑中轻敌入伏，一身毒术未及施展就被白素车一把火烧成了焦炭。柴家对王氏有救命之恩，柴熙谨被唐俪辞扑入地下，脑浆迸裂。对此二人之死，王令秋满怀悲愤，他有毒术在手，绝无可能善罢甘休。

随着傅主梅喷出蛊蛛之卵，破碎的帐篷外纷至沓来，响起了一片低吼之声。那些声音阴沉古怪，自喉咙最底处发出，不似人声，仿佛来自亘古巫蛊的低吟，吟唱层层叠叠，如一石入海千层重浪，往返回复，无尽无止。

普珠吸足了血，缓缓抬起头来。

他的眼瞳深处闪烁着淡淡的金绿之色。

唐俪辞手握金簪，一簪扎在地上，借力坐了起来，缠腰的红绫又沁出了血色。

战局之外，成缊袍和孟轻雷正在一步一步后退。

宛郁月旦和红姑娘被铁静、何檐儿等人护在身后，亦在一步一步后退。

唐俪辞抬眼。

只见方才摆脱音杀之术，正在退去的人马去而复返，中原剑会中张禾墨和柳鸿飞门下弟子竟也有人两眼发直，喉咙中发出"嗬嗬"怪叫，开始手舞足蹈。

王令秋一身焦黑，浑身是泥，缓缓走在低吼的人群之中。

他怀抱一具焦尸。

那尸体烧得只剩半副骷髅，浑然看不出人的模样。

但王令秋紧紧地抱着那糊满了泥水的半副骷髅，阴沉地看着坐起的唐俪辞。

傅主梅身后染血的蛛丝若隐若现，绵延而去，缠绕在那半副骷髅上。

而除了这些眼神混沌、发出怪声的人，另有一拨人缓步而来。

普珠神色淡然，缓缓站起。

宛郁月旦低声问了一句，红姑娘叹息一声，答道："是少林僧。"

随王令秋一道出现的，是少林大慧禅师，以及少林十六僧中的"孤独僧""中阴僧""悲号僧""阿修罗僧"。

王令秋化身"妙行"，在少林寺潜伏近二十年，他与少林仇深似海，焉能不做手脚？

恐怕大慧和十六僧此时方至，少林寺已是付出了惨重的代价。

天空中鸽子飞来飞去，许多为方才大战所惊，四散而逃。何檐儿抓住了其中一只，看过鸽背上暗藏的传书，低声对宛郁月旦道："宫主，少林寺生变。大慧禅师与少林十六僧突发怪病，不辨敌我，自相残杀，大宝禅师与大慧禅师动手受伤，全寺结阵大战之后，拦下了十六僧中的几人。其余诸位脱身外逃，不知所终。"

"王令秋在少林寺多年，必定尽其所能，在诸位大师身上下了数不尽的毒物。"宛郁月旦眼睫间的褶皱缓缓舒开，"唐公子重伤在身，此事不宜再令他烦恼……若是无法收场，我——"

他尚未说完，突然闭口不言。

红姑娘微微蹙眉，听他这一丝半点的口风，碧落宫决计在探山开路之时，在飘零眉苑甚至祈魂山半山做了什么手脚。但宛郁月旦所布下的杀手锏只怕狠绝，不到万不得已，他不愿做此决断。

宛郁月旦闭口之时，普珠倏然起身，提剑而起，向着少林诸僧大步而去。

他心口有伤，一步一血印，然而大步而行，毫不迟疑。

红姑娘凝视普珠的背影，普珠白衣仗剑，黑发披肩，若只看背影，正如怒目金刚。但若正面看他，普珠唇齿带血，白色僧衣前襟濡湿了自己和傅主梅的血，眸色黑中带金，面如妖魔。

少林普珠，身任方丈旋即闭关，其间少林寺藏经阁起火，大成、妙真、妙正蹊跷身亡。

他为唐俪辞掳走，此后销声匿迹，并未返回少林，方才乍然现身，便口称戴罪之身。

这样的普珠持剑对上少林诸位，将会如何？

普珠会把大慧、"孤独僧""中阴僧""悲号僧"和"阿修罗僧"一起杀了吗？

神色癫狂的大慧喉咙处亦发出古怪的低吟。

王令秋身前身后的所有人，千余之众，都在发出阴沉的吟唱之声。身中"呼灯令"家传毒术的人、服用过九心丸的人、少林寺武功高强的僧侣将唐俪辞所在的帐篷团团围住。

王令秋怀抱王令则的骷髅，手握蛊蛛血丝，似抓住了万千傀儡，骤然大笑起来："哈哈哈，中原剑会杀我亲姐、害我恩人！我必让你们死于我'呼灯令'之手，死在这千万人践踏之下！尤其是唐俪辞——我要他死！死得惨烈无比！死成一摊烂泥碎骨！"

他指着宛郁月旦的鼻子："你——本可与我王氏携手，平分天下！但你愚不可及！纪王爷纡尊降贵愿与你和谈，你竟敢愚弄于他——你也要死！你要和唐俪辞一起，受万千毒人啃食，最终变成吐在这地上的唾沫残渣……"

这等恶毒的诅咒言语说出来，碧落宫众人为之色变，铁静和何檐儿"唰"的一声拔出剑来，厉声道："秃头老儿给我闭嘴！岂敢胡言乱语辱我宫主！"

红姑娘心中微微一震，原来柴熙谨还曾尝试与碧落宫联手，宛郁月旦竟未曾透露半点风声。

就在此时，成群的毒人随着王令秋的指挥，向宛郁月旦等人扑来。这些人武功不高，甚至不少人不会武功，但人人不顾安危，只知发狂。孟轻雷和古溪潭诸人拔剑抵挡，在宛郁月旦和唐俪辞之外围成了一个小圈子。此时中原剑会虽然能抵敌，但毒人奇多，少林僧人尚未出手，时间拖久，中原剑会后继乏力，说不定就要惨败于上千毒人之手，死得惨烈无比。

宛郁月旦耳中听到的尽是非人非鬼的吟呼，满山遍野，无穷无尽。他目不能视，听来就如漫山遍野的行尸都在哀号自己失去的灵魂，溢满了迷茫与痛苦。他转向王令秋的方向，扬声道："这世上强者为尊不假，但强者之上，犹有道义。君子掌权，君天下以道，方曰天子。正如唐公子所言，他不讲道理，但分对错。而你王氏——行的是什么道？要的是什么天下？"

王令秋一时之间答不上来，他口口声声"天下"，他要的是什么样的天下？他和王令则竟从未想过，"天下"在臆想之中是大仇得报、扬眉吐气，甚或是生杀予夺万人之上的风光和权柄，似乎再无其他。

宛郁月旦问："要的是什么天下？"

他竟不知道。

红姑娘看看宛郁月旦，再看看王令秋，她并不觉得可笑，她在回想自己……当初她愿为柳眼做谋的时候，也从未问过自己，我要得天下，我要的"天下"是什么样的天下？

是人人嗜毒成狂，弱肉强食的天下吗？

或是惶惶不可终日，辛劳无所得、信义诚可笑、轻贱不过人命的天下？

这样的天下，即使人人跪我，便是至尊了吗？

前方普珠持剑拦在大慧等人前面，大慧眼神突然起了一阵波澜，表情似哭似笑："方丈……师侄……"

普珠丹田处的蛊虫蠢蠢而动，在他看来，这四面八方人人都散发着异香，而少林僧侣——尤其是大慧禅师身上的异香最为浓郁。

他对大慧行了一礼，语气仍算淡然："大慧师伯，普珠识人不明，错信奸人，手书诳语之信，祸及中原剑会，嫁祸唐俪辞唐施主，致邵延平邵施主被害身亡，连累寺中诸位师叔伯无辜惨死，种种恶行……非入地狱不可全因果。方丈之说，既未做大典，正是天意，还请诸位返回少林后另选他人。"

大慧面目狰狞，似是听懂了他在说什么，又似没有听懂。身旁的"阿修罗僧"并未发出嗬嗬怪叫，似是中毒较轻，听闻此言突然睁大眼睛，一串血泪自他眼角滴落了下来。

普珠语调平静，但字字蕴含少林内息，声传甚远，山林回荡。

唐俪辞灰发逶迤铺地，他张了张嘴。

他的声音被普珠内息盖过，只有傅主梅听见了。

傅主梅喷出蛛卵后奄奄一息，趴在地上，神志反而清醒了许多。他爬不起来，听见唐俪辞说了一句："不要……"

他不知道唐俪辞不要什么，回身望去，只见普珠反手握剑，就要剖开自己心口伤处——能驾驭蛊蛛的蛊王就在那里。

他要将这蛊王让给少林诸僧，吞下此虫之后，"蜂母凝霜露"便不能控他心神，虽然虫入血肉十分痛苦，却可以保全神志。

"叮"的一声脆响，空中金光一闪，一物飞来撞在普珠剑柄之上。

普珠猝不及防，长剑脱手落地。

唐俪辞方才拔起钉在地上的金簪掷了出去，他探手入怀，从血衣中抓出了一个瓶子。

那瓶子为白玉所制，细腻莹润，染满了血，滑不溜手。

谁也不知道里面是什么。

但从唐俪辞血衣里取出来的瓶子，谁敢小觑？

他一手撑地，一手抓住玉瓶，低头一咬瓶塞。

瓶塞落地。

一股既浓烈又熟悉的花香自那瓶口飘散了出来，普珠全身一颤，四周摇摆不定发出低吟之声的人们突然不再怪叫，所有人都死死盯住了那个瓶子。

傅主梅闻着那花香，头晕目眩，那香气本应十分陌生，却又异常熟悉，仿佛流动在血液之中，他用舌头抵住牙尖，而后用力地咬了下去，剧痛之后方才恍然——那是……一瓶毒物。

"阿俪？"人群之外，柳眼的声音遥遥传来，"你做什么？你什么时候拿走了孤枝若雪的毒液？"

普珠手中的剑"当啷"一声坠地，唐俪辞手中毒物的浓香盖过了大慧身上发散出来的毒物气息，那毒物之浓烈令他神魂颠倒，连剑也拿不稳了。胸口刀伤处的蛊王甚至缓缓自伤口现身，窥探那剧毒的来源。

那毒液不只是孤枝若雪，还有蛊蛛之毒，甚至北中寒饮……包括王氏形形色色不知名的毒物。

都混合在了一起，装在这一瓶中。

王令秋变了颜色："这是我的！"

他在飘零眉苑被孟轻雷等人出其不意擒获，身上的毒物药丸都被搜了出来，扔到了地上。唐俪辞潜伏飘零眉苑之时，捡走了他的毒物，将之混作一起，装在了这玉瓶之中。

唐俪辞缓缓坐起,抓着那玉瓶摇了一摇,微微一笑。

他之周围,千百人骇然变色。

他微笑之后,抬手在自己的灰发上抹了一把蛊蛛之卵,装进了玉瓶之中,顺势摇了一摇。

可以想象,当日他在王令秋房中捡到那些毒物,也是如此这般随手装进了玉瓶之中,又摇了一摇。

"王氏毒术,以毒物相食相生为基。"唐俪辞终于开了口,剖腹散功之后,他的声音有些微弱,但一字一字,仍条理清晰,口齿清楚。他似乎并不能放任自己语不成声,姿态也仍是很端正,"我想……剧毒对此类毒虫而言,便是食物。蛊蛛寄于人身,亦是驱使中毒之人寻毒而去,而后自相残杀,获胜一方便可以吸食另一方身上的毒物。既然如此……"他轻声道,"这一瓶毒中之毒,便是食物中的食物。"

"嘿!"王令秋一声冷笑,"蛊蛛以血毒为食,你当随便混上一瓶毒物,就能破我'呼灯令'家传秘术?痴心妄想!"

唐俪辞眼睫一抬,似笑非笑:"我本是痴心妄想,但谁让你天纵奇才,告诉我蛊蛛以血毒为食,而非直接取食毒药?"他一抬手就把那瓶稀奇古怪的毒药往嘴里倒。

旁观众人正在凝神细听这两人究竟说了什么惊天秘闻,一时之间尚未想通到底这玉瓶是什么。宛郁月旦看不见唐俪辞要做什么,红姑娘惊呼一声:"别喝!"

而成缊袍、孟轻雷等人尚未明白其中的道理,眼见唐俪辞突然就要把那剧毒喝下去,呆了呆方才出手,却已慢了一步。

但有人闻到了孤枝若雪的香气,就已经明白唐俪辞要做什么,从方才那人就尽力往里闯。

数百上千人神志不清,将唐俪辞团团围住。

那是柳眼,他闯不进去。

玉团儿拉住了一匹惊马,柳眼翻身上马,用力一拍,那匹黑马本就受激正在绕圈狂奔,这下长嘶一声,人立而起,往人群中冲去。

马蹄踏地之声与人身翻滚之声同时响起,柳眼借惊马之力冲破人群,直扑唐俪辞身边。

而此时唐俪辞刚刚说完"谁让你天纵奇才,告诉我蛊蛛以血毒为食,而非直接取食毒物",就毫不犹豫把那毒物往自己嘴里倒。

成缊袍不及救人,柳眼可以。

柳眼或许比唐俪辞自己更了解他三分。

阿俪默许白素车囚禁玉箜篌引出王令则,任她自己放手去做她想做的事。结果,飘零眉苑地底满地尸骸,白素车放了一把大火把自己也烧死了。在阿俪心中这可不算白素车以弱胜强,求仁得仁,他定然要算是王令则害死的白素车。

而白素车在阿俪心中,无疑值得上一个"朋友"。

如今王令秋抱着王令则的尸骨,在这里操纵傅主梅,让傅主梅喷出蛛卵,要害他性命,又操纵了这许许多多无辜之人充做傀儡,要对中原剑会复仇。

这般种种,阿俪怎能容他?

王令秋在这里的时时刻刻,阿俪都无法容忍,所以他立刻就要做出一些歇斯底里的、疯狂的事来控制局面,挽回他绝不会败的自尊。

而他面上看起来很平静。

柳眼纵马扑来的时候,知道唐俪辞根本不会在乎那瓶毒物喝下去自己会怎样——他只要王令秋输!

他绝不受制于人。

柳眼抓住玉瓶,侥幸阿俪重伤散功,手上乏力拦不住他——这若让阿俪再歇上几口气,他就未必抢得过阿俪。

这便是天意。

柳眼夺得玉瓶,黑马堪堪与唐俪辞擦身而过,柳眼仰头喝下了那瓶毒物。

"叮"的一声,玉瓶被他掷出去老远,空瓶碎裂一地。

黑马凌空一跃,将柳眼甩飞起来,柳眼半空翻身,本已做好了摔得头破血流的准备,然而玉团儿合身相救,双手将他接住,横抱了起来。

柳眼喘了口气,玉团儿横抱着他逃命,有一大群"呼灯令"的毒人已转头向他看来。玉团儿边跑边哭了出来:"你……你为什么喝了那瓶东西?你抢来做什么啊!你刚才答应我一起回家的!你说话不算数!"

"王令秋能驱使这么多人,其中一定有九心丸的事。"柳眼咳嗽了几声,方才喝下去的毒物在胃里一阵灼烧,他不知道自己能活多久,说话都急促了,"我生造九心丸无数,害人无数……如果此事非要以身为饲,方能终了,那当然是我!是我……"

玉团儿横抱着他绕着飘零眉苑的火坑跑,全然不知自己在做什么,茫然地问:"以身为饲?你在说什么?什么是你?这世上有什么事一定是你?"

"傻姑娘,我……是一个坏人啊。"柳眼一声喟叹,只觉自己浑身的血液都热了起来,七窍流血,眼中的玉团儿都模糊了。他抹了一把眼睛,已听不清玉团儿在尖叫什么,那傻姑娘大概吓傻了,自己不知已变成何等恐怖的模样。柳眼趁她惊慌失措,一个翻身,自行坠入了飘零眉苑的火坑中。

"柳眼——"

唐俪辞被柳眼纵马夺去了毒物,他往前扑倒,等再度抬起头来,便见玉团儿横抱着柳眼逃命,柳眼一个翻身,自行坠入了那堆满焦尸的深坑中。

一瞬间。

唐俪辞眼中无悲无喜,仿佛整个人空了一瞬。

围绕着他的毒人们开始暴动,他们闻到了比王氏毒术浓烈千百倍,更充满了诱惑力的香味,开始犹豫躁动。王令秋高举王令则的骷髅,不住呼唤吟唱,但毒人们逐渐弃他而去,转去了飘零眉苑的深坑。

"这是……"红姑娘怔了怔,"'呼灯令'的毒术难道有解?"

"你看王令则的骷髅,黑得如此可怖。"唐俪辞用极细的气音,慢慢地道,"王氏毒术说来神奇,大概也是家主够狠,自行服用了蛊蛛之毒,所以配合蛊王能充做母蛛,压制和驱使这些子蛛。王……令秋用王令则的尸骨发号施令,估计是这黑骷髅上残余着母蛛的气息。"

"柳尊主喝下了更多的蛊蛛之毒,更毒的……更毒的毒药,王令秋却没有蛊王,所以趋毒而去的毒人们就不再理会王令秋,而扑向了柳尊主。"红姑娘恍然,"不好!这些毒人失去控制,恐怕要把柳尊主生吞活剥!"

唐俪辞目望深坑,唇齿微微动了一下,下唇干裂出一道伤口。他看着数不清的毒人往深坑中跳落,突然闭上眼睛。他道:"柳尊主……本是一个任人予取予求的好人。"

"蛊……蛊王……"身边有人逆行而来,普珠按住自己的胸膛,"你……你们看……你们看地上……看那些丝……"

成缊袍、孟轻雷、铁静和何檐儿等目力较好之人已先行发现,地上、泥土之中有点点滴滴极为细微的小蜘蛛在列队爬行。傅主梅脊背后拉开的蛛丝上，亦有较大的蛊蛛逆丝而去。

天地之间，仿佛千百万只毒物都有了新的去处。

连普珠伤处的蛊王都忍不住，最终爬了出来，它"嗡"的一声展开双翼，往柳眼所在的深坑飞去。

王令秋身上爬出了数只奇形怪状的毒虫，也随着空气中浓烈的血气，往深坑爬去。他呆呆地看着这奇异的突变，一瞬间，仿佛王氏的毒术都见了鬼。

即使是王令则也从未想过，有人敢把这世上最毒最狠的毒物混作一瓶，而后吞下去，根本不考虑后果。

大慧禅师和"孤独僧""悲号僧""阿修罗僧"等耳鼻处蜿蜒爬下数条极细的多色线虫，那些细虫同样寻柳眼而去。而线虫离体而去，诸位大师耳鼻流出鲜血，又过片刻，都缓缓清醒了过来。

而普珠无暇和他们叙旧，他和傅主梅一起跟跄爬起，左右搀扶起唐俪辞，三人又被碧落宫众人撑住，一起往飘零眉苑的深坑而去。

许许多多毒人聚集在坑口，和想象的不同，并非所有毒人都奋不顾身，扑下深坑去啃食毒血。大多数人伏在坑口，耳鼻处或爬出蜘蛛，或爬出线虫。那些奇形怪状的毒物循着坑口往下爬行，竟是摆脱毒人，都要往柳眼身上聚集。

众人看得毛骨悚然——纵使柳眼恶贯满盈，这许多妖魔般的怪物要爬入他的身体吸食他的血肉，这等死法也太过骇人听闻。

但柳眼吸引了这许多毒虫脱离毒人的身体，也等同于治好了千百位受困于"呼灯令"毒术的无辜之人。

唐俪辞走到了坑口边。

坑底极深，方才的暗流已随坍塌的洞口流尽，露出地底的泥泞和狰狞的焦尸，扑下去的毒人们都摔在了焦尸堆旁，正在挣扎呻吟。

柳眼摔在其中，他的血和其他毒人的血混在了一起。

隐约可见有许许多多的毒物在大片血泊里蠕动。

四周的泥壁上仍旧有许多怪异的毒物扑向那摊毒血。

唐俪辞定定地看着这场酷刑，一动不动。

玉团儿跪在坑口，方才柳眼翻身下去的时候，她想跟着跳下去。

但她没有跳。

她忍住了。

她这么勇敢、这么懂事，或许柳眼躺在下面的时候，会高兴一点。

她知道他就没有想活多久，从来也不高兴，也不想和她好，也不想和任何人好，可能最高兴的就是抢走了唐公子手里的毒药，自己喝下去，然后觉得自己终于可以死得其所了。

他心里就没想过她哪怕一点点。

他真是个坏人。

傅主梅脸色苍白至极，他问扶住他的成缊袍："阿眼他可能还没有死，我们……我们不能救救他吗？我们……我们不能这样……"

成缊袍牢牢地钳制住傅主梅的双臂，生怕他就此扑下去，他不知该说什么好。唐俪辞时常说柳眼不配称枭雄，又说他曾是一个好人。

但柳眼是风流店之主，生造九心丸之毒，有多少涉世未深的江湖女子因他貌美多才而一见倾心，而后中迷心摄魂之毒，被炼为红、白女使，葬送一生。他倾心阿谁，却以强迫示爱，私德有亏；他愤世厌世，也曾草菅人命，以为这世上之人都与他无关。

最终，他夺下唐俪辞手中的毒药，饮鸩坠落，躺在风流店的废墟之中，为万毒所噬。

我们不能救他。

因为他正在救别人。

天地毒物奔涌而去。

红莲枯骨次第而开。

又过了片刻，普珠缓缓地道："阿弥陀佛。"

唐俪辞和玉团儿怔怔地看着，一直看到千千万万的毒物都从毒人的身体里爬了出来，进入了深坑，它们争夺着柳眼的毒血，直至那大片大片的红被消耗殆尽。

柳眼再也没有动过。

和他一道摔下的几个人伤势惨重，中毒过深，体内的毒物也太多，被碧落宫救起之后，未能活命。

唐俪辞垂眸望着坑底，脸色苍白如纸。

那坑底堆叠的焦尸、蠕动的毒物，以及一动不动的柳眼在他眼前缓缓放大。他分不清哪具骸骨是白素车，分不清永远跟在她身后的红、白女使，分不清柳眼的脸，但仿佛看见了许许多多奇形怪状的蜘蛛在动弹，来来去去生着许多只脚的怪虫……

那些黑黑红红的怪物不停地动，它们好像永远不会停止……

"唐公子！"身边铁静一把伸出手，把乍然昏迷的唐俪辞拉了回来。

这位爷昏也昏得毫无征兆，在昏迷之前，他的姿态依然端正，仿佛这世间万事万物从未超脱出他的手掌，他总是在云端之上，从来没有坠落过一般。

若他不是浑身血污，连腹中那颗寄予希望的心都剖了出去，散尽家财与人情，耗尽了一身武功，将所能给的一切都已尽数给了出去，或许旁人仍觉得他高高在上，别有所图。

但唐公子真的给了他能给的一切。

或许在他自己尚未想明白的时候，他就已经对这世间付出了他所能给的一切。

而这世间，从未如他所愿。

"呼"的一声，飘零眉苑下柳眼的"尸身"骤然起火，烈焰冲天而起。

也不知是白素车放的火死灰复燃，或是柳眼竟支撑了许久未死，等到一切终了，他纵火自焚。

大火再次将飘零眉苑地底的深坑照得通红。

将柳眼与万千毒虫同毁。

暮色昏沉。

巨墓深火。

这飘零眉苑就如风流店的一座大墓深坟，在夜色中渐渐暗去。

宛郁月旦手抚发热的泥土，一声叹息："碧落宫在祈魂山岩隙中埋下了雷火弹，诸位还请尽快离去。为防止火焰蔓延引爆雷火弹，我等要在此处清理火药。"

红姑娘皱起了眉头："你果然留了一手，这是准备打不过就炸山把所有人都炸死在山里吗？"

宛郁月旦弯眉一笑，却不回答。

中原剑会分了几组人马，将地上昏迷不醒的毒人搬上马背，慢慢带离祈魂山。

王令秋躲在人群之中，只盼众人忙于救人，让他有可乘之机逃命。这长眉老儿武功不高，逃命却十分擅长。

然而，他只逃出去十来丈，一物趁夜色飞来，自他后心穿过，前胸洞出。

失去毒术倚仗的王令秋犹如一只蝼蚁，被一击毙命，甚至不知道杀他的人是谁。

远处，站在深坑边的玉团儿全身发抖，她用尽全身力气扔出了剑。

她不能让这个老头逃走！

玉团儿的剑本不能洞穿王令秋的胸口。

剑至中途，成缊袍袖袍一拂，那柄普通的青钢剑便疾若流星，洞穿了王令秋的心口。

祈魂山飘零眉苑一战，终是中原剑会得胜。

其间，任清愁、郑玥、雪线子、水多婆、莫子如、文秀师太、白素车、余负人、东方剑等许多人战死，阿谁不知所终。风流店及天清寺几乎全军覆没。

唐俪辞并非风流店之主，竟是忍辱负重，逆转战局，拯救普珠于水火之中的英雄。斯人既运筹帷幄，覆灭风流店，又诛杀鬼牡丹，将天清寺谋反之事消灭于萌芽之时。这天下若无唐公子，恐已大乱，而唐公子为救此危局，奔波劳碌，身负重伤。

一时之间，天子下旨赏赐，朝堂人人称颂，江湖百姓喜气洋洋，日夜期盼唐公子早日康复。

诸事已毕。

唐俪辞昏昏沉沉，于病榻上不知躺了多久。

有一日，他在梦中看见了大火。

梦里有一座青山。

青山燃起了大火。

青山烧成了白地，山里什么人都没有，只有越烧越旺的火和越来越焦黑、越来越狰狞可怖的山。

他昏迷了一个多月，不知是谁将他带来带去，他感觉得到自己在车马之间移动，似乎看了许多大夫，吃了许多的药。

他梦见了许多次那座狰狞可怖的黑山。

一直到有一日彻底醒来，他发现自己在好云山当初的故居，窗外是青山，云雾缭绕，山清水秀，并没有什么焦炭。

他喃喃唤了一声"阿谁"，但身边并没有人。

过了好一会儿，唐俪辞拥被坐起身来，只见窗外夕阳西下，暮霭如蓬。

那真是一个十分安静祥和的日落。

他既唤不到阿谁，也没有看见柳眼，也没有看见傅主梅。

在唐俪辞昏迷的一个多月，天清寺被大理寺贴了条子，彻查所谓"先帝之灵"的妖法邪术，而后杨桂华抓了不少人，少林寺上下也被彻查了一遍。

但这些事已与唐俪辞无关。

他能起身后，抱回了凤凤。

阿谁消失在了玉镜山深潭溪水之中，唐俪辞派遣万窍斋余部数百人在玉镜山及其河流搜索，也没有找到她。

他其实很少想起阿谁。

不知道为什么，即使在梦里，他也不敢梦见她。

关于凤凤，关于将她扔出去替死，关于那一张银票……他其实有很多很多话能说。但大部分时候，他觉得阿谁并不需要那些辩驳和答案。

需要辩驳和解释的，是唐俪辞。

不是阿谁。

山遥路远，碧空尽处，流水无声。

她不会再回来。

而他会一直记着她，终此一生都刻骨铭心。

唐俪辞在京师外买了一块地，花了很长时间修坟。

修好坟的第一年，他带了很多纸钱来。

立于坟前，唐俪辞衣袂皆飘，燃火的纸钱随风翩跹，连灰烬也随风而散，只余下很淡的一点残烟。

烧过。

却好似从不存在。

他为池云、雪线子、莫子如、水多婆、郑玥、白素车、文秀师太、余负人、东方剑、柳眼等逐一上香,敬献鲜花。

他缓缓伏下,给这些墓碑磕头。

一跪拜。

二跪拜。

三跪拜。

山风料峭。

万籁俱静。

此生,贪嗔痴、求不得、怨憎会、爱别离,这每一样,他都尽力了。

- 全文终 -

后记（一） ◆ 唐俪辞其人 ◆

后记，写在全文还没有完全完结的时候。

我估计阿俪的故事还有几千字完结，但这几千字可能会反复写很多遍。我是一个人物派的作者，从来不写大纲，长年累月写了上句不知道下句，所以所有的"后来"，都在一遍一遍的试错里生成。

唐俪辞是一个很困难的人物，他之所以是现在这样，也并不一定是我当初下笔的时候就完全是这样，而是他自己一步一步变成了现在这样。我在很久以前曾经说过，是要怎样的"中二"少年，才会喜欢唐俪辞？因为阿俪是一个非常复杂的人物，在故事尚未到达结局的时候，其实读者并不知道我要写的是什么，我担忧喜欢他的人只看到了他的表面，而他的表面相当具有迷惑性。我并非在写盛世美人如何权倾天下，阿俪是一朵极其绚烂的烟花，奢华灿烂，开在了最高处，众人仰望，实已黯然。他过于强大，却又偏激，他既不宽容，也不坚强，以性格而言，大多是缺点。但无论他将困境和迷惑理解成了什么，他都决不气馁，非常努力。他比绝大多数人都强大，又比绝大多数人都努力，所以他能赢。

但我并非要写谁总是能赢，总是能赢的人太多了，即使你如此强大又努力，若你如果既不理解人世，也不理解朋友，也不理解感情，也不理解自己，最终便要毁灭。越强大的人，面对不如自己的人们，面对所谓的"蝼蚁"，应当具有敬畏之心，因为上位者的光辉灿烂，其实是由万千弱者的铺垫与牺牲而成就的。

当阿俪开始理解这些的时候，他来不及了。

他是一个这样的人，他并不是真的什么都能赢，在赢的表面之下，他其实一无所有。

　　他是一朵极盛的烟花，我知道大多数人看重的是他的盛大与美。

　　但是我也希望有人能看懂他的寂灭与悟。

　　我希望他有知音。

后记(二) ◆ 圣香 ◆

在很久很久以前的设定中,最早的阿俪的结局,是剖腹之后,垂死之际被瑟琳送回现代,然后为父母所弃,倒在街头,瑟琳把他推进了手术室。

但手术的目的不是救命,是取心。唐俪辞签署了遗体捐赠,他在死后捐赠一切,然后他的心脏就被移植给了圣香。

阿俪死,圣香生。

所以我经常说,千劫眉的结局就是圣香的结局。

至少有十几年,我都是这么想的。

但最终我没有这样写。

就像李莲花在很多年后,在我最终的文里,他毕竟没有沉海。

唐俪辞在十几年后,毕竟也没有倒毙街头,最终成为圣香的救命稻草。

今天我觉得写悲惨与无常,如果太过刻意,那或许不是人物咎由自取,而是作者强加于人。

阿俪不是好人,他也不是坏人,他有很多缺点,我想来想去,最终觉得他不会做此选择。

他毕竟,不是太坚强,我判断不出来他敢不敢死,剖心剖腹,削肉去骨,富丽堂皇地来,抛却一切而去——如此决绝与凄厉,我觉得他可能不敢。

他可能想,但是不敢。

死与不死,都取决于他自己一念之间,他在这一念之间摇摆,我并不清楚最终他作何选择,但今天我认为他不敢死。

不敢死，不是畏惧死亡，是人生有责，背负着过往，继承着将来。
不敢死，比抛却一切，更具有勇气。
唐公子虽不坚强，但也不软弱。

番 外
我那难以伺候的爹

（此番外不是正文 ==，属于八卦）

李凤宸十二岁的时候，整天趴在家里擦地。隔壁同样十二岁的郝好每次过来找他玩，看他不是在炖汤洗衣，就是趴在地上擦地。

郝好百思不得其解，在他自己家里，洗衣做饭的不是娘就是爹，他就负责吃饭长胖，为何李凤宸家却是反的？

你要说李凤宸家里穷，他家里雕梁画栋像个皇宫，虽然郝好没见过皇宫，但在他见多识广的十二岁，觉得皇宫也不可能比李凤宸家更富丽堂皇了。

毕竟谁家到处都是闪闪发光的珠子、宝石、黄金什么的？有一天，郝好和李凤宸一起擦地，衣服上不小心挂了一粒小珍珠回家，路上去买糖的时候，差点把糖铺子的老板吓死。

老板说那是什么几百年的海螺壳里长的什么价值连城的小珠子。

郝好吓得赶快把小珠子还了回去，李凤宸他那难以伺候的活爹随手就把小珠子扔花盆里了。

没错，李凤宸家有一堆小珠子，都堆在花盆里当土。

李凤宸的活爹究竟有钱到什么程度，见多识广的郝好是想不明白的。郝好有点害怕李凤宸的爹，那人长得挺好看，也丝毫不见老，就是一点也不亲人，每次他爹一来，郝好就躲，等他爹走了，再出来和李凤宸玩。

李凤宸对此十分嫌弃："你怕他什么？"

郝好说："怕他罚我啊，他天天罚你擦地，万一他把我抓住，也让我天天跪在你家里擦地，我不是累死了？我不想擦地。"

"我擦地又不是因为他罚我。"李凤宸对郝好的智商略有点失望，"我爹是个幼稚鬼，从小到大活得太讲究了，他自己又不知道。自从你娘……哦，不……我娘不见了以后，他就每天每天伤春悲秋，你不盯着他他不吃饭，你不撑着他他可以在那儿坐一天不动弹，搞行尸走肉那一套你懂吗？我要是请个仆人来擦地，他看见生人难受，我不擦地，地上有灰尘他也难受，他难受他又不说，然后就更不高兴，然后接着不吃饭不动弹不说话。倒霉的不还是我吗？所以我擦地，是为了我自己，我是为了我俩都开心。"

这天，郝好的爹去镇上茶馆里说书，他娘在家里喂猪，郝好带着他刚烤好的山药，又跑到唐府找李凤宸玩。

李凤宸不在。

唐府总是有一股药味，也不知道李凤宸天天跪地上擦地是擦到哪里去了，总而言之，郝好不喜欢。

郝好溜进厨房也没看见李凤宸，倒是看见他切好的食材和炖了一半的汤。郝好拿了个勺子偷喝了一口，虽然汤还没炖好，但是挺好喝，下次让李凤宸到他家里也炖一个给老爹老娘尝尝。

回过头来的时候，眼前一亮，郝好吓了一大跳——李凤宸那活爹就站在他身后。

完了完了完了，我要死了。

郝好活到十二岁总共就没和李凤宸他爹说过几句话，只牢牢记住了他会让小孩儿很小就擦地——李凤宸很小很小的时候就炖汤给他喝了，他还让很小很小的小孩儿管账，凡是大人该干的事，他都让李凤宸很小的时候就干了。

现在我偷喝了他的汤。

他不会把我抓住关在家里当奴隶，给他平白干活二十年吧？

郝好瑟瑟发抖，惊恐万状。

然后，郝好看见站在门口那人眉间微微拢起，缓缓地道："凤凤这几日不在，上好云山论剑去了。"

他往前走了一步，郝好立刻退了十步，那人微微一怔，停下了脚步，又轻声道："他可能十日之后才回来。"

郝好说："你别过来，我不是故意偷喝你家的汤，我以为是凤凰炖的。"

那人哑然失笑，眉间舒展开来，郝好觉得厨房的光好像都亮了亮，又听他说："凤凰炖的汤，是我教的。"

郝好连连摇头："我才不信，你自己会做饭，干吗自己不做，天天欺负小孩子。"

那人微笑的光仿佛黯淡了些，但并不生气。他倚靠着厨房的门，嘴角微微一句："是啊……我自己会做饭，为什么自己不做，天天欺负小孩子？"他垂眸看着郝好，"你说呢？"

"我不知道。"郝好"嗷"的一声跳起来，"你别过来，我错了，我不该偷喝汤，我再也不敢了，你别过来。"

那人又笑了，随后极轻地叹了口气。

郝好从唐府连滚带爬地逃走。

晚上，他就在自己家饭桌上喝到了那罐子汤，对此百思不得其解，深以为李凤宸那活爹简直匪夷所思、不可理喻，李凤宸和他爹住在一起，虽然有钱，但纯然就是人生的噩梦。

郝好的爹是个说书先生，娘是个武勇有力的村妇，擅长养猪和养鸡，包括养小孩儿。郝好小时候听说几次病得都快死了，到三岁时都是一把骨头奄奄一息，硬生生被他娘养成了个武勇有力的小胖子。

他们住在富丽堂皇的唐府边上。

唐府的周围有个小镇，郝好觉得小镇子经常来一些奇奇怪怪的人。

有时候，他们在镇子上舞刀弄枪，喊打喊杀，只要糖铺子的老板出来吆喝一声，他们就消停了。

有时候会来一些更加古怪的人，比如一头黑发的和尚什么的，住在李凤宸家里商量事情，郝好偷听过几次。

他想像李凤宸他爹这样的魔头，不得讨论一些惊天动地的大事？比如给李凤宸强抢一个娘回来，或者抓许多小孩子回来把他们都关起来当小奴隶。

结果每次他们都来问李凤宸的爹近来可好。

然后，李凤宸那难以伺候的活爹就淡淡地笑，答一句："别来无恙。"